U0565138

山东省一流学科曲阜师范大学中国语言文学资助

刘海萌◎著

正统

观念对东亚古典小说创作的影响研究

ZHENGTONG

中国政法大学出版社

2020·北京

图书在版编目（ＣＩＰ）数据

正统观念对东亚古典小说创作的影响研究/刘海萌著.—北京:中国政法大学出版社, 2020.8

ISBN 978-7-5620-9585-9

Ⅰ.①正… Ⅱ.①刘… Ⅲ.①古典小说－小说研究－东亚 Ⅳ.①I310.074

中国版本图书馆 CIP 数据核字(2020)第 144241 号

出 版 者	中国政法大学出版社
地 址	北京市海淀区西土城路 25 号
邮寄地址	北京 100088 信箱 8034 分箱　邮编 100088
网 址	http://www.cuplpress.com (网络实名：中国政法大学出版社)
电 话	010-58908586(编辑部) 58908334(邮购部)
编辑邮箱	zhengfadch@126.com
承 印	固安华明印业有限公司
开 本	880mm×1230mm　1/32
印 张	10.125
字 数	250 千字
版 次	2020 年 8 月第 1 版
印 次	2020 年 8 月第 1 次印刷
定 价	59.00 元

前言

　　人类对历史的记忆有很多种，但人类对于历史的记忆与真正的历史是否可以做到完全一致呢？这几乎是不可能的。即便是最先进的手段——摄像机（Documentary）的介入，也会由于拍摄的角度和内容的分配对真实的刻录产生影响，从而无法实现这一目的。所以只能说正史比文学更为接近真实而已。"史官制度"中的实录精神是在以中国为核心的"汉文化圈"的历史上为保证历史的真实性所做的努力。其中虽然也会有粉饰历史、篡改历史的情况出现，但那仅仅是白璧微瑕。众多为正史的真实性献身的史学家们所记录的正史，仍是人类历史留下的灿烂的遗产。在17世纪的朝鲜，与正史紧密相连的军谈小说以其特有的文学性，创造了一些正史不能创造的价值。尤其是在对读者的影响方面，它开辟了更为广阔的天地，扩大了正史的影响力。甚至一些人将军谈小说看作是真实历史，对一些虚构情节深信不疑。军谈

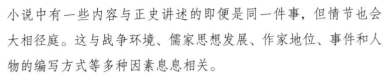

小说中有一些内容与正史讲述的即便是同一件事，但情节也会大相径庭。这与战争环境、儒家思想发展、作家地位、事件和人物的编写方式等多种因素息息相关。

其中，儒家的正统观念就是影响小说家历史叙事的一个重要因素。正统观念是儒家思想的重要组成部分"礼"的延伸，随着儒家思想的发展不断被传承，也不断被统治者维护统治而利用。战争是正统观念与历史叙事的契合点。战争前后，社会的不稳定因素增加，这个时候统治者更要加强中央集权，巩固其统治，所以这一时期文学中正统观念的思想越发明显。由于儒家思想的影响力，在东亚甚至形成了"汉文化圈"，正统观念也渗入东亚古典文学中，促进了朝鲜古典文学的繁荣。

《壬辰录》与《三国演义》一样，在文学史上具有里程碑式的意义，是正统观念对文学历史叙事影响的代表作品。在"壬辰—丙子"(中国称"万历朝鲜战争"，日本称"文禄·庆长之役")战争的混乱状态下，统治者的正统地位受到了威胁，所以他们急需在思想、文学上加强正统观念的影响，从而恢复他们的正统地位。军谈小说《壬辰录》是朝鲜文学进入成熟阶段的标志，也开创了爱情主题之外，文学上另一个重要的主题——历史叙事。两部小说的出现，在当时掀起了一股描写历史的热潮，在中国出现了以《东周列国志》为代表的历史小说，在韩国也出现了《林忠臣庆业传》《刘忠烈传》等小说。而且直至今日，两部小说还是历史题材电视剧、游戏等文化创作的底本之一。

本书选择正统观念为切入点，通过古典名著《壬辰录》与正史《宣祖实录》的对比，分析小说中这一思想对正史是如何改变的。目的是通过总结正统观念对历史叙事改变的具体方式，分析这种观念给文学带来的改变，并思考这种改变带来的影响和意义。本书正文部分共分为六章内容：

第一章是儒家正统观念与壬辰战争后军谈小说版本研究。壬辰战争过后，以记录战争为主题的小说《壬辰录》版本众多，达63种，按照虚实程度共分为7大系列，且其版本是从战后17世纪初到18世纪不断发展的：从历史系列发展到虚构系列。汉文本强调了明朝的"再造之恩"，版本较少，在韩国的影响不大。而韩文本，尤其是崔日景系列受到儒家正统观念的影响，版本最多，并在韩国广泛传播。

第二章是正史和正统观念下的文学叙事研究。正统观念是儒家思想的重要组成部分"礼"的延伸，并随着儒家思想的发展也不断被传承，成为不仅是中国，乃至整个东亚，特别是朝鲜古代社会的显学。尤其是在社会动荡、民心不安的时候，正统观念尤为突出。军谈小说《壬辰录》的产生也与壬辰战争之后的社会动荡有关，朝鲜动荡，明朝灭亡，统治者为了巩固岌岌可危的统治，使正统观念表现在社会的方方面面。

第三章是壬辰战争后《三国演义》对朝鲜军谈小说的影响。壬辰战争是中朝两国共同抗日的历史，战争持续7年，战争消耗使得当时的参与者日本丰臣秀吉幕府灭亡。战前，《三国演义》等大量的中国书籍传入朝鲜，战争后期，《三国演义》中的正统观念满足了朝鲜社会上层期待稳定，下层渴望英雄的要求。另外，朝鲜社会当时政治上的慕华思想、经济上出版业的繁兴和文化上小说创作的自觉，都为《壬辰录》的出现奠定了社会基础。

第四章是正统观念从《宣祖实录》到《壬辰录》的研究。《宣祖实录》是朝鲜王朝正史中关于宣祖的记录。在朝鲜史官制度的影响下，正史追求的是客观记录历史。而受正统观念影响，《壬辰录》起到了维护朝鲜宣祖的正统统治的作用。一方面，《壬辰录》将宣祖集团写成绝对的主人公，代表着正统和正义。对反正统力量的丰臣秀吉集团使用了受天谴等情节。最为夸张的是反攻日本的情节，神仙化了泗溟堂这一人物形象，他孤身前往日本，凭一己之力，让日本决定投降，臣服于朝鲜，从而更加突出宣祖统治朝鲜的正统地位。第三方力量是原本占主导地位的明朝援军，该书忽略了李如松的战功并将他塑造成背信者的形象。另一个方面是正统观念对《壬辰录》叙事方式的改变。小说通过强调露梁海战来突出正统。露梁海战其实在壬辰战争中是一个非常小的战役，但小说却强调了这场战争的重要性，并将其刻画成为最终决定胜利的大战。李舜臣率领仅剩的几条残船，追击撤退中的日军战船，战胜了数倍于自己的敌人，鼓舞了人心，从而维护了宣祖的统治。另外，还通过描写李舜臣的忠勇来突出正统人物。小说中李舜臣被塑造成一个战无不胜、攻无不克并且善于发明创造新式武器的神仙化的人物，并忽略了蒙冤的情节，将一个原本屡次蒙冤在战争中不幸中流弹死亡的将领，刻画成为一个战无不胜最后英勇献身的英雄，从而达到维护宣祖统治的目的。

第五章是正统观念对《三国演义》《壬辰录》的叙事影响研究。首先是正统观念对小说内容的改变。其中包括：战争环境对内容的改变，儒家正统观念对叙述的改变和作家地位对叙述的改变。《壬辰录》的创作背景是壬辰战争以后，明朝成为战争最大的失败者，战争间接导致其灭亡，使其在海外更是失去了控制力。原本以"小中华"自居的朝鲜王朝此时认为自己才是真正的中华，这种想法实质上是民族意识的膨胀，所以在小说中体现为大量对本民族将领和政权的维护，和对明朝将领忽略的描述。小说之所以受到正统观念的影响也是因为作家的社会地位不同。文学家不同于史学家有制度的保证，文学家受到时代发展、官方禁锢和民间传播等影响，使得小说不得不披上维护正统的外衣进行传播。最后是正统观念对小说编写方式的改变。在事件的编写上，把本来没那么重要的事件提升到首要位置上，并且将其他人的功劳盗用过来成为自己的功劳，"平壤战役"通过虚构转变为自己的功劳，从而达到维护正统的目的。在人物的编写方面，主要采用神仙化人物的方法来增强读者对于正统人物的崇拜。与此同时，还通过借鉴他人的事迹、虚构故事情节刻画正统一方的人物，尤其是在李舜臣等人物的刻画中最能体现。

　　第六章是正统观念对中朝小说叙事的意义。军谈小说《壬辰录》继承了正史和民间文学的两种叙事传统。在正史的框架下，将代表正统的一方作为小说的主人公，非正统的一方作为小说的敌对者，第三方作为主人公的助力者进行设置。在事件和人物的描写上，在正统观念影响下采用了重组事件和"虚构"的手法进行描写。在所有的事件中突出正统一方参与并获胜的事件，在事件的描写中，突出胜利取决于正统一方参与的力量。在描写人物方面，将人物神仙化，使正统一方人物形象显得更为高大，以此神化统治的力量、掩盖统治的错误。这样一来，维护正统所用的叙事手法也加强了小说的趣味性和文学性，吸引了更多的读者。

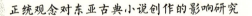

　　单纯的历史所承载的意义是非常具有局限性的。就正史《宣祖实录》来说，对民众的影响是有局限的。但在正统观念影响下的虚构叙事却让军谈小说吸引了更多的读者，甚至有些人将小说情节当作真正的历史。《壬辰录》在朝鲜遭受日本压迫与统治的时期，激发了民族意识，影响直到今日。

目　录

第一章

《壬辰录》版本研究与儒家正统观念

第一节　《壬辰录》的研究目的

　　17世纪是朝鲜小说大发展的时期。相对于其他历史时期，这一时期的特殊性便在于战争爆发、政权交替、经济发展受阻。但是与此同时，这一时期的小说却获得了极大的繁荣。为什么小说在这一时期会获得繁荣发展呢？这是本书写作所要探究的问题之一。另外，在阅读历史（军谈）小说的过程中会发现，有一些内容与正史讲述的即便是同一件事，但小说却吸引了很多的读者，其原因在于，小说创作是在作者借鉴史料的前提下进行了文学加工的，而小说之所以受到广泛读者的接受，原因在于其是在不扭曲历史框架的前提下恰当地附着了正统观念影响下作者文学性的创作而完成的。

　　朝鲜军谈小说[1]《壬辰录》的作者不明，有研究认为，是柳成龙的第三个儿子柳袗[2]所作。小说《壬辰录》和正史《宣祖实录》是在同一时期历史背景下完成的，但内容、影响力截然不同。《壬辰录》这部小说讲述了当时倭寇入侵朝鲜，以宣祖集团为核心，

---

〔1〕　军谈小说是通过战争来展现主人公英雄性的，强调故事趣味性的朝鲜古典小说。（조동일：《한국문학통사3》，서울：지식산업사，2006，p.11，참조.）

〔2〕　홍제휴，수염유진《임진록 고》，퇴계학과 유교문화，(29),2001.

以李舜臣的海战为代表，明朝援军应邀参战，中朝两国联合抗战的伟大历史。

儒家正统观念对古代中朝共同抗日的军谈小说《壬辰录》的影响是多方面的。几百年前的朝鲜王朝是以儒家思想建国的，通过对其正史和小说的研究会发现，正史《宣祖实录》与小说《壬辰录》讲述的即便是同一件事，但小说却吸引了更多的读者，其成功的原因在于小说是在历史的框架下恰当地附着了作者的儒学正统观念构建而成的，且顺应了当时的政治宣传目的及民众需求。

影响小说《壬辰录》创作的最主要因素就是朝鲜的核心思想——儒学。据1485年朝鲜编写的《东国通鉴》记载，西汉时儒学的经典著作《论语》传到了朝鲜半岛。公元1392年，李成桂建立了朝鲜王朝，实行以儒立国的指导思想。17世纪朝鲜军谈小说《壬辰录》就是儒家正统思想与战争结合的产物。本书选择儒家正统思想为切入点，以杰拉德·普林斯的叙事学理论为基础，通过《壬辰录》与正史《宣祖实录》的对比，分析小说中这一思想对正史是如何改变的。目的是总结儒家正统思想这种观念对历史叙事改变的具体过程，并思考这种观念的影响和意义。

第二节 《壬辰录》的研究史

对于古代小说的研究，一般来说有几个常规的角度[1]：一种是传统的文献学视角，从这个角度出发，小说的作者、版本及故事的流传、变迁成为首要的研究对象，是整个小说研究的基础。文献的研究在对作品类型的划分、小说作品在目录归属上

---

[1] 王凌："形式与细读：古代白话小说文体研究"，南开大学2009年博士学位论文。

的判定等方面均可反映古人的某些小说批评原则，从一个侧面进入了古代小说的世界。另一种是以文化的视角去解读古代小说作品，考察、发掘小说中的文化内涵，进而阐释文本的文化意义，以便深入地理解隐藏于其中的深层意蕴。第三种是立足于作品形式的文体分析视角，此种批评从文本自身出发，对作品的体制规范、叙事技法、风格特征等进行细读分析。这种批评视角古已有之，兴盛于明清之际的小说评点正是其集中表现。在以上所列举的三类批评视角中，文献学视角无疑是最基础的，它是古代小说研究所应该进行的第一步工作。第二、三类批评视角各有特色，前者更注重文学与文学之外的历史、宗教、民俗等文化因素之间的关系，所做的是一种交叉研究，所得出的结论也往往并不局限于文学自身的规律。而文学的比较则略有不同，它关注的乃是两种或者多种文学之间的"相关性"和"共同性"。具体到小说研究，前者是一种在外来思想的影响下与外来文学的水乳交融，这种水乳交融有时会融化在创作中不见踪迹，有时也会出现痕迹比较明显的状态，这就是影响研究；而后者是用逻辑推理的关系对两个或者两个以上的民族文学进行研究，因为排除了相关性，所以后者更具有广泛性和逻辑性，这就是平行研究，这两种研究方法都广泛应用于比较文学的评论实践中。本书采用叙事学与文献学相结合的方法，对朝鲜 17世纪军谈小说《壬辰录》进行研究。

　　17 世纪后期"军谈小说"发展成为朝鲜小说的主流。军谈小说分为以实际战争为素材，编写历史的军谈小说、虚构的军谈小说和以《三国演义》为代表的翻案军谈小说[1]。其中以实际

---

〔1〕　翻案小说是在外国小说翻译的过程中进行创意性地改编后，内容与原小说不同的朝鲜古典小说。[조동일（2006），p.27，참조 .]

题材创作的军谈小说成为研究者研究的主体。《壬辰录》与其他作品相比不仅异本较多而且异本间的变异也很多。所以与素材论、主题论相比，异本研究成了主导，对于小说《壬辰录》的研究大概分为两个时期。

初期研究的标志是 1939 年金台俊的《朝鲜小说史》[1]，但其仅是对《壬辰录》小说史地位上的总结，而不是对其本身的研究专著，而且仅指出了壬丙两乱后军谈小说的创作时期和《壬辰录》作者的创作层以及小说在文学史上的影响。因为《壬辰录》在日本强占时期被列为禁书，所以比起其他古典作品，研究的起步时间较晚。1948 年，作为《壬辰录》59 种异本持有者之一的李明善开始关注小说汉文本和韩文本的不同，认为汉文本要更加忠实于文献记录。1939 年的《朝鲜小说史》中并没有涉及异本的问题，只是简单讨论了小说在文学史上的影响[2]。李明善的这一观点在 1950 年出版的《朝鲜古代小说史》中有所体现。1960 年出版的《韩国小说发达史》指出，汉文本《壬辰录》比较忠实于历史，与之相反，韩文本在历史的框架下注重小说的虚构性，构成了民族文学性格的军谈小说。1959 年出版的《李朝时代小说论》认为《壬辰录》不仅存在着汉文本和韩文本的不同，并且韩文本内部也存在差异，认为《壬辰录》的"京板本"和"完板本"甚至可以说是内容上完全不同的两种版本，另外还介绍了后来被林哲镐归为崔日景系列第四类版本、关云长系列高丽大学所藏版本、历史系列变本等的差异[3]。1964 年，《李朝时代小说论》一书中收录了李明善的观点，通过对汉文本和

---

〔1〕 ［韩］金台俊：《朝鲜小说史》，全华民译，民族出版社 2008 年版，第 65 页。

〔2〕 주왕산，《한국 고대소설사》，서울：정음사，1959，p.195.

〔3〕 김기동，《이조시대 소설론》，서울：정연사，1984，p.159.

韩文本进行比较，提出《隐峰野史别录》是最初《壬辰录》版本的观点[1]。《壬辰录》研究初期，学者大致停留在论证汉文本和韩文本的区别上。

1966 年以后，进入了对《壬辰录》研究的全新时期。洪在烋（笔者译）对 7 种异本进行了介绍和分析，后来他在自己的硕士论文中对 10 余种异本进行了论述，但不足的是他没有对 10 余种异本之间的区别和联系进行梳理。1980 年苏在英在《壬丙两乱和文学意识》中，对《壬辰录》23 个版本进行了论述，并对小说的传承进行了总结。1983 年《壬乱战争文学研究》提出应注重所有异本的共同性，并补充成为"完整的壬辰录"的一种新的研究思想，同时，根据异本内容，将各异本分成了以历史为基础的作品群，以历史为基础经过虚构叙事的作品群，以说话为基础的作品群等五个作品群[2]。1985 年林哲镐的《壬辰录研究》，对 30 多个异本进行分类研究。其 1996 年的博士论文，对 59 个版本进行了分类研究。进入 2000 年，还有崔文正的《壬辰录研究》，分析了不同版本的叙事特征。崔文正、林哲镐和苏在英的研究是分析《壬辰录》小说必须参考的具有里程碑式的资料，其中以崔文正的研究集最为全面，研究涉及各个版本，以及各版本对于事件、人物描写的不同。

苏在英对于《壬辰录》的研究主要是按照正史与小说的虚构关系将所持有的 23 个版本分为五大类：第一，完全注重历史性的版本，包括韩国国立图书馆汉文本、精神文化研究院汉文本、京板本、完板本、韩世大学本。其中，韩世大学本是京板本的母本，人物和地名比较尊重历史史实。第二，以历史性为基础，

[1] 박성의，《조선소설사》，서울 : 일신사，1964.
[2] 이동근，"임란전쟁문학연구"，《국문학연구》，권 (63)，1983.

加入作者虚构的作品群。代表作品有黑龙日记、延世大学本和省吾本等。黑龙日记的核心在庆尚道地方，延世大学本在首尔，省吾本在忠清道，这一系列版本更为注重读者的要求，弱化援兵的作用，强化义兵的作用，在忠实于历史的基础上，强调小说的地方色彩。第三，以说话为基础的汉文本作品群。其中包括李明善本、高丽大学本、权宁彻本和庆北大学本。这一系列的版本排除了作品的历史性，特别是权宁彻本是这一系列的母本，故事包括姜弘立、金应瑞对日本的征伐，泗溟堂的抗倭、李如松的箭伤等能够强化民族意识的故事情节。第四，以说话为基础的韩文本作品群，代表性的作品有韩国国立图书馆韩文本、黑龙录、崇实大学本等，包括李如松、加藤清正的追放，更加注重民众意识的版本。第五，其他一些版本[1]。

林哲镐对于《壬辰录》的研究是 2000 年之前最具有参考价值的研究之一，其价值在于对前人学术过程的总结和对于 59 个版本的搜集，以及对于 59 个版本内容上的分析、归类。

崔文正的《壬辰录研究》，是韩国现存的最为全面的对于小说《壬辰录》的研究。文章不仅对于 59 个版本进行了全面的论述，而且还详细论证了各个版本的特点，各版本的发展关系，版本内部、外部的区别和联系，是现在韩国论证最为全面、研究《壬辰录》最有价值的书籍。不足的是，虽然崔文正的博士论文是对《壬辰录》与《平家物语》的比较，但是在韩出版的论文集中却只有《壬辰录》部分的内容，如果将中国的《三国演义》、日本的《平家物语》一起比较，会更有学术价值[2]。

〔1〕 김완섭본,김기동본,문순우본（북한본），김일성대학본,포함.［소재영（1993），p.115.〕

〔2〕 최문정,《임진록 연구》,서울：박이정,2001,p.68.

在对《壬辰录》进行研究的中国学者中，不得不提的是韦旭昇。他曾在 2005 年 10 月 9 日被韩国总统授予宝冠文学勋章，这是韩国政府对他为韩中文学交流作出贡献的肯定。他的《中国文学对韩国文学的影响》被翻译成了韩语[1]。专著《抗倭演义（壬辰录）及其研究》[2]列举了中国可以接触的汉文本和韩文本，并且从主题、题材、人物形象塑造、历史与现实的关系和悲剧色彩几个方面阐述了对于《壬辰录》的分析，在中国分析韩国古典文学方面具有一定的指导意义。

"17 世纪文学"在中国学术界并未作为一个文学时代进行论述，而在韩国虽然有了《17 世纪前半期韩中文学交流》[3]，但讨论的范围也仅限于 17 世纪前半期中韩两国官员的交流和两国对诗的交流研究。《17 世纪长篇小说研究》分析了韩国 17 世纪一些社会原因对小说发展的影响，但主要是从家庭小说方面分析研究，没有涉及对历史小说的分析[4]。而对于《壬辰录》的研究，由于历史的原因，相对其他小说的研究来说，开始得比较晚，并且研究仅停留在版本问题上，对于人物形象、事件等研究仅停留在个别论文的只言片语，没有上升到文集的总结，也没有结合 17 世纪独特的时代特征进行小说人物、事件的符号学分析，本书试图从这一角度弥补现代研究的空白。

韩国学界对于《壬辰录》的研究，也主要集中在三个大的方面。首先从文献学角度来说，有版本、作者及流传。在版本

---

〔1〕 韦旭昇：《韓國文學에 끼친 中國文學의 影響》，李海山译，서울：亚细亚文化社 1994 年版。

〔2〕 韦旭昇：《抗倭演义（壬辰录）及其研究》，北岳文艺出版社 1989 年版。

〔3〕 노경희，《17 세기 전반기 한중 문학교류》，서울：대학사，1993.

〔4〕 최기술，《17 세기 장편소설 연구》，서울：월인，1999，p.76.

方面赵东一的《韩国古典小说作品论》列举了几个主要的不同的版本：金根洙的《黑龙日记》，因为是白淳所收藏，被称为"白本"[1]；李明善收藏的《黑龙录》，被称为"李国本"；李明善收藏的汉文本《壬辰录》，被称为"李汉本"；权宁彻收藏，韩国语文学会发表的韩文本《壬辰录》，被称为"权本"等，各种文本所侧重的文学与政治的倾向不同，描写人物的详略不同，描写的方法、运用修饰的程度不同。从作者和流传上来说，主要有洪在然的《〈壬辰录〉考》，其从现存几个版本中去考证作者的生平、为人、学问以及成书的过程[2]。在民族精神上有金起东的《国文学表现出的民族精神》[3]。从历史影响层次上来说，主要有吴铉奉的《韩国战争文学研究》[4]和苏在英的《壬丙两乱和文学意识》[5]，在壬辰战争的影响下，出现了一系列的战争小说，包括《林忠臣庆业传》《洪吉童传》《朴氏传》《洪桂月传》等，寄托了朝鲜人民渴望胜利、崇拜英雄的社会理想。从文化方面来说，尹哲浩分析了《壬辰录》中为何皇帝大臣没有看到战争的征兆，而一些具有先见之明的大臣，例如李粟谷等人就有这方面的预测[6]。金承镐的《韩国叙事文学史论》论述了《壬辰录》中所蕴藏的佛家思想[7]。而从具体的文学作品层次来说，个人英

〔1〕 김근수,《소설자료집성》, 서울：국어국문학자료, 1977.

〔2〕 최태호,《한국 고전문학 연구》, 서울：연락, 2000.

〔3〕 김기동（1973）, p.178.

〔4〕 오현봉,《韓國戰爭文學研究》, 서울：省谷论丛, 1978.

〔5〕 소재영,《임병양란과 문학의식》, 서울：한국연구원, 1980.

〔6〕 국어국문학회,《국문학연구 총서설화 연구》, 파주：태학사, 1998, pp.247~284.

〔7〕 김성호,《한국서사문학사론》, 서울：국학자료원, 1997.

雄主义方面,有崔文正的《〈壬辰录〉中出现的武将像》[1]和《历史军谈小说的展开》,[2]以金德龄、红衣大将郭再佑、李舜臣等将领为主题,分析了人物的故乡、成长经过和作为英雄人物的英勇、机智和计谋,在人们心中树立了英雄的形象,激发了爱国的热情。从韩国自身文学关系角度讲,有《〈汉阳五百年〉和〈壬辰录〉的关系和意义》[3]。而从虚实关系上对于小说《壬辰录》的研究至今还是一个空白。

随着"韩流"的风靡,中国最近几年掀起了一场对韩研究热潮。除了韦旭昇的研究之外,延边大学徐虎一的《韩中文学比较研究》也被翻译成了韩语[4],中国社科院靳大成的《东域学手记》[5],在两国古代小说的比较研究方面具有很大的影响力。其他学者的研究范畴主要集中在比较研究的影响研究方面,研究中国小说对韩国小说(包括《壬辰录》在内)的影响,如李时人的《中国古代小说在韩国的传播和影响》[6]。除此之外,还有从语言方面展开的,如《三国演义》成语在现代韩国的接受研究[7];从文化方面进行研究的,如《三国演义》与韩国文化[8]《三

---

〔1〕 최문정,"《임진록》에 나타난 조선 武將像:역사계열을 중심으로",《日本研究》,권(16),2001.

〔2〕 황패강,"歷史軍談小說의 展開",《한국서사문학연구》,서울:단국대학교,1990.

〔3〕 서종문,《고전문학의 사회·역사적 소통》,서울:박문사,2010.

〔4〕 서호일,《韓中文學比較研究》,서울:국학자료원,1997.

〔5〕 靳大成:"东域学手记",载北京大学韩国学研究中心编:《韩国学论文集》(第14辑),辽宁民族出版社2005年版。

〔6〕 李时人:"中国古代小说在韩国的传播和影响",《复旦学报(社会科学版)》1998年第6期。

〔7〕 王道凤:"《三国演义》成语在现代韩国的接受研究",山东大学2014年硕士学位论文。

〔8〕 赵贤植:"《三国演义》与韩国文化",载《历史教学(下半月刊)》2014年第2期。

国演义》与韩国传统文化盘骚俚[1]等。

在韩国，韩中比较文学研究比中国更为丰富，与本书关联最大的有《〈壬辰录〉、〈刘忠烈传〉和〈三国演义〉的创作方法比较研究》，对于三部小说创作方法的比较[2]，对于正史和虚构的比较《正史〈三国志〉和小说〈三国演义〉比较分析》[3]，有三国文化方面的比较《通过韩、中、日历史文化景观比较对于想象环境的复原》[4]，有梁仁宝从人物形象进行比较的《英雄小说的人物像比较研究：三国演义和韩国英雄小说的比较》[5]。另外，还有研究专辑《三国演义的比较文学研究》[6]，对三国小说的特点、传入进行了研究。

以上是笔者对于当前韩中两国学者对于朝鲜军谈小说《壬辰录》的学术研究整理。目前中国学术界对于《壬辰录》的研究较少，韩国学术界，大多对《壬辰录》进行单独研究。本书最大的创新点在于对韩国古代小说《壬辰录》包括其现有的63个版本进行深入研究和分析，同时将《壬辰录》与正史《宣祖实录》进行平行比较研究分析。这是本书的创新点和价值所在。

〔1〕 肖伟山：“《三国演义》与韩国传统艺术盘骚俚”，载《内蒙古民族大学学报（社会科学版）》2010年第2期。

〔2〕 조치성，《〈임진록〉·〈유충렬전〉과〈삼국지연의〉의 창작방법 비교 연구》，서울 : 가천대학교，2014.

〔3〕 박지민，《正史〈三國志〉와 小說〈三國演義〉比較 分析》，경희대학교 석사논문，2010.

〔4〕 박경복，《韓·中·日 歷史文化景觀比較를 통한 想像의 環境復原 : 設計適用 : 相生之苑》，고려대학교 석사논문，2006.

〔5〕 양인실，《英雄小說의 人物像比較研究 : 三國志演義와 韓國英雄小設의 比較》，건국대학교 박사논문，1979.

〔6〕 이경선，《〈三國志演義〉의 比較文學的 研究》，서울 : 일지사，1976.

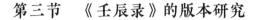

第三节 《壬辰录》的版本研究

本书对《壬辰录》的研究主要集中在崔日景系列的 5 个版本，并结合其余代表系列的 3 个底本。之所以选择崔日景系列，是因为其最能代表 17 世纪虚构的叙事化特征。按照崔文正的划分，崔日景系列属于非历史系列的版本。此外，崔日景系列按照崔文正的划分，属于非历史系列的虚构系列，将崔日景系列与历史系列以及正史《宣祖实录》进行对比，从而突出 17 世纪从历史到虚构的特征。17 世纪是两国叙事文学的转折点，是两国虚构叙事发展的顶峰。崔日景系列共有 26 个版本，是整个《壬辰录》中异本最多的，也是 17 世纪《壬辰录》最具代表性的版本。此外，崔日景系列按照崔文正的划分，属于非历史系列的虚构系列，更能突出 17 世纪从历史到虚构的特征。

《壬辰录》根据内容、体系的不同，完全可以划分成几个不同的系列，这就造成了虽然壬辰倭乱是相同的史实，但是却形成了完全不同的小说作品的情况。历史系列异本的内容以实际历史为中心，稍微掺杂了一些虚构情节。在其他系列中，军谈化、实录的性格几乎没有，而是变为完全虚构化。这一区别可以从各版本的序文中看出。

本书选择的第一底本是——历史系列韩国国立图书馆汉文本：该版本以日本的地理位置和丰臣秀吉家族的起源开始，进而叙述丰臣秀吉的侵略是不义的侵略，并且在朝鲜的为政者对于国防不关心的政策下对战争初期败战情况进行了简单描写。日军攻入时，不仅官军溃败，国君也跑到了北部国境线义州避难。后来两位王子也被倭军挟持。日军攻陷都城，直达平壤。明朝虽然派遣了将军祖承训，但是很快败北。全国各地义兵群起，李舜臣水军连战连胜，战况开始逆转。请兵救难，明朝援军与朝鲜军队协同作战，光复了平壤，此时李如松决定和亲，接受了日本的投降书，日军大将小西行长和加藤清正也回国了。但是和亲失败，日军再次入侵，但在危难关头宣祖听信了元均谗言，将李舜臣囚禁监狱中，结果水军几乎全部被消灭。此时，李舜臣得到复职，战死在水战中，日军入侵。之后故事有所不同，历史系列韩国国立图书馆汉文本是因为明朝的力量再次和亲，以《土亭梦游枫岳》为结束。历史系列变形京板本，崇田大学本发展了土亭的故事，土亭的大臣、妓女论介和金德龄抗敌至死。姜弘立和金应瑞反攻日本失败，僧人泗溟堂依靠法术，降服日本国王。韩国国立图书馆本和历史系列变形本之一京板本的特征是在于对史实的编辑记录的过程中多少增加了一些虚构的成分。苏在英认为，韩国国立图书馆汉文本是《壬辰录》小说所有系列的母本，比较忠实于历史史实的编辑记录，加以适当的虚构，而在小说不断反映民意的过程中，出现了京板本等版本[1]。

　　文章选择的第二个底本是京板本，也是韩国国立图书馆汉文本的变形。京板本有三卷本和二卷本两种，内容几乎相同。《古小说板刻本全集·卷二》[2]中收入了三卷本的卷一和卷三，岭南大学图书馆收藏有三卷本的卷二和卷三，由此可以对原本进行补全，共72章（26·23·23）。卷末写有"甲午仲秋武桥新刊"的字样，所以推测是1894年（高宗31年）出版的。京板本的

---

〔1〕순수한 역사적 사실의 편집기록에 다소의 소설적 허구를 가미한 국립도서관 한문본이 형성되었으며, 대중을 의식한 번역과정에서 경판본이 형성되었다고 하겠는데, 분량 표기 문체 등으로 미루어보아 경판본은 다시 숭전대본의 축약본.(소재영,《임병양란과 문학의식》, 서울 : 한국연구원 ,1980,p.30.)

〔2〕김동욱,《古小說板刻本全集》.

特点是比较忠实于历史的记录，但是三卷本卷三中半以后的虚构性很强。从开始倭国记事和宋象贤的诗等可以看出京板本与国立图书馆汉文本或者韩南大学苏在英译注本的内容类似，推测是韩文本的原型[1]。并且历史创作的部分受到《惩毖录》等史实记录的影响。

　　苏在英推定韩国国立图书馆本为小说原本，在壬辰战争后直接出现，虽然京板本后面刻有"武桥新刊"年号推定是 1894 年，但崔文正认为历史系列京板本接着韩国国立图书馆汉文本出现[2]，原因有三点：首先是对于日本人和丰臣秀吉的敌忾心并未显现，原本的成立时期是朝日交涉之后（17 世纪 20 年代），所以小说中克服民众敌忾心的思想明显，另外，还有丰臣秀吉出身谈，也是亲日的表现。其次，京板本还是明朝灭亡前的表现，对明朝的中华思想突出，之后的版本，这一思想便不再明显。并且与士大夫学问原则相悖的各种怪力乱神的信条谈也开始出现，这与民众对于朝廷不信任，朝廷急于恢复自身威信的战后

---

〔1〕 京板本是由丰臣秀吉的出生开始记录的。倭国是秦始皇为寻找不死药派出的人没有回国，留下来而形成的。中国青州地方的一个名叫朴水平的人因倭乱而被杀，他的妻子陈氏被掳成了丰臣信的妻子，由此生下了丰臣秀吉。在朝鲜，赵宪预言了壬辰战争。之后，国王宣祖向明朝请求援兵，金应瑞在妓女的帮助下杀死了日本的一员大将，第一卷以李舜臣龟船的胜战结束。第二卷以郭再佑专注战争开始，第二次请兵时明朝皇帝受到了关云长的托梦，于是派遣李如松参战，李如松抓住了小辫子让宣祖受到了屈辱。之后海战中李舜臣与元均发生了矛盾，李舜臣独自斗争，最后以丰臣秀吉死亡结束。第三卷是以忠武祠树立落泪碑开始，晋州城的失陷和论介的死亡，金德龄的神术，姜弘立的胜战，金应瑞杀死加藤清正的英雄性的行为。金德龄忧郁地死亡，姜弘立、金应瑞征伐日本和泗溟堂独自降服倭王等说话性逐渐变强，这里可以看到壬辰倭乱过后民众的爱国激情。除此之外，关云长的托梦、李土亭的预言、加藤清正妹妹的信、宣祖的眼泪、金应瑞杀死倭将、金德龄的自杀等，这些都是京板本形成过程中的插叙。（소재영，《임진록》，서울：고대민족문화연구소，1993，p.5.）

〔2〕 최문정，《임진록 연구》，서울：박이정，2001，p.39.

想法有关。再次，京板本与韩国国立图书馆汉文本相似，镇魂叙事的色彩浓厚，所以推定为晋州城为妓女论介和金德龄进行镇魂仪式之前的作品。最后，从序头开始，叙述日本的由来以及对明关系等都是非常谨慎的态度，同时，对于中华秩序的理解，天命观的标明，都是判断与原本接近的依据。另外，沉溺于叙述李如松英雄形象、明军作用、朝鲜大臣智慧和作用等，都与战后功臣册封和维护宣祖地位有关。

本书选择的第三个底本是崔日景系列的代表性版本——韩国国立图书馆韩语本：林哲镐分类整理了包含有韩国国立图书馆韩文本等 27 种异本的崔日景系列[1]。战争过后，朝鲜后期，形成了英雄军谈小说。内容形式大体上是神异的诞生，非凡的成长，卓越的能力和成就，经历苦难并克服苦难，战场上的胜利，英雄复归和建立城邦崔日景系列壬辰录受到英雄小说的影响，虚构人物崔日景像英雄的主人公一样，克服逆境，成为大臣。在国家危亡，倭寇入侵时期，提供对策，为向明朝请兵，战争中阻止日军入侵拯救国家等情节成为小说的主要内容。明朝将领李如松的活跃刻画很明显，崔日景的作用、能力比国王宣祖要大。林哲镐认为，这是对于宣祖无能的批判。这样的叙述与当时的历史状况和政治思想有关，17 世纪朝鲜社会政治上的特征是，16 世纪后期很多地方上的士林去中央做官，党派的集中使得大臣的权力得到扩大[2]。这也是朝鲜初期郑道传的宰相中心思想在 17 世纪壬丙两乱后抬头的表现，崔日景系列《壬辰录》对

---

〔1〕 임철호,《임진록 이본연구》, 전주 : 전주대학교 출판부 ,1996,pp.47~165.

〔2〕 17 세기의 정치사의 특징은 ,16 세기 이후 지방의 사림이 다수 중앙관료로서 입지를 결정적으로 확보하려 하였다 .(정혼준 ,17 세기 조선의 정치권력 구조와 대신 , 고려대학교 사학과 박사논문 ,1994.2.)

于这一理想进行了完美呈现。将虚构的大臣崔日景作为主人公的军谈化作品，与实际战争史实有很大的差异是这一系列小说的最大特征。韩国国立图书馆本《壬辰录》总共 85 面，每面 12 行至 14 行，每行 21 字至 25 字，由韩文行草体整齐书写而成[1]。这部作品是"说话性为基础的国文本"代表性的作品，其中还包含了《黑龙录》、崇实大本、《鲜壬录》等。使人物崔日景始终跟随着关羽的指点，同时也连接着作品的发展。李如松、加藤清正、李舜臣等人的死亡关系是相互连接的，这一点受到《三国演义》的影响。这部小说中李如松恶行昭著，尤其是穿越太白山的时候被百姓驱赶，同时也表现了姜弘立和金应瑞征伐日本时的爱国心。小说中还有《东国新郎的歌曲》《渡海歌》等诗歌的插入，提高了作品的文学性。小说中的人名和地名带有庶民阶层的创意性。

李舜臣系列：林哲镐将延世大学保存的几个版本划定为 6 种不同的李舜臣系列，李舜臣系列版本的特征是在崔日景系列中插入一些李舜臣的故事[2]，所以笔者认为，这一系列是否可以作为一个独立的系列是需要怀疑的。与崔日景系列不同的是在倭军入侵的时候李舜臣的作用不同。虽然一部分作品有李舜臣的存在，但并未得到详细地描写。有对于历史的错误叙述，也有对于社会政策不满因素的呼应。李舜臣系列开头与崔日景系列相同，介绍了崔日景的诞生、成长、出仕和战争中建功立业

---

[1]《壬辰录》国立图书馆版，是以平安道生活的崔日景母亲怀胎梦到关云长的情景开头。崔日景长大后在右议厅做事，有一天朝鲜大王梦到了火光冲天的场景，通过解梦，发现是倭军入侵的征兆。金德龄、柳成龙、金应瑞、李如松、桂月仙等人物在小说中出现。作品中李如松夺取了入侵者加藤清正的性命，突出了金应瑞、姜弘立的战功。（소재영，《임진록》，서울：고대민족문화연구소，1993,p.105.）

[2] 임철호,《임진록 이본연구》, 전주：전주대학교 출판부,1996,p.109.

故事的同时，也在中间了介绍了李舜臣诞生、成长、出仕以及在战争中的作用。林哲镐认为，李舜臣系列压缩了崔日景系列中崔日景的故事情节，其理由是将李舜臣也作为主人公对其进行英雄化描述。[1]

但是，与实际历史不同的是小说中虚构了部分情节，李舜臣活跃在战乱初期，在战争中死去之后，开始成为神仙，追随李如松、金应瑞和姜弘立，运用道术庇佑国家。整体上来说，李舜臣系列是在崔日景系列构造下，插入李舜臣的故事，全系列的意义与崔日景系列区别不大。

本书选择的第四个底本是关云长系列的权宁彻本：林哲镐认为关云长系列包括权宁彻本等韩文本6种，高大本等汉文本5种[2]。关云长在小说中的事迹与实际历史肯定是毫无关系的，关云长是中国三国时期的人物，也不可能是战争中的史实。关云长系列与其他系列的区别很大，林哲镐甚至认为，故事的全体都是非伦理性的[3]，故事整体都与作者自身的想法和统治集团的表现相融合。故事以国王的梦开始，关云长在国王的梦中显灵，国王根据关云长的指示抓到了间谍和日本将领，成功预言并且做出了备战准备阻止了战争的被动地位。这与实际历史不符，这是战争前没有预见到战争的发生，战争中没有好的对策的集权士大夫完全逃避责任的表现。在关云长系列汉文本中明朝将领李如松是活跃在小说中的人物，是他解决了所有的问题。不顾及华丽的战功，为了维持文治集团的统治地位，小说重用死

---

〔1〕 이순신계열에서 최일영의 이야기가 심한 축약현상을 보이는 이유는 물론 이순신을 주인공으로 하여 영웅화시키자는 데 있다. (임철호，《임진록 이본연구》，전주 : 전주대학교 출판부，1996,p.233.)

〔2〕 임철호，《임진록 이본연구》，전주 : 전주대학교 출판부，1996,p.167.

〔3〕 임철호，《임진록 이본연구》，전주 : 전주대학교 출판부，1996,p.218.

去的将领李舜臣和明朝将领李如松，而对于义兵将领郭再佑谋害金德龄等处刑，最后总结了不能论功行赏的理由是国内实力不可能完成战争的胜利。关云长系列将关云长英雄化，也塑造了李舜臣这一主人公。

关云长系列韩文本权宁彻本，共54面，每面16行，每行22字至28字，韩语行草体笔写本，末尾写有"戊寅年二月初三日"可以推测年代[1]。文字错误比较严重，人名、地名等，多根据俗音书写而成，可以由此推测写书人的文化程度较低。这一文本以李如松为中心展开叙述，李如松带着箭伤赢得了战争的胜利，李如松推荐的金德龄杀死了倭将鸟西飞、牡丹等人，并成功放逐了丰臣秀吉，朝鲜国王听从了关云长的建议提拔了李舜臣，成了小说的中心。但从之后的援救过程中抓住明兵把柄，退兵时被山上神灵杀死这一叙述来看，是被当时百姓所拒绝的。反而，金德龄这一形象成为百姓心中英雄的焦点。被朝鲜将领杀害的外将后裔为了报仇再次侵略朝鲜，如从李如柏为报兄仇的叙述来看，朝鲜民众不仅对日本侵略军抗拒，对明朝援军也是抗拒的。虽然作品的两大英雄人物有金德龄和李舜臣，但金德龄是无法与李舜臣的能力和英雄性相比较的。故事最后有李如松断脉、

---

[1]《壬辰录》权宁彻本，故事的发端是以关云长显梦开始，崔致白根据关云长的话预测到了危险的事态。从而以此为契机匆忙准备战事。接着晋州失守，论介背着倭将昔宗老跳江而死，宣祖逃往北汗山城，李恒福等人从老妇那里得到了李如松的画像，所以请兵将领经交涉定为李如松。李如松举荐的金德龄成功杀害了倭将鸟西飞，这件事惹怒了丰臣秀吉，发誓要再将宣祖送上逃亡之路。这件事为李如松撤兵找到了借口，宣祖听说后泪流满面，之后金德龄与倭将的遭遇战，与倭将丰臣秀吉的道术站，与李舜臣海战后的最后重逢。之后倭将再次侵犯朝鲜，金德龄被杀，李如松归国前在俗丽山支脉被山神所杀，所以其弟李如柏为兄报仇再次发兵朝鲜。战争之后，朝鲜开始敬关云长为神，对金德龄和李舜臣供奉于三角山。郭再佑论介等论功行赏。权宁彻本是说话性强的代表性异本。这一系列还有庆北大学本等。这一系列与正史记录的距离最远。（소재영，《임진록》，서울：고대민족문화연구소, 1993, p.203.）

李如柏报仇这一情节，这也是当时家门制度的反映。韩文本更能反映出文治集团统治下对国王、士大夫形象的维护，相对汉文本，李如松断脉这一情节是为了凸显韩民族的精神和力量，所以权宁彻本又被称为最能反映民众意识的版本。另外，小说中还包含了神秘的巫术思想，以及对于明朝援军的慕华思想等。

从上述版本的内容和发展综合来看：首先，历史系列是写实性最强的，附和一些虚构的文本，是经历战争的人仍然在世时期的版本，也是作为小说所有系列的原本的一个存在，之后的版本向取悦民众的方向发展，小说原本的权威地位不再，之后又向更为自由的军谈世界发展，小说版本的多样性也起到了愉悦民众的作用。另外，历史系列小说中一惯性的是意识形态的问题，是在对武将、义兵将领能力无视的同时，对文治政权的一致肯定，对于朝鲜为政者、大臣、明将李如松的英雄化描写突出。大体上像历史叙述一样的历史系列中李舜臣和义兵在各地取得胜利，但无法满足朝廷的要求，仍然还要选择请兵。但是就这一问题，军谈化系列认为国内的军事力量无法完成击退倭军的目的，必须要进行请兵。对于明朝来说，军队是事关国家存亡的事情，所以一开始是拒绝的，还有对明援军的傲慢的态度的叙述，是在对于朝鲜国难危机感知的同时对于为政者能力和作用的刻画[1]。只将李如松一个人作为恰当的救援将领，所以对李如松的所有要求都会进行满足，并且带领着朝鲜的所有士大夫、官僚、官军、义兵将，还有李舜臣、金德龄、郭再佑等，给人一种错觉，就是壬辰战争最大的贡献者是朝鲜士大夫官僚和明朝援军李如松。

保有初期本形态的就是韩国国立图书馆汉文本，并且在崇

---

[1] 최문정，《임진록 연구》，서울：박이정，2001，p.37.

田大学和黑龙日记小说中，就李如松必须回国这一问题进行了反对，这两个异本在官军全部阵亡之后作为朝鲜的英雄指挥赢得了最终的胜利，是英雄军谈化的一个表现，也是朝鲜缺乏武将的一个表现。但是在虚构系列崔日景系列、李如松系列等中，李如松虽然战功赫赫，但是朝鲜还有武将金应瑞、姜弘立，甚至取得了反攻日本的功绩。另外，崔日景系列的一部分异本和李舜臣系列、关云长系列中，李如松并非完美的英雄形象，而是为了不让朝鲜出现英雄，进行了断脉，将朝鲜缺乏武将的原因归结到李如松一个人的身上，这当然是明朝灭亡以后形成的故事情节。

　　以上分析了壬辰录所有系列小说的一些共同点和差异点，这是与当时朝鲜社会中华体制的思想还有朝鲜文治政权思想是密不可分的，突出了朝廷、士大夫的主张。初期本历史系列没有对于丰臣秀吉强烈的敌忾心，到了后期本敌忾心加强。初期是中立的外交政策下对于敌忾心的压制，到了后期，随着朝日关系的决裂，为了增加民众的趣味感对于敌忾心进行了加强。

　　与此同时，在分析崔日景系列的时候主要采用的是权宁彻本，同时也结合崔日景系列的其他代表版本共计八个进行研究。其中四个版本分别为学者苏再英的韩语笔写本，是崔日景系列的第一类；第二个版本是林哲镐的韩语笔写本，是崔日景系列的第二类；第三个版本是首尔大所藏本，是崔日景系列的第三类；第四个版本是黑龙日记，是崔日景系列的第五类。这几个版本的引用，主要是系列内部的微小差异，是分析细节时使用的。崔日景系列的第四类是韩国国立图书馆韩语本，是主要的五个版本之一。

　　在分析平壤战役的同时也结合了韩国国立图书馆本等版本，关云长系列版本、李舜臣系列版本中代表性的八个版本，（下文"○"标记为选择版本）。在分析人物崔日景系列时，采用各系列代表性版本进行研究（下文"◎"标记为选择版本）。之所以选择这八个版本的《壬辰录》，不仅八个版本是韩语版中的各个系列的代表，同时也是拥有读者评价最高的几个异本。八个版本从历史到虚构，代表了当时不同的作者阶级，最能反映 17 世纪朝鲜文学叙事的特点。如表 1 所示：

表 1 《壬辰录》的版本[1]

号码	系列	版本	号码	系列	版本
1	历史系列	国立图书馆汉文笔写本	31	崔日景系列	朴顺浩 韩语笔写本 CE 朴
2		崇田大学校所藏本[2]	32	关云长系列	圆光大学 汉语笔写本 G 圆
3		京板本	33		高丽大学 汉语笔写本 G 高
4		黑龙日记延世大学韩语本	34		朴顺浩 汉语笔写本 G 朴
5		黑龙日记			
6	崔日景系列	朴顺浩 韩语笔写本 CA 朴	35		郑明基 汉语笔写本 G 郑
7		朴顺浩 韩语笔写本 CA 顺	36		全州大学 韩语笔写本 G 全
8		郑明基 韩语笔写本 CA 郑	37		李明善 韩语笔写本 G 李
9		苏在英 韩语笔写本 CA 苏◎	38		权宁彻 韩语笔写本 G 权
10		史在东 韩语笔写本 CA 史	39		精神文化研究院韩语本 G 精
11		林哲镐 韩语笔写本 CB 林◎	40		郑明基 韩语笔写本 G 国
12		金基铉 韩语笔写本 CB 铉	41		金基铉 韩语笔写本 G 铉

〔1〕 崇田大学是现首尔崇实大学 1971 年至 1987 年的名称，现存书于崇实大学。

号码	系列	版本	号码	系列	版本
13	崔日景系列	精神文化研究院韩语本 CB 精	42	李舜臣系列	金基铉 韩语笔写本 G 基
14		高丽大学 韩语笔写本 CB 高	43		精神文化研究院韩语本 L 精
15		全州大学 韩语笔写本 CB 全	44		延世大学 韩语笔写本 L 延
16		朴顺浩 韩语笔写本 CB 朴	45		精神文化研究院韩语本 L 神
17		首尔大学 韩语笔写本 CC 首◎	46		苏在英 韩语笔写本 L 苏
18		精神文化研究院韩语本 CC 精	47		禹快济 韩语笔写本 L 禹
19		朴顺浩 韩语笔写本 CC 朴	48		朴顺浩 韩语笔写本 L 朴
20		金永振 韩语笔写本 CC 永	49		史在东 韩语笔写本 L 史
21		金永振 韩语笔写本 CD 永	50	历史系列变形	京板本 韩语笔写本 HL 京
22		国立图书馆 韩语本 CD 国◎	51		精神文化研究院韩语本 HL 精
23		金东旭 韩语笔写本 CD 金	52		崇田大学 韩语笔写本 HL 崇
24		朴顺浩 韩语笔写本 CD 朴	53		朝鲜文学全集 HL 鲜
25		金基铉 韩语笔写本 CD 金	54	其他系列	延世大学 韩语笔写本 M 黑
26		朴顺浩 韩语笔写本 CD 顺	55		朴顺浩 韩语笔写本 M 顺
27		朴鲁春 韩语笔写本 CE 春	56		金光顺 韩语笔写本 M 金
28		金永振 韩语笔写本 CE 永	57		朴顺浩 韩语笔写本 M 朴
29		黑龙记 韩语笔写本 CE 黑◎	58		庆北大学 韩语笔写本 M 庆
30		金东旭 韩语笔写本 CE 金	59		赵东一 韩语笔写本 M 赵

　　韩国学者对军谈小说《壬辰录》的研究，截至2001年崔文正的研究为止，列举了59个版本，研究内容丰富，但其忽略了

对海外藏本的研究。1989 年韦旭昇的《抗倭演义（壬辰录）及其研究》[1]中对国语本朝鲜文学艺术总同盟社本和金日成综合大学图书馆藏本汉文本进行了研究。指出：由于朝鲜时期，朝鲜文人发音与中国不同等原因，在人名、地名上，产生了一批误字，如"清川江"写成"青天江"，"鞠景仁"写成了"国景仁"等，也是造成版本区别的原因。

　　另外，2016 年上海古籍出版社出版的，上海师范大学和韩国汉文小说集成编委会对《壬辰录》美国柏克莱加州大学东亚图书馆藏本和日本东洋文库本[2]两个版本进行了研究。将所有版本划分为简本和繁本两大类，认为从简本到繁本，实际上是一个从明朝援军占主导地位到突出本国军民为抗倭主力的过程。小说主要情节和人物所占比重的变化，正从一个侧面反映了一个民族在面对外来强敌侵略时，一方面固然非常重视友好邻邦的无私援助，同时，另一方面在正统观念下民族立场决定了在表现这场战争时，必定会强调以自我为中心的主体意识，不忘对本民族自我价值和主体精神的肯定。

---

〔1〕　韦旭昇：《抗倭演义（壬辰录）及其研究》，北岳文艺出版社 1989 年版。
〔2〕　韩国汉文小说集成编委会：《壬辰录：万历朝鲜半岛的抗日传奇》，上海古籍出版社 2016 年版，第 7 页。

第二章

正史和正统观念下的文学叙事

第一节　儒家正统观念的产生和发展

一、儒家思想的起源和"礼"

儒家是先秦诸子百家之一，其创始人是孔子。儒家在先秦时期和诸子地位平等，在秦始皇统治时期因"焚书坑儒"受到重创，在汉武帝为维护专制统治"推明孔氏，抑黜百家"[1]实施思想钳制后兴起。儒家正统观念来自于孔子思想中的"礼"，这一思想并非孔子的独创，而是从"周礼"那里继承而来的。"周礼"是西周武王的弟弟，政治家姬旦——周公所创制。周公摄政，制定了田制、官制、禄制、乐制、法制、嫡长子继承制等相当完备的典章制度。孔子对"周礼"向往不已，曾有"吾从周"的誓言。所以正统观念是孔子从"周礼"那里继承而来的儒家思想的重要组成部分。正统观念随着儒家思想的发展也不断被传承，经过战国末期荀子的"隆礼重法"、汉代董仲舒的"天立王为民"，发展到宋代朱熹的"君心"决定论，一直到清代王夫之的"尊君"思想，"礼"成为中国人思想基础的一部分。

孔子创立了儒学，他之所以强烈地通过史学反映民族正统

---

〔1〕（汉）班固：《汉书·董仲舒传》，中华书局2007年版。

与政治正统理念，是因为儒学本身就是支持这一理念的，也就是说儒家思想的本质就是主张民族正统与政治正统观的，但当时孔子的儒家思想在当时并没有成为整个社会的核心学术，只是"百家争鸣"的其中一家。在班固《汉书·艺文志》便有记载："凡诸子百家，……蜂出并作，各引一端，崇其所善，以此驰说，联合诸侯。"[1]

　　而到了西汉武帝时期，国家推行全面统一的强权政治，对外开疆拓土、威服远夷，对内统一思想文化、加强皇权。为适应这种需要，以董仲舒为首的一大批儒家学者，大力弘扬春秋公羊说，重申孔子春秋学的尊王、攘夷的大一统理论，主张建立政治的大一统帝国，提出"罢黜百家、独尊儒术"的文化主张。汉武帝时期推崇儒学，五经博士先后设立，博士弟子员额多至数千人，乃至一经衍义百万余言，经学大师多至千余人，经学蔚为大观。中国自先秦以来至汉武帝时代，除了秦代短时间内实施过"焚书坑儒"的文化专制政策之外，学术文化基本上是百家争鸣的，由此孕育出了先秦时代中华民族空前的思想文化创造高潮，一大批文化思想原典的出现使中华文化一开始便显现出繁荣昌盛的景象。董仲舒所提出的文化学术主张，打破了这种局面，不仅是为汉武帝设计了一种文化专制政策，而且是为国家确立了一种文化学术正统观，打造了一代文化学术正统模式。从此，儒家在中国文化传统中的正统地位得以确立，历史上的正统观从此又增加了文化学术的正统内涵。东汉章帝在白虎观召集诸子百家，讨论的是儒学内部五经异同的问题。《白虎通义》的撰成更是标志着儒学最终完成了统一，其正统地位进一步纯洁与深化。由孔子倡导、董仲舒催熟的这种文化学术

---

[1] （汉）班固：《汉书·艺文志》，中华书局 2007 年版，第 78 页。

正统观，不仅在汉代对社会产生了巨大影响，而且也为后代确立了牢固的文化学术正统理念，对后世的影响十分深远。其最突出的表现是在此后两千余年的历史文献传承和教育事业中，儒学经学始终处于首要地位[1]。

　　董仲舒以孔孟儒家思想为主，兼采各家有利于封建统治的思想，建立了一整套适应汉王朝封建统治需要的新的儒家学说。其具体内容就是根据先秦儒家的"天人合一"思想以及法家的集权思想和阴阳家的五行说，重新解释儒家经典，建立了一套以"天人感应"说为基础，以"三纲五常"为核心的神学思想体系。董仲舒极力向汉武帝推荐《春秋》"大一统"的理论，他向武帝上了"天人三策"，把封建大一统说成是天经地义，是必须遵循的法则[2]。他把《春秋》中的"大一统"思想和法家的集权思想结合在一起，效法秦始皇和李斯统一思想的做法，向汉武帝建议"罢黜百家，独尊儒术"，用儒学来统一地主阶级的步调，强化对人民的思想统治。为汉武帝加强封建专制主义中央集权的统治提供了理论依据[3]。

　　儒家思想自汉代开始，成为整个中国社会的显学。而儒学东传到了朝鲜半岛，17世纪朝鲜壬辰两次倭乱带给了朝鲜人民惨重的灾难，但也锻造了朝鲜人民面对强敌英勇不屈的民族精神，这种精神一方面来自客观环境的逼迫，同时又与朝鲜儒学正统观念有着直接的关系。朝鲜儒学起源于中国春秋时期的孔子儒家学说，传到朝鲜半岛以后，又融合了朝鲜固有的家神信

〔1〕（宋）郑思肖：《郑思肖集》，陈福庚校点，上海古籍出版社1991年版。

〔2〕刘德清：《欧阳修论稿》，北京师范大学出版社1991年版。

〔3〕钟育强："浅谈中国封建社会的正统思想——儒家思想"，载《中共南宁市委党校学报》2009年第6期。

仰、村落信仰、巫俗信仰、花郎道信仰等，使之成为具有鲜明本土特色的朝鲜儒学正统观念，其核心思想是仁爱、忠孝、忠君、爱国等。这在军谈小说中得到了充分的展示。

二、儒家思想在朝鲜的传播

儒家和其中的正统思想经历了几千年的发展并不是一成不变的，后世所谓正统守护的对象已不再是最初的统治者，而是随着朝代、国家、地域的不同，维护的是不同的、当时的正统。

朝鲜是与中国国土毗连的兄弟之邦，儒家思想也是两个国家进行交流的文化桥梁。儒家思想在东亚各国都有广泛的影响。在朝鲜和日本，伦理和礼仪都受到了儒家仁、义、礼等观点的影响，至今都还是很明显的。在今天的韩国，信奉各种宗教的人很多，但是在伦理道德上却以儒家为主。在西方文明侵入韩国社会后，各种社会问题有所增加，但是韩国政府以儒家思想的伦理道德作为维护社会稳定的制约力量，在教育中深化儒家思想。

孔子在今天的韩国，是一位家喻户晓的圣贤，韩国人尊奉他为"万世之表"，每年都要举行祭祀孔子的"释典大祭"。早在古朝鲜时代，孔子的基本精神通过表意文字——汉字传入到韩半岛。在公元1世纪前后高句丽、百济、新罗"三国鼎立"时期，儒学开始得到官方承认，通过教育体制在上流社会传播。公元372年高句丽设立太学，百济古尔王（公元234-286年）时期制定了沿袭《周礼》的中央官制，近肖古王（公元346-375年）时期王仁将儒家经典传到了日本，并且7世纪中期新罗设立国学等一系列的事例都说明了在朝鲜三国时代儒家的制度、礼俗以及孝悌忠信的规范已经在社会上确立。新罗统一朝鲜后，进一步发展儒学教育，在中央设立国学，置博士、助教，招收贵族子弟传授儒家经典。为了推动学习儒学的热潮，国王甚至亲"幸国学听讲"。与此同时，还向中国派遣留学生，其中一些人考中状元，出现了一些著名儒学学者，如强首、薛聪、金大向、金云卿、金可纪、崔致远等。高丽王朝建立后，在首都开城设立国家最高学府国子监，在地方十二州设立乡校，广泛推行儒学教育。958 年，高丽开始举行科举，把儒家经典列为主要考试科目，从而推动了儒学迅速发展，并且出现了私学。1392 年，高丽王朝灭亡，朝鲜王朝建立，实行"崇儒抑佛"政策，大力扶持和增设公立教育机构，各地的儒家学者也纷纷创办私学，推动了对全民的儒学教育。从此，儒学成为国家统治思想，并走向本土化和大众化。素以"东方礼仪之邦"著称的朝鲜的"礼仪"，其可贵之处在于，它包括"礼法"和"义理"的两个价值基准。"义理"作为朝鲜王朝时期"性理学"的中心概念，指坚持正义的刚强的信念。正是这样的儒家文化培育了同倭敌抗争到底的李舜臣等"忠国"英雄，至日本殖民地时期发展为"爱国儒教"。然而，深入研究儒家根本思想的朝鲜王朝学者们固守实质上融合了儒、释、道的性理学，甚至排斥从明朝传入的阳明学[1]。这种排斥也曾起过负面作用，即引起了学术上的争执和与政治有关的党派斗争。这与他们一方面坚持开放与和合的态度，另一方面追求纯粹的、正统的、完美的、思想的传统民族精神有关。朝鲜王朝时期，程朱理学作为统治思想，在李朝统治的 500 年间，起到了维护和巩固封建制度的作用[2]。朝鲜儒学不仅注重纯粹的

〔1〕　金成玉："多视角审视韩国儒家文化"，载《光明日报》2013 年 2 月 25 日。

〔2〕　李甦平：《韩国儒学史》，人民出版社 2009 年版，第 30 页。

道德性，而且还追求实现这种道德性的现实制度以及力量的实践性，这是朝鲜儒学的特征。正统观念随着儒家思想传入韩国，在成为古代朝鲜社会的显学的同时，也成为影响小说叙事的重要因素之一。

军谈小说《壬辰录》叙述了许多反映儒家正统价值观的故事：大量普通民众在"倭乱"中将"忠孝节义"置于个人生命之上的动人事迹。他们有的在忠孝难全的情况下选择为国而死，如金德龄；有的身为僧人，组织僧军，与敌周旋，如西山大师；有的在各地发起义兵运动，如郭再佑，军士战笠皆书"忠臣"二字；有的身为贱妓，如桂月香、论介，主动请命刺杀倭将，成功后又主动"请斩己首"，以免祸及父母，可谓忠孝兼全矣。

最能体现儒家正统价值观的，是著名水军将领李舜臣。他作为一位功绩卓著的水军将领，因其才能和刚正不阿的性格，屡遭朝廷奸臣的诬陷，兄弟尧臣、禹臣受其牵连而死。李舜臣因其三次白衣从军（白衣是指囚犯），以后两次出名：第二次是1576年，李舜臣武科及第，授权知训练院奉事。1579年调往咸镜道参与防御女真。1586年担任造山万户兼鹿屯岛屯田事宜，在此期间与上司李镒不和，后因女真入侵鹿屯岛造成人员伤亡，随即以延误战机过失罪革职，后以白衣从军。第三次是1592年，时任日本关白的丰臣秀吉征伐朝鲜，李舜臣带领朝鲜龟船舰队在玉浦、唐项浦、泗川、闲山岛、釜山等地抵抗日军。后因谗言一度下狱。1597年，日本出动14万兵力，水陆并进入侵朝鲜。李舜臣被再次起用，出任三道水军节度使，在露梁海峡兵力悬殊的情况下取得决定性的胜利。李舜臣虽遭陷害，却不计前嫌，在国家需要他的时候重又匹马赴任，为国捐躯，表现了一个爱国将领践行"忠义""许身报国"的伟大情怀。

而在义兵将领郭再佑和僧军领袖俞点大师身上，同样体现了"忠义"爱国的核心价值观。郭再佑在官军望风而逃的危难时刻，挺身而出，将抗击倭寇的责任揽到了自己身上，毅然荡尽家产，组织义军抵抗。战斗中他身先士卒，善用计谋，因每次都穿着"红绡帖理"，因而赢得了"红衣天降将军"[1]的美称，打得敌寇闻风丧胆。这里，无论是义兵还是僧军，都表现了一个民族不畏强敌、以身报国的爱国主义精神。

朝鲜以儒学思想建国，壬辰战争以后为了巩固统治，战后的正统思想发展尤为强烈，从光海君时期（17世纪20年代）颁布的"教科书"《东国新续三纲行实图》为例，对忠、孝和烈女尤为推崇。与此同时，朝鲜长期以来的"事大""交邻"的外交政策，也使得儒家正统观念深入人心。

第二节　《壬辰录》的正统观念和中朝史官制度

一、儒家正统观念与《壬辰录》

儒家正统思想是儒学思想"礼"的延伸，且不断被传承。正统，儒教经典《春秋》一书，又称法统、道统、礼仪之统，意思是以宗周为正，尊先王法五帝，为天下一统。《汉书》曰："《春秋》法五始之要，在乎审己正统而已。"[2]"正统"的核心思想有两点：一方面是血缘，即"指封建王朝先后相承的系统"，另一方面是

---

[1]　韦旭昇：《抗倭演义（壬辰录）及其研究》，北岳文艺出版社1989年版。

[2]　（汉）班固：《汉书·董仲舒传》，中华书局2007年版。

继承，即"指党派、学派从创建以来一脉相传的嫡派"[1]。

16世纪末，朝鲜在集权政治体制与继续长期伪装太平期间，日本推翻了室町幕府，奠定了海内统一的基础。当时朝鲜的武装防备不及，而日本却由丰臣秀吉独揽大权，控制日本以窥伺朝鲜。宣祖二十五年（公元1592年），丰臣秀吉引15万大军，进犯朝鲜。战争长达七年之久，战争之初，朝鲜溃败，明朝本着唇亡齿寒的思想对朝施以援手，但由于战争消耗过大，间接导致了明朝灭亡。日本战后丰臣秀吉也被德川家康所取代。战后，唯独朝鲜得以延续，成为历史少见的能够持续五百多年的封建王朝。这与战后儒家正统思想密切相关。

在17世纪壬辰战争过后的文学中（包括柳成龙的《惩毖录》、李舜臣的《乱中日记》、姜沆的《看羊录》《洪吉童传》《壬辰录》《林庆业传》《九云梦》《兔子传》等），儒家正统观念基本表现在以下四个方面：

第一，以君权神授为基础的王权正统。中国古代君王历来制造神瑞以表示自己受天命而证明自己统治的合法性，这在先秦已肇其端。黄帝"生而神灵，弱而能言……有土德之瑞"。帝舜被"纳于大麓，烈风雷雨弗迷"[2]。从大禹开始神化出生，《史记·卷二·夏本纪》正义引《帝王纪》："父鲧妻修己，见流星贯昂，梦接意感，又吞神珠薏苡。胸坼而生禹。"此后历代帝王都或多或少地刻意神化自己的祖先与自己的出生，无不宣称"奉天命而临民"[3]，"天命"一词成为史籍中使用频率最高的词汇之一。

---

〔1〕 中国社会科学院语言研究所词典编辑室编：《现代汉语词典》（修订本），商务印书馆1996年版，第1607页。

〔2〕（汉）司马迁：《史记·五帝本纪》，中华书局2013年版。

〔3〕（晋）陈寿撰，（宋）裴松之注：《三国志》，中华书局2014年版。

在军谈小说中表现为：朝鲜王朝的民族英雄成为小说中绝对核心的崔日景、林庆业等英雄形象的刻画，其目的是为了说明战争的正义性。朝鲜与日本隔海相望，在经济贸易、外交、文化交流等方面有着悠久的交流历史。从物质生产和精神文化方面来说，朝鲜发展比日本更早，水平也更高。日本经常以朝鲜为桥梁和通道来吸收中国的先进文化。朝鲜对日本向来是奉行和平方针的，且允许日本商人到朝鲜半岛进行经济交流，从而共同促进双方的经济需求。但是，从高丽末期开始，即中国明朝初期，日本的海盗就有侵犯朝鲜半岛及中国东部沿海地方的行为。当时高丽政府曾书告日本，谴责日本海贼为患："海贼数多出自贵地，来侵本省合浦等。烧官廨，扰百姓，甚至杀害。于今十有余岁，海舶不通，边民不得宁处。"[1]

从中可见中朝两国屡遭日本海贼（又被称作倭寇）骚扰。倭寇中虽然也有日本政府的官军，但日本统治者对他们在国外的侵扰、掠夺行为故作不知，不闻不问，故意纵容其为所欲为。当时日军足利义诠，对上述高丽的指责，答以"九州海贼所为，日廷不与闻"。[2]在日本封建政府的包庇纵容下，倭寇日益猖獗。倭寇常以商人兼海盗的方式活动。在形势不利时，他们就以商人面目出现，通过贸易牟取利润；在其窥得对方无力自卫之时，就以海盗面目出现，杀人越货，抢劫掠夺，无恶不作。

朝鲜王朝初期，太祖是武将出身，此时国防能力强，为了剿清忠清道、黄海道沿海地方的倭寇，朝鲜王朝官军对于倭寇根据地之一的对马岛进行了惩罚性的征战。朝鲜王朝以 270 艘船只和 17 000 多名士兵驶向该岛，焚烧了倭寇的 100 多艘海盗船。

〔1〕〔韩〕民族文化促进会：《太祖实录》，民族文化促进会 1986 年版。
〔2〕韦旭昇：《抗倭演义（壬辰录）及其研究》，北岳文艺出版社 1989 年版。

由于对马岛领主表示投降，愿痛改前非，朝鲜王朝军队在岛上逗留十余日全部撤回，史称"己亥东征"（1419 年）。在此后直至 16 世纪初年的将近百年期间内，倭寇不敢再往朝鲜海岸侵扰。"己亥东征"是对于倭寇长期持续侵扰的必要惩罚。此次东征中朝鲜对日本毫无领土野心，完全是应有的正当的自卫行为。

在此之后，朝鲜王朝政府依旧容许日本人来到朝鲜半岛从事贸易并居住，两国之间仍保持使臣来往。但在朝鲜王朝中宗五年（1510 年），住于富山浦、荠浦、盐浦的日本人，勾结对马岛宗义弘的士兵 300 人再次侵略朝鲜南部沿海，但迅速受到了朝鲜王朝政府的镇压。史称此次日本骚乱为"三浦倭乱"[1]。此后，朝鲜王朝中宗三十九年（1544 年）倭寇海盗船 20 余艘又侵入庆尚道固城一带地方从事抢劫、杀人等暴行，受到了当地军民的打击而逃走。在明宗十年（1555 年）倭寇又以 70 艘船只侵犯全罗南道海南郡的达梁浦等地方，并进犯灵岩，被朝鲜军队所击退，史称"乙卯倭变"。自 16 世纪后半期以来，倭寇侵扰日益频繁。终于在 1592 年发生了由日本封建政府直接发动的空前规模的侵朝战争——壬辰战争。

为了给其侵朝战争寻找借口，日本封建政府对朝鲜提出了无理要求。丰臣秀吉在其致朝鲜国王的书信中，以极其傲慢的措辞，夸示自己统一日本 60 余州的"功劳"，吹嘘自己"必八表闻仁声，四海蒙威名"[2]，取得天下。并暗示朝鲜，如不遂其愿，则必然遭到战乱兵灾。具有民族自尊心的朝鲜王朝没有屈服于日本的无理要求。于是，日本就以此为借口，调动其早已准备好的战船、军队，大举侵犯，妄图吞并朝鲜。除以上借口

〔1〕 ［朝］李丙焘：《韩国史大观》，徐宇成译，正中书局 1959 年版，第 207 页。

〔2〕 韦旭昇：《抗倭演义（壬辰录）及其研究》，北岳文艺出版社 1989 年版。

外，日本还以双方使臣之间个人谈话的方式提出另一个荒唐的"理由"，即所谓："昔高丽导元兵击日本，日本以此报怨于朝鲜，势所宜然。"[1]高丽在13世纪时，在元世祖强迫下征伐日本，并以失败告终。在此事件中，高丽的主权、财力、人力方面所遭受的损失甚大。而且元世祖征伐日本的事情发生在1274年和1281年，由那时到壬辰战争爆发已过去了300多年。在此期间王朝更替，朝鲜从无主动侵犯日本之举。日本提出要报复高丽导元兵入侵，算那不能由高丽负责的历史旧账，完全是荒唐无理的。

不论是从历史角度，还是从当时实际的日朝关系来看，日本在1592年发动的壬辰战争，都是毫无道理的，纯粹是侵略行为，完全是非正义的，而朝鲜作为战争的受害者与被侵略者，其所进行的战争，是保卫祖国领土与民族独立的行为，完全是正义的。正因为朝鲜在这场战争中的正义性，它终于能克服因国事衰微、朝廷腐败、国防松弛而造成的种种不利条件，最后将敌人完全驱除于朝鲜领土之外。

第二，树正朔、异服色。"正统"一词最早在西汉出现时，就包含历法正朔意义。司马迁《史记》中多次提到《记》或《史记》，故这里的"记曰"应该是指先秦史记，表明"正统"一词应是先秦之物。中国自古以来以农为本，早在远古时代就十分重视历法，而历法重在以何时为岁首，即以何时为正月朔（初一），这就是"正朔"的来历。夏历以建寅之月为岁首（今农历正月），殷历以建丑之月为岁首（今农历十二月），周历以建子之月为岁首（今农历十一月），这就是所谓"三正"。古代帝王天子都以颁布历法供天下诸侯行用为己任，亦以此为获得天下

---

〔1〕　柳成龙，《惩毖录》，서울：서애선생기념사업회，2001.

承认的标志。故每年入冬的一件大事便是颁布次年历法正朔给诸侯，要在宗庙举行隆重的接受仪式，表示尊奉天子的正朔历法，这就是所谓"奉正朔"。周代各诸侯国都以周王室所颁布历法作为本国历法的参照坐标，在本国史书上也要标上周历作为参照，这就是春秋各诸侯国史书"王正月"的来历。古代帝王之所以重视正朔问题，是因为"天道之大者在阴阳"，"帝王必改正朔，易服色，所以明受命于天也"。[1]这就是说古人将历法正朔与天命联系起来，认为历法代表着天意，帝王称帝建国，就要改正朔，易服色，以表明自己是秉承天意，具有正统地位，不是逆天意而篡夺。于是，颁正朔、改正朔成为历代帝王显正统的一个重要举措，而是否奉正朔则成为衡量地方势力是否臣服的一条重要标准。

对明朝的崇拜，从形式上的以儒家思想建国、对明朝官服的借鉴，发展到在壬辰战争期间演变成慕华思想。在小说中表现为复杂的对明朝感情和对明朝帮助的感谢，塑造出明朝的李如松、陈璘等英雄形象。其原因为朝鲜与中国互为邻国、唇亡齿寒，朝鲜壬辰战争（中国万历朝鲜战争）和中国息息相关。中国明朝派兵参加，是有其历史和现实原因的。

首先，倭寇忧患是朝鲜和中国两国历史上所共同面对的问题。自有倭患以来，朝鲜与中国同为受害者。自13世纪以来，中国东南沿海一带，常有倭寇侵扰：劫掠、杀人、烧屋、强奸、捉人为奴，无恶不作。倭寇行动属流寇性质而不以日本政府官军身份出现，不长期停留，但中国沿海人民生命和财产都因此遭受了极大损失，和平秩序与生产也大受影响。由13世纪直到16世纪末的三百多年之内，中国与朝鲜同遭倭患，并曾经采取过相同的征剿措施。例如明朝永乐十七年（1419年），明朝辽东

---

〔1〕（汉）班固：《汉书·董仲舒传》，中华书局2007年版。

守军在倭寇必经之地望海埚（今辽宁金县）设置烟墩，派都指挥徐刚伏兵山下，取得了明代初年剿倭的最大胜利。自此而后的一个期间内，倭寇侵扰大陆沿海的气焰，有所收敛。这便是明朝的望海埚大捷。同年 5 月，朝鲜对倭寇也进行了惩罚性的对马岛征伐，大捷而归。此后，明朝对沿海一带倭寇又进行了多次征剿。直至嘉靖年间，以戚继光为主将的明兵，将沿海倭寇歼灭（公元 1566 年）。在此期间，朝鲜也对"三浦倭乱""乙卯倭乱"等倭寇的侵掠，给予了沉重打击和严厉的惩罚。由上可以看出，早在壬辰战争之前，朝鲜与明朝就同为倭寇侵犯的受害者，也同为对倭寇侵犯的抗击者。

其次，就丰臣秀吉 1592 年发动的大规模侵朝战争本身而言，它矛头所向不仅限于朝鲜半岛，还企图侵占大陆，甚至进而将琉球、吕宋、台湾变为自己的藩属。丰臣秀吉在致朝鲜国王的书信中，以傲慢的言辞表露出了他的狂妄企图，信中说他不甘心于只当日本的统治者，而"不屑国家之远与山川之隔，欲一超入大明国"。[1]声称他"欲易风俗于四百余州"，威胁朝鲜，要"先驱入朝"，并表示如朝鲜听从他的要求，则在他以后"入大明之日"就可以和朝鲜和好，"余愿无他，只愿显佳名于三国而已"[2]。实际上是要朝鲜屈服，并配合日本进攻明朝。《紫海笔谈》结合日本国内形势，揭露了丰臣秀吉的野心："秀吉……用兵四克，并合诸岛，统合六十六州，练精兵百万……秀吉志满意得，又虑内患，遂欲侵犯中国。以前世再犯江浙，终不得意，欲先据朝鲜，从陆进兵，以窥辽蓟。"[3]日本使臣玄苏在先后与朝鲜官员的谈

---

〔1〕　韦旭昇：《抗倭演义（壬辰录）及其研究》，北岳文艺出版社 1989 年版。
〔2〕　이긍익，《연려실기술燃藜室记述》，서울：민족문화추진회,1999.
〔3〕　김시양，《紫海笔谈》，서울：삼성문화재단,1971,p.97.

话中亦一再表示"借一条路,使日本达中原",[1]作为侵朝的理由。

除了上述朝中两国的对日关系以外,朝鲜和中国之间具有悠久的历史、政治、经济、文化等诸方面的密切关系,也决定了中国不可能对邻邦遭受侵略漠不关心、置之不理。在历史上发生过隋唐封建统治者对高句丽的进攻,红巾军对朝鲜的侵扰等事件,但在整个中朝关系史上,这都是比较短暂的现象。在悠久的数千年的历史长河之中,中朝的友好往来关系则是主要的,占据着长得多的时间,尤其是宋朝和高丽之间、明朝和朝鲜王朝之间,都是和平、友好的关系。这种传统的友好关系,也是明朝必然关心邻国受侵犯,并出兵以解救其危难的一个不可忽视的因素。

在为时近七年的壬辰卫国战争中,朝鲜政府和军民都对明朝表示出了友善的态度。在当时朝鲜文章名手李廷龟为本国所写的致明朝的公文中,就流露了这种感情,其中提到日本"辛卯之春,倭酋致书,胁以同逆,要以假道,言辞凶残"和朝鲜方面对日本此种恶毒阴谋"拒以大义,斥绝其使",以维护明友好关系的正当态度。当日寇刚踏上朝鲜国土釜山,向东莱侵犯时,东莱的人民针对敌人"借朝鲜之地去明朝"的说法,毫不动摇地表示:宁愿舍身死,而绝不借路! 柳成龙在言及朝鲜半岛南部与中国大陆安全之时说:"……倭贼若据南道,将以舟楫出于西海陆路,更为长驱,必为中国无穷之祸……"[2]事实表明,朝鲜之英勇抗击倭寇,也是有利于中国安全的。朝鲜在壬辰卫国战争中,明朝先后约派出了四批援军,兵员总数达 20 万人。此外,还调拨了数十万石粮食和数万两白银及其他物资支援朝鲜。

〔1〕 柳成龙,《惩毖录》, 서울 : 서애선생기념사업회, 2001.

〔2〕 韦旭昇:《抗倭演义(壬辰录)及其研究》,北岳文艺出版社 1989 年版。

由于明朝末年自身的危机，明朝方面在朝鲜壬辰卫国战争中也出现了一些错误和问题。如对日寇的幻想和妥协性，企图以"讲和"来了结战争，某些战斗的挫败（如李如松碧蹄馆因轻敌而招致战败），不抓紧有利战机以追歼敌人，将领对朝鲜官兵的粗暴无礼和专横态度，士兵不守军纪，侵犯朝鲜百姓利益等。但是从总的情况和主流方面看，明军入朝作战，在协同朝鲜军民抗倭方面，是起了积极的、良好的、必不可少的作用的。它在军事上给了倭寇以严重的致命的打击，从政治上打掉了敌人的气焰，孤立了敌人，壮大了朝鲜军民抗敌的声势。倭寇的最终惨败和完全撤出朝鲜是朝鲜军民和明朝军队配合作战，共同斗争的结果。

第三，辨认嫡庶、正血统。政治正统的根本是王位正统，王位正统的保证在于王室血缘的纯正，故汉代"正统"一词多用来指王储的嫡长血统，如《汉书·郊祀志下》云"宣帝即位，由武帝正统兴"，意思是宣帝乃武帝嫡长子之孙。故自从夏代王位世袭制确立以来，确保王位正统便被提上议事日程，但夏商两代在王位继承制度方面实行兄终弟及和父死子继双轨制，只要保证王位在王室成员之间传承即可，辨嫡庶的问题显得并不迫切。周王朝以来，历代王朝实行"立嫡以长不以贤，立子以贵不以长"的王位嫡长子继承制，辨嫡庶、正血统便成为王朝政治的头等大事。对此，唐代名相魏征有一段话做了经典性总结："殷家尚质，有兄终弟及之义；自周以降，立嫡必长，所以绝庶孽之窥觎，塞祸乱之原本，有国者之所深慎。"[1]于是，为了保证嫡长子的继承权能够顺利实现，历代帝王上演了许多悲剧：汉代和明代实行封国制度，将庶子分封到全国各地为王；唐代等

─────────────

〔1〕（后晋）刘昫等：《旧唐书·魏征传》，中华书局 1975 年版。

多数王朝则实行封锁制度，将庶王们集中居住，厚其禄而夺其权，不啻软禁；至于为了保证王位稳定传承而立嫡杀庶、立兄除弟的骨肉相残惨况更是举不胜举。一些非嫡长而继位的帝王则通过神化自己出生时的异象来显示继承帝位的合法性、神圣性，如汉武帝孕十四月而生，唐太宗出生时有二龙戏于门外等。

政治正统具体表现为对朝鲜统治者的刻画。在正史中，朝鲜军队溃败的原因在于长期生平岁月中，国防方面武器装备的松弛，事情无不懈怠，民心早已分离。另外，还有朝鲜王朝内部的诸多问题，党争、宦官、外戚等问题成为王朝的不稳定因素。

宣祖时期，由于前代长期太平岁月中所发酵的统治阶级——两班的内部争权斗争演化成为各大党派，其拥护自党与攻击敌党的风气日益露骨化、尖锐化，且将学术作为党争的武器。

在《宣祖实录》中，就有多达53处记载：

壬辰年五月，殿下之忧，必急于今日，然人心不散，则虽杀掠百年，尺地一民，终亦不为倭贼之所有也，其实不足忧也。朋党之祸，虽若不及于倭，而终必至于亡国，其实乃甚于倭贼也。盖贤愚邪正，国家之所由废兴存亡者也。（宣祖36年1月28日）

此外，后宫和外戚乱政。朝鲜王朝历史上赫赫有名的"四大妖女"之一的金介屎就是惑乱宣祖统治的罪魁祸首之一。另外还有家臣的反叛。1591年3月，对马岛宗家将日本"假道入明"的消息禀报朝鲜，6月，宗义智亲自前往釜山浦，进行最后的交涉并警告朝鲜，但是没有得到任何的回应。于是宗家向丰臣秀吉献上朝鲜地图，成了侵略朝鲜的领路人。朋党斗争、外戚乱政、残害忠良，这些故事在《壬辰录》的小说中并非重点，反而将重点放在宣祖在战争中所遭受的苦难上，从而博得民众同情，以达到维护宣祖统治的目的。

在小说中，也有后宫、外戚等记载，就像"红颜祸水"的金贵人：

这一时期宣祖看上了一个叫金贵人的宫女，这个宫女有个哥哥叫金公谅，原来在大殿别监的位置，托他妹妹的福，很快升任了内需别座，掌管国家的钱粮。[1]（笔者译）

金贵人的哥哥负责军中粮草，他为了自己的私利卖了粮草，后来"壬辰倭乱"因为粮草不足，没了国本，吃了败仗，都成了金贵人"红颜祸水"的结果。不仅如此，皇帝之所以选择逃亡，这里的原因不在于皇帝本身的懦弱，而是皇帝耳根子软，听信了金贵人的话。

但《壬辰录》小说强化了宣祖逃难过程中所承受的苦难。君主在逃离汉城（今首尔，下同），翻过惠阴岭的时候，漆黑得伸手不见五指，后面是敌人的追兵，而前面阻挡的是冰冷的江水，身为君主竟然落到了想要死亡的结局令人不禁感到同情。《壬辰录》的目的是让读者原谅这位曾经犯错的君主，战乱后维护他的统治。

第四，斥僭越、灭异己。历代帝王在采取一系列措施证明自己"膺天命"的同时，还用"僭越名位""僭越名器""伪乱"等作为罪名，打击对立政权或叛离势力。早在夏王朝初期，有扈氏对夏启改王位禅让为父子世袭表示不满，《尚书·甘誓》记载，启在征讨有扈氏时便宣称："有扈氏，威侮五行，怠弃三正"。在古人看来，五行、三正都是天帝意志的体现，作为天子当然应该维护天命的权威，这是借天命来打击敌对势力的例证。从

[1]　구인환，《임진록》，서울：신원문화사，2012，p.21.

此，统治者往往用"僭越"罪名来打击异己分子与叛离割据集团。如唐末嗣襄王因"违背宗社，僭窃乘舆"而被河中节度使王重荣处斩；五代后唐灭后蜀政权时宣称"惟名与器，不可假人，况是遐辟偏方，僭窃伪署，因时为乱而滥称名位，归国体而悉合削除"[1]；清代年羹尧被杀时"僭越之罪十六"。同时，像春秋时代的晋文公、齐桓公纠合诸侯，打击分裂势力，共同维护周王的正统地位，故史称："桓公救中国，而攘夷狄"，"桓公扶微兴坏，尊文武之业，泽加百姓，功润诸侯，虽不及三王，天下归仁焉"。[2]从此，晋文公、齐桓公成为历代尊王、攘夷的典范，特别是在国家分裂时期，"桓文之业"便成为一些忠义之士维护国家正统所追求的目标，如《三国志·鲁肃传》载孙权语："今汉室倾危，四方云扰。孤承父兄遗业，思有桓文之功。"另一方面则是每次遇到国家分裂时期，割据政权又各自以正统自居，互相斥责对方为僭越。如南北朝时期南朝视北朝为"索虏"，北朝谓南朝为"岛夷"；五代十国时期各国互斥对方僭号，称对方一切措置皆为伪，如伪使、伪命、伪廷、伪号等；直到20世纪，"伪政权""伪军"等称谓还存在。

表现为对日本将领的丑化描写，甚至有了反攻日本的情节。由于当时日本封建统治者为好战的武士集团，更由于战争发动的目的是灭亡朝鲜，并吞并中国。日军在侵朝战争中，是极端残忍的：杀人、屠城、烧屋、抢劫，种种野蛮行为令人发指、惨无人道。其残酷的程度，超过历史上对朝鲜进行过侵略的其他任何民族。日本侵略军由釜山登录后，在向汉城进犯的途中，沿途大肆屠杀，炮声如雷，血流成川。所过，残灭陵夷之惨，

---

〔1〕（宋）薛居正：《旧五代史》，中华书局 2015 年版。
〔2〕 刘尚慈译注：《春秋公羊传译注》，中华书局 2014 年版。

有不可胜言。平壤光复，盘踞汉城的敌人面临失败局面，行将撤退，此时，他们又进行了大屠杀："正月二十四日，沿路列屯之贼，皆会于京城。敌疑我民为之内应，且愤平壤之败，尽杀城中民庶，焚烧公庐舍殆尽。"[1]倭军把砍杀朝鲜人视为游戏，当作他们锻炼臂力、练习砍人的一种方式。"我民受刃至尽，无一图脱，"[2]可以想见当时凄惨情形。

柳成龙在其《惩毖录》中对劫后的汉城也有类似的记录："四月二十日……余随入城，见城中遗民百不一存。……时，日气炽热，人死及马死者，处处暴露。臭秽满城，行者掩鼻而过。"[3]全城居民活下来的不到1%，其余不是逃亡，就是死于敌人屠刀之下了。即便是活下来的人，也都处于濒临饿死的惨况。

倭寇还挖掘了朝鲜王朝的王陵。王陵中虽埋葬的是朝鲜王朝为数不多的最高统治者，但掘陵也会打击朝鲜人民的抵抗意志，倭寇必欲掘尸毁陵而后快，表现出了侵略者必欲灭朝鲜王国的狠毒用心。倭寇在侵朝鲜战争中，穷凶极恶，灭绝人性，对朝鲜人民犯下了滔天罪行。

二、独立史官制度下的正史文学

在东方国家，史官制度是特有的。史官具有双重身份，不仅是历史的记录者，还是行政官员[4]。史官在中国古代政治发展

〔1〕韦旭昇：《抗倭演义（壬辰录）及其研究》，北岳文艺出版社1989年版。

〔2〕韦旭昇：《抗倭演义（壬辰录）及其研究》，北岳文艺出版社1989年版。

〔3〕柳成龙，《惩毖录》，서울：서애선생기념사업회，2001.

〔4〕张国安："中国古代文官选拔制度及其现代借鉴"，载《平顶山学院学报》2008年第4期。

的过程中，扮演了非常重要的角色。研究中国古代史官制度的历史沿革，进一步发掘源远流长的史官文化，提升对史官制度的认知水平具有重要的现实意义。中国古代的史官是文化的记载者与传承者，通过记录史实，采用史本身的明鉴作用，去告诫后人，特别是"史"本身的惩戒作用，来制约当朝的政治，将政治与文化功能有机结合在一起。中国古代的史官制度源远流长，承载了非常丰富的内涵，研究中国古代的史官制度，意义深远。

中国古代的史官在国家的政治生活中也一直扮演着非常重要的角色。史官们通过手中的笔来惩恶扬善，包含当朝政治活动的方方面面，以此告诫后人，这实际上起到了点评当朝政治的作用，使君权和史官之间的关系变得更为复杂与微妙。从对史官的描述可以看出，史官的起源和巫术有着一定关系，史官的设置是从神职而来的，史官职能上的独立与强化其实正是王权不断强化、神权不断削弱的过程。因此，从这一层意思来看，史官的设置是王权的需要，是服从于王权利益之下的对皇帝言行的记录。正如刘知几所言，历代封建王朝设局修史，总是希望"曲笔阿时""谀言媚主"；"国自称为我长，家相谓为彼短"。然而，随着史官意识的进一步加强，独立客观地记录历史逐渐成为史官的职业自觉，从而使得史官对王权的规范与制约作用也逐渐显现出来，这对古代的君主政治产生了长期性的影响。特别是古代史官的"书法无隐，秉笔直书"的精神，仍然对当代具有重要的参考价值。[1]

在中国的古代历史中，史官坚持"务从实录""秉笔直书"的史官精神，尤其是春秋大义、董狐直笔的史学传统被各个时

---

〔1〕 高勇："我国古代史官和史官文化浅论"，载《渝西学院学报（社会科学版）》2005年第3期。

代的史官所继承。从《说文解字》这部书来看，"史"这一职业就是要做到公正不倚，如实记事。发展到唐代之后，才对史官的才学、品行有了确切的要求。根据《唐大诏令集》记载，唐高宗李治元年制定了《简择史官诏》，强调史官应该坚持公正不倚。在中国的历史上，这样的人很多。比如春秋时期的董狐，他率先开创了史学直笔传统。在《左传》中记载了宣公二年，晋灵公在位的时候，到处搜刮民财，残害忠臣，当时晋国的朝政非常混乱。大臣赵盾多次苦劝，依然没有任何效果，被迫出走，但是还没有离开晋国，赵盾就听说晋灵公已经被族弟赵穿杀死，这时候赵盾返回赵国辅佐晋灵公之子成为晋王，继续执政。晋国的太史令董狐就记载道："赵盾弑其君"，并将这一事件直接在朝廷上宣读。赵盾在听说这件事之后，就赶紧找到董狐去辩解，这时候，董狐义正辞词说道："你赵盾是正卿，逃跑的时候没有离开晋国，返回来之后又不讨伐逆贼，难道我说的不对吗？"赵盾在听了董狐的话之后，无可辩解，就默默承担了杀害君主的罪名。后来孔子曾对董狐由衷地赞赏，认为他是古代的优秀史官，记录历史事件的时候从来不隐讳。赵盾虽然是古代的好大夫，因这件事而获得不好的名声，确实可惜，如果赵盾越境，就完全可以避免。后世将那些直接记录事实的史官称之为"董狐笔"。不过，史官"秉笔直书"确实也使自己置身于危险之中。《后汉书》的作者范晔，由于在《后汉书·酷吏传》中记载了洛阳令董宣执法不阿，面责光武帝姐姐湖阳公主纵奴杀人，终不向公主叩头赔礼一事，该文写得生动有色，跃然纸上："但主即还宫诉帝，帝大怒，召宣，欲杀之。"又如北魏史官崔浩奉诏修国史，最后由崔浩定编成《国书》30卷，因为"叙述国事，无隐恶，而刊石写之,以示行路"[1],而触怒太武帝,获罪被杀,并诛三族,受牵连而死者,多达128人。

另外,独立是当时政治权力之外的史权意识与士"以道自任"的精神是密切结合在一起的,这也造就了中国古代史上诸多冒死直书的史官,这样的史官队伍对当时的君权来讲,起到了很好的约束作用。如《贞观政要》记载,公元628年,唐太宗对侍臣讲道:"我在每天上早朝的时候,都要考虑自己说的话是不是切实关系到百姓的利益,所以,不敢多说。"这时候负责起居事的杜正伦讲道,皇上说的话都要记载左史之中,这也是我的职责所在,都对您的话进行详细记录,如果您的话是从百姓角度出发,就会积累圣德,这才要求皇上说话的时候三思。唐太宗听后非常高兴,直接赏赐百余匹绸缎,这正是史权对君权约束功能的例证。中国古代的史官制度在中国古代文明史中发挥了建设性的作用,以其鲜明的特色,经历了从兼掌到专事的发展历程,史官的职责也渐渐演化为专门从事历史记载。史官利用手中的史权来制约君权,通过受众的笔来记录历史,点评时政,惩恶扬善,让统治者真正有所顾忌,即便在当时的封建统治高压下,仍旧坚持史家秉笔直书、书法无隐的史官精神,留下了许多可歌可泣的篇章,值得后人去学习。"实录"是中国史学传统中的重要概念,它的首要意涵,不在于"过去"的"记录",也不在于对"过去"的学术研究,而在于一种"当世"精神,一种能令其在"当世"呈现"彰善显恶"之意义的精神。

陈寿的《三国志》就是"秉笔直书"的史官精神的体现。《三国志》是由西晋史学家陈寿所著,记载的是中国三国时代的断代史,同时也是二十四史中评价最高的"前四史"之一。陈寿

[1] (唐)刘知几:《史通·古今正史》,白云译注,中华书局2014年版。

曾任职于蜀汉，蜀汉覆亡之后，被征入洛阳，在西晋也担任了著作郎的职务。《三国志》在此之前已有草稿，当时魏、吴两国先已有史，如王沈的《魏书》、鱼豢的《魏略》、韦昭的《吴书》，此三书当是陈寿依据的基本材料，蜀国无史，故自行采集，仅得十五卷。而最终成书，却又有史官职务作品的因素在内，因此《三国志》是三国分立时期结束后文化重新整合的产物。三国志最早以《魏志》《蜀志》《吴志》三书单独流传，直到北宋咸平六年（1003 年）三书已合为一书。《三国志》也是二十四史中最为特殊的一部，因其过于简略，没有记载王侯、百官世系的"表"，也没有记载经济、地理、职官、礼乐、律历等的"志"，不符合《史记》和《汉书》所确立下来的一般正史的规范。

陈寿是晋臣，晋是承魏而有天下的，所以《三国志》尊魏为正统。在《魏书》中为曹操写了本纪，而《蜀书》和《吴书》则只有传，没有纪。记刘备则为《先主传》，记孙权则称《吴主传》。这是编史书为政治服务的一个例子，也是《三国志》的一个特点。陈寿虽然名义上尊魏为正统，实际上却是以魏、蜀、吴三国各自成书，如实地记录了三国鼎立的局势，表明了它们各自为政、互不统属，地位是相同的。

《宣祖实录》是《朝鲜王朝实录》的一部分，它从基础资料的起草到实际编述和刊行，所有工作由春秋馆的史官负责，此官职的独立地位和对记述内容的保密，得到了制度上的保障。该实录是在下一代国王即位后开设实录厅安排史官编撰的。其史草连国王也不能随意阅读，保障高度秘密，以确保实录的真实性和可信性。

朝鲜王朝时代的《朝鲜王朝实录》，又称《李朝实录》，记载了由朝鲜王朝始祖太祖到哲宗的 25 代 472 年（1392-1863 年）

间历史事实；若连最后两任君主的纪录也包括在内的话，包含总共 27 代 519 年（1392-1910 年），共 1893 卷，888 册，总共约 6400 万字。[1]涵盖朝鲜年代的政治、外交、军事、制度、法律、经济、产业、交通、通讯、社会、风俗、美术、工艺、宗教等各个方面的史事，是世界上罕见的宝贵历史记录。它的意义还在于记录历史的真实性和可信性。朝鲜王朝前期，《朝鲜王朝实录》正本存放于汉阳（今首尔）春秋馆，副本存放于忠州、星州、全州的史库。壬辰倭乱中，除全州本之外，《朝鲜王朝实录》正本和其余副本全部被毁，后来在宣祖三十六年，史官依据全州本重新编修实录，并印刷 5 部，分别存于春秋馆、摩尼山史库、太白山史库、妙香山史库、五台山史库。其中妙香山本后移藏于赤裳山，摩尼山本后来移藏于鼎足山。1905 年，春秋馆本移存于奎章阁。1910 年朝鲜被日本实际掌控之后，奎章阁图书由日本驻朝鲜总督府收集。1911 年，太白山本和鼎足山本也移交朝鲜总督府，赤裳山本收藏于藏书阁，五台山本被"赠送"给东京帝国大学，在 1923 年关东大地震中被烧毁。1930 年，朝鲜总督府将太白山本和鼎足山本送给京都帝国大学，日本投降后移交给韩国，并存放于首尔大学。太白山本则被韩国政府转移至釜山，至今仍存放于韩国政府记录保存所釜山支所。朝鲜战争期间，鼎足山本被朝鲜人民军缴获，移至北方，现存放在金日成综合大学。[2]《朝鲜王朝实录》是包括太祖、定宗、太宗直至哲宗的 23 部实录，以及燕山君和光海君的 2 部日记（体裁与实录相同）。日本朝鲜总督府曾编纂了《高宗实录》和《纯宗实录》，记载高宗和纯宗两代所发生的事，但不为现在的韩国

---

〔1〕 민족문화추진회，《宣祖实录》，서울：민족문화추진회，1986.

〔2〕 민족문화추진회，《宣祖实录》，서울：민족문화추진회，1986.

及朝鲜的历史学家所承认。在现代韩国不包含这些最后二朝的实录。《朝鲜王朝实录》收录了关于朝鲜王朝时代政治、外交、军事、经济方面的庞大史料，被认为是研究朝鲜史的基本史料。1997 年联合国教科文组织把它登记为世界记忆（Memory of the World）项目。朝鲜王朝实录中也包含不少有关中国历史、女真历史与日本历史的史料，中国历史学家吴晗曾经编辑《朝鲜李朝实录中的中国史料》一书。[1]《朝鲜王朝实录》1997 年 10 月被联合国教科文组织登记为世界纪录遗产，亦被列入韩国国宝第 151 号。

儒家思想中正统观念随着儒家思想的变化和朝代的更迭而不同。时代的不同，谁为正统谁为僭越都是不同的。正史因为史官的独立制度和其独立精神可以与统治者的正统观念的政策保持一定的独立性，而文人的小说却不同，尤其是战争过后，统治者的集权地位受到了威胁，他们在社会、经济、文化等各方面实施加强正统观念的政策。正史因为其独立性可以与这些政策不同，而文人的小说却是这种政策展现的一个方面。

第三节　战乱和正统观念下的军谈小说

一、战争背景下正统观念和军谈小说

除了儒家思想以外，在两国漫长的历史岁月之中，战争的痕迹都曾在两个民族的心理上打下过深深的烙印。中国历史自古就有"天下大势，分久必合，合久必分"的说法，战国时期、三国时期、魏晋南北朝和五代十国时期都是未统一的战乱时期，

---

〔1〕　吴晗辑：《朝鲜李朝实录中的中国史料》，中华书局 1980 年版。

造成了永远无法弥补的失去家园的痛苦。而其中从汉末时期到两晋统一，长达数百年的动乱，是中国数千年历史中，人民饱受战乱痛楚的时光之一。战争过后，统治者急于维护自己的统治，在政治、经济、文化等方面加强集权，小说就是统治者维护正统的表现。而元末的动乱和汉末的战争成为维护正统的契合点，在这样的情况下从《三国志》发展到了《三国演义》。《壬辰录》反映的则是公元16世纪末朝鲜王朝抗击倭寇入侵的"壬辰战争"，也是战争与维护正统的契合。

《三国演义》虽然作者是罗贯中，但是讲"三国"的故事由来已久。《三国演义》来源于西晋史学家陈寿所著的《三国志》，陈寿原本是蜀汉的旧臣，蜀汉灭亡以后，他被征进入了西晋政权。从蜀汉灭亡到西晋建立，陈寿在战乱中，历经十年，完成了纪传体史书《三国志》，与《史记》《汉书》《后汉书》共享"前四史"的美誉。而从《三国志》到《三国演义》几经变革，都是在战乱中完成的。裴松之为《三国志》做注是在魏晋南北朝动乱时期。在偏安的北宋时期，有了"说三分"的专家霍四究。而经历了宋代的战乱，到了元代，有了现存最早的话本——《全相三国志平话》[1]，已经初步展现出《三国演义》的轮廓。在长期的战乱、众多的群众传说和民间艺人创作的基础上，罗贯中"据正史，采小说，证文辞，通好尚"，创作了《三国演义》这部历史演义的典范之作。

韩国的历史也有惊人的相似之处。从远古到三国时代，经新罗、高丽直至近世朝鲜，不仅经历了许多次改朝换代的权力之争，而且因为独特的地理位置，也注定了他是倭国侵犯中国大陆的"试金石"，抗倭战争数不胜数。在距离现今较近的朝鲜

---

〔1〕 又名《新刊全相三国志平话》，现存日本东京内阁文库。

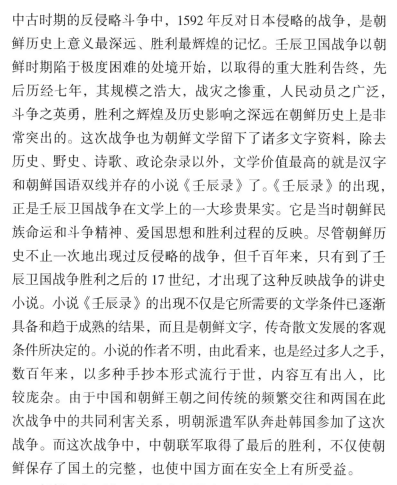

中古时期的反侵略斗争中，1592 年反对日本侵略的战争，是朝鲜历史上意义最深远、胜利最辉煌的记忆。壬辰卫国战争以朝鲜时期陷于极度困难的处境开始，以取得的重大胜利告终，先后历经七年，其规模之浩大，战灾之惨重，人民动员之广泛，斗争之英勇，胜利之辉煌及历史影响之深远在朝鲜历史上是非常突出的。这次战争也为朝鲜文学留下了诸多文字资料，除去历史、野史、诗歌、政论杂录以外，文学价值最高的就是汉字和朝鲜国语双线并存的小说《壬辰录》了。《壬辰录》的出现，正是壬辰卫国战争在文学上的一大珍贵果实。它是当时朝鲜民族命运和斗争精神、爱国思想和胜利过程的反映。尽管朝鲜历史不止一次地出现过反侵略的战争，但千百年来，只有到了壬辰卫国战争胜利之后的 17 世纪，才出现了这种反映战争的讲史小说。小说《壬辰录》的出现不仅是它所需要的文学条件已逐渐具备和趋于成熟的结果，而且是朝鲜文字，传奇散文发展的客观条件所决定的。小说的作者不明，由此看来，也是经过多人之手，数百年来，以多种手抄本形式流行于世，内容互有出入，比较庞杂。由于中国和朝鲜王朝之间传统的频繁交往和两国在此次战争中的共同利害关系，明朝派遣军队奔赴韩国参加了这次战争。而这次战争中，中朝联军取得了最后的胜利，不仅使朝鲜保存了国土的完整，也使中国方面在安全上有所受益。

　　朝鲜王朝时期，兴盛发展的中国通俗文学陆续传入朝鲜，其重要途径之一，就是由朝鲜出使中国的归国人员将中国小说带入。在这些中国小说之中，最有代表性的就是《三国演义》。传入之初，因为教育水平的限制，《三国演义》仅在士大夫阶层流传。但是随之而来的"壬辰倭乱"改变了小说的命运。朝鲜壬辰卫国战争的参加者——诗人朴仁老在他的歌辞《船上叹》中，曾用"死诸葛走生仲达"及"七擒七纵"来表示击败倭寇的信心，这也说明《三国演义》对当时朝鲜文人士大夫的影响。由于《三国演义》对关羽的渲染，以及中国封建统治者的政治需要，明朝"捧旗封大帝"，关羽被抬到了一个很高的地位。绵延七年的朝鲜壬辰战争曾得到过明朝援军的支援。朝鲜壬辰战争胜利后，朝鲜怀着对援军的友谊，在汉城南大门、东大门、南原、星州、康津等处建立了关王庙，祭祀关羽。于是，明朝援助朝鲜抗倭的事迹逐渐披上了神话的色彩，在民间，则产生了关云长英灵暗中帮助朝鲜打败倭寇的传说。在《壬辰录》小说中，也对《三国演义》中的一些故事情节进行了借鉴。

但是小说的目的毕竟不是真实地反映历史，现实小说与真正的史学作品《三国志》《宣祖实录》有很大的差距，这与两个国家的基本思想，小说中所渗透的儒家的正统思想有关。这一思想对历史小说的叙述内容、技法都产生了巨大的影响。

二、正统观念下的虚构：历史小说与正史的区别

历史小说区别于正史最突出的特点，是在真实的历史影像中，放进虚构的故事、人物，但是这些虚构的故事所唤起的又是最真实的关于历史、命运、记忆、人性的反思以及许多潜在的东西，虚构性被置于对历史事件的叙述结构之中，令历史小说写实的震撼力得以增强。可以说，历史小说之所以取得成功，固然是因为符合了底层人民对史事的趣味，但很大程度上归功于小说本身在历史原型之外，加入了大量的虚构成分，使用独特的表现方法与叙事角度，组合出另一个想象的历史世界[1]。在

[1] 林靖："虚构的历史化与历史的虚构化"，复旦大学 2012 年硕士学位论文。

小说文本中，叙事结构、细节描写、叙事视角的运用，大大拓展了历史小说的叙事空间。

历史小说虚构性叙事的源起被推到神话，虚构就是历史小说与生俱来的天性。因为神话的出现可以从两层意义上理解：一是作为内容，它在后来的漫长岁月里慢慢地演化成了小说。二是作为原始民族所信奉的上古历史。人类对历史的回忆，一开始就与虚构结伴而行，变成了神话。小说脱胎于神话，沿着这一血脉其实也应该有虚构历史的权利。历史小说诞生伊始，作家们主要借鉴史传文学创作的叙事结构特点以及构局谋篇，在模拟中撰写新篇，形成了一个创作范式。而随着实践经验的增加，作家们在扩大叙事时空，调整叙事结构与视角，解决人物、事件等具体细节问题上的渴望日益突出。在原有范式已经不再能够满足众多作家创作需求的情况下，在吸收前一时期范式特点的基础上，小说家在创作过程中表现出了对虚构手法的种种探索，不断在叙事结构、细节描写、叙事视角方面出现打破原有模式的突破和创新。虚构手法的使用与创新，对虚构情节形象、新奇化的追求成为常见的叙事特点。在探索过程中，旧有的范式逐渐消退，代之而起的是百花齐放的创作高峰。这种探索发展到现代，逐渐成熟，经过历史小说家无意或有意的选择，虚构手法已经成为历史小说叙事中不可或缺的重要部分。

虚构是小说作者为了概括生活、塑造形象、突出主题，依托合理的联想、想象所采用的一种艺术手法。它在小说创作中对于组合人物关系、新创人物形象、组织故事情节和营造典型环境，具有不可或缺的重要作用[1]。虚构的主要类型大致可分为：

---

〔1〕〔美〕海登·怀特：《形式的内容：叙事话语与历史再现》，董立河译，文津出版社 2005 年版。

人物虚构、情节虚构、环境虚构。与历史小说关系最为紧密的虚构手法是人物虚构法与情节虚构法。情节虚构法是指作者在写作的过程中，根据行文的需要，凭借自己的联想、想象合理地虚构出一些故事、情节或有关细节，从而进行有效的表情达意或凸现主旨。常见的情节虚构法有移花接木，即在情节的处理上，采用张冠李戴的手法，把一个人的事转移到另一个人身上，使读者浑然不觉。杂取种种，指在广泛集中概括大量生活形象的基础上创造典型。添枝加叶，在作文中描写某一真实事件，事件本身简单、平淡，或者只是一个轮廓、梗概，这就要发挥想象，补充一些细节，使之曲折、生动、丰富、深刻。偷梁换柱，即将真人真事加以改造更换，使之更有利于表达主题。无中生有，如果有的命题完全超出了作家自己的生活范围和视野，不能写实，又不能"移花""添枝"，那就得有"无中生有"的本事。人物虚构法有拼凑法、杂取法、单挑法、移植法、冥想法。然而这仅仅是一种对写作手法粗略性的概括，在不同时代、不同的历史小说作品中，虚构手法的运用和呈现都各不相同。

历史小说的虚构叙事主要表现在两个方面：首先是对真实历史人物细节行为的虚构，其次是作者开始有意地创造虚构的人物，并尝试将虚构的人物投入到真实的历史事件当中去。如果我们将眼光放得远一些，还可以看到这两种类型人物形象分别的演变情况。在中国古代的叙事文学中，一个人物进入"故事"之后，他就大体获得了可以"流传"的资格，他的事迹就有可能被改动，隶属于他名下的"故事"就有可能被编造；其代代相传的故事，同样构成了叙事的"流动性"，使他作为一个故事人物穿越着时空，在"历时性的演化"[1]中被赋予不尽相同的意

[1] 赵燕："明清历史演义与虚构理论"，新疆大学 2003 年硕士学位论文。

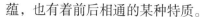

蕴，也有着前后相通的某种特质。

　　《三国演义》就是虚构历史小说的典范。儒家正统观念下，《三国演义》与正史《三国志》有很大的区别。"扬刘抑曹"就是儒家正统观念思想在小说中的具体表现。在陈寿的《三国志》中，将"挟天子以令诸侯"的曹操奉为正统，而后来西晋政权的建立者司马氏也同样是出于曹魏集团，从政权交替的情况来说，这一设置方式本无过错，但是忽略了一个非常重要的问题：姓氏和血缘。刘备即便是没落的皇族，甚至没落到以贩卖草鞋为生，但他毕竟还是有族谱可查的皇族，符合儒家血统的这一概念。汉代的皇帝姓刘，而"三国"中的蜀汉皇帝刘备也姓刘，不仅如此，刘备还是中山靖王之后，所以三位帝王中刘备的血统是最为纯正的，因此刘备作为统治者，更符合儒家正统的概念。

　　《壬辰录》的出现，正是壬辰卫国战争在文学上的一大珍贵果实，是正统观念与当时朝鲜民族命运和斗争精神、爱国思想和胜利过程的反映。尽管朝鲜历史不止一次地出现过反侵略的战争，但千百年来，只有到了壬辰卫国战争胜利之后的 17 世纪，才出现了这种反映战争的讲史小说。小说《壬辰录》的出现不仅是它所需要的文学条件已逐渐具备和趋于成熟的结果，而且是由拥有朝鲜国语文字这一传奇散文发展的客观条件所决定的。小说的作者不明，由此看来，也是经过多人之手，数百年来，以多种手抄本形式流行于世，内容互有出入，比较庞杂。由于中国和朝鲜王朝之间传统的频繁交往和两国在此次战争中的共同利害关系，明朝派遣军队奔赴朝鲜参加了这次战争。而这次战争中，中朝联军取得了最后的胜利，不仅使朝鲜保存了国土的完整，也使中国在安全方面有所受益。

　　小说《壬辰录》中，也表现为小说与史实极大程度上的不符。

史实中，朝鲜王朝宣祖懦弱无能，听信谗言，残害忠良。但是小说却极力回避了这一点，对于宣祖的描写，大多集中在了因为战争不得已的流亡和流亡过程中的悲凉经历。而史实上，战争的最后胜利，很大程度是由于盟军相助，但是小说中，将盟军的战绩全部抹杀，功劳全部归功于朝鲜王朝的普通百姓和义兵，甚至连主要战役碧蹄馆之战也同样全部忽略。这些描写手法的目的也是基于儒家的正统观念的思想，维护最高统治者宣祖的统治。

第三章

《三国演义》的传入和《壬辰录》的产生背景

壬辰战争是中朝两国共同抗日的历史，战争持续七年，战争消耗使得当时的参与者明朝和日本丰臣秀吉幕府灭亡。战前，《三国演义》等大量中国书籍传入朝鲜，战争后期，《三国演义》中的正统观念满足了朝鲜社会上层期待稳定、下层渴望英雄的要求。另外，朝鲜社会当时政治上的慕华思想、经济上出版业的繁兴和文化上小说创作的自觉，都为《壬辰录》的产生奠定了社会基础。

第一节　中国小说传入朝鲜半岛

凡是说到朝鲜半岛小说的产生，就必须要提及中国小说的影响。从高丽时期开始，中国小说开始陆续进入朝鲜半岛，且得到广泛传播。这与比较文学法国学派的影响研究思想相契合。法国学派影响研究的重心在于探讨不同国家、民族、地区的文学之间的国际关系史，注重事实性的关联和渊源性的影响，并采用严谨的实证方法，重视对史料的搜集和求证。梵第根认为："真正的'比较文学'的特质，正如一切历史科学的特质一样，是把尽可能多的来源不同的事实采纳在一起，以便充分地把每一个事实加以解释；是扩大认识的基础，以便找到尽可能多的种种结果的原因。"[1]

　　具体来说，是中国作品流传到了朝鲜半岛后影响到了朝鲜文人小说的创作，所以可以用法国学派中的流传学进行分析。所谓比较文学流传学，是一门研究作为发动者的某个作家在国外受到人们如何对待，对国外作家、文学流派及文学样式产生怎样影响的学问[2]。朝鲜半岛创作于高丽高宗（1213 年即位）时期的《翰林别曲》，记录了当时《太平广记》传入半岛并受到知识分子喜爱的场面。朝鲜王朝时期的小说《云英传》里，再一次提到了朝鲜民众阅读《太平广记》的场景，可以看出中国小说在朝鲜半岛的受欢迎程度。

　　比较文学流传学中的实证性、根源性与历史性是研究的三个关键因素。所谓实证性就是寻找到与流传相关的事实材料，这是了解文学传播历史事实的研究基础。这样的特点与法国学派兴起时西方实证主义哲学思潮盛行有密切关系，对于文学流传的过程及其产生的结果，学者们认为有必要追根溯源，需要进行考据与考证，才会进行追踪与清理。朝鲜现存大量文献记载了由中国传入书籍的目录，从实证性上来说符合流传学的研究要求。所谓根源性，即研究者要重点关注某种来自国外的文学现象的起点，作为接收者的终点虽然也很重要，但与媒介学、渊源学研究不同的是，作为传播者的起点始终是问题研究的开始，因此流传学研究应当是以起点为中心的研究。最后，文学流传的过程从开始到结束是自动发生的，它本身并没有以何处

---

〔1〕［法］梵第根：《比较文学论》，戴望舒译，吉林出版集团有限责任公司 2010 年版，第 56~57 页。

〔2〕［日］大塚幸男：《比较文学原理》，陈秋峰、杨国华译，陕西人民出版社 1985 年版，第 78 页。

为中心点的问题，然而学者们在从事流传学研究的时候，还是要有关注的重心，那就是从历史特点寻找文学现象发生的过程及其原因。

中国古典小说传入朝鲜半岛的方式大概有五个类型：第一类是中国的赐赠，第二类是朝鲜使臣从中国带回，第三类是中国使臣带来赠与朝鲜，第四类是朝鲜贸易商从中国购买，第五类是中国贸易商带来。当时没有单独的贸易商，大半都是在朝贡使节团去中国时，贸易商也跟着朝贡使节团去做贸易。朝贡使节团有随行译官，但因朝廷政府不能给译官足够的俸禄，所以给他一定的做生意的权限。译官往往接受士大夫的请求，代其购买中国书籍。此外，也有很多译官以获得权门势家的欢心为目的，竞相购买中国书籍赠送给士大夫。

在壬辰倭乱和丙子胡乱前后，中国小说大量传入朝鲜，有些人家收藏有数百或数千卷的中国书籍，其中大部分是译官购入的中国古典小说。译官是具备汉语和专门知识的人，在中国小说方面也兼具相当的见识，他们是传播中国古典小说的主体。他们把中国古典小说名著大量输入朝鲜，将小说翻译后卖给贳册家，或赠呈宫中及文武官等上层人士。

目前所知传入朝鲜半岛的中国古典小说多达 340 余种。这340 余种作品中，约有 40 余种为明代以前的小说，明代小说约为 100 余种，而清代小说约为 200 余种。这 340 余种作品中，不存在于文献记录和现存版本的作品数目大约为 170 余种，加上文献记录和现存版本的作品数目大约有 70 余种，一共 240 余种，其版本可在韩国各图书馆里见到；而只在文献记录中出现，没有或是尚未发现现存版本的作品大约为 100 余种，散见于朝鲜文集：《高丽史》《艺文考》《韵石斋笔谈》《五洲衍文长笺散稿》

《青庄馆全书》等。

　　朝鲜初期担当或主管翻译的部门设在朝廷中礼曹里。中国小说中最早被翻译的《烈女传》，就是因教化的目的由那里的主管翻译的。其后翻译《太平广记谚解》的是主管当时文人层人事的部门。壬辰倭乱和丙子胡乱之后，中国通俗小说开始大量传入朝鲜，读者层也扩大到了一般庶民和妇女。因有若干不能解读汉文的读者层，他们便推出了翻译本。翻译本的活跃又促进了贳册业和坊刻本小说的出现。从文字应用方面，有在贳册业和坊刻本出现以后由汉文变为朝鲜文字的现象。这种翻译和翻案（改写）类作品变成主流，可能源于商业性营利追求，但促使其活跃发展的主体则是科举失意的贫穷文士。

　　当时主导作品翻译的人员主要是失意的两班阶层或士大夫家族的妇女及译官。从事并主管翻译的部门初是以教化为目的的衙门主管。中后期因商业性的贳册业和坊刻本小说出现，科举考试落榜的贫穷文士逐渐成为主导层。到了朝鲜王朝末期，译官也加入了翻译中国小说的行列。朝鲜时代失意的两班阶层中，把中国小说《镜花缘》翻译成《第一奇谚》的洪羲福（1794-1859年）就是一个例子。他是两班家庶出身，1835年到1848年间把《镜花缘》翻译成朝文[1]。失意的两班阶层难以立身扬名，于是他们的翻译以遣闲消日和营利为目的，当时读者层不断扩大以及贳册业和坊刻本的出现，给了他们营利的机会，提高了他们翻译中国古代小说的积极性。朝鲜时代的女性中可以享受中国小说的只限于两班家的女性，她们对朝鲜小说的发展有着重要的贡献。女性读者从宫廷里渐渐扩展到士大夫家的女性，到19世纪末已经相当普遍了。朝鲜中后期女性阅读中国

[1] 丁奎福：“对于第一奇言”，载《中国学总书1》，高丽大学，1984年。

翻译小说与朝文小说的热情相当高，在小说发展史上妇女层的功绩是不可忽视的。译官是具备汉语和中国专门知识的人，在中国小说方面亦兼备相当的见识，他们是传播中国古典小说的主体。他们把中国古典小说名著大量输入朝鲜，有时还把小说翻译后卖给赁册家，或赠呈宫中及文武官等上层人士。1884 年前后，就有译官李钟泰奉皇帝之命，召集文士数十人，长期翻译中国小说的记录[1]。

任何作品都是为读者而创作的，作品的价值要通过读者的接受才能得以实现。朝文创造之前，大部分读者都是文学修养相当高的文人，因此阅读小说并无困难。但朝文普及后，女性与平民阶层也加入了读者的行列。比如：朝鲜王朝中期（17 世纪）的读者，大部分是王室、士大夫家的文人、两班家的女性。到了 18 世纪，平民阶层开始参与。特别是朝鲜国文普及后的读者，大半都是女性，她们对朝鲜小说的发达作出了很大的贡献。中国小说的传入，在朝鲜半岛文化界产生了相当大的影响。文言小说在通俗小说传入之前即已传入。文言小说虽然不如诗文那样受文人的欢迎，但确是文人喜欢的读物。中国通俗小说传入后，因其非正统性、非伦理性、非史实性，部分士大夫与文人不断批评并排斥它，但是其他识字阶层则对通俗小说非常有兴趣，因此读者层渐渐扩大。

壬辰倭乱和丙子胡乱之后，中国通俗演义类小说大量输入，大为流行，当时许多文人模仿通俗小说的文体写同类作品，而很多儒臣主张禁输中国小说。朝鲜正祖年间（1777-1800 年）有几次小说输入禁止令。这就是所谓"文体反正"。当时文人对中国古典小说的评价众说纷纭，大约执否定论者比肯定论者要

[1] 李秉岐："朝鲜语文学名著解题"，载《文章》（韩国），1940 年，第 231 页。

多些。特别是朝鲜正祖、纯祖年间下令禁止中国古典小说输入，表明否定论者明显占据上风。但此禁令无法产生实际效果，越来越多的小说暗地里在民间流传。朝鲜王朝后期中国古典小说广泛流行于民间[1]。李颐命《书斋集》中记载："近闻清人发令禁小说云，果然，则必有所惩者而然矣。其他淫亵慌怪之作，愈出愈奇，足以乱天下风俗耳。"[2]

中国古典小说在朝鲜半岛传播和接受，接受者大概有以下四种反应：第一种是中国小说流传到朝鲜半岛时，作品的某一部分内容特别被看重；第二种是作品在中国很受欢迎，但传入朝鲜半岛后并不太受欢迎；第三种是作品在中国和朝鲜半岛都受欢迎；最后一种是作品在中国不太受关注，但流传到朝鲜半岛后极受欢迎。其典型个案是明代瞿佑的《剪灯新话》：它本身在中国并不被重视，但在日本、朝鲜、越南等国盛传，受到欢迎和重视。受《剪灯新话》影响，直接产生了朝鲜的第一部小说《金鳌新话》。《金鳌新话》的《万福寺樗蒲记》反映了《剪灯新话》中的《富贵发迹司志》等的影响；《李生窥墙传》有《剪灯新话》中《翠翠传》《金凤钗传》《秋香亭记》等的投影。壬辰倭乱时，《剪灯新话》与《金鳌新话》流传到日本，又对日本小说产生了巨大影响，日本小说《伽婢子》《雨月物语》就是在这两部小说的影响下产生的。这些事实证明，《剪灯新话》在日本、朝鲜、越南等国的小说发展史上占有重要的地位。其学术意义在于：不仅有助于我们把握朝鲜、日本、越南等国的小说发展史，也有助于我们叙述中国小说的发展历史。这是因为，小说史并非单纯的作家和作品的历史，它还包括作品被接受的

---

〔1〕 陈文新、[韩]闵宽东：《韩国所见中国古小说史料》，武汉大学出版社2011年版。
〔2〕 홍춘표，《소재 이이명 매화당 습감재》，서울：한누리미디어，2013.

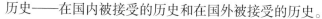

历史——在国内被接受的历史和在国外被接受的历史。

中国古代小说很早就大量传入朝鲜，并在读者中广泛流传，深受喜爱。朝鲜读者阅读的版本，除了从中国输入的原本之外，还有抄录本、重刊本、编选本、翻译本等。王世贞删定版的《世说新语》《太平广记》《剪灯新话》《三国演义》《东周列国志》《西、东汉演义》《水浒传》《西游记》《今古奇观》《红楼梦》（顺序不分先后）是在朝鲜最受欢迎的十大中国古典名著。据统计，今天韩国现存的《世说新语》版本不下 21 种，现存的《世说新语补》版本不下 16 种，另外，《世说新语姓汇韵分》等有 10 余种，可见《世说新语》在朝鲜的确是备受欢迎的。朱之蕃以《世说新语补》作为出使朝鲜的礼物之一，说明他对朝鲜的国情有深入了解。在朝鲜小说史上，《三国演义》是对其影响最大的作品，而且是最受欢迎的作品。在古典文献的记录、出版情况、翻案和再创作、翻译、现存的版本等方面，其他小说都不如《三国演义》。

16 世纪末至 17 世纪，在朝鲜半岛上发生的壬辰倭乱（中国称"万历朝鲜战争"）与丙子胡乱等，对整个东亚地区的政治、经济、文化皆产生了重大影响。从小说的创作来说，以两次战争为契机，朝鲜文人在借鉴中国小说的基础上，创作了《壬辰录》《林忠臣庆业传》等历史军谈小说，塑造了李舜臣、林庆业等英雄形象。在《壬辰录》的影响下，17 世纪末到 18 世纪初，出现了《洪吉童传》《九云梦》《南征记》等优秀的汉文小说作品；同时也出现了《苏大成传》《李泰景传》《刘忠烈传》《洪桂月传》《壬辰录》《薛仁贵传》《洪吉童传》《朴氏传》《女子忠孝录》等国语小说，韩国学者常常把这些小说统称为"军谈小说"[1]。这些小说从内容上来说,有的以历史史实或历史人物为题材,在真实历史的基础上虚构情节;有的采录史料、文人笔记连缀成文,内容基本符合史实;有的以士子佳人的爱情为题材,借助于战争背景描写男女要妙之情。这些小说无论是题材上还是故事情节上,均受到了此时中国小说输入的影响。韩国学者金台俊认为:"壬辰之乱发生在明神宗时期,这正是嘉靖、万历文化发展的全盛期,中国的著作诞生以后,作为两国交流的手段依次输入到朝鲜,自然对当时正处于萌芽阶段的韩国小说产生了直接或间接的影响。尤其是在韩国备受欢迎的《三国演义》也是在壬辰前后引进的。"[2]

《三国演义》在朝鲜半岛的传播最早记载[3]于《宣祖实录》:

> 上御夕讲于文政殿,进讲《近思录》第二卷。奇大升进启曰:"顷日张弼武引见时,传教内张飞一声走万军"之语未见正史,闻在《三国演义》云。此书出来未久,小臣未见之,而或因朋辈间闻之,则甚多妄诞。如天文地理之书,则或有前隐而后著,史记则初失其传,后臆度而敷衍增益,极其怪诞。臣后见其册,定是无赖者裒杂言,如成古谈,非但杂驳无益,甚害义理。自上偶尔一见,甚为未安。就其中而言之,如董承衣带中诏及赤壁之战胜处,各以怪诞之事演成无稽之言。自上幸恐不知其册根本,故敢启。[4](宣祖2年6月壬辰条)

[1] [韩]金东旭:《韩国小说史》,现代文学出版社1990年版,第282页。
[2] [韩]金台俊:《朝鲜小说史》,全华民译,民族出版社2008年版,第48页。
[3] 最近在韩国学中央研究院发现了新资料:《老乞大》(高丽末编纂)。"更买些文书,一部《四书》,都是晦庵集注,又买一部《毛诗》《尚书》《周易》《礼记》《五子书》《韩文》《柳文》《东坡诗》《诗学》《大成押韵》《君臣故事》《资治通鉴》《翰院新书》《标题小学》《贞观政要》《三国志平话》。这些货物都买了也。"
[4]《宣祖实录》卷三,서울:민족문화추진회,1986.

　　朝鲜宣祖二年（1569 年），奇大升给宣祖的奏章中称"此书出来未久"，"后见其册"[1]，那么《三国演义》传入朝鲜的最迟时间应为隆庆三年（1569 年）。奇大升对于《三国演义》的内容非常熟悉，用正史《三国志》的标准评判，认为《三国演义》非常"怪诞"。实际上，小说传入朝鲜半岛之前，朝鲜文人士子对于中国三国故事、三国典籍都非常熟悉，在他们的著述中常常可以看到有关中国三国的故事。例如朝鲜士子金时习所著《诸葛亮传》等作品，就引用了《三国志》及裴松之的注释等内容。由此可见，朝鲜王朝的文人士子对于三国史传人物的传播，为小说《三国演义》在朝鲜半岛的传播奠定了深厚的文化基础。

　　《三国演义》最初传入朝鲜的时候，主要在朝鲜两班上层知识分子中流传，对整个朝鲜社会影响不大，但壬辰战争彻底改变了这一局面，推动了小说《三国演义》在朝鲜半岛的传播。1592 年，日本侵犯朝鲜半岛，以极短的时间攻占朝鲜都城，与此同时对百姓烧杀抢掠、无恶不作，《三国演义》为寻求精神寄托的朝鲜百姓提供了精神寄托。《明史·神宗本纪》记载：

　　五月，倭犯朝鲜，陷王京，朝鲜王李昖公奔义州求救。……冬十月壬寅，李如松提督蓟、辽、保定、山东军务，充防海御倭总兵官，救朝鲜。……二十一年春正月甲戌，李如松攻倭于平壤，克之。……夏四月癸卯，倭弃王京遁。[2]

　　明朝名将李如松于 1592 年 10 月援助朝鲜，经过平壤、开城、王京等战役，救回避难在中朝边境义州的宣祖，多次打败日军，取得阶段性胜利，于 1593 年 12 月受诏回到明朝。虽然

<hr />

[1]《宣祖实录》卷三，서울：민족문화추진회，1986.

[2]（清）张廷玉等：《明史》卷二〇，中华书局 1974 年版，第 27427 页。

直到 1598 年 12 月，壬辰战争才最终宣告结束，但在战后，朝鲜人民感激 "再造之恩"，对于明朝兵将加以神化，士子文人根据李如松等人的壬辰战争史实及传说编写了军谈小说《壬辰录》，把关羽推崇为朝鲜的保护神，虚构了关羽帮助朝鲜军民抗击日军、护佑朝鲜宣祖恢复国都的故事情节。随着朝鲜军谈小说《壬辰录》的广泛流传，关羽和《三国演义》的故事深入人心，广大读者的需求促使朝鲜各书坊竞相翻刻《三国演义》。朝鲜仁祖五年（明天启七年 /1627 年），朝鲜书坊的《新刊校正古本大字音释三国志通俗演义》，现藏于首尔大学校奎章阁图书馆。在朝鲜刻本出现之前，小说《三国演义》作为天朝典籍成为两班文人的藏书，读者层多为社会上层。此刻本问世之后，《三国演义》在整个朝鲜各阶层广泛传播。朝鲜学者李植（1584-1647 年）在《泽堂集别集》中写道：

> 演史之作，初似儿戏，文字亦卑俗，不足乱真。流传既久，真假并行，其所载之言，颇采入类书。文章之士亦不察而混用之。如陈寿《三国志》，马、班之亚也，而为演义所掩，人不复观。今历代各有演义，至于皇朝开国盛典，亦用诞说敷衍，宜自国家痛禁之，如秦代之焚书可也。[1]

李植认为陈寿的《三国志》是 "为演义所掩，人不复观"。这里的 "皇朝" 是指明朝，"皇朝开国盛典，亦用诞说敷衍"[2] 是说《三国演义》等历史演义小说在壬辰之乱后的仁祖年间开

---

[1]　[朝鲜] 李植：《泽堂集别集》卷一五，载《韩国文集丛刊》（第 88 册），民族文化推进会 2005 年版，第 530 页。

[2]　[朝鲜] 李植：《泽堂集别集》卷一五，载《韩国文集丛刊》（第 88 册），民族文化推进会 2005 年版，第 530 页。

始在朝鲜半岛广泛流传。朝鲜学者金万重（1637－1691 年）在《西浦漫笔》中也提到了壬辰倭乱后《三国演义》在朝鲜半岛传播的情况，意思大概是：中国元人罗贯中创作的《三国演义》在壬辰战争后，在朝鲜半岛盛行，妇孺皆能诵说。而朝鲜士子多不肯读史，并把小说中的三国故事当作正史，小说在朝鲜半岛的传播及其影响超越了正史《三国志》。

朝鲜丙子时期（1636 年前后），《三国演义》在朝鲜半岛的流传达到繁盛。1635 年 11 月，清太宗皇太极亲自带领大军攻打朝鲜。第二年正月朝鲜国王李倧投降，朝鲜世子作为人质随清兵去到北京，朝鲜每年向清朝进贡，朝鲜史称"丙子胡乱"。丙子胡乱对于朝鲜各个阶层影响非常大。仁祖朝大臣赵锡胤给国王的上书中写道：

噫！东方之民陷于涂炭久矣。逮至丙子之乱，死于锋刃者几何？填于沟壑者几何？系累而变为异类者又几何？丧亡之余，疮痍未完，而重困于诛求供给，饥寒流离，父子不相保。况乎缚束催迫，驱之于不测之海路。斯民之疾苦冤痛，靡有其极，亢旱大无之灾，又胡然而荐臻哉？[1]

战争给朝鲜人民带来了惨重的苦难，物质上是如此，精神层面也面临着道德困境。壬辰战争以后，朝鲜王朝因为感谢"再造之恩"与明朝关系非常密切，将明朝视为君父之邦。丙子战争之后，朝鲜投降清朝。朝鲜士子在伦理道德上陷入困境，觉得背叛明朝，就是对仁义礼智信道德基础的背叛。仁祖时期的大臣崔鸣海就是一个典型的例子。崔鸣海儒学修养颇深，常以

〔1〕［朝鲜］赵锡胤："虚静集·卷十三·玉堂应旨进言劄"，载《韩国文集丛刊》（第105 册），民族文化推进会 2005 年版，第 466 页

忠义激励自己,对皇帝尽忠 :"我国壬辰后,保有疆土,赡养民庶。国而君臣,家而父子者,莫非神宗皇帝至恩盛德! "丙子之变时,他维护朝鲜皇帝正统,组织义兵反抗清军。他说 :"我国之于皇朝, 义则君臣, 恩犹父子, 而不能举义讨虏, 反受其封, 此正主辱臣死之日也! "[1]崔鸣海的态度代表了当时大多数朝鲜士人的普遍心理。丙子胡乱之后, 朝鲜士子阶层的这种心理与小说《三国演义》所推崇的忠义观相契合。小说中弘扬的以忠义为代表的儒家思想逐渐转变为朝鲜民族文化、社会道德观念的基础。因此,《三国演义》在朝鲜半岛的传播在此时达到鼎盛。如当时的学者崔奎瑞(1650-1735 年)就对诸葛亮的忠义思想赞叹不已 :

> 其初见先主时, 座隅垂荆、益图, 人以其已知创基于荆、益, 神之。……以关羽守荆州, 不知其骄慢之必败 ;白帝之役, 未尝谏止, 而后乃追思法孝直, 其长中所谓成败利钝, 非臣之明所能逆睹者, 实忠实语也。观孔明者, 当于前后两表上求之, 以其忠义之如此。故当其暗主在上, 居外专政, 终其身而小人不敢乘间。李平廖立见废而无怨, 此其所以难也, 先儒所称三代上人物, 岂虚也哉? [2]

随着《三国演义》在朝鲜影响的不断深入, 忠义思想越来越受到朝鲜正统文人的认同,《三国演义》在朝鲜的文化地位远远超越了其在中国的地位, 朝鲜士子文人甚至把它提升到经史的地位, 成为科举考试的题目。朝鲜肃宗时期大提学李彝仲曾

---

〔1〕 [朝鲜]宋穉圭:"刚斋集·卷一三·三湖崔公行状", 载《韩国文集丛刊》(第271 册), 韩国古典翻译院 2010 年版, 第 290 页。

〔2〕 [朝鲜]崔奎瑞:"艮斋集·卷一五·病后漫录", 载《韩国文集丛刊》(第 161 册),民族文化推进会 2005 年版, 第 286 页。

命题《三国演义》考试士子。据金万重记载：

> 李彝仲为大提学，尝出《风雪访草庐二十韵排律》，以试湖堂诸学士。余谓："令公何以'衍义'出题？"李笑曰："先主之三顾，实在冬月，其冒风雪，不言可知矣。"[1]

李彝仲（1633-1688年）曾两次官至大提学，金万重与他往来较多。李彝仲的《西河集》、金万重《西浦集》中都收录了两人许多的作品。事实上，朝鲜半岛当时大多数文人都熟读《三国演义》，常在文章中引用其中故事和人物。如在金昌翕《三渊集拾遗》中："近日洞内多梁上君子，重门厚墙之家，鲜免其偷，独我无墙者尚免。此在兵法，虚虚实实之术也。诸葛孔明尝开门鼓琴，贼不敢犯。"[2]李敏求《东州集·与李泰之书》中有："蜀将黄忠老而膂力弥壮，斩夏侯渊于汉川。及为后将军，则关羽羞与为伍。"[3]诸葛孔明空城计和关羽羞与黄忠为伍的故事都出自小说《三国演义》。朝鲜知识层对于《三国演义》的情节可以做到信手拈来，常作为典故在闲谈杂录、书信往来中进行征引。朝鲜文人对中国小说的阅读数量和理解能力，以及对三国故事情节、人物的熟悉程度，远超"汉文化圈"其他国家水平。朝鲜王朝末期画家尹德熙（1685-1766年）在他的文集《私集》第4卷中有《小说经览者》一篇，抄录了127种中国小说的目录。当时在中国本土较有影响的通俗小说基本载于这篇书目：既包括《三国演义》等历史小说，又包括公案、话本、世情等小说。

〔1〕［朝鲜］金万重：《西浦漫笔》，通文馆1971年版，第650页。

〔2〕［朝鲜］金昌翕：《三渊集拾遗》卷二十四，载《韩国文集丛刊》（第167册），韩国古典翻译院2010年版，第120页。

〔3〕［朝鲜］李敏求：《东州集·与李泰之书》，载《韩国文集丛刊》（第94册），韩国古典翻译院2010年版，第266页。

朝鲜正祖时期，朝鲜王朝文化、政治等方面的发展都达到鼎盛。朝鲜正祖李算本人博学多才，熟读经史，是朝鲜王朝历史上非常有作为的一位国王。正祖之后的纯祖（1801年）至高宗甲午更张（1894年）时期，朝鲜王朝逐渐走向衰落。这一时期的《三国演义》在朝鲜半岛的传播由鼎盛逐渐走向衰微。正祖在位的时候，正是中国小说在朝鲜王朝被广泛接受的时期。《正祖实录》正祖十四年（1780年）8月戊午条：谚有之，钟街烟肆，听小史稗说，至英雄失意处，裂眦喷沫，提折草剑，直前击读的人，立毙之。朝鲜文人赵秀三（1762-1845年）在《秋斋集·卷七·纪异·传奇叟》云："传奇叟，居东门外，口诵谚深稗说，如《淑香》《苏大成》《沈清》《薛仁贵》等传奇也。月初一日坐第一桥下，二日坐第二桥下，三日坐梨岘，四日坐校洞口……六日坐钟楼前。"[1]

　　以上文献资料可以看出，朝鲜正祖时期，朝鲜民众对小说的接受已不再以书籍的购买、传抄为主要形式，说书成为在民众间传播小说的一种主要方式，说书表演已成为当时朝鲜民众娱乐消遣、喜闻乐见的一种艺术形式。在中国文学广泛传播的历史背景下，正祖十一年（1777年）时，正祖开始查禁明清文人稗官小说和文集等，认为：中国明末清初文集及稗官杂说的传来，尤有害于朝鲜世道。"从最近文人创作的文体来看，都非常轻浮，没有馆阁大手笔的人，都是由于杂册之多。"同时，国王正祖立足于传统儒学来界定小说的文化特点："小说蛊人心术，与异端无异。而一时轻薄才子，利其捷径而得之，多有慕效。而文风卑弱萎靡，与齐梁间绮语无异。"[2]正祖十六年（1782

〔1〕〔朝鲜〕赵秀三：《秋斋先生文集》，首尔大学奎章阁韩国学研究院。

〔2〕《正祖实录》卷三，서울：민족문화추진회，1986.

年），再次颁布"文体反正"、查禁稗官小说的文化政策，认为：
最近士子写的文章越来越不好，文风日卑，从文字上来看，都
是因为仿做稗官小品文章的原因，儒家经传的味道都没有了。
文章写得非常浮浅，完全没有古人的样子。同时，文章写得轻
薄，不像是治世文人写出的文章。有关世道，实非细扰。……
如欲拔本而塞源，则莫如杂书之初不购来。前此使行，固已屡饬，
而今行则益加严饬，稗官小记姑无论，虽经书史记，凡系唐板者，
切勿持来。

朝鲜正祖把国家的命运与文章书写风格联系在一起，对书
籍的管理非常严格。正祖的政策抑制了中国通俗小说在朝鲜半
岛的传播。正祖实施整顿文风、推崇传统儒学的文化措施，对
朝鲜当时学术界也产生了深远影响，得到部分朝鲜文人士子的
认同。朝鲜著名学者李德懋认为小说有三惑："小说有三惑：架
虚凿空谈鬼说梦作之者，一惑也；羽翼浮诞鼓吹浅陋评之者，
二惑也：虚费膏晷卤莽经典看之者，三惑也。"[1]甚至把小说看
作是扰乱社会秩序的书籍："夫小说，乱书也；元；乱国也。其
作俑者，可以加乱民之诛矣。汉之党论、晋之清谈、唐之诗律
犹有气节风流之可观处，然亡国而害道，彼小说安可方乎此三
者哉。"[2]在批评中国小说影响时，李德懋特别指出了《三国演义》
"乱正史、坏心术"的作用。在正祖年间，正祖的政策使得传播
《三国演义》受到一定的控制，但也有一些学者认为小说具有弥
补历史的社会功能，如李圭景的《稗官小说亦有微补辨正说》中，
认为小说不可尽废，或者可以弥补历史的不足。正祖的禁书政

〔1〕《正祖实录》卷三，서울：민족문화추진회，1986.

〔2〕［朝鲜］李德懋：《青庄馆全书》卷五，载《韩国文集丛刊》（第257册），韩
国古典翻译院2010年版，第97页。

策并没有收到实效，纯祖至高宗年间，《三国演义》不仅没有真正被禁，反而在朝鲜半岛得到更为广泛的传播，朝鲜后期的《大畜观书目》《缉敬堂书目》等书目中都有《三国演义》的记录。另外，朝鲜文人的朝鲜国语翻译版本众多，可以确定其抄写、刊刻具体时间的方式有两种，如韩国中央图书馆藏1871年李氏《三国志》17卷17册抄本、学者金东旭收藏的1859年红树洞刊木刻本等。其他无法确定具体时间的朝鲜后期朝鲜国文译本有10余种。同时，朝鲜文人按照当时读者层的阅读需求，将中国古典名著中的有名情节进行节选，翻译为朝鲜国文本，如《五虎大将记》《梦见诸葛亮》《梦诀楚汉讼》《华容道实记》《黄夫人传》《关云长实记》《赵子龙实记》《山阳大战》《赤壁大战》《三国大战》等。这足以证明，《三国演义》比起前期在朝鲜后期传播得更加迅速，并深入人心。

《三国演义》在朝鲜半岛传播的过程中，朝鲜读者在阅读历史演义小说的同时，也开始学着创作历史小说。有两种主要的创作方式：一种是以朝鲜本土历史人物为题材的，其代表作品主要有反映朝鲜三国史事的《兴武王演义》、壬辰之乱的《壬辰录》、丙子胡乱的《林将军传》等；另一种是改写中国题材的翻案小说，如《帷幄龟鉴》（项羽、刘邦楚汉相争题材）、《薛仁贵传》等。以朝鲜历史为题材的小说具有鲜明的朝鲜民族文化特征，反映了朝鲜王朝的历史政治，寄寓了朝鲜士子文人的民族文化思想。而以中国历史为题材的翻案小说，多是在中国小说情节上进行改写的，故事内容和人物设置都与中国小说相似。例如对《薛仁贵传》是对《白袍将军传》的改写，全文14 000字左右，薛仁贵出身、征辽救主屡立战功、凯旋受赏，主要内容三部分都与原著相似。翻案小说的价值在于体现了朝鲜文人所著汉文历史演义小说时独特的历史文化观，反映了朝鲜文人各个时代的民族文化心理。因此，深入研讨这类小说也具有重要的学术价值。

第二节　关羽在朝鲜的译介传承

《三国演义》对朝鲜半岛的影响还包括其中的人物，关羽就是其中一个的典型。作为一个中国的历史人物，活着的时候是作为蜀汉将军的汉寿亭侯，而死了以后，经历了从侯到公、从公到王、从王到帝、从帝到神的变化。到了明末清初，与孔子并尊为文武二圣。以壬辰倭乱为契机，关羽崇拜随着明援军一起传入朝鲜，并在朝鲜经历了从官员的被迫接受到百姓的自觉信仰的过程。迄今为止，关王庙（关侯庙）在朝鲜史书中记载多达 27 处，现存可以考证的也有 10 余处。而朝鲜小说对于关羽的译介更是夸大了关羽的神的形象，并且仿照关羽，创造想象了李舜臣这一朝鲜民族英雄母题的形象。

中国的关羽崇拜起源与西晋陈寿的《三国志》、元末明初的《三国演义》关系密切。正是这两部作品对关羽事迹的描述使人们认识到了关羽的"忠、义、勇、武"，再加上根据关羽为母题改编而成的戏曲、评书等艺术形式，让关羽形象家喻户晓，加深了关羽在人们心中的神圣地位。

到了明朝朱元璋建国以后，一方面极力复古[1]，另一方面或以传统文化准则为依据进行了改革。改革之初，朱元璋在京师应天修建十庙，但其中并没有祭祀关羽的庙宇。"后增（汉）寿亭侯"清人褚人获《坚瓠集》记载："南京十庙将成，克期祭告矣。

[1]　蔡东洲、文廷海：《关羽崇拜研究》，巴蜀书社 2001 年版，第 145 页。

高皇（明太祖）梦一人赭面绿衣，手持巨刀，跪而谓曰：'臣汉寿亭侯关羽也，陛下立庙何独遗臣？'上曰：'卿于国无功，故不及。'神曰：'陛下鄱阳之战，臣举阴兵十万为助，何谓无功？'上乃颔之，神去。明早命工部别立一庙于旁，限三日而成。"[1]明朝将关羽封为王，抬高其地位，从而保佑明朝政权。

　　明朝最后一个皇帝朱由检，也极力利用关帝的旗号以维系其统治。面对明末农民起义，一方面，他把体现儒家伦理纲常中君为臣纲"忠君"思想的关帝作为偶像，赋予他与孔子同等的地位，希望人们效仿、学习。因此，崇祯末年，"乃有夫子之称尤可笑者，至以关侯与孔子同尊"[2]。另一方面，则利用关帝能征善战的武圣地位，梦想他在世，带领天兵天将镇压农民起义和抵制关外满洲后金政权的侵犯，但明朝政权已经彻底腐朽，其败亡已成历史的必然。朱梅叔的《埋忧续集》中，"惟汉寿亭侯受明深厚，不忍下降"[3]处于乱世的崇祯帝，尤其需要能征善战的将领，他求助于天兵天将，梦想关公在世。虽崇祯帝给关公以诚意，而关公也无动于衷，只是不切实际的幻想而已。

　　清兵入关后，受到汉族人民与南明政权的极力反抗，在英勇的抗清队伍中，关羽等民族英雄成为激扬斗志的精神力量。在清初江阴人民的抗清斗争中，抗清将领阎应元"身材高大，双眉卓竖，目细而长曲，面赤有须，巡城时，一人持大刀相随，特像关羽，清军望见，莫不以为天神"[4]阎应元领导部队顽强

---

〔1〕（清）褚人获：《坚瓠集》，上海古籍出版社 2012 年版。

〔2〕（清）俞樾：《茶香室续钞·关夫子之称起于明季》，中华书局 1915 年版。

〔3〕（清）朱梅叔：《埋忧续集·乱书》，进步书局 1912 年版，第 36 页。

〔4〕（清）刘健："庭闻录·收滇入缅"，载朱一玄、刘毓忱编：《三国演义资料汇编》，南开大学出版社 2003 年版，第 654 页。

抗敌,终因寡不敌众,被俘不屈而死。据说,当时在张献忠部队中,还有一个叫金公趾的四川人,到张献忠军中讲《三国演义》,可见三国人物故事在抗清队伍中的影响。

皇太极命达海等人将《三国演义》等书翻译成满文,据《清太宗实录》初纂本记载,崇德元年(1636 年)10 月,有人投书于多尔衮,称"朱家劫数已尽,大金后代天聪皇帝应运坐殿北京,掌立世界乾坤"。同时制造"关王显圣"的传说[1]。历朝天子登基,都会有诸如此类的宗教传言,这无非是一些宗教人士为了攀上"国师"地位而杜撰的。然而在清朝初年,他们竟然拿关羽显圣来服众心,则显然是投清帝所好的结果,也可见清人对关羽的敬重。这样,在国家宗教祀典中,关羽受到极大的恩宠,与释迦牟尼、观世音菩萨相提并论,成为清朝"立杆大祭"中的重要祭祀神祇。在坤宁宫祭神中,关羽与释迦牟尼、观世音菩萨为朝祭神祇,也就是说,在坤宁宫的关羽神位前,终日有香烟缭绕。与此同时,关羽的神位继续攀升。顺治九年(1652 年),封"忠义神武关圣大帝"。雍正三年(1725 年),追封三代公爵等。清朝统治者对关羽青睐与蒙古约为兄弟有关,"其后入帝中夏,恐蒙古之携贰也",于是累封关羽"以示尊崇蒙古之意"。蒙古人信仰喇嘛外,最尊奉关羽,在清朝二百余年中蒙古能安居于北疆,是效仿关羽之事刘备[2]。

关羽信仰并没有因为中国统治民族的改变、政权的交替而中断,反而呈现出更为兴旺的势态,甚至成为儒道共同认同的"神灵",在这样的社会背景下,以 16 世纪末的壬辰倭乱(1592 年日本入侵朝鲜半岛、中国明朝与朝鲜王朝联合抗倭的战争,又

---

〔1〕 郭松义:"论明清时期的关羽崇拜",载《中国史研究》1990 年第 3 期。
〔2〕 徐珂编撰:《清稗类钞·丧祭类·以祀关羽愚蒙》,中华书局 1986 年版,第 3566 页。

称万历朝鲜战争）为契机传入朝鲜王朝（当今的韩国、朝鲜地区），并最终经过了"创造式的想象"，渗入到民族文学和民族英雄的精神领域，实现了本土化的过程。

朝鲜对于关羽的最初记录被推定为朝鲜在三国时代引入陈寿的《三国志》，在当时，关羽这一人物并未得到广泛瞩目，在壬辰倭乱之前，朝鲜并没有关羽崇拜，只是从曾经去过中国的一些使臣的记载中得知他们见过中国的关羽崇拜。代表性的著作是柳成龙的《西厓集》、尹国馨的《甲辰漫录》和《燕行录》。柳成龙的《西厓集》记载其1569年作为圣贺使书状官于赴华朝贡途中的所见："余往年赴燕都，自辽东至帝京数千里，各城大邑及闾阎众盛处无不立庙宇，以祀汉将寿亭侯公。至于人家，亦私设书像挂壁置香火，其前饮食必祭，凡有事必祈祷，官员新赴任者，齐宿谒庙其肃虔。余怪之，问于人，不独北方为然，在如此遍于天下云。"[1]尹国馨的《甲辰漫录》中认为关羽是以勇猛和忠诚著称的将领，最后死于敌手。虽不是功成名就的人，但在中国却得到了广泛尊敬[2]。由此可见，在壬辰倭乱之前，朝鲜人眼中关于信仰只是遥远国度的风俗，对于朝鲜并没有直接的影响，并且对关羽的认识也没有肯定性的评价。

在关王庙之前，公元8世纪左右，朝鲜的武庙有供奉周朝姜太公的太公庙、武成王庙等。这是受到了唐朝时期，文武分科的影响。直到宣祖年间（1567-1606年），随着小说《三国演义》的流入和在朝出版，才被士大夫广泛接受，壬辰倭乱（1592-1598

---

[1] ［朝鲜］柳成龙：《西厓集》卷十六，民族文化促进会1999年版。

[2] 《大东野乘·甲辰漫录》，"关王虽是忠勇之将，而身死人手，非功存后世之人，而中原尊敬如此，未知其然，或云高皇帝时，出神兵以助云，然未可知也。"杨萍："浅论朝鲜类书《大东野乘》之诗学文献价值"，载《青年时代》2016年第15期。

年）后，随着关王庙的设立，关羽信仰在朝鲜被广泛接受。朝鲜的关羽信仰，以壬辰倭乱为契机，经历了一个由中国官兵信仰到朝鲜统治者朝拜再到全民信仰的过程。

朝鲜第一座关王庙是明朝游击将军陈寅于1598年（宣祖三十一年）在汉城南大门外建立的。从《燃藜室记述》来看，丁酉再乱时期，游击将军陈寅在1598年岛山城战役时在蔚山，时逢日军再次入侵，朝鲜军队从釜山撤退。在汉城南大门外安静的角落，自己曾经疗养过的地方，陈寅建立了关羽祠庙并供奉关羽塑像。在18世纪日本出版的《绘本太阁记》中描写丰臣秀吉的那一部分中，有对于陈寅建立关羽庙的记载。刚开始，陈寅所建的关王庙并非是为了宣传宗教，而是当时日本再次入侵的一种"穷余之策"，且设立之处，关王庙非常狭小和穷困，现在的关王庙是后来重建并有所扩张的。在《西厓集》中，柳成龙对朝鲜建立的第一座关羽庙进行了详细的记录："其像塑土为之，面赤如重枣，凤目，髯垂过腹，左右塑二人，持大剑侍立，谓之关平周仓,俨然如生。"[1]从许筠记载的《敕建显灵关王庙碑》的碑文中，可以得知当时明朝援助朝鲜的将士把战争胜利的原因归于关羽神灵的保佑，并且深信不疑。明军将士在战斗之前，都要前往关王庙进行祈祷，在建立之初，关王庙起到了对明军将士的抚慰作用。

关王庙在朝鲜建立之初，朝鲜官僚是非常不安的。从朝鲜的立场来看，关羽崇拜是与儒家追求的王道政治相违背的。关羽是武神的象征，对于武的追求是法家的霸道。当时朝鲜社会对于关王庙的不安尤其体现在关王庙建立一个月以后——1598年（宣祖三十一年）5月13日。这一天是关羽诞辰日，当天明军将领

---

〔1〕 ［朝鲜］柳成龙：《西厓集》卷十六，民族文化促进会1999年版。

准备举行重大的庆典，并且要求宣祖也参加。这是在朝鲜建立的第一个关王庙，所以没有具体的礼制参照，当时的大臣也认为不符合儒家传统而反对参拜关王庙。因为在孟子的《梁惠王篇》中就讲究仁义，而不是霸道。在《宣祖实录》中也有这样的记载："备边司启曰：'关王庙行礼事，我国前者未有此等礼节……然以奠仪未备，礼节未讲，又不曾致虑，不敢轻诣朝下之意答之。'"[1]

但是壬辰抗倭是在明朝将士的帮助下进行的，国王宣祖也不可能完全无视明朝将士的要求，所以宣祖和朝臣还是参拜了关王庙："上亲祭于关王庙，上进跪焚香，连奠三爵，上前后各行再拜礼，礼毕，邀上共赏。"[2]从这种行为来看，此时的关羽信仰并不是朝鲜自发的，而是一种外交行为。

南关王庙设立一年以后，1599年（宣祖三十二年）4月，汉城又建立了一座关王庙。与南关王庙来自于明朝军队的祈祷不同，新的关王庙是明神宗政府敕令修建的："皇帝以四千金，付抚恤臣万世德，命立关王祠于王京以享之。"但是这一要求遭到了朝鲜的反对。因为在朝鲜已经有了一个关王庙，再建一个的理由是什么？建立关王庙的妥当性在当时的朝鲜政府看来是无法理解的，朝鲜政府认为修建关王庙对儒家正统的社会秩序有所影响，同时也会给社会治安带来不稳定的因素。另外，对于明朝政府要求设立关王庙的位置也有争论。明朝政府选择的地点位于汉城东大门之外的造山附近，朝鲜政府认为破坏了汉城的风水。另外，关王庙的建立是在战争中保佑战士取得战争

---

〔1〕〔韩〕民族文化促进会：《宣祖实录》：民族文化促进会1986年版（宣祖三十一年5月13日）。

〔2〕〔韩〕民族文化促进会：《宣祖实录》，民族文化促进会1986年版（宣祖三十一年5月13日）。

　　胜利的，而此时日军已经败退，都城的百姓迫切需要的是重建家园，在此时大兴土木修建关王庙与社会环境相违。但是为了与明朝保持友好的关系，朝鲜政府还是于 1600 年（宣祖三十三年）动工，历时两年，1602 年（宣祖三十五年）春天完成了关王庙的修建。

　　与汉城建立关王庙的同时，在安东、星洲、康津、南源等地也建立起了关王庙。这些关王庙大多也是壬辰倭乱时期明军建立起来的。南关王庙建立以后，1598 年（宣祖三十一年）游击将军茅国器也在庆尚道星洲建立起了关侯庙；真定营都司薛虎臣在庆尚道安东府建立起了关王庙；水军总督陈璘在全罗道康津县古今岛设立了关王庙等。

关王庙的文献记载和现存状况[1]

番号	庙名	建立时间	建立者	关王庙的特征	宗教色彩	场所	现况
1	南关王庙	宣祖三十一年（1598年）	明游击将军陈寅	国内最初的关羽庙（又名南庙），关羽旁还供奉关平和周仓的塑像，宣祖曾去参拜	祠庙	首尔崇礼门外舍堂洞	现存
2	关侯庙	宣祖三十一年（1598年）	明将军茅国器	明将茅国器在星州城战斗中取胜时认为是得到了关羽显灵。之后明朝都督刘绖的庙碑曾在星州东门外，1727年英祖将其迁移到关羽寺中，供奉关羽塑像	从祠庙到佛教寺刹	庆北星州	现存
3	关王庙	宣祖三十一年（1598年）	明真定营都司薛虎臣	安东木星山山脚建立，1606年（宣祖三十九年）移至西岳寺东边，其石像旁供奉关平和周仓石像	从祠庙到甑山教	庆北安东	现存

〔1〕［韩］闵宽东：“对于国内关羽庙现状和受容的研究”，载《中国小说论丛》2015 年第 45 期。

番号	庙名	建立时间	建立者	关王庙的特征	宗教色彩	场所	现况
4	关王庙	宣祖三十一年（1598年）	明都督陈璘	康津庙堂岛是陈璘为了祈祷战争胜利而建立的。1684年修缮的同时，增加了李舜臣和陈璘的别寺。1713年（肃宗三十九年）建立关王庙碑。1763年，御笔提名诞报庙。解放后由关王庙改名为忠武寺	祠庙	全南康津古今岛	现存
5	关王庙	宣祖三十二年（1599年）	明将军蓝芳威	明都督刘𬩽的庙碑，肃宗四十二年（1716年）朴乃贞在南原省东门外建立了塑像和墓碑。英祖十七年（1741年）南原府使许璘迁移到现在位置，供奉诸葛亮、周仓、关平等人画像	祠庙	全北南原	现存
6	东关王庙	宣祖三十四年（1601年）	明神宗巡抚使万世德建立	东庙，有关羽的铜像和碑文，左右设立关平和周仓等四人	祠庙	首尔市钟路崇仁路	现存
7	关皇庙	不详	壬辰倭乱（推定）	300余年前供奉关云长的肖像的祠堂。现在关皇庙已经遗失，但与一心寺关联的传说中有记载	祠庙	全南新安郡一心寺	遗失
8	关王庙	英祖六年（1730年）建立（推定）	村民建立	壬辰倭乱以后，明援军在朝鲜建立了很多关羽庙，村民听说建关羽庙好，便在每年的惊蛰和霜降向关羽画像祈愿后建祠堂。现在属于丢弃状态	祠庙	全南丽水市南面	现存

续表

番号	庙名	建立时间	建立者	关王庙的特征	宗教色彩	场所	现况
9	关圣庙	纯祖三十一年（1831年）高宗二十八年（1891年）	参奉宋锡珍创建（推定）	在每年关羽的生日，即农历6月24日；忌日，即农历10月19日祭祀，建立时间为1831年到1891年间	民间信仰到甑山教	全北井邑市泰仁面	遗失
10	不详	纯祖壬辰（1832年）以前	不详	高宗实录二十八年（1891年）12月28日，纯祖壬辰年（1832年）派遣官吏对于之前的东庙、南庙、安东等进行参拜礼仪管理	祠庙	忠南唐津	遗失
11	关圣庙	哲宗十二年（1861年）	不详	建立后在关圣教信徒们的帮助之下进行再建，1959年发行的《明圣经》中有记载	祠庙到关圣教	全北金堤市尧村洞	遗失
12	关皇庙	高宗十二年（1875年）	朴禹衡受到东莱府使朴齐宽的邀请建设	仅存在于东莱邑省的关皇庙传说中，东莱府使朴齐宽夫人在某一天晚上梦到关云长显梦灵验，于是建立关皇庙	祠庙	釜山东莱	遗失
13	关圣庙	高宗十七年（1880年）	金堤市孔德面东溪里居民	高宗十七年（1880年）某一日，生活在此处的朴翁梦到了关羽，于是建立了关羽祠堂，春秋季节进行参拜	从祠庙到道教信仰	全北	遗失
14	关帝庙	高宗十八年（1881年）	诗人朴道焕	1875年从中国来的商人带来很多物件，汉阳的朴道焕因为关羽显梦，所以效仿汉阳的南庙，在平壤建立了关帝庙	祠庙	平壤	不详

番号	庙名	建立时间	建立者	关王庙的特征	宗教色彩	场所	现况
15	北关帝庙（北庙）	高宗二十年（1883年）	巫女真灵君策划明成皇后建立	真灵君（李姓女）奏请，此处为甲申政变（1884年）高宗避难的场所。1902年被封为显灵昭德义烈武安关帝，1910年5月关羽的铜像被毁	道教巫俗信仰	首尔明伦洞	遗失
16	南关云庙	高宗十一年（1884年）	判官吴相准	供奉刘备、关羽、张飞的画像，后增加木像，现在被称作关帝庙	弥勒大道金华宗	江华岛	现存
17	东关帝庙	高宗十二年（1885年）	马女史创建	供奉以关羽为首的包括刘备和张飞的画像，现在作为韩国无形文化8号存在	民间巫俗信仰	江华岛	现存
18	西关帝庙	高宗（推定）	不详	没有记录	不详	江华岛	遗失
19	关庙	高二十四年（1887年）	关羽显梦后村民建立	解良与关羽的出生地中国的解良同名，位于庆南河东郡，春、秋季节祭祀，在日本统治时期消失	民间信仰	庆南河东郡解良村	遗失
20	北关云庙	高二十九年（1892年）	江华山城守门将尹义善	供奉刘备、关羽、张飞的画像和塑像，曾被称作关帝庙，光武十年（1906年）重建。现在成为民间巫俗信仰的庙堂	民间巫俗信仰	江华岛	现存
21	关王庙	高三十一年（1887年）	遵照清指示建立	位于满月台的东北方，每到端午时节许多女性前往关王庙进行祈愿	民间信仰	京畿道开城	未详
22	关圣庙	高三十二年（1895年）	全罗观察史金声根和南固别将李信文	也被称作周王庙、关帝庙，供奉朝鲜后期画匠所藏的《三国演义》中人物画像10余幅。20世纪50年代重塑人物木刻像	从祠庙到民间信仰	全北全州	现存

续表

番号	庙名	建立时间	建立者	关王庙的特征	宗教色彩	场所	现况
23	西庙（崇义庙）	高宗光武八年（1904年）	巫女贤灵君策划严妃创立	崇义庙，一般被称作是西庙，供奉关圣帝军画像。1909年曾移奉到东庙共同祭祀，祭祀关羽、张飞、刘备、赵云、马超、黄忠、周仓、关平等人	道教巫俗信仰	首尔市西大门天然洞	遗失
24	关王庙	高宗或者1670年（推定）	六矣里的商人（推定）	从位置上又被称作中庙。以关羽为核心，关平和周仓在一旁侍立，旁边还有刘备和张飞的图像。朝鲜时代很多商人前往参拜	道教民间信仰	首尔市钟路普信阁旁	遗失
25	关圣庙	高宗（推定）	高宗后宫严妃（推定）	供奉关羽及其夫人为主神，是一种护国信仰，含有佛教、儒教、道教等多样的性格特征	儒佛道的巫俗信仰	首尔市中区奖忠洞	现存
26	圣帝庙	高宗（推定）	民间人（推定）	供奉关羽及其夫人的影帧为主神，从建立到现在主要是祈祷商人经商顺利	道教民间信仰	首尔市中区芳山洞	现存
27	关圣祠	高宗（推定）	不详	依照真灵君李氏的请愿建立（推定），曾被烧毁，后再建	民间巫俗信仰	江原道洪川郡西面	现存
28	永同堂谷十二将神堂	壬辰倭乱后（推定）	不详	供奉《三国演义》中出现的12将神的影帧。当时关羽曾显梦当时的郡守	民间巫俗信仰	忠州永同郡永同邑	现存
29	武侯庙	宣祖年间（1603年）	依照宣祖命令	宣祖在壬辰倭乱时击退倭军后建立，近处改作卧龙山纪念孔明的功德	祠庙	平北义州	不详

续表

番号	庙名	建立时间	建立者	关王庙的特征	宗教色彩	场所	现况
30	诸葛武侯祠	肃宗年间	南阳县监闵耆重	南阳县监闵耆重建立的寺庙，供奉诸葛武侯和胡文正公	祠庙	京畿道华城	不详
31	卧龙庙	高宗年间（推定）	朝鲜末严妃（推定）	供奉三国时代蜀汉政治家诸葛亮的庙祠，供奉诸葛亮和关云长的石像，又名武侯祠	民间巫俗信仰	首尔市中区艺场洞	现存

众多关王庙设立以后，朝鲜也派了很多官员去管理关王庙。壬辰战争结束以后，光海君即位后开始确立了朝鲜官员参拜关王庙的礼仪制度。在《国朝五礼仪》中有所记载，关王庙的祭拜按照小祀的标准，在惊蛰日、霜降日等时间进行祭拜。光海君制定这样的制度也是为了与明朝保持友好的外交关系。关王庙建立以后也成了明官吏来到朝鲜之后，除了之前的南别宫、太平馆、宣武祠、杨御史碑阁一定要去的地方之一。朝鲜的关王庙是朝鲜对明朝不忘"再造之恩"的里程碑式的象征，起到与明朝保持重要的外交关系的作用。为了与明朝保持重要的外交关系，关王庙的重修势在必行，所以在1612年（光海君四年）6月的时候朝鲜对关王庙进行了重修和制度上的规范。

17世纪朝鲜的关羽崇拜有三大特征：第一，并非自然流入，而是壬辰倭乱特殊的社会环境所造就的。第二，并非是真正的信仰，而是外交性的、现实性的成分居多。第三，并非是民间性的行为，更多是政府的行为。所以刚开始传入的时候，无论是政府还是百姓，更多是对关王庙的否定和反对。这种文化现象在朝鲜与清朝建交以后有了改变，17世纪中叶丁卯胡乱和丙子胡乱期

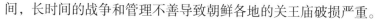

间，长时间的战争和管理不善导致朝鲜各地的关王庙破损严重。

第二个阶段是发展繁荣时期，从肃宗到正祖朝。清朝的大一统地位已成定势，"北伐"无疑是空想。直到17世纪后半叶肃宗时期，朝鲜对关王庙再认识有了改变。肃宗时期，为了解决日益严重的朋党问题，作为肃宗处理朋党问题中重要的一环，就是宣扬在中国作为忠臣的关羽来守卫王室。1691年（肃宗十七年）2月，肃宗前往贞陵地区的沙河里阅兵时参拜了关王庙，对着关羽的塑像行礼，并且感叹关羽万古忠臣的美名。对星洲和安东的关王庙进行的调查指出[1]，肃宗时期加强了对关王庙的管理。

肃宗建大报坛崇祀崇祯皇帝，宣武祠、武烈祠祀明军将领。"大报坛成……祭器亦依《大明集礼》图式……命勿用清国年号。"[2]"尊周思明"[3]思想成为主题。朝鲜国王开始将注意力更多地倾向于关公信仰，关庙崇祀成为这一思想活动的组成部分。肃宗本人经常称赞关公"武安王之忠义，实千古所罕"，让诸将士以身效法。他还经常不顾大臣禁去关庙的劝谏，亲自去关王庙祭拜，将关公的忠义精神昭示天下、子孙后代，让臣民百姓忠于自己、忠于国家，可谓"圣上一念可以鼓忠臣义士之气"，这期间，国王祭祀关庙活动密集。

英祖继续秉持着肃宗用忠孝思想巩固国家政权的做法，也成为祭拜次数最多的国王。他于即位元年就遣官致祭南关庙和

---

〔1〕 金明子："从安东关王庙看地域社会的动向"，载《韩国民俗学》2005年第42期。

〔2〕 ［韩］民族文化促进会：《朝鲜王朝实录》，民族文化促进会1986年版。（肃宗三十年12月21日）

〔3〕 尊周即尊明，思想意在贬清。孙卫国："试论朝鲜儒林之尊周思明——以华阳洞万东庙为中心"，载北京大学韩国学研究中心编：《韩国学论文集》，辽宁民族出版社2003年版。

宣武祠，重修东、南两关庙。英祖十九年（1722 年），将肃宗御制关王庙七绝诗揭于南关庙。英祖二十二年（1725 年）时在东、南关庙亲自书写了"显灵昭德王庙"。多次下令修缮汉城和地方关王庙、赐祭文、亲临关王庙揖礼献酌等，还留下"万古忠节千秋义烈"的御笔。正祖在位 24 年，祭拜 18 次。对全国各地关王庙统一修缮，将关王庙祭祀仪式统一化、规范化，地方关王庙也进入正常祭祀的行列，祭祀规格升为中祀。"东南庙正位节享馈品，依先农坛例，改为十笾十豆，定以中祀。"[1]将肃宗朝御制和先朝御制合刻一碑，景慕宫睿制和正祖朝御制合刻一碑，分别置于东、南关王庙。正祖十年（1786 年），亲制三段式关王庙乐章。把明军将领作为关王庙从祀的对象，"陈公奉天讨扬皇灵，宜得神理之助顺，况精诚之发，旷世可感乎！李公功闻天下，身殉国难，振华夏之威，殆庶几焉……同阕功宫肝蚤，何疑之有！"[2]在第二阶段，朝鲜将关庙祭祀由小祀升为中祀，是重视关公信仰的表征[3]。将明军将领作为从祀对象，表达了尊周思明的思想，宣示正统，使关公信仰得以发展并赋予新的含义。

第三个阶段是转变时期，从纯祖到高宗朝。关公信仰从庙堂逐渐走向民间，被普通民众接受和信仰。从画像、人物、服饰等与中国不尽相同，实现了朝鲜"本土化"，"韩国人画的关帝像都韩国化了，韩化的程度比蒙藏还多，与中国关帝像相较之下，韩化的关帝像画法不同，把人物扩大化了，服饰也不同。特别是 1800 年左右，全罗北道南原绢本唐彩画持青龙刀的关帝，

---

[1]《海东圣迹志》卷一，韩国国立民俗博物馆。

[2]［朝鲜］李颐命：《谏斋集》卷十四，古今岛关王庙碑。

[3] 首尔大学奎章阁韩国学研究院：《国朝续五礼仪》，载 http://kyujanggak. snu.ac.kr2.

完全不像中国关帝像。姿势、脸、眼睛、服装都不像，只有青龙刀及帽上的绒缨与中国图相同"。[1]朝廷和民间自发地建立了多处关王庙，这些都成为这一时期的显著特点。综上所述，从宣祖到高宗三百余年的历史，经过确立、发展、转变三个阶段，从陌生冷淡到接受崇拜，最后实现"本土化"，关公崇拜成为朝鲜社会一项非常重要的活动。

战后光海君宣扬忠臣烈女的政策（包括之后的高宗时期为了扭转党争的局面所宣扬的忠君政策）、17世纪《三国演义》的广泛传播以及关羽庙的修建，共同造就了小说中关羽形象在崔日景系列和关云长系列《壬辰录》中的"再现式的想象"。

绵延七年的朝鲜壬辰战争曾得到过明朝援军的支援，于是在壬辰战争胜利后，汉城在东大门等处建立了关帝庙。战后，明朝援助朝鲜抗倭的事迹逐渐披上了神话的色彩，在民间，则产生了关云长显灵暗中帮助朝鲜打败倭寇的传说。韩国小说史研究的开拓者金台俊先生早在20世纪30年代已经注意到这一文化现象："壬辰之乱发生在明神宗时期，这正是嘉靖、万历文化发展的全盛期，中国的著作诞生以后作为两国交流的手段依次输入到朝鲜，自然对当时正处于萌芽阶段的朝鲜小说产生了直接或间接的影响。"[2]

陈寿的《三国志·关羽传》对于关羽的早期生活语焉不详："关羽，字云长，本字长生，河东解人也。亡命奔涿郡。"[3]"亡命"二字概括地写出这位带有血性和果敢性格的武将的青年时代。当时豪杰志士"亡命"多与官府腐败及战乱相关。而关羽

---

〔1〕［俄］李福清：《关公传说与三国演义》，云龙出版社1999年版，第52页。

〔2〕［韩］金台俊：《朝鲜小说史》，全华民译，民族出版社2008年版，第48页。

〔3〕（晋）陈寿撰，（宋）裴松之注：《三国志》，上海古籍出版社2014年版，第61页。

在正史中至死也只是以忠义、勇猛著称："昔先主不取汉中，走与吴人争南三郡，卒以三郡与吴人，徒劳役吏士，无益而还。……后至汉中，使关侯身死无不遗，上庸覆败，徒失一方。是羽怙恃勇名，作军无法，直以意突耳，故前后数丧师众也。"[1] 当时，南郡、公安之糜芳、士仁降于东吴；上庸之刘封、孟达不发兵援救关羽，使得关羽陷入孤立无援的局面，这也是关羽平时对士大夫骄矜自傲的结果。而吕蒙、陆逊之计袭荆州，便是关羽初战告捷后，"意骄志逸，但务北进"[2] 而轻视陆逊，忽视后方守备的战略失误。廖立自以为才名不亚于诸葛亮而发此狂言评论蜀政，并因此废为庶民，迁徙于山中。客观地说，荆州之失是蜀汉集团总体决策的失误和关羽个人性格缺点的激发等诸内在因素与吴魏各国势力相争的外在因素综合导致的后果。

朝鲜王朝后期小说崔日景系列《壬辰录》，在结构上的最大特点是其以复线结构模式塑造了一个二元的叙事世界。小说虚构了一个主人公崔日景，同时也虚构了一个上天的神灵——关羽。小说情节是沿着两条线发展的：一条是明线，是崔日景的英雄历程，从其出生、成长、建功立业到最后论功封赏，是一个英雄一生的历程；另一条是暗线，是虚构神灵关羽关圣公的存在，起到了引导情节发展的作用。关圣公和崔日景一明一暗，使人忽略了正史中的其他人物，成为崔日景系列《壬辰录》的主要叙事结构。与《三国志》中的勇猛武将，明朝时期追求"忠义"，清朝时期背离儒学的形象不同，朝鲜小说《壬辰录》中完全将关羽创造性地想象成为神的形象，通过显灵或者托梦的方式帮助朝鲜和明援军战胜倭寇。

〔1〕（晋）陈寿撰，（宋）裴松之注：《三国志》，上海古籍出版社 2014 年版，第 592 页。

〔2〕（晋）陈寿撰，（宋）裴松之注：《三国志》，上海古籍出版社 2014 年版，第 795 页。

大明崇祯壬辰年七月十五日夜，宣祖大王梦中，有一将军杖剑被甲，自南而来，叩门大呼曰："王宿耶否？"王曰："谁也？"对曰："我古汉中关云长也。明日王之国有大患，风雨到于先陵，汉阳以东，扰乱兵起，人火绝矣。何其骞偃軒睡也！"王推枕惊起，四顾无人，但见火星煌煌而已。毛发竖，缩头就枕。良久又呼曰："王不信吾言耶？国内扰乱指日可待矣！"王再拜曰："何为而然也？无乃臣子之作孽耶？"曰："不然。即今倭僧叔舟，刻木为万古名将，藏于笼中，明日午后，南门载来也矣。愿王伏兵其处，缚其僧，烧其笼。若不然，则笼中之刻木为将者，宛如人状，呼之则各率其兵，变化无穷，虽亿万军兵，岂能当乎？王请勿疑焉！"王大觉惊起，乃一梦也，将军言语恍然在耳。[1]

关羽在小说《壬辰录》中的作用一个是托梦，另一个就是参与作战，帮助朝鲜军队和明援军与日军作战：

是时甲午三月初三日也，是日夜半，王梦中有一将军大呼曰："王能知我乎？向日梦中来关云长也。"王再拜曰："有何故而又到陋鄙之地也？"曰："即今秀吉陷庆尚道，郭再佑束手无策；北地据忠清道，金诚一偷生。贺罗北欲陷京师，不若还宫。"王曰："虽欲还宫，罗北遮道，其将奈何？"曰："吾明日自空中为先锋矣。"王从后入宫曰："诺。"遂下还宫之令，出兵向京师。云雾蔽天，自空中鸣鼓而导前，斩首二十余。王无挠还宫，罗北传檄秀吉曰："此乃关羽之事也，杀白马洒血阵中，迎战可也。"[2]

小说《壬辰录》崔日景系列和关云长系列中对关羽形象的想象，一方面是出于当时朝鲜社会的无助，另一方面则是在版

---

〔1〕 [韩]苏在英：《壬辰录》，古代民族文化研究所 1993 年版，第 95 页。

〔2〕 [韩]苏在英：《壬辰录》，古代民族文化研究所 1993 年版，第 105 页。

本传承和发展的过程中，尤其是朝鲜高祖时期的再强化，关羽信仰不断被民间所接受。在文化上，关羽信仰实现了由人到神的转化，这也是作为异国的朝鲜对于关羽形象的"创造性的想象"。

在壬辰卫国战争的名将中，李舜臣是非常突出的一位[1]，迄今为止，无论是韩国人的心中还是光化门前的广场上屹立着韩国文武两位"英雄"，从人物形象的角度来分析，李舜臣这一朝鲜英雄母题"武神"的设立，明显受到了《三国演义》中关羽的忠义、勇猛与诸葛亮智慧的影响。

第一，李舜臣形象最核心的概念便是忠诚。为了抵抗敌人的侵略，他把自己的全部力量和智慧都贡献了出来，不为个人孜孜盈利，不为个人安危担忧，勇于战斗，敢于献身。早在倭寇还没有发动战争以前，他就时时以国家的安全为念。当时一般的官僚都在安享"太平"，醉生梦死，以争权夺利为目的，置国家安危于不顾，他却孜孜不倦、兢兢业业，为防备日本的侵犯而致力于国防建设。壬辰年（1592 年）4 月中旬，倭寇登陆釜山，开始大规模入侵。此时李舜臣正担任全罗道左水使，负责半岛西南端海防，而釜山属于庆尚道，在东南端。东西距离尚远，李舜臣并没有只顾他自己所管辖的区域，而是在刚刚得知釜山陷落的战报时，就立即下定决心前往庆尚道海域迎战[2]。

他的赤胆忠心，更表现在他因功得祸、含冤受屈和在战斗条件极为不利的时候仍英勇作战。由于他屡战屡胜，倭寇将他视为眼中钉，千方百计想害死他。虽然倭寇的计谋没有得逞，

〔1〕 这些记录包括《惩毖录》《李忠武公全书》《燃藜室记述》等书中的有关记录与文献，概括地评述李舜臣的思想与事业，与小说《壬辰录》一起，共同组成了李舜臣这一形象的完整的体系。

〔2〕 韦旭昇：《抗倭演义（壬辰录）及其研究》，北岳文艺出版社 1989 年版。

但是李舜臣还是蒙冤进了监狱，不幸的遭遇反而铸就了他两度
"白衣从军"的美名。不到几个月，其继任者元均在闲山岛败于
日本水军，朝廷不得不重新启用李舜臣。这时朝鲜水军只剩下
十余艘战船了，而敌人战船则数十倍于此，他却毫无怨言，一
心只想着痛击强敌。到了会宁浦后，立即召见全罗右水使金亿
秋等将官，要求大家共同誓死抗敌。在露梁海面上，敌人以333
艘战舰应对朝鲜的12艘战舰，李舜臣却毫不惧怕，率领战船迎
击敌人，并取得了全部胜利，这在海战史上也是罕见的。而且
这件事发生在他蒙冤入狱的事情以后，更加显示出他对祖国的
忠诚。

　　李舜臣这一形象的塑造很容易让人联想到关羽曾身在曹营
心在汉的故事。在上一章节中曾提到了镇守荆州主要是依靠关
羽的勇猛和智慧，但是相比勇猛，忠心则是武将最为重要的品德。
在《三国演义》第二十五回中，刘备兵败，关羽落入曹操的手中，
虽然关羽感激曹操的不杀之恩，但一再强调"降汉"而"不降曹"，
并且与曹操约定："关某若知皇叔所在，虽陷水火，必往从之。"[1]

　　如果说李舜臣这一形象在忠义方面还属于摹仿创作的话，
那么"刮骨疗毒"的情节更像是抄袭了。在历史系列中，李舜
臣曾经两次被敌军弹丸击中，身负重伤。一次是左肩，血流至踵，
他都没有向人提及，而是继续督战。战争结束后，才让人用刀
从皮下数寸的地方挖出弹丸。在动刀挖弹丸的时候，旁观者都
为之惊恐失色，他本人却谈笑自若，不以肉体的痛苦为念。另
一次是在露梁海战中受致命伤。他临死之前，无一谈及自己的
私事，只嘱咐他的侄儿暂且不要公布他的死讯，以免影响将兵

---

〔1〕（明）罗贯中著，（清）毛宗岗评：《（注评本）三国演义》，上海古籍出版社
2014年版，第237页。

斗志。两次负伤后的表现，都说明了他无私无畏、视死如归的精神。

这一故事情节与《三国演义》中华佗给关羽刮骨疗毒中的场面极为相似：

> 公饮数杯酒毕，一面仍与马良弈棋，伸臂令佗割之。佗取尖刀在手，令一小校捧一大盆于臂下接血。佗曰："某便下手，君侯勿惊。"公曰："任汝医治，吾岂比世间俗子惧痛者耶！"佗乃下刀，割开皮肉，直至于骨，骨上已青；佗用刀刮骨，悉悉有声。帐上帐下见者，皆掩面失色。公饮酒食肉，谈笑弈棋，全无痛苦之色。须臾，血流盈盆。佗刮尽其毒，敷上药，以线缝之。公大笑而起，谓众将曰："此臂申舒如故，并无痛矣。先生真神医也！"佗曰："某为医一生，未尝见此。君侯真天神也！"后人有诗曰："治病须分内外科，世间妙艺苦无多。神威罕及惟关将，圣手能医说华佗。"[1]

第二，李舜臣对新武器的发明创造。其中最有代表性的就是龟船了。在1592年到1598年壬辰卫国战争期间，由于帮助朝鲜人民对抗日军船舰赢得数场海战胜利，龟船的威名远播。小说《壬辰录》李舜臣系列中就描述："李舜臣完成了世界上最初的龟船，"[2]并且详细描述了李舜臣建造龟船的尺寸。龟船在壬辰卫国战争中起了很大作用，但由于船身低不适合远海航行，火力小，成本高等原因，在战后被裁汰，最终销声匿迹。

如果说龟船由李舜臣所制造是历史事实的话，《壬辰录》小

---

[1]（明）罗贯中著，（清）毛宗岗评：《（注评本）三国演义》，上海古籍出版社2014年版，第436页。

[2]［韩］苏在英：《壬辰录》，古代民族文化研究所1993年版，第29～31页。

说还将当时战场上更为重要的武器发明权交付给了李舜臣——
铳筒。铳筒在中国宋代又被称作"火铳"，明代前期进行了改进，
在壬辰战争中，铳筒的广泛使用者为倭军，他们手中的铳筒是
从西方传来的。也正是因为拥有铳筒，丰臣秀吉才能如此之快
统一日本，短时间内在朝鲜取得如此广范围的胜利。而李舜臣
与铳筒的关系在《宣祖实录》中有 6 处记载，但他在其中并非
铳筒的发明者，而是使用者而已：

> 自九月二十九日，……臣更与统制使李舜臣、陆兵将郭再佑、
> 忠勇将金德龄相议，水陆合攻计料，详知道路，巨济射士十五
> 名抄出嚮（道）〔导〕，臣之所管各船，陆战可合自募人三十一名，
> 并为抄择，听令于郭再佑事，申明约束，而四日卯时，诸船突入
> 贼阵，或放明火飞箭，或放玄、胜字铳筒挑战，而分送精锐船于
> 永登贼巢，互相出入，以示冲东击西之状，绝其相援之路，而坚
> 壁不出，歼灭无由，不胜愤慨。陆兵将等，则面告形势于都元帅
> 权慄处，以期后日，初七日发还，而臣等舟师，则仍阵外叱浦。[1]

在小说中，新武器的发明让明朝和朝鲜联军获得了胜利，
这一点与《三国演义》中诸葛亮的木牛流马有着异曲同工之妙。
"方腹曲胫，一腹四足；头入领中，舌着于腹。载多而行少：独
行者数十里，群行者三十里。"[2]

长期的残酷战争，朝鲜国力衰退，甚至出现了人吃人的现
象，在这种状况下原来的伦理秩序便无从谈起。在战乱惨祸中，

---

〔1〕〔韩〕民族文化促进会：《宣祖实录》，民族文化促进会 1986 年版。（宣祖
三十一年 5 月 13 日）

〔2〕（明）罗贯中著，（清）毛宗岗评：《（注评本）三国演义》，上海古籍出版社
2014 年版，第 987 页。

人们开始谴责无能的朝廷，为了追求来世，人们开始热衷于佛教。但战乱之后，朝鲜朝廷为了恢复战乱前的儒教道德，稳定统治秩序，整顿民心，将汉城的佛教徒赶出了城外，并严惩违背儒教秩序者。另一方面，则奖励伦理道德规范。尤其是继宣祖之后即位的国王光海君（1609-1623 年即位），他致力于战乱后复原的同时，也积极推进孝子和烈女政策，其代表性的举措是编纂《东国新续三纲行实图》[1]，专设撰集厅，记录以前的忠孝烈人物事迹。小说的目的就是将关羽、李舜臣想象式地塑造成政府和保持朝鲜社会稳定所需要的人。

关羽，作为中国的一个历史人物，活着的时候是蜀汉将军汉寿亭侯，而死了以后，经历了从侯到公、从公到王、从王到帝、从帝到神的变化。到了明末清初，关羽的地位达到了顶峰，与孔子并尊为文武二圣。以此为社会背景，以壬辰倭乱为契机，关羽崇拜随着明朝援军一起传入朝鲜，并由宣祖时为了迎合援军的要求，到光海君时期明朝强迫建立，再到肃宗时期的党争需要，关羽崇拜成为统治者利用的对象。在朝鲜史书中记载关王庙（关侯庙）在朝鲜多达 27 处，现存可以考证的也有 10 余处，其中也有当代韩国最为著名的东庙——关王庙。

战后光海君所宣扬的忠臣烈女政策（包括之后的高宗时期为了扭转党争的局面所宣扬的忠君政策）是战后关羽崇拜繁盛的社会原因。光海君的《东国新续三纲行实图》意在宣扬忠臣、孝子、烈女，关羽的忠诚恰好迎合了这一政策。这一政策对普通百姓产生了很大的喻示作用，可以说是最为生动的儒教伦理教育教材，也警示后代勿忘壬辰倭乱国耻从而更加憎恨日军。

---

〔1〕 ［韩］崔官：《壬辰倭乱——四百年前的朝鲜战争》，金锦善、魏大海译，中国社会科学出版社 2013 年版，第 44 页。

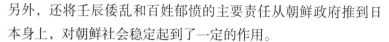

另外，还将壬辰倭乱和百姓郁愤的主要责任从朝鲜政府推到日本身上，对朝鲜社会稳定起到了一定的作用。

关羽的神化除了光海君宣扬忠诚的政策之外，也与战后朝鲜人民的无助感密切相关。壬辰战争初期，朝鲜王朝长期歌舞升平，以致在日军的突然袭击下溃不成军，日军登陆后十天就交出了首都汉城，国王宣祖避难至边境义州，世子被抓。朝鲜王朝在明朝援军的帮助下才得以保存，宣祖在位期间，不断重复明朝的"再造之恩"。借助外力避免亡国使得普通百姓的无助感非常强烈，同时也有对明军的感激，于是，关羽也作为明朝的形象被神化了。尤其到了17世纪中叶，清朝取代明朝以后，"再造之恩"无以为寄，使得关羽神化思想进一步得以加强。

17世纪《三国演义》的广泛传播以及关羽庙的修建，共同造就了小说中关羽形象在崔日景系列和关云长系列《壬辰录》中的"创造式的想象"。在文化上，关羽信仰实现了由人到神的转化，这也是作为异国的朝鲜对于关羽形象的"创造性的想象"。想象中的"关羽神"的形象与中国古籍《三国志》中的"骁勇善战"和明清时期的《三国演义》"忠君"都不一样。另外，仿照关羽，想象创造了李舜臣这一朝鲜民族英雄母题的形象，李舜臣形象的成功标志着关羽信仰的彻底本土化。

第三节　正统观念与朝鲜传统思想的结合

朝鲜小说《壬辰录》是中国小说《三国演义》传入朝鲜后，中国的正统思想与朝鲜固有思想以及当时朝鲜社会中事大主义、"小中华"思想和壬辰战争发生后朝鲜对明朝"再造之恩"的感激，以及明朝灭亡后光海君摇摆的外交政策结合而产生的。

朝鲜王朝以儒家思想建国，朝鲜王朝之前在朝鲜半岛执政的高丽王朝以中国传入的佛教思想建国。但无论中国传入朝鲜半岛的是哪一种思想，传入朝鲜后都是与朝鲜的传统思想相结合而进行朝鲜化的。朝鲜半岛的传统思想包括古朝鲜固有思想、家神信仰、村落信仰和巫俗信仰等。

朝鲜半岛的固有思想是朝鲜民族早在部落国家时就有的信仰行为。檀君神话中已出现天帝恒仁、动物神、植物神、地神等，还有咒术出现。几千年的农耕生活，以地域为基础的家神信仰和村落信仰成为该地区固有信仰的主要内容。具有专门嗣祭的巫俗信仰是在村落信仰的基础上发展起来的。[1]

此外是家神信仰和村落信仰。家是继承家族传统，保平安幸福的栖息处，因而盖房子时首先供土地神，上梁时供城主神。家神按不同场所区分，内室供奉祖宗神与三神，厅室供奉城主神，灶间有灶神，后院有宅地神，大门口有守门神，厕所有厕神，水井有龙神。早在儒家思想传入以前，祖先崇拜在朝鲜就很盛行了。通常在称作祖宗坛的坛子里装上白米供奉祖先。大门外设有带刺的树枝或禁丝，是为了防止门外杂鬼进入。信仰家神的礼仪通常是由主妇献饮食和净水后进行祈祷，有时为了祈求早日从病中痊愈，还将刀等利器扔到地上。此外，还有一种叫告祠的一般祭祀，通常由主妇主持，也有请巫师的。村落信仰是家神信仰的延续和发展。在村里，家庭善神和流浪杂鬼共存，因此，不同于家庭信仰。村里有山神、洞神等守护神，有的村也有含冤死去的女神等。

最后是巫俗信仰，朝鲜民族自古以来就属于萨满文化圈。巫术思想是原始思维的重要方式，朝鲜半岛原始人在膜拜图腾、

---

〔1〕 金京振：《朝鲜古代宗教与思想概论》，中央民族大学出版社 2006 年版。

祭祀神灵时仿佛在冥冥之中与神交流，感到神灵赋予自己征服自然的神力。认为巫舞能够相遇神灵，所以巫俗扎根于朝鲜半岛人们的意识和日常生活中。青铜器时代的多钮细纹镜、八珠铃、细型铜剑等就是现今巫师所用的名斗、神铃、神刀的原形。直到三国时代佛教传入以前，巫俗是朝鲜举国的活动，并发展为家庭信仰和部落信仰。随着历史的发展和外来宗教的影响，巫俗形成一个比较完整的信仰体系，善于吸收、综合的朝鲜半岛人，将儒、佛、仙诸因素混合进巫俗中，巫俗具有深厚的民众信仰基础。儒教和佛教在朝鲜落脚的过程中吸收了巫俗的一些因素，因而建立了相辅相成的关系。巫俗的影响在朝鲜人的日常生活中随处可见，新娘花轿上罩的虎皮等都是出于辟邪的一种信仰行为。小说《壬辰录》在叙述金德龄显灵和刺杀小西飞的描写过程就掺杂了巫俗信仰的因素。

而当时朝鲜的历史社会背景也影响到了小说《壬辰录》的创作，包括："小中华"思想、战败后对胜利的渴望、与明朝的关系以及民众心理等。

第一，当时朝鲜的"小中华"思想。在明代灭亡之后，朝鲜认为自己才是真正的中华，在小说中就表现出来强烈的"民众思想"。14世纪末，随着朝鲜王朝的建立，"小中华"正式成为朝鲜的国家定位并深入人心。朝鲜王朝建立后就立刻对中国明朝称臣，奉朱子学为官方哲学，坚定不移地奉行事大主义政策，并且仰慕和效仿明朝的文物制度，在朝鲜社会中形成了"事大慕华"的氛围和"一遵华制"的语境。由徐居正所编的朝鲜通行史书《东国通鉴》称朝鲜"衣冠制度，悉同乎中国，故曰诗书礼乐之邦、仁义之国也，而箕子始之，岂不信哉？"[1] 由此

[1] [朝鲜] 徐居正:《东国通鉴》，景仁文化社1994年版。

可见，朝鲜王朝时期的朝鲜人自幼就被灌输"小中华"思想，在明朝时期，朝鲜自称"小中华"主要是出于对作为"大中华"的明朝的认同以及对中华文化的向往。1627 年和 1636 年清军两度入侵朝鲜，使朝鲜变成清朝的属国。1644 年，明朝灭亡，清军入关，清朝逐渐统一了中国。尽管入清以后的朝鲜仍然奉行事大主义，表面上尊清朝为"天朝"，但内心却将清朝视为夷狄，严华夷之辨，由此带来了"小中华"思想的空前膨胀。《壬辰录》作成就是 17 世纪。明代后期，当时明朝礼崩乐坏、道德沦丧，出现了阳明学挑战朱子学等现象，是虚有其表的"中华"，朝鲜使臣们已萌生对明优越感，认为朝鲜才是真正的"中华"，这种思想在小说中表现为对民众抗战的强调和对明军作用的忽略。这是儒家思想在朝鲜的异化，表现为一种民众思想的强调。

第二，对李如松的作战持有异议[1]。当宣祖蒙难义州时，曾派使臣赴明请援。明朝官员最初对请兵持怀疑态度。因为兵部尚书石星的极力主张，才决定发兵援助。小说详细描写了朝鲜的困境和明朝的不理解，兵部尚书石星是因为曾经受到朝鲜的援助才施以援手。明朝援将第一次是辽东副总兵祖成训，带领 5000 士兵渡过鸭绿江围攻日军，但被击败。后来明朝根据石星的第二次建议，先派沈惟敬以"说客"身份到平壤提议停战作缓兵之计，然后命令宋应昌和李如松带领大部队援助。李如松在平壤取胜后乘胜追击，但在碧蹄馆和高阳地方大败日军。另外，碧蹄馆战役之后，明军和日军和谈终止了战争，但几年以后，日本再次入侵朝鲜。小说认为，如果当时没有和谈并继续作战的话，单凭朝鲜自己的力量也可以战胜日军。这就是战争中朝

---

[1] "李如松平壤之役，所斩首级，半皆朝鲜之民，焚溺万余，尽皆朝鲜之民。"（선조실록 34 권, 선조 26 년 1 월 11 일.）

鲜民众对明军一系列的不满在明朝灭亡后的小说创作中的展现，将明军的胜利归结于自己的胜利的原因。

第三，对事大主义的反思。事大主义是一种儒家的外交理念，是基于强弱力量对比情况之下小国侍奉大国以保存自身的策略，特指 1392 年到 1895 年朝鲜王朝对中国明朝和清朝称臣纳贡的政策。朝鲜依附明朝，获得明朝保护，确保国家安全。16 世纪末日本丰臣秀吉要求朝鲜借道，以便日军"超越山海，直入于明"[1]，遭到朝鲜的严正拒绝。丰臣秀吉遂于 1592 年发动大规模的侵略战争，史称"壬辰倭乱"。朝鲜不敌日本，国王宣祖直奔中朝边境的义州，向"父母之邦"明朝求援，明神宗遂派大军援助朝鲜抵御日本侵略，到 1598 年终于驱逐全部日军。朝鲜通过明朝庇佑得以复国，亦将此视为"再造之恩"，事大主义更加强化。明援军帮助朝鲜复国，在朝鲜历史上被称为"再造之恩"，可以说是朝鲜对于明朝感恩情绪的具体体现。而这种感恩情绪又可以被划分为官方行为和民间意识，并投射在具体史实上。首先是朝鲜王朝官方的尊明行为，明援军帮助朝鲜复国，在朝鲜的历史上被称为"东国再造"和"再造之恩"，可以说是朝鲜对于明朝感恩情绪的具体体现。朝鲜王朝认为"万历再造之恩，百世不可忘也"[2]。在此后的国家交往中更是以中国为"父母之邦""天朝上国"对待，如平壤之役后为李如松建立生祠后来又将杨元、石星等人画像在祠堂内进行供奉。朝鲜王朝官员设立"天朝将官撰集厅"，专门编写歌颂明朝援军的文章。朝鲜王朝对于明王朝的感恩之情并没有随着时间而减退，反而持续了百年之

---

〔1〕　至壬辰三月，釜山入金使郑拨飞报，对马岛酋平义智船，来泊浦口，投书金使，有借道等语。（선조실록 45 권, 선조 26 년 11 월 14 일）

〔2〕　丰臣秀吉，"答朝鲜国王书"，《宣祖实录》，서울 : 민족문화추진회, 1986.

久，直到明朝末年清朝政权与明王朝争夺统治权，朝鲜王朝国内仍不忘"再造东国"之恩，而全力帮助明王朝的呼声还是非常高涨的，并且拒绝向清朝妥协。直到丁丙胡乱之后，皇太极才强迫朝鲜王朝结束与明朝的藩属关系。朝鲜王朝上下迫于形势而"事大保国"，但在内心是非常鄙视这一异族政权的，称其为"胡虏"或"腥膻之国"，认为清王朝的国运不会长久，具有强烈的反清情绪，对于煤山自缢的崇祯帝充满了同情。甚至在明亡国 60 年的时候，朝鲜王朝肃宗还亲自设立"禁苑坛"祭祀崇祯皇帝，后又设立"大报坛"祭祀神宗皇帝。1749 年，朝鲜王朝又以明太祖、神宗皇帝、毅宗皇帝并享大报坛，每年进行祭祀直到朝鲜王朝末年。此举固然与朝鲜所奉儒家文化为治国之本有关，但也从侧面体现明援军确实对壬辰倭乱作出了重要贡献，才令朝鲜人感恩不已。与此同时，朝鲜王朝民众的感恩情绪也是极为明显的。杨镐因作战不利被万历皇帝撤回，朝鲜百姓自发地在经理衙门前挽留杨镐，事后又立颂德碑，还为其专门编辑了颂德诗稿，甚至连渔夫樵夫都争相传唱歌颂杨镐的歌谣。杨镐并不是唯一为朝鲜民众所感怀的将领，同样是因为作战不利获罪入狱的兵部尚书石星，得到了朝鲜民众的广泛同情，石星的后代移居朝鲜之后也得到了各种优待。而且民众对援军中一些有交往的普通军士也采取十分尊重的态度，在时人的日记和各种记录里都有所记载。总而言之，以"礼"作为媒介，朝鲜王朝诚心事奉明王朝，政治上朝鲜依从儒家礼仪制度，外交政策则采取朝贡方式，思想文化上归依中华文化，并接受明朝保护，这就是朝鲜王朝高举事大主义大旗的体现。

第四，17 世纪朝鲜对英雄的需要。《壬辰录》《林忠臣庆业传》在战后英雄崇拜思想的影响下，小说人物描写上摆脱了史传文学的实录精神，在人物塑造上摆脱了正史上历史人物的真实面貌，创建出了一系列核心的、虚构的、理想的历史人物。而在崔日景系列《壬辰录》中，描写了由于文治社会长期不重视武将的原因，壬辰战争中，武将的缺乏使朝鲜无法抵御倭寇的侵略的事情。战争过后，武将势力抬头，文人为了确保自己的统治地位，杀害了许多立有战功的武将，小说也是文人维护自己统治地位的一种体现。两部小说这种虚构性的人物描写是对史传文学叙事的摆脱，是一种全新的、人物描写的形式。树立了英雄的光辉形象。英雄史观是否认人民群众在历史上的创造作用，把个别杰出人物夸大为主宰历史的唯心主义历史观。英雄是同人民群众相对应的历史观范畴，通常指杰出人物。有的场合也泛指对历史发展起过重要作用的历史人物，如帝、王、将、相和思想家中的一些人。马克思主义产生以前的社会历史理论都无视人民群众在历史上的作用，而是直接或间接地宣扬英雄创造历史的观点。主观唯心主义者把历史的发展看作是由少数英雄人物和帝王将相的意志、品格、才能决定的，认为人民群众不过是消极、被动的"惰性物质"[1]，是少数英雄人物的盲目追随者。中国近代资产阶级思想家梁启超说："历史者英雄之舞台也，舍英雄几无历史。"在他看来，大人物"心理之动进稍易其轨，而全部历史可以改观"[2]。英国的托马斯·卡莱尔（1795-1881 年）认为：全世界的历史"实际上都是降生到这个世界上来的伟大人物的思想外在的、物质的结果"，"这些伟人的历史真正构成

---

〔1〕 ［英］托马斯·卡莱尔：《论英雄、英雄崇拜和历史上的英雄业绩》，周祖达译，商务印书馆 2005 年版。

〔2〕 刘振岚："论梁启超的英雄史观"，载《南开史学》1984 年第 2 期。

了全部世界历史的灵魂"[1]。"超人"是历史的主宰者,没有"超人"就没有历史,而人民群众则是"奴隶"和"畜群",是"超人"用以实现其意志的工具。这种哲学后来成了法西斯主义独裁政治的思想武器。

第五,战后读者心理的抚慰。目的都是为了逃避宣祖失察的责任,给朝鲜民众以心理上的补偿。小说为了达到"维护正统"目的,使用了幻想的手法,如对金德龄的来无影去无踪、能抵挡住千万枪杆射击能力的描写,以及对泗溟堂铜室退火焰、呼风唤雨等神术的描写。这一类超现实的幻想手法虽是为了给朝鲜民众以心理上的补偿,但它却增强了作品的趣味性和传奇性,成为吸引当时读者的重要因素。小说丰富了人物的性格,神化了他们的能力与经历,引导了战后民众的意愿和向往。从经济上来说,城市不断发展壮大,读者群也随之扩大,这些为小说的传播奠定了基础。出版业的不断发展,出版所产生的经济利益促使许多落榜文人加入到小说的创作中来,促进了小说通俗化的进程。在文化上,说书这一娱乐形式的兴盛促使小说批评兴起,小说虚构技法在这一时期得到肯定。而所依据的"正史"只上列数条,其余均采自作者为了"维护正统"而采取的"事体情理"的虚构。而特别生动的、给读者以充分的艺术享受和美感作用的正是"正史"以外的情节。

---

〔1〕 [英]托马斯·卡莱尔:《论英雄、英雄崇拜和历史上的英雄业绩》,周祖达译,商务印书馆 2005 年版。

第四章

正统观念从《宣祖实录》到《壬辰录》

　　相对于史学的严格尊重历史,小说《壬辰录》相对于正史《宣祖实录》来讲更受到儒家正统观念思想的影响。维护宣祖、宣扬本民族独自抗战成为小说的主旨。从小说叙事内容上来说,《壬辰录》中有三股权力集团,作者极力维护的是本民族的宣祖统治集团,在小说中,这一集团是正统和正义的代表。壬辰抗倭战争爆发时期,朝鲜王朝面临的是内忧外患,其中的内忧,包括大臣内部的党争问题、后宫的宦官外戚问题、宣祖自身的懦弱无能、残杀功臣等,这些问题造成了宣祖统治政权的积贫积弱。然而这些都不是作者叙述的重点,作者将叙述重点放在宣祖逃亡之路的艰辛,国王与世子分别时的苦痛,即将亡国的悔恨作为描写的重点,目的是为了博取读者的同情。对于侵入的日军,《宣祖实录》中因为是历史记述,没有任何感情色彩,只是战报式的记录日军攻入的位置,而《壬辰录》则是将日军的形象变得凶狠、强大了,尤其是桂月香带领相好金应瑞刺杀小西飞一段,将小西飞的形象异类化,成为一个满身长满鳞片的异类,这一形象的目的在于反衬金应瑞的勇敢和桂月香的为国殉情。而小说最后的反攻日本更是成为作者的理想,是战争后转移国内矛盾的一种表现。而对于盟军的描写更是将功臣李如松、祖承训刻画成为叛徒,战争的目的刻画成为明朝受难,这些描写都是为了维护宣祖的正统，转移民众的注意。

第一节　正统观念对《壬辰录》内容的影响

一、正统：宣祖集团

壬辰战争发生在朝鲜王朝建国两百年以后，在朝鲜长期的太平岁月中，国家机构渐行松弛、上下人心失去紧张，尤其上层社会只知注重内部党争。虽然有李滉、李珥等名士能高瞻远瞩，经常观察南倭北胡的动态，认为他们是朝鲜最大的国忧，提议充实国防军备，但是他们的意见并未被采纳。尤其李珥曾向宣祖提议养兵十万，以备缓急；否则，不出十年，定当难免土崩之祸。而朝臣一致反对，且在同僚中，即如柳成龙认为，平时养兵，为祸根之所在。由此亦可推知当时的风气是如何的姑息、近视、消极与慵懒。[1]

在朝鲜集权政治体制与继续长期伪装太平期间，日本由世祖十二年（公元1467年）以来，继续其贵族割据、群起，开始了所谓的战国时代——乱麻之世。但到宣祖朝，在朝鲜的统治阶级进一步踏上腐败与分裂的道路时，日本却出现了织田信长等有力豪族，推翻室町幕府，而奠定了海内统一的基础。虽然织田信长后为逆臣所害，但其部下丰臣秀吉继承霸业，终于完成统一。当时朝鲜的武装防备及其他的一切，均现松弛之象，而日本却因其长期内战的折磨与锻炼，武艺、武器日渐发达，士卒日渐精炼；尤其由欧洲人之来航，而得输入新武器——"鸟铳"；其各地航运事业，亦颇发达。丰臣秀吉自独揽大权、统一

---

〔1〕　〔韩〕李丙焘：《韩国史大观》，徐宇成译，正中书局1959年版，第326页。

海内、控制全国上下以后，便好大喜功以至夸大妄想，竟窥伺朝
鲜与中国。

宣祖二十五年（1592 年，壬辰），丰臣秀吉令小西行长、加
藤清正、黑田长政、岛津义弘引十五万人军，大举进犯；并使
九鬼嘉隆、藤堂高虎等，率水军九千，从海上接应。日军 4 月
登陆釜山，攻陷釜山镇与东莱府以后，分兵三路，驱兵深入。
朝鲜朝廷大惊，派遣李镒、申砬诸勇将前后出阵抵抗，都遭失败。
申砬虽在忠州以背水之阵，英勇奋战，壮烈异常，可惜因为众
寡悬殊与武器利钝不同，最后以失败告终。相传日军以步兵为主，
而朝鲜军队以骑兵为主，申砬为便于用兵起见，决定放弃鸟岭
的险要，而选择较为宽阔的忠州弹琴台附近地区一决雌雄。但
是实际上，日军此时已经跨过鸟岭，使申砬难以先行到预定战
场从事战斗。申砬的败报，让汉城上下人心振动；宣祖最终与
众臣等离开首都和平壤，并且派遣两个王子前往咸镜道和江原
道，招募勤王兵，并且向明朝请求援兵。在此期间，日军已经
占领京城，并以此为总据点。加藤清正、小西行长等兵继续北进、
渡临津江，于开城分路，加藤清正向咸镜道、小西行长向西北，
6 月进占平壤。宣祖不得不放弃平壤，再次蒙难于义州。

在正史中，为期仅仅数月日军如此深入，其原因虽在于日
军的得力武器——鸟铳；而更大的原因在于朝鲜政府内部，在
长期太平岁月中，国防方面武器装备松弛，事情无不懈怠，民
心早已分散。但小说却推卸了宣祖的责任，将责任推卸给了外戚、
奸臣，还有敌人的强大。

（一）《宣祖实录》中的昏庸宣祖

壬辰倭乱的主要原因除了倭军的侵略进攻之外，还在于朝
鲜王朝内部的诸多问题。党争、宦官、外戚等问题造成王朝积

贫积弱、风雨飘摇。宣祖时期，由于前代在长期太平岁月中的统治阶级——两班的内部争权斗争演化成为各大党派，其拥护自党与攻击敌党的风气日益露骨化、尖锐化，且将学术作为党争的武器。

在"四大士祸""戊午士祸""甲子士祸""乙巳士祸"等接踵而至的时代中，儒者的动态，概以隐退山林与慎入官场为普遍的现象；唯"人类本为政治动物"，又难免有不克自制其功名而出外活跃之一派。当时儒者的态度概分为三：一是"绝对遁隐主义者"，这些人决心断绝政界关系，而隐退山林，专事治学修行；二是"相对隐逸主义者"，这些人虽有时出仕，但其本意仍在山林，故而遇到环境不佳的时候，仍然隐退山林，以修学为行；三是"见机出山主义者"，这些人是身在山林，意在政界，只要一有机会，便出山为官。儒者的这种风气，渐行扩大以后，自然呈现分党分派的征兆，宣祖初年元老李浚庆，对此表示异常地忧虑。果然到了宣祖八年（1575 年），东西分党产生：以沈义谦为中心的一派为"西人"，而拥护金孝元的一派为"东人"。东西之分主要是金孝元住在京都东部，而沈义谦住在京都西部的缘故。这东西两派不停地相互攻击，李栗谷等儒学者大为忧虑，于是向皇帝奏请派沈金二人到地方任职，同时倡议东西两派的官吏同心协力于国事。但是这一方法不仅没有起到作用，而且使局面更加复杂了。因为李珥所在的"西人"的亲友与门人较多，反被"东人"视为党同"西人"，这种党争后来日益深化与复杂化，终于导致党内再次分党，派内再次分派，演化成为"东人"中又分出"南人""北人"，后又出现"大北""小北"等许多小派系。这种党争持续了数百年，不仅仅耽误朝鲜政治，而且在朝鲜民族心理、作风与风俗上都产生了极大的影响。

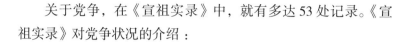

关于党争，在《宣祖实录》中，就有多达 53 处记录。《宣祖实录》对党争状况的介绍：

金孝元、沈义谦二党，相攻击如仇雠。盖当初沈诋金、金讥沈，而各分朋党，相为倾轧。金、沈虽俱出外，而沈边胜金边，堂下文士之有名者，多见排抑。李诚中亦以金交遭论劾，至拟于铁山郡守。郑熙绩、卢畯亦然。分朋党相击，如唐牛、李之党，士林之不靖，乃至于是。[1]（宣祖 9 年 3 月 3 日）

另外，还有国家机关对皇帝的奏章：

弘文馆启曰："尹国馨乃禹性传、柳成龙之腹心，而又是李诚中一家之人。当初辛卯年间，两司方劾郑澈，而玉堂屡日不发。性传欲护郑澈，乃招副提学金睟于其家，牵挽不送于一会。台谏以沮遏公论，驳性传，而李诚中亦以与闻郑澈谋议被劾。国馨乃与性传之妻娚许箴，蓄憾快快，为乘时报复之计。及成龙再相，国馨等抵掌而起，担当区别，附己者谓之南人，异己者谓之北人，遂大开衅端。成龙之植私党排士类，皆国馨等所助也。至于和议，则国馨终始力主，至以礼不暇论为言，已甚无谓，而为萧应宫接伴使，以沈惟敬为有功，称之于应宫之前，又假借应宫之说，大言于备边司，必欲行乞和之计。成龙之前后主和，亦无非国馨之所赞也。故以力赞和议，鼓动邪说，及于箚中矣。"传曰："自中所为之事，不知矣，玉堂累日未发云者，是矣。禹性传被劾之事，亦闻之之言也，礼不暇论云者，亦闻之之言也。以沈惟敬为有功，称之于应宫之前者，未闻之之言也，极为不详

---

〔1〕민족문화추진회,《宣祖实录》, 서울 : 민족문화추진회, 1986.

之事也。"[1]（宣祖 32 年 1 月 18 日）

还有官员对皇帝的奏章：

"方今朋党之争权如此，期于必死，以决胜负。若殿下千秋万世之后，欲为富贵者，各立异论，争为大乱，则国家必亡，当何以为之？今东宫之贤，足以继殿下之盛德，故四方民心，知所归向，若一朝摇动，则乱亡顷刻矣。……"[2]（宣祖 36 年 1 月 28 日）

党争不仅存在于朝鲜王朝的和平岁月中，战争时也同样存在，为了自身利益陷害别人，这种危害给国家带来的灾难可想而知。然而祸乱还不仅仅是党争，还有后宫和外戚乱政。[3]朝鲜王朝历史上赫赫有名的"四大妖女"中的金贵人就是惑乱宣祖统治的罪魁祸首之一。金氏本是宫女出身，被宣祖宠幸成为承恩尚宫。毒害宣祖后，又成为光海君的后宫。金氏以秘方取得光海君的宠幸，使其他后宫与她无以为伍，这也随即危害到王妃柳氏的地位。她也因为善妒王妃，为了争宠而行诅咒之实欲加害王妃。金贵人因最受光海君宠爱，进而向朝廷官员收贿，卖官鬻爵，以巩固自己在朝廷的势力。仁祖返政时，金贵人正在净业院供佛，未料她得知政变一事后，逃跑至民间，被叛军捉到后，随即被处斩。《宣祖实录》中有 18 处金贵人和其兄长祸乱国家的记载：

金瓒曰："前头宫奴作弊囚禁，则民心可慰。"上曰："市民

〔1〕 민족문화추진회，《宣祖实录》，서울：민족문화추진회，1986.

〔2〕 민족문화추진회，《宣祖实录》，서울：민족문화추진회，1986.

〔3〕 [韩]李丙焘：《韩国史大观》，徐宇成译，正中书局 1959 年版，第 207～208 页。

之叛，非细事也。因贸易如此云，此事一二奸人为之，岂人人为也？”洪麟祥曰：“金公谅（宠姬金贵人之甥也。交通内外，纵吏奸滥，玉堂上箚论之。）作弊之状，自上何以尽知。近来闾巷怨极，至有不可道之言。”上曰：“迷劣者，不无泛滥事矣。更有何别样事？”瓒、麟祥曰：“臣等急难始启矣，闾巷间，则无不言之。”稷曰：“平日不言，而到今言之，臣等合死。”上曰：“渠何关？但人言岂皆实也？以为做作何等事耶？”曰：“人皆曰：‘斩公谅，然后事可为也。’古之人君，割爱。”上曰：“予非护公谅也。罪必适中，人言岂可尽实？”曰：“民情如此，岂可谓之虚也？”麟祥曰：“此时顷刻为急。”上曰：“大概公谅做何事耶？”麟祥曰：“纳赂。”上曰：“到此，不宜有隐。外间宰相，犹受亲旧请托，鬼神在旁，公谅别无此事。”瓒、麟祥曰：“自上不知，而公谅从中为之。”曰：“贴榜于钟楼，画李山海，又画公谅，相为亲密，献谄鄙屑之状，见疾之甚，故如此矣。”上曰：“黄允吉以为平义智奸诈可忧，金诚一以为不足忧，秀吉亦有并吞中国之理耶？”曰：“此未可知也。国运今年不吉，故己丑治逆时，朔党供云：‘汝立常卜云，庚寅平吉，壬辰大吉。’然则国运果不吉也。”上曰：“予之失国，非有他罪，特以尽节天朝，取怒于狂贼耳。”承旨李忠元对曰：“殿下即位二十五余年，忧勤政治，无荒淫之失，贼势虽炽，而士大夫无一人降贼者。天意人心盖可知矣。臣等不久当洒扫宫廷，奉殿下还都矣。”[1]（宣祖25年5月3日）

　　除了朋党、外戚，宣祖的“恶行”还有对于忠臣的残害，李舜臣入狱，多次白衣从军，如果不是身怀绝技、恰逢乱世，

---

〔1〕 민족문화추진회,《宣祖实录》, 서울 : 민족문화추진회, 1986.

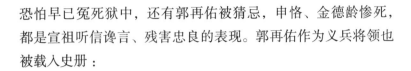

恐怕早已冤死狱中，还有郭再佑被猜忌，申恪、金德龄惨死，都是宣祖听信谗言、残害忠良的表现。郭再佑作为义兵将领也被载入史册：

> 朝鲜国王，为乘贼西侵，直捣巢穴事：
>
> 本月初七日据，诸道都巡察使金命元驰启："该蔚山郡守金太虚飞报：'问据逃回军黄末春供称："本年四月二十三日，被抢坐舡，随到绝影岛地面，看得倭贼，尽打材木，盖造房屋，将伊所运粮饷，分积一百余处，及有对马装粮船只，陆续出来，又于釜山海口，开市买卖。筑台构屋，极其华丽，称曰，'日本大上官安下之所'等因。"又该本月初十日据，庆尚右道观察使金功驰启："该星州牧使（郭再佑）飞报：'釜山等处沿海诸贼，合势北上，攻陷咸安郡，劄阵鼎津南岸。又有一起，不计其数，自歧江驾船进来于宜宁县嘉礼里中桥等处，肆行焚掠，势极猖獗，声言"陷了晋州，将向全罗，以报日前被杀之怨"等因。[1]（宣祖26年7月12日）

在平壤避难的皇帝并不知道扬州（韩国庆尚道区域）的胜利，在与大臣们商议之后决定给申恪定下死罪。这是一个什么样的世界，建功立业的忠臣却被定下了死罪，依附敌人叛国的人却活了下来。而金德龄也是在壬辰卫国战争爆发的次年即1593年秋冬组织义兵与倭寇斗争的人物。金德龄在历史上实际是位悲剧性人物，他满身才能而未能施展，忠心耿耿而未能报国，最后竟惨死于冤狱之中。

金德龄是全罗南道光州石底村人，文武全才却没有官职，是一位出身门第不高的儒生，"家本寒微，端雅谦晦，故无人知

---

[1] 민족문화추진회，《宣祖实录》，서울：민족문화추진회，1986.

者"[1]。壬辰卫国战争爆发之后，他哥哥金德弘担任义兵将领高敬命的参谋，死于锦山。因老母有病，他一时不能出来从事义兵活动。母逝世后，一度居丧在家。之后，在他妹夫金应会的劝说和潭阳府史李景麟等人的举荐之下，他毅然下定决心组织义兵。他与友人崔聃龄等数十人，卖去自己的田宅等私产以购买军器，募得壮士 5000 余人，于 1593 年 11 月在其家乡以北的潭阳起兵，其时 26 岁。

然而在当时盛行"讲和"的客观环境中，金德龄的义兵没有取得显著的成功。不仅如此，在斗争形势复杂的情况下，他的才能受到种种嫉妒、猜疑和诽谤。一些人想借机削弱他的威望和盛名，在敌我阵势极其不利于朝鲜军队战斗的情况下，故意下令他强攻巨济。当时，盘踞于巨济的敌人，防御甚严。正面登陆进攻，恰恰会使敌人以逸待劳，并发挥他们炮火优势。金德龄明知此种进攻不可冒险为之，却在督察使尹斗寿的严令下，不得不与李舜臣连兵攻打巨济。进军之势甚为威武雄壮。金德龄双竖忠勇翼虎旗于船上，击鼓前进。狡猾的巨济倭寇闭城不出。金德龄与洪季男上岸，跃马舞剑挑战，贼始终不出却连放大炮轰击。金德龄的士兵受伤者甚众，无法靠近城墙，只得引兵返还。

金德龄的军队素来享有忠勇善斗的盛名。经过巨济进攻失败一事，从此威名一落千丈，而平素嫉妒、猜忌他者，也乘此机会诬陷他。说他"起兵三年，未建寸功"，还夸大其词地说"且尚残酷，多杀无辜"。于是由尹斗寿出面将他逮捕，囚禁数月。1596 年 2 月，在南道士民纷纷上书为金德龄辩护的情况下，右相在朝廷中力主金德龄无辜，才被释放。但仅仅在被释放半年

---

[1]　洪良浩，《东国名将传》，首尔：朴이정，2014，p.27.

多以后，他又平白无故地被指控为和崔聘龄、洪季男、郭再佑等一起参与鸿山上李梦鹤的所谓"叛乱"。尽管不少朝臣特别是郑琢，都不相信他会叛乱，并且为他辩解，但他最终被严刑拷打，惨死于狱中。按照金德龄原有的决心和计划，他驱逐倭寇、惩治侵略者的进军路线是：潭阳—淳昌—金海—东莱—釜山—东海—对马（日本）—大阪（日本）。在贼势猖獗的情况下，他如果没有足够的忠诚之心和才能、力量和信心，是不可能提出这一充满雄才大略的进军计划的。但可惜他壮志未酬、英才未展，竟在严刑下"胫骨皆碎、体无完肤"[1]，惨死于冤狱之中。一代英雄，拘于形势，受制于腐败的朝廷，竟然遭遇这样的结果，让人不禁痛心疾首。

金德龄的个人道德方面也比较好。例如，当他被诬陷为与他人共同谋反时，他宁愿自己遭难，也不愿牵涉他人。他向审判和刑讯者申明："臣则当死，崔聘龄无罪，勿以臣故并杀之。"[2]以后，崔聘龄得释，郭再佑、崔岗亦得释。他不顾自己身之一死，保护了一批无辜的战友。在金德龄冤情一事上，除郑琢外，朝臣金应男、晋州牧使成允文等人都是他的辩护者和同情者，而尹斗寿、金应瑞，则是很不光彩的诬告者。可惜的是，因保举李舜臣而有功的领议政柳成龙，竟在为金德龄定"罪"的关键时刻，偏偏成了个默不作声的旁观者，致使金德龄罹难，令人遗憾。金德龄的悲剧，并不限于是他个人的悲剧，本质上是时代的悲剧，包含着极为深刻的时代性和时代内容。反对入侵的战乱时代本来就是英才辈出的，对区区日本倭寇的入侵，朝鲜民族本可以凭借自己的力量、优势、人才与智慧将敌人击退、

〔1〕 홍양호，《東國名將傳》，서울：박이정，2014，p.627.

〔2〕 韦旭昇：《抗倭演义（壬辰录）及其研究》，北岳文艺出版社 1989 年版。

歼灭。但是，由于李朝封建统治者的极端昏庸腐败和党争激烈、国防松弛等原因，倭寇竟能任意肆虐、蹂躏朝鲜人民。尤其可恶的是党争大量摧残了本可成为国家栋梁的人才，彼此倾轧猜忌、钩心斗角的派别门户之争，还束缚、限制了许多将才智慧和力量的发挥。李舜臣遭冤狱，也只不过是其中的一部分而已。这种由当政者的腐败所造成的一国之内人才的自我限制、排挤摧残，正是当时李朝腐败政治的特征之一，具有时代性。而文武全才、雄心壮志，有信心驱逐征伐倭寇以全面维护祖国荣誉的英雄金德龄，却在种种束缚的排挤之下，无法发挥其英才、实现其壮志，反而处处被迫，最终含冤惨死。这些都是在正史中有记录的，然而在小说《壬辰录》中，却为了维护宣祖统治，掩盖了这些史实。

（二）《壬辰录》的苦难宣祖

朋党斗争、外戚乱政、残害忠良，这些故事在《壬辰录》的小说中也有记录和反应，但这些并非《壬辰录》小说的重点，小说反而将责任推脱给了他人，以达到维护宣祖的目的：

> 宣祖气得无话可说。宣祖认为，朝中的臣子没有一心为国，只图党派，只想享受太平盛世，不应听取臣子的意见，而应由自己决定，于是下令派使臣前往明朝。[1]

> 加上朋党斗争中又分东人、西人（斗争），他们互相诋毁。[2]

倭寇攻入，大臣们没有"万众一心"进行一致对外的斗争，而是"左"派和"右"派继续相互倾轧，才造成了人才的丧生，人心惶惶。耽误朝政，帮助分担宣祖昏庸的还有"红颜祸水"

---

〔1〕구인환,《임진록》, 서울：신원문회사, 2012, p.21.

〔2〕구인환,《임진록》, 서울：신원문회사, 2012, pp.13~14.

金贵人：

当时，国王宣祖非常爱惜一位叫金贵人的宫女，这个宫女
的哥哥叫金公谅，之前在大田别监的位置上，由于妹妹的帮助，
他的官职一跃成为内需司别座。有一天，金贵人缠着国王说有
着急要用五百斤黄米的地方，国王命金公谅神不知鬼不觉地把
五百斤黄米推入王宫。而这些黄米是金贵人为了在金刚山的寺
庙祈祷所用的。[1]

金贵人的哥哥负责军中粮草，他为了自己的私利卖了粮草，
后来"壬辰倭乱"因为粮草不足，没了国本，吃了败仗，都成
了金贵人"红颜祸水"的结果。不仅如此，皇帝之所以选择逃亡，
这里的原因不在于皇帝本身的懦弱，而是皇帝耳根子软，听信
了金贵人的话：

但避难的人与日俱增，京市内空荡荡的。这个消息从宫女
口传入金贵人的耳朵，通过金贵人的嘴，传到了国王的耳朵。[2]

金贵人不仅在思想上影响了皇帝固守城池，让他不断变得
懦弱，而且在国本事情上也把控着国家的命脉。朝鲜王朝未来
的皇帝，必须是金贵人提出的。

国王以庄重的态度说道：

"光海君聪颖好学，值得信赖。欲取国本，众卿意下如何？"
众臣瞪大了眼睛。宣祖的意思是世子一定会在金贵人所生的王
子中挑选出来。[3]

---

〔1〕 구인환，《임진록》，서울：신원문화사，2012，p.14.

〔2〕 구인환，《임진록》，서울：신원문화사，2012，p.3.

〔3〕 구인환，《임진록》，서울：신원문화사，2012，pp.42~43.

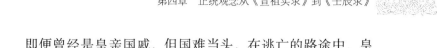

即便曾经是皇亲国戚，但国难当头，在逃亡的路途中，皇帝也不得不下令，决定处死金贵人的哥哥，就像中国古代"安史之乱"唐明皇处死杨国忠一样。

群臣禀告："请国王允许砍金公谅的头。"

面对这样的事态，国王只得将领议政李山海流放平海，同时免去柳成龙的职务。另一方面，虽然要砍金公谅的头，但是没人知道金公谅跑到哪里去了。[1]

柳成龙被免职后，仍被不放弃对党派争斗的西人不断落井下石。听到这个消息，李恒福暴跳如雷，"现在国家的命运处在了危急的境地，党派之争是要杀死人才并毁灭国家的，这不是可悲的事情吗？"这样下去的话，可用的人才就不会呆国王身边了，而且被撤职的人，也不能获得自由。李恒福向新上任的左议政尹斗寿说明了自己的立场。[2]

对于申恪和金德龄的死亡，小说中也有简单的刻画，《壬辰录》小说将申恪的死亡归咎于情报的滞后和大臣的昏庸；而金德龄的死亡更是令人无法信服，拥有超人的能力却因为父丧在家，而不能帮助上阵杀敌，无奈下才不得不去赴死：

在平壤避难的国王不可能知道扬州之战。国王打开金命元的奏折将启上前一看，申恪是扰乱军纪的家伙，应该给他定罪，却不知其程度如何，于是向臣子寻求商议。"你拿着这把刀，让副元帅的申恪领罪，然后砍他的头。"这是一个令人气愤的世界。杀

---

〔1〕 구인환,《임진록》, 서울：신원문회사, 2012, p.50.

〔2〕 구인환,《임진록》, 서울：신원문회사, 2012, pp.13~14.

掉立功的忠臣，而一个看到日本鬼子就逃跑的人却能活下来。[1]

守卫汉江的都元帅金命元没能好好进行一次战斗就逃了出来，副元首申恪觉得冤枉。因此，他对金明元讽刺说："你就像狗一样。"由于不能独自守卫汉江，他率领100多名士兵跟随李扬元转移到扬州郡。他们正好在咸镜道领兵，意气风发。他们决定越过山岭后安营，击退汉城东北出来的倭寇。[2]

这是非常冤枉的处分。申恪气绝了。场内一片寂静。宣传官把包裹在锦布上的上刺刀交给申恪：

"这是国王的刀，您收下吧。"副元帅申恪双手捧起刀，

"那个家伙！都元帅呐！"

用刀猛刺自己的脖子。当所有将军和士兵痛哭并掩埋尸体时，宣传官再次从平壤赶来说："不要杀副元帅。"但申恪已经被埋了。[3]

《壬辰录》小说弱化了宣祖的昏庸无能，而强化了宣祖逃难过程中所承受的苦难。宣祖并非本质的昏庸，而是因纸醉金迷的生活慢慢造成的放荡。君主刚刚即位的时候，是既聪明又勤奋的，但十年后开始放荡起来，戏弄宫女，倾听谗言，远离贤臣：

宣祖已经即位了十年。起初，国王很聪明，也听从忠臣的进言、勤于政务，但逐渐（宣祖）开始浪荡起来，与许多宫女嬉戏，又被奸臣的花言巧语冲昏了耳目，于是国王和忠臣的关系一天

〔1〕 구인환，《임진록》，서울：신원문회사，2012，pp.67~68.

〔2〕 구인환，《임진록》，서울：신원문회사，2012，p.66.

〔3〕 구인환，《임진록》，서울：신원문회사，2012，p.69.

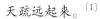

天疏远起来。[1]

　　君主在逃离汉城，翻过惠阴岭的时候，四周漆黑得伸手不见五指，后面是敌人的追兵，而前面阻挡的是冰冷的江水，身为君主，竟然落到了想要死亡的结局令人不禁感到同情。

　　国王乘坐的四人轿经过惠阴岭到达临津江渡口的时候，因为水黑、地黑，无法分辨咫尺。国王一行不知所措。跟在敌人后面，却在河的前面分不清黑暗，以为必死无疑。[2]

　　渡过江水，当仆人送去食物的时候，这位君主所想到的并不是填饱肚子，而是习惯于"灯红酒绿"的沉迷，想要"借酒消愁"。虽然连侍婢都感到无法理解[3]。但是贵为人君和两班大臣，竟然要忍受这样的苦难，也是值得同情的。

　　夜越来越深了。到那时还没吃饭的一行人，都瞪大了眼睛，冻得直哆嗦。国王叫来太监说："哎，我很饿，如果没有食物，那就来一杯酒吧。"这真是令人气结。内侍不知如何是好，只能说，"请再忍耐一下。"[4]

　　当宣祖遇到敌人集结的时候，不是视死如归地抵抗，而是"打哆嗦地哭泣"[5]：

　　国王听说倭寇已来到大同江边，不寒而栗地换了衣服。所

〔1〕 구인환,《임진록》, 서울 : 신원문회사, 2012, p.13.

〔2〕 구인환,《임진록》, 서울 : 신원문회사, 2012, p.46.

〔3〕 "기가 막히는 일이었다," 구인환,《임진록》, 서울 : 신원문회사, 2012, p.47.

〔4〕 구인환,《임진록》, 서울 : 신원문회사, 2012, p.47.

〔5〕 "벌벌 떨며 옷을 갈아입었다." 구인환,《임진록》, 서울 : 신원문회사, 2012, p.93.

有大臣都拥进了行宫。柳成龙也释罪参朝。行宫前有一匹骑着要跑的马和一头驴。[1]

不仅如此，后有倭军的追击，还有百姓的放火：

倭寇快要追赶上了。国王却踟蹰不前，大雨倾盆而下，使人无法睁开眼睛，而且道路很滑，很难挪动脚。

然而，点燃王宫的不是倭寇，却是难民。当时有一种奴役制度。一旦被卖为仆人，就世世代代都要当这个家的仆人。随着国王的逃跑，两班都逃跑了，仆人们世世代代承受的悲伤就像遇到了好时候一样爆发出来，在保管宗文书的礼藏院纵火。他们就是想要销毁那些卖身文书。[2]

在倭军的追赶下，皇帝冒雨离开了皇宫，大雨倾注，道路泥泞难行。汉城的宫殿燃起了大火，放火的却不是倭军，而是因皇帝逃亡激起愤怒的难民。当时，有称作是"代传奴仆"[3]的难民制度，只要一次被卖，就会世世代代无法改变自身的奴隶身份。

当然，得道者多助，失道者寡助，神灵也是要帮助正统者的。在小说《壬辰录》中也有很多对于凶兆的记载。

在倭军包围了延安城（朝鲜黄海道城市）准备攻城的时候，敌将骑着白马，挥舞着大刀袭来，突然间大风吹倒了旗杆，减弱了敌人的气势，帮助朝鲜军队杀退了倭军的进攻。

倭寇黑压压地围困延安。骑着白马高举白旗的敌将头领跑

---

〔1〕 구인환,《임진록》, 서울：신원문회사, 2012, pp.93~94.

〔2〕 구인환,《임진록》, 서울：신원문회사, 2012, pp.45~46.

〔3〕 作者对韩语씨종的翻译。

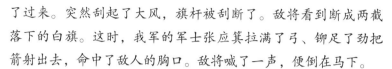

了过来。突然刮起了大风，旗杆被刮断了。敌将看到断成两截落下的白旗。这时，我军的军士张应箕拉满了弓、铆足了劲把箭射出去，命中了敌人的胸口。敌将喊了一声，便倒在马下。

"敌将旗杆折断，敌将被箭射死，这是敌军败北的前兆。"[1]

由于倭军的进攻事发突然，朝鲜军队事先没有准备充足，很快就溃不成军，连国王和王子也不得不分头逃离首都汉城。敌人无比强大，国王在流亡的生活中不堪忍受颠沛的苦楚，对未来复国的希望减弱，写下了与世子诀别的永诀诗。

当时，国王给世子写了永诀辞，大意是："生则亡国之君，死则异域之魂。父子离别，再无相见之日。只望重振故国，以慰祖先之灵，以效九泉。"[2]

此处诗歌的创作是为了维护宣祖，让读者敬佩宣祖才华。诗歌是朝鲜文学最为久远的文学形式，在历史文献中最初表现为"兜率歌"和"会苏歌"。"兜率歌"和"会苏歌"是三国时期歌词失传的诗歌中最早的一种民间歌谣。作为一种农乐，它也是一种劳动歌谣。[3]

同样是皇帝，《壬辰录》中的皇帝因为自身的懦弱，也是同时被同情和批判的对象。所谓同情，是看到他身为君主，却也要经历骨肉分离、颠沛流离的痛楚。而所谓的批判，是对他身处逆境仍然懦弱不堪所发自内心的鄙夷，是"哀其不幸"而又"怒其不争"的表达。

---

〔1〕 구인환，《임진록》，서울：신원문회사，2012，p.126.

〔2〕 구인환，《임진록》，서울：신원문회사，2012，p.101.

〔3〕 韦旭昇：《韩国文学史》，北京大学出版社 2008 年版，第 24 页。

4 月 20 日的早晨，李如松率领大军进入京城，傍晚看到都体察使柳成龙和道元守金命元后发现，后宫全部被烧毁，前朝成了一片废墟，宗庙也变成了一片空地，大街小巷都有骨灰堆，到处都是骷髅。那景象实在是惨不忍睹。[1]

当然，自古"胜者为王，败者为寇"，经过朝鲜军队、百姓和明援军三年不懈的努力，终于将倭军打退，重新收复了汉城，虽然此时的汉城已经荒凉败落，但无论如何是回来了，君主也同甘共苦，一起忍受了骨肉分离的三年：

金信忠跟着倭寇越过搭在小沟上的石桥进入了银杏树林里的大房子。走到大厅，围着金屏风坐着加藤清正和两位王子。金信忠在王子面前鞠躬痛哭，向王子问了安好，两位王子也泣不成声。[2]

突出三年后两位王子和君主重新相逢的场景和君主悔恨的泪水，目的是让读者原谅这位曾经犯错的君主，战乱后维护他的统治。

二、反正统：丰臣秀吉集团

丰臣秀吉在（日本）国内完成了统一，建立了赫赫丰功伟绩，但是在外交上却徒有宏图，没有能收到实效，暴露了他毕竟不过是一个局促的"御岛国内部的井底之蛙"的人才，在复杂的国际环境中缺乏善于应付的知识和卓见。他发动的朝鲜战

---

〔1〕 구인환,《임진록》, 서울：신원문회사, 2012, p.197.

〔2〕 구인환,《임진록》, 서울：신원문회사, 2012, p.192.

争,尽管在各个战役和策略上收到可观的效果,但从整体上来看,却完全是轻率的举动。由于首战成功而得意忘形,甚至制定征服明朝以后的各种措施等,说明他对局势的看法过于乐观,不懂得现实中国际关系的严峻性,天真得简直像个孩子。他把朝鲜、明朝时的中国以及其他国家看得就像日本的九州和关东等地一样。遣使送书,促其入贡,不入贡就出兵征讨,这是他在统一日本时常用的手法。

于是,日本武士统治集团经过周密的准备,于1592年4月开始大规模进犯朝鲜。其所动员的兵力,陆军共15.8万人,水军数万,连同后续部队在内,总共达20万人。浮田秀家为总指挥。战争初期,朝鲜王朝处于极为不利的困难境地,官军中虽有人做了英勇的抵抗,但基本上是节节败退的。

1592年4月13日,倭军以突然袭击的方式,在朝鲜半岛东南端的釜山登陆。21天就占领了朝鲜首都,行动极为迅速。丰臣秀吉得报后欣喜若狂,制订了庞大的计划,想要亲自渡海攻陷明朝的都城北京,把它作为日本的帝都,迎接天皇来到那里;把天竺附近的国家分封给各先锋将领,自己则坐镇宁波,指挥全局。但后来事态的发展并不像他想象得那样简单,汉城占领以后,加藤清正的第二路军进一步控制了咸镜道,大有越过国境侵入中国之势;但小西行长的第一路军占领平壤后无法再前进一步;随着补给线的延长,供给日益困难;随着占领区的扩大,需要增加守备人员,因而兵力顿感不足,加上朝鲜人民的抵抗,游击队的活动加剧,致使将士间批评战争,希望和平的呼声日见高涨,特别是小西行长自己就希望和平,再加上其他情况交织在一起,致使小西行长军队停留在平壤一带。后来便开始和平谈判,明将李如松率领援军参战,文禄二年(1593年)

年初，占领军撤出平壤退到汉城，接着集结到釜山。这期间和谈仍在继续，日方条件逐渐减低。庆长元年（1596年）6月，明朝使者正式来到日本，呈上封丰臣秀吉为日本国王的国书。于是丰臣秀吉勃然大怒，再度下令出兵。再次发动战争，对丰臣秀吉来说，是有充分的理由的，不过，将士们再也没有上次那样的士气和热情了，加上粮食的不足和天寒的威胁日趋严重，致使这次出兵只控制了朝鲜南部各地，继而又退守沿海城市。最后因丰臣秀吉之死（1598年）发出了撤兵的命令，这次战争前后耗时七年，一无所获。只因这时明朝与朝鲜国势都衰落不振，其他国家又不遑顾其他，所以日本才没有陷入危险的境地，但这加速了丰臣政权的灭亡。

《壬辰录》中也有对日本形势的记载：

> 而在倭国，诸侯丰臣秀吉的势力最大，天皇赐他关白之职。他在壬辰倭乱发生十年前，就立志征伐朝鲜，将一位名叫玄苏的和尚作为间谍派往朝鲜，详细绘制了八道江山的地图。县上的奸细的情况老百姓都不知道，只觉得有一个哑巴瞎子在闲逛，还挺会做文章的。

> 而在朝鲜，有许多叛徒叛逃到倭国，丰臣秀吉通过他们识破了朝鲜形势的混乱后，扩充军备准备征伐朝鲜。[1]

这些是符合正史的，"壬辰倭乱"发生前十年，丰臣秀吉势力的崛起，天皇"赐予"其"关白"的称谓，丰臣秀吉为了对朝作战，派遣了大量的"间谍"都未曾被发现。许多忠臣也曾预见了这场战争的发生，并提出了"十万养兵"之说，但是沉溺于酒色和听信于宦官的宣祖并未重视，导致了这场战争一开

---

[1] 구인환，《임진록》，서울：신원문화사，2012，pp.15~16.

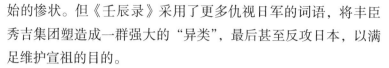

始的惨状。但《壬辰录》采用了更多仇视日军的词语，将丰臣秀吉集团塑造成一群强大的"异类"，最后甚至反攻日本，以满足维护宣祖的目的。

（一）对敌人的仇视

《宣祖实录》中不含感情色彩地记录了这场战争，甚至对于侵略者也保持了冷静、客观的描写态度，对于战争的记录，提及倭军，只是简单记录了攻击到哪个位置，双方的伤亡情况等：

> 司宪府启曰："固城县令李彦善，乱初为蔚珍县令。县有一壮士金彦伦，骁勇绝伦，义气超凡，挺身而起，誓死讨贼，非徒斩获累级，所取倭物亦多。彦善便生利心，要索首级与财物，而不满其欲，反为媒孽，百端构陷，终必杀之而后已。一道之人，至今痛惋，或有为文而祭之；作歌而哀之。如此之人，得保首领幸矣。齿在衣冠之列，坐享专城之奉，闻者莫不愤郁。请命削去仕版。"答曰："允。"[1]（宣祖 39 年 7 月 16 日）

而相对于历史文献《宣祖实录》来说，《壬辰录》则更多地添加了感情色彩，记录了朝鲜民众对倭军的仇恨。比如，在对倭军形象的刻画过程中，更多地使用了带有感情色彩的词语，例如将倭军比喻成为老鼠和使用"家伙"[2]这个词语。

倭军的攻入给朝鲜军队造成了恐慌，丰臣秀吉统一了日本，他的强大和朝鲜人民对他的愤恨使得朝鲜人民对他的长相有了一定的猜测。副使金诚一用老鼠形容了丰臣秀吉的眼睛、用猴子的脸面形容丰臣秀吉的脸面，得出结论丰臣秀吉做不了大人物：

〔1〕 민족문화추진회，《宣祖实录》，서울：민족문화추진회，1986.

〔2〕 作者对"놈"一词的翻译。구인환，《임진록》，서울：신원문화사，2012，p.117.

国王再次问副使金诚一，丰臣秀吉的状况，回答说："（丰臣秀吉）昼如猴子，目如鼠，不能成为大人物。"[1]

在东方文化，尤其是以中国为首的"汉文化圈"中，"鼠"都带着不太光彩的形象。老鼠是一种害虫，总是沿着墙脚走来走去，到处钻洞，而且屡遭人们打击。后来引申为不被大家喜欢的人。

不仅如此，还使用了诋毁性的词语——家伙：

这次战斗的战果为：于闲山岛击溃了七十三艘敌船，在安骨浦击破了四十二艘，共击溃了一百十五艘敌船。杀死了三个敌将，杀死敌人的士兵多达数千。[2]

"家伙"这个词语在韩语中是充满了对人的轻视而使用的。在报告战役结束后双方的战况时，敌人损失了很多船，死亡了三名敌将和数千名敌军士兵。《壬辰录》小说中，对敌将的称呼使用了"家伙"这个词语，抒发了朝鲜人民对倭军的愤怒。不仅仅是用难听的指代词语，连倭军的意图都是恶毒的。在作战的过程中，敌人也想使用战术战胜朝鲜军，但在《壬辰录》小说中，被朝鲜军所识破，没有上当，反而敌军将领中箭死亡。在描写敌人的作战意图时，作者用了"恶毒中的恶毒"[3]来描写敌军将领的侵略意图。

李舜臣将军亲自拿着督战旗登船督战，随着鼓声和锣声响起，战争开始了。接着，八十余台的黄字铳筒炸开了，将众多

---

〔1〕 구인환,《임진록》, 서울 : 신원문회사, 2012, pp.18~19.

〔2〕 구인환,《임진록》, 서울 : 신원문회사, 2012, p.117.

〔3〕 그들은 악독한 중에서도 악독한 인물이었다.

敌船炸碎。

此时的倭军大将有藤堂高虎，堀内氏善两人，他们是恶毒之中的恶毒人物。他们把登陆的士兵都叫来与朝鲜船只作战。

敌舰和我军的船加在一起，有一百四十余艘，这是南海上历史上首次发生的大战斗。我方开火，敌船上放鸟枪如炒豆，如天塌地裂一般。

闯字铳射出时伴随着热风把敌船都掀翻了，敌人掉入在水里，挣扎的就被箭射死了。[1]

在《壬辰录》中，倭军在进攻汉城的时候，也遭受到了"天谴"的惩罚。加藤清正所率领的倭军在竹山这个地方遭遇了大雨。两三天内，倭军无法行动，所建造的木筏也无法使用，在倭军困顿，受暴雨侵袭的时候又受到了朝鲜军队的猛烈阻击，损失惨重。这持续多日的暴雨，就是老天给予倭军的惩罚了。

加藤清正率领的倭寇被困在竹山。还遇到了雨。雨到第二天白天才晴。勉强抵达骊州的小西行长的军士因大雨猛涨，无法越过燕子滩。小西行长命令上山砍树。用木头做筏子，结果一半渡过去了，一半没有渡过去。两天雨淋，加上千里迢迢又累又冷，倭寇处处点燃篝火，晒衣服、暖身。这时突然一声"砰"的巨响，箭如雨下，全场百发百中。[2]

最精彩的部分还是对于倭军死亡的描写。

到了三月，粮食明显减少，一天连一顿饭都吃不上了。许多倭寇士兵都患上疟疾，出现浮肿，一天之内就有好几个人死去。

---

〔1〕 구인환,《임진록》, 서울 : 신원문회사, 2012, p.47.

〔2〕 구인환,《임진록》, 서울 : 신원문회사, 2012, p.51.

还有人好几天都没吃过一顿饭，许多倭寇都翻了白眼。……

倭寇在山谷中失魂落魄，次日出动一万余名大军，向扬州进发。当经过牛耳，经过多乐园和长寿院，到达水落山前时，隐藏在水落山顶端的军事人员一致射箭，倭寇因不知道前进方向而手忙脚乱，结果造成一万多人被水射死。[1]

其实日本攻打朝鲜宣祖的这场战役是非常具有冲动性的，在国内战争中被胜利冲昏了头脑的丰臣秀吉显然没有充分考虑到这场战役的长期性和困难性。虽然，因为朝鲜宣祖政权的荒淫、软弱，21天便占领了朝鲜都城，但是随着明军的加入、战线的拉长，困难便源源不断摆在面前，进入10月，冬季的朝鲜变得寒冷无比，天气的寒冷、粮食的缺乏，倭军也饿得迷失了头脑，一受到攻击便迷失了方向，虽然这里明显带有夸张和解气的成分，但是究其故事来说，还是对趣味性有所提高。

在这场战斗中，倭寇有三将死亡，而军队则有三万人死亡。这样一来，晋州的倭寇算是全军覆没了。敌将长谷川秀一、世川忠女（笔者译）、加藤光泰三人好不容易保住性命，率领300名败兵逃往釜山，结果气愤而死。

战斗结束后，金时敏带上军队出城视察战场。坐在银鞍白马上的金时敏身后的高城郡守李光灌率领万户军官们也紧随其后，而男子军、女子军和老人们也紧随其后。

战场惨不忍睹。腥臊味刺鼻。这时，在一堆尸体中，一名倭寇爬了出来，用枪射了金时敏的额头。金时敏从马上摔了下来。失去意识的金时敏被妓女论介砍断手指，放出鲜血后暂时恢复

[1] 구인환,《임진록》, 서울 : 신원문화사, 2012, pp.190~191.

了知觉，但最终还是闭上了眼睛。晋州城里一片哭声，泪水化成大海。国家对金时敏颁下了忠武公的谥号。[1]

　　壬辰战争中，朝鲜人民死亡无数，《壬辰录》之所以强调日军的伤亡，还描写得如此酣畅淋漓，目的就是为了转移注意力，维护宣祖统治。文章中说倭军在这一战役中死亡 3 名将领，损失 10 万军队，而究其参战总人数来说，也仅仅只有 15 万人之多，如果这一战役中就损失了 10 万之多，那就没有其他战役的意义了。这不过是为了夸大敌人伤亡，从而逃避宣祖战争失败的责任罢了。

　　（二）倭军的凶狠、强大

　　虽然说壬辰战争日军最后一无所获与丰臣秀吉对于形势过于乐观的错误估计有关，但从釜山登陆到占领都城仅仅用了 21 天的时间，这也说明了倭军的凶狠和强大，只有突出敌人的强大才能掩盖自己溃败的错误，从而维护正统。在《宣祖实录》中，单单对于战争死亡的记录就有 192 处，举例来说：

　　戊戌上御便殿，引见大臣及备边司有司堂上。上曰："见张都司咨文，则山东粮不给云，何意耶？"领议政柳成龙曰："问诸胡泽，则答曰：'吾是山东人，山东风涛极险，难可输来'云。咸金曰：'中朝亦因靡费极繁，国储匮乏'云。给事中题本曰：'国储，无逾月之粮'云。以此观之，中朝亦患军食之不裕矣。大概必须先输军粮，然后发兵出来，而今则不然，似无发兵之势矣。"上曰："顾侍郎若欲给之，则可给，而必以我国船只输来矣。船只宜先整齐，顾侍郎处，更为移咨何如？"兵曹判书李德馨曰："事已急矣，顾侍郎处，何不移咨？"上曰："顷者听周游击言，则

〔1〕　구인환，《임진록》，서울：신원문회사，2012，pp.141~142.

以正言之，此人本与沈惟敬一样，而今乃不同。中原公论之发，以此可知矣。"工曹判书（余命元）〔全命元〕曰："发兵则早晚必欲为之，但缘粮草不备，为此不得已权宜之事矣。"兵曹参判沈忠谦曰："见许晋问之，则石尚书既已洞知，而但与宋应昌分厚，故未免牵制之私矣。"命元曰："李提督宋经略，时未复命云。"上曰："降表在顾侍郎处，而不为进奏云。"成龙曰："周弘谟贲来榜文，未可必信。恐以他榜文，示之也。"上曰："过虑也。不必强为他榜文，以阿谀于我国也。"忠谦曰："天将乍见人颜色，诈为说辞以待之，乃其常态也。弘谟之言，亦岂可尽信乎？"成龙曰："往来文书，前则不书示，而今独书示，此亦可疑。"兴源曰："饥民死亡，近来尤多，尽割食其肉，只是白骨，而积于城外，高与城齐矣。"成龙曰："非但食其死人之肉，生者亦相杀食，而捕盗军少，不能禁戢。"德馨曰："父子兄弟，亦相杀食，而杨州民，相聚为盗，捉人食之。必须措置，开可生之路然后，庶不相杀。不然，难禁矣。"[1]（宣祖27年3月20日）

而在《壬辰录》中，也延续了《宣祖实录》中对死亡的记录：

次日，在咸兴道的倭寇们开始聚集在安边。咸兴有30多个倭军阵地。加藤清正杀死了附近所有的朝鲜人，包括会宁府使文梦轩、镜城判官李弘业、北虞候李范、稳城副使李锤、训练院奉事申希寿等家人甚至婴儿。

敌人背对着咸镜道的土地向京城进发。时值二月，金刚山寒气逼人，也没有吃到什么东西，走了十天的路，士兵减少了一半。好不容易到达京城东大门外面，突然下了大雨，冻得士兵们浑身发抖。

---

[1] 민족문화추진회，《宣祖实录》，서울：민족문화추진회，1986.

倭寇的士兵们只好去空着的房子里避难，每户空着的人家都有被倭寇杀死的尸体，发出刺鼻腐烂的气味。[1]

当然，在《壬辰录》中，对于倭军的强大如果仅仅用死亡人数情景式地描写，就会失去趣味性了。杜撰日军将领的强大、神力，将敌人"异类化"是《壬辰录》小说的描写手法之一，其中将领金应瑞与名妓桂月香合谋杀死日军将领小西飞的一段文字就是其中之一。在《宣祖实录》中，是没有小西飞这一人物的，与小西飞名字相近的小西行长也没有在壬辰战争中死去，而是活着回到了日本：

接伴使行护军黄慎驰启："当日平调信，使要时罗，言于臣曰：闻，杨老爷欲遣朴通官，面启国王云。须令详陈此间曲折，速请通信使下来，幸甚。天朝，则道路甚远，新正使出来虽迟，势所使然；朝鲜，则程途甚近，而迄无黑白，大小倭人等群情甚郁。行长责调信曰：'汝管朝鲜和事，而至今不见信使之来，何也？'调信亦不耐烦矣。关白曾令竹岛等诸阵撤回，而竹岛主将，亦以朝鲜和事未完，不可径撤云。昨日，委遣副将丰茂守来此，历陈不可撤之意，行长已许姑留矣。平义智亦欲先往对马，而以此行计未决，倘闻通信使下来的奇，则当即发去。云云。且副天使吩咐朴义俭，使之面启事情，故此处伺候亦紧，而不得已上送矣。"[2]（宣祖 29 年 5 月 28 日）

但是桂月香却凭借着刺杀小西飞时候的英勇表现成为朝鲜民族千百年来永远歌颂的人物，流传至今。在小说《壬辰录》中，

---

〔1〕 구인환，《임진록》，서울 : 신원문화사，2012，p.186.

〔2〕 민족문화추진회，《宣祖实录》，서울 : 민족문화추진회，1986.

故事情节大概是这样的：在平壤战役中，朝鲜将领金应瑞孤身前往刺杀倭军将领小西飞，小西飞身怀绝技，不仅全身覆盖鳞甲，而且警惕性非常高。但即便如此，金应瑞通过桂月香的帮忙，成功地完成了刺杀任务，不费一兵一卒，取得了平壤的胜利，而艺妓桂月香因为帮助心爱的英雄成功逃脱也献出了自己宝贵的生命。

在刺杀行动之前，通过桂月香和金应瑞的对话就可以了解，小说中小西飞这一人物，是个非常难对付的"异类"。面对如此强敌，桂月香不禁担心自己的爱人，也为国家惜才：

（金应瑞）收到桂月香的信后，心情异常激动，甚至感到一阵眼前漆黑。但举事必须在当天晚上进行，因此，（金应瑞）向巡查使李元翼禀报了桂月香信的内容，请他注意起事。金应瑞深夜换了件衣服翻过城墙。躲避倭寇的眼睛，神不知鬼不觉地进入了练光亭。当晚，桂月香极尽阿谀奉承，灌了很多酒给倭将喝。[1]

但是金应瑞主意已定：

醉酒的倭将不知天昏地暗地在打鼾，桂月香悄悄地出来迎接了金应瑞。金应瑞上楼一看，按桂月香的说法挂上宝剑。金应瑞拔剑用力击打。倭将的脑袋被砍下来并在地上打转。金应瑞牵出倭将的马，抱着桂月香，冲出敌阵。马蹄声把睡觉的倭寇吵醒了。[2]

虽然刺杀成功，但是因为一个小小的失误，引来了大批官

---

〔1〕 구인환，《임진록》，서울：신원문회사，2012，p.105.

〔2〕 구인환，《임진록》，서울：신원문회사，2012，pp.105～106.

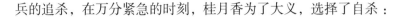

兵的追杀，在万分紧急的时刻，桂月香为了大义，选择了自杀：

> 桂月香在旁踟蹰，金应瑞听了这些话后，肝肠寸断。虽然桂月香的话是对的，但也不忍心亲手断送自己爱女子的性命。瞬时间，敌人的追击更接近了。金应瑞下定了决心，他流着眼泪，用刀刺死桂月香后跳过城墙。[1]

面对"异类"般强大的敌人，桂月香献出了自己宝贵的生命，却得到了所有人的赞扬，也让人忘却了那个孱弱的朝廷，起到了转移注意力，维护正统观念的效果。

（三）幻想攻入日本

然而，《壬辰录》小说中将对手异化，并设置有趣的刺杀情节还远远不能满足统治者正统观念的要求，所以在小说最后，反攻日本、令其臣服成了小说的结局，是小说重点描写的部分。在小说中，李舜臣死去，朝鲜统治阶层非常担心倭军会卷土重来，所以想派遣"谋略超群之士"前往日本，"以窥其动静"。百官一致推选西山大师前去，而西山大师一心礼佛，所以派遣其弟子泗溟堂前去日本。然而日本国王非常自大，认为朝鲜不过是"一偏邦小国"，却自称"活佛在世"，所以对泗溟堂百般折磨，但是多次之后，却发现泗溟堂真的是活佛在世，凭借他一人之力战胜日本是轻而易举的事情，所以决定举国投降。

这当然是《壬辰录》小说作者的一厢情愿而已，在日本的历史记录中大概是这样的：占领汉城以后，加藤清正的第二路军进一步控制了咸镜道，大有越过国境侵入明朝之势；但小西

---

〔1〕 구인환, 《임진록》, 서울 : 신원문회사, 2012, p.105.

行长的第一路军占领平壤后便无法再前进一步[1]；随着补给线的延长，给养日益困难；同时，随着占领区的扩大，需要增加守备人员，因而兵力顿感不足，加上朝鲜人民的抵抗，游击队的活动加剧，致使将士间批评战争、希望和平的呼声日见高涨，特别是小西行长自己就希望和平，再加上其他情况交织在一起，致使小西行长军胶着地停留在平壤一带。后来便开始和平谈判，明将李如松率领援军参战，文禄二年（1593年）初，占领军撤出平壤退到汉城，接着集结到釜山。这期间和谈仍在继续，日方条件逐渐减低。庆长元年（1596年）6月，明朝使者正式来到日本，呈上封丰臣秀吉为日本国王的国书，于是丰臣秀吉勃然大怒，再度下令出兵。最后，因丰臣秀吉之死（1598年）发出了撤兵的命令，战争加速了丰臣政权的灭亡。[2]

即便是德川家康取代丰臣秀吉，也经历了一个长期的过程。在丰臣秀吉建立霸业时，德川家康表面上表示臣服，并与其政策保持协调一致，但实际上，却是一股和丰臣秀吉相对立的势力。丰臣秀吉死后，将领之间倾轧不已，加上唯一能够牵制德川家康的前田利家也在丰臣秀吉死后翌年病故。这样一来，德川家康的地位当然不断提高。他知道了为了成为名副其实的天下霸主，必须向丰臣氏施加压力，迫使其灭亡。庆长五年（1600年）9月，双方在关原战役中一决雌雄。这次战役，东军由于西军小早川秀秋的内应而获胜。在进行战后处理时，德川家康斩了三成及其部将，削减了毛利、上杉等大诸侯的封地，增加了东军各将

---

〔1〕 丰臣秀吉军在侵朝战争中，最初由于朝鲜军民长期生活在和平环境中，加上统治者的昏聩，以致日军侵入后，长驱直入，如入无人之境，占领了不少地区。但不久随着明朝援军的参战，侵略军被击退，从平壤后撤。

〔2〕 ［日］坂本太郎：《日本史》，汪向荣等译，中国社会科学出版社2008年版，第264页。

的封地。全国的大名安置，完全置于德川家康的霸权之下。[1]

《宣祖实录》中也有十余处关于议和的记载，但都是宣祖统治集团与加腾清正为首的倭军的议和，与泗溟堂无关，更与活佛无关：

> 经理使通事及唐人，给令箭，使之出来，又使通事朴大根及降倭越后，招谕于城下，则倭贼答曰："欲战则当相战，欲和则开一边，使之山城，且遣一将官，则当议和事云云。"且经理、提督，露处山顶，触冒风雨，已五日，艰苦之状有不可言，而监司李用淳退在庆州，不为跟来，凡百支供、柴草，不成模样，并定官亦不定送。臣与李德馨，艰苦分定于邻近各官，经理、提督盘膳，仅得备进，而三协以下将官，盐酱亦绝，争来求觅于臣，事极未安。且今日走回人等皆言："窟中诸贼，方造高梯，欲为宵遁云"，而蓝江船只，进退无常。雨势夜犹未止，提督恐有夜中冲突之患，三协军兵方为结阵待变事。启下备边司，回启曰："李用淳所为之事，果如状启，则极为骇愕。以状启内辞缘推考，而凡干支待，尽心措置，俾无欠阙未安之事，并为行移何如？"丁酉十二月二十七日成贴经理接伴使李德馨、都元帅权栗驰启：昨日接战节次，则已为驰启矣。自夕时为始下雨，达夜不霁。臣德馨平明，进候经理帐幕外，经理与提督同立，得逃出被掳人四名盘问，称："城中无粮无井水，贼徒或吃收拾烧米，夜来下雨，多以单衣纸帐濡雨而取汁饮之。"且言："清正等以弃西生而来此，深恨云云。"经理问其姓名、居住，送于臣德馨，使之看护收活。又谓臣等曰："昨日朝鲜进战，以助声

---

[1]　[日]坂本太郎：《日本史》，汪向荣等译，中国社会科学出版社2008年版，第271页。

势，虽不能攻城，颇为可嘉。"今日亦放炮驰马，使贼连放鸟铳，不得休息，又四面呼出被掳人，使之速为出来。辰时船上之贼，前迫江岸，渐向上流，经理与提督，传令督战，又令本国兵，急速作围城之状。经理、提督则率标下兵，上贼窟对峰，浙兵与船上之贼，大战良久，两边炮响连结，贼多中伤却退。又倭贼数人，于竹竿插书，执旗下城，经理走人取看，则乃清正副将送于兵使者，而称："清正在西生，小将等在此，差朝鲜一将，同我往西生讲好，则两国之人，不至多死云云。"经理即还送而谕之曰："清正若来降，则不（当）〔尝〕一城之人并免死，当奏除官厚赏。天朝决不负信义云云。"并与令箭送贼中。贼徒留令箭，答说："清正在西生浦。少开南面一路，则即速驰去前说云云。"经理仍招各营诸将，商议军事，又招臣德馨谓曰："三协人马，俱困馁，朝鲜兵无用者，除出刈草以给各营云云。"经理、提督还于下营处，构草房为住宿之计，距贼窟仅一里许。申时，经理出宪牌，令金应瑞，带降倭送于贼中，开谕祸福，令通事宋业男吩咐曰："今夜虏贼有奸计，我兵各营申勒以待，朝鲜兵马，亦申严安派，使无违悞。说与金应瑞，带降倭，终夜巡逻，倭贼出城者，招谕以来云云。"又连得被掳人盘问，则清正及其子，与他倭将，俱在城中云，贼之说在西生浦者，乃是诡言。且经理劳苦之状，有难尽言，而问安使臣，尚不来到，至为未安事。启下备边司。[1]

　　在朝鲜其他的历史记录中，在壬辰战争第二次对峙之际，敌方忽然发生重大政治变化，即戊戌八月，倭乱首领丰臣秀吉

---

〔1〕 민족문화추진회，《宣祖实录》，서울：민족문화추진회，1986.

病死，并依其遗命而撤军。[1]战役中，国内（朝鲜）人口的消耗不知其数，而国宝文物——尤其是建筑、典籍及其他美术品的掠夺甚巨。密藏历代实录之四史库中的三馆（春秋馆、忠州馆、星州馆）均被敌人焚毁，而仅剩全州一馆。都市与农村的破败荒废，更是普遍的现象，犹如庆南一带为倭军出入门户，并一时为其屯驻之地，堪称浩劫。[2]在这样的状况下民怨沸腾，宣祖的统治地位受到了前所未有的考验，所以他不得不加强中央集权，控制人们的思想，正统观念下幻想着能有朝一日反攻日本就是最为有力的工具了。

三、第三方：李如松集团

从明实录中与朝鲜关系的有关记载来看，不仅是朝鲜每年四时来朝，而且双方在朝贡体制下的"国际贸易"量也大得惊人。明朝对于朝鲜，从国号的定名，到具体的边境流亡人蓄之"刷还"，朝鲜与北蛮势力之间的来往与冲突，渐渐从太祖开国初期对邻国朝鲜的猜忌、怀疑，变成了信任、了解，甚至在交往中意识到对方虽位列藩属，但接待伴使文才过人，真正是一个"小中华"。所以选择有文才的使臣出使朝鲜，不至于在外交场合丢脸，也是礼部职司的工作内容之一。中国和朝鲜愈来愈信任、了解、善意地看待对方。

四百多年前的壬辰、丁酉年，明朝军队作为援军开进朝鲜，他们的目的并不是为了侵略和扩张，事实上还作出了重大牺牲，付出了惨重代价。在长达七年的战争中，中国辽东地方纷扰，

---

〔1〕　［朝］李丙焘：《韩国史大观》，徐宇成译，正中书局1959年版，第341页。

〔2〕　［韩］李丙焘：《韩国史大观》，徐宇成译，正中书局1959年版，第347页。

消耗巨额银钱粮米，调拨全国各地的军队和不同兵种，勉强打胜，稳定了朝鲜半岛的局势，殊为不易。对于朝鲜王朝来说，叫作起死复生，"神宗皇帝再造之恩"。明朝在这场战争中的行动有恩于朝鲜王朝王国。[1] 而对于这种援助，后世朝鲜在正统思想发展而来的"小中华"思想的影响下，反映是微妙的。这种援助在小说中变成了为自身的利益，援助是理所应当的。明朝的犹豫和误解造成了朝鲜民众的苦难，最后和解了本可以取胜的战争，是明朝背信弃义的行为。

（一）战争的目的和请兵的误解问题

日本发动朝鲜战争的原因，一般认为是希望恢复与明朝、朝鲜的贸易，但是应该知道，由他要求对方入贡的贸易，与前代的堪合贸易在主客关系上恰恰是完全相反的。他在对外交涉的第一阶段，可能是想从日本的优越地位出发开展通商贸易，当要求得不到满足，第二阶段便想以武力来征服对方。朝鲜战争就是由这样一个过程而引起的。对贸易的要求是前一阶段的原因，也可以像对待国内那样。造成这种错觉的背景是，倭寇长期活跃之后，觉得明朝和朝鲜等并不是可怕的远方国家，而觉得是极其接近的，这种感情所起的作用似乎应该一并加以考虑。

在正史中，对于明军的援助行动，朝鲜政权还是表示感激的：经此浩劫，很大地激发朝鲜的爱国心与反省力，除在各方面力加改善外，并一改往日的认识与提高其敌忾心；而在反面，日益增高对明朝的崇慕，认为明朝对朝鲜有再造之恩，尤其是在知识阶层中，尊明思想与事大主义日益根深蒂固。这种思想，即使在日后明亡清兴之时亦未改变。此外，在此役中，曾由明

---

〔1〕 白乐天主编：《中国通史》（图文版），光明日报出版社 2002 年版，第 1581 页。

军播下民间信仰的新种子，此即对"关圣帝"（羽）的崇拜。自癸巳将倭军击退于南部之后，明军以为这种胜利都是"关圣帝"显灵所致，而大事宣传，至乱终后，即于汉城南门外与东门外二处，前后建筑"关王庙"。其余地方，亦由明提督陈璘、明将蓝芳威、茅国器、薛虎臣等，各于全罗道之康津、南原、星州以及庆尚道之安东等地，兴建"关王庙"[1]。总之关羽崇拜思想，系此役由明军传来，而成为朝鲜民间信仰之一。

《宣祖实录》中就否定了假道朝鲜的说法：

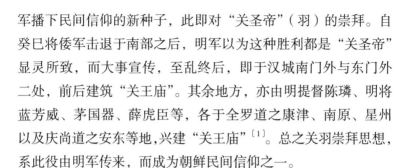

朔丁巳，游击沈惟敬再来，以兵部帖，谕倭将曰：照得游击将军沈惟敬备呈，诸将、诸僧各书及献盔甲诸物于朝，以表求贡之意，本部始知尔等起兵，原为朝鲜轻许失信，并无他故，兹复令惟敬传谕。夫讲信修睦，交邻之善经；慈悲不杀，佛家之上乘。朝鲜乃仁贤箕子之遗养，天所笃厚，汉武、唐皇之所不能灭。事我皇朝，尤为忠顺属藩，亦尔日本善邻也。今尔动众，远事侵凌，遂据其王京、平壤，掳其佳儿、爱女，毁其宗社，杀其臣民，而朝鲜曾不反顾与争一朝之命，此恃本朝如天覆帱，偷安不修备之过也。吁亦可怜可悲也。尔诸将之为日本者，不为无功，而揆诸讲信修睦之谊；慈悲不杀之旨，则大悖也。彼国急难来告，圣天子恻然为念，敕下兵部，亟兴宣、大、蓟、辽、浙、直，水陆之兵百十万，而又行檄海外诸邦，约为外应，覆尔巢穴，孰利孰害，不言可知。且朝鲜负海穷国，全无珍味，当此冰合地冻，天时非宜。诸将家有父母、妻子，想亦日望归来，以续天伦之乐。顾乃杀人父母，而使己不得事其父母；杀人妻室，使己不得有其妻室，则诸将亦何利乎？度献求贡之意，或

<hr />

〔1〕〔韩〕李丙焘：《韩国史大观》，徐宇成译，正中书局 1959 年版，第 347 页。

得此而后旋乎？夫城下之盟，《春秋》所耻，小国且然，况圣天
子以四海为家，九夷为属？尔国诚欲通贡，岂必假道朝鲜？敕
下廷议，若别无情，故必查开市旧途，一依前规，覆请定夺于时。
先封诸将，或为日本国王；封诸僧，或为日本国师，皆未可知，
顾尔诚意如何。箚到，诸将所掠朝鲜王子女、平壤王京地方俱
还朝鲜，罢兵回巢，恭听朝命。本部当令水陆各兵，不以刃相加，
又戒彼国，不得犯尔归路。此乃千载之良会，亦本部为楚，非
为赵之美意也。其慎度之。惟敬复入平壤，再申前约，又赉帽子，
分给将卒，暗知兵数回去。[1]（宣祖 25 年 11 月 1 日）

但《壬辰录》将这场战争定义为借道朝鲜、报复性的行为：

我国（倭国）要攻打明朝，朝鲜在过去高丽时代当过元朝的
先头来攻打过我国。这次，朝鲜要成为我国的先头，攻打明朝。[2]

另一方面为避免战事，向明朝请兵，然而这样的举动却没
有得到明朝的认可，反而在请兵过程中遭到了明朝的疑心，认
为请兵是假，假道朝鲜是真，辜负了朝鲜的好意：

丈人对朝鲜的现状不太清楚。朝鲜国王现在都被追赶到了
边境。现在是真正的抗倭，而不是与倭寇成为一体，进行着虚
假的战斗。[3]

《壬辰录》中有一个虚构的情节，它解释了明朝兵部尚书石
星为何力主出兵援朝的个人心理动机。原来朝鲜的译官洪彦纯
以长安（朝鲜地名）巨富的身份，曾随冬至使来到中国，以千两

〔1〕 민족문화추진회,《宣祖实录》, 서울 : 민족문화추진회, 1986.
〔2〕 구인환,《임진록》, 서울 : 신원문회사, 2012, p.17.
〔3〕 구인환,《임진록》, 서울 : 신원문회사, 2012, p.109.

银子援助了入京赶考落榜的蜀中举子，其人后来果然一试成功，最后当上了兵部尚书，即石星本人。而石星的妻子亦是当年洪氏在京城娼家一掷重金救其出风尘的故亡薛阁老之女。这个故事使得明朝出兵相救朝鲜的背后，包含了一种义所必至、理所必然的缘由。

　　李恒福迎李德馨讨论打败倭寇夺取汉城的计划时，正好迎来了唐陵君洪纯彦。三个人继续商量。得出了请到明朝援兵才是上策的结论。[1]

　　从艺术结构来看，它是埋的伏笔。从历史道德判断来看，它表现了民族心理的某种补偿。《壬辰录》的叙事顺序大体上与柳成龙的《惩毖录》记录历史事件的顺序相同，但由于它出自民间，且经过多人之手的再创造，民众心理情绪的表现更为直接、鲜明。与整个朝鲜史学界的研究概况存在着某种相同的现象，《壬辰录》关于李舜臣的叙述最多、最详细、最集中，重彩浓墨、极尽泼洒，因而人物塑造也最为成功。至于明军的各种表现与人物关系，则略而不详，触墨不多。这一详一略，一费一省，也是事出有因，于理必然。细细品味，无形之中，人们可以感受到朝鲜民间社会中（绝非受官方控制）自然流传的民族心理情绪的释放和精神上的补偿。它无意识地以历史演义的想象方式表达了有利于本民族的记忆。这是一种在各国的文学史上普遍存在的现象，也是合情合理的民族认同的需要与民族自尊心和自豪感的最为自然的流露。

---

[1] 구인환，《임진록》, 서울 : 신원문화사, 2012, p.61.

（二）被忽略和背信者

陈璘是壬辰战争中的海军总指挥，[1] 他指挥露梁海战重创日军。据《明史·陈璘传》和《东安县志·太保陈龙崖公传》等史籍记载，1562 年是陈璘戎马生涯的起点，当时为了平息潮州地区的叛乱，陈璘响应当时两广总督的号召应募入伍，并颇受赏识。此后的十余年间，陈璘一直在广东地区作战。

明万历年间，日本统治者丰臣秀吉统一日本后，积极从事对外扩张。1592 年，丰臣秀吉发动侵略朝鲜的战争，15.8 万名日军在釜山登陆，分三路进攻汉城，朝鲜面临着亡国的危险。朝鲜国王李昖在退到中朝边境的义州后，多次派出使臣请求明朝出兵援朝。明朝派出的援军中就包括陈璘率领的 5000 名水兵、500 余艘战船。

1598 年 8 月，丰臣秀吉病死，遗命从朝鲜撤军，时任明朝水师提督的陈璘最先获悉日军撤退的情报，决定在露梁以西海域阻击日军。1598 年 11 月 19 日，在中朝联合抗倭史上留下浓重一笔的露梁海战爆发。陈璘率明军主力与朝鲜水师名将李舜臣夹击日军，焚毁日军大部分战船。战事结束后，陈璘闻知明朝老将邓子龙、朝鲜大将李舜臣战死的消息，悲痛至极，连续晕倒三次。这场海战给侵朝日军以歼灭性打击，对战后朝鲜 300 年和平局面的形成起到了决定性作用。此后直到明治维新，日本都不敢觊觎朝鲜半岛，奉中国为上邦。

朝鲜王朝的正史对陈璘的评价较为正面。根据《朝鲜王朝实录》记载，在壬辰倭乱平定后，陈璘的外形是：大人鬓发尽皓，形容尽变，殊异于曩日接见之时，必用虑于战功之故。在《宣

---

〔1〕 계승범, "임진왜란 중 조명관계의 실상과 조공책봉관계의 본질", 《한국사학사학보》,(26),2012.

祖实录》中，宣祖问道："陈璘是怎样的人物？"左议政李恒福曾回答说："是位名将。"[1]陈璘对李舜臣也高度评价，曾向明朝皇帝谏言为其升官晋爵。李舜臣在露梁海战中牺牲后，陈璘将忠武公李舜臣的功绩报告给明神宗皇帝，称其是有着"经天纬地之才，补天浴日之功"的人物。

> 西路，刘提督本营，领四川土兵一万二千，到时自派；原任副总兵李芳春，领遵化兵一千，又陈国宝兵一千驻南原；三屯游击牛伯英，领兵一千一百驻南原；浙兵游击蓝芳威，领兵三千三百驻南原；原任大同参将李宁，领兵一千驻全州。未到游击傅良桥，领南蘷兵一千五百，到时派。水兵，总兵（阵璘）本营，领广东兵五千；游击李金，领浙兵三千三百驻全罗道地方。未到游击张良相、领广东兵三千、游击沈茂，领浙兵三千一百、游击副日升，领狼山兵一千五百，把总梁天胤，领江北兵三千。右咨朝鲜国王。[2]（宣祖31年3月29日）

但近代以后，关于陈璘的各种负面评价通过小说和电视剧在韩国成为"常识"。在日本殖民统治朝鲜半岛时期的1931年，韩国小说家李光洙在《东亚日报》上连载小说《李舜臣》，并极尽贬低陈璘之能事。李光洙写道："当李舜臣独自就能将敌人扫平时，明朝水师提督陈璘率领一万左右的水军从江华岛前来。虽然名为援兵，其实是妨害了李舜臣的行动，放走了敌人，最终造成害死李舜臣的结果。"[3]

---

〔1〕 민족문화추진회，《宣祖实录》，서울：민족문화추진회，1986.

〔2〕 민족문화추진회，《宣祖实录》，서울：민족문화추진회，1986.

〔3〕 韦旭昇：《韩国文学史》，北京大学出版社2008年版。

儒家正名思想："名不正，则言不顺，言不顺，则事不成"[1]，正名思想本质上强调的是上下分明的尊卑等级，强化统治与服从的关系。"下"永远要恪守作为"下"的本分，对"上"要恭敬谦谨，"上下尊卑贵贱之分，正定而不可移"。将洪吉童与其生母视为眼中钉的侍妾，尽管早已谋划妥当，但却不敢自作主张，而是怂恿洪参判同意除掉他们；当其被严词拒绝后，又转而游说嫡夫人，这样大费周章的原因不外是"名不正则言不顺"的缘故——他日东窗事发，需要一个有身份的人来承担后果。洪吉童在得知是父亲的侍妾派刺客来行刺自己之后，第一个冒出来的想法是要杀掉那个同样是卑贱之身的女人，对洪夫人却没什么怨恨。最后，洪参判得知详情，杀掉了侍妾。由此可见，"下"时刻铭记自己的卑微，而"上"则可以轻易决定"下"的生死。在小说崔日景系列的《壬辰录》中，最有代表性的是"断脉"这一情节：

> 我已经不认识你了。你的功劳应该是为国捐躯，而你却一心谋反，想要切断朝鲜的山脉（龙脉），这让我非常气愤。[2]

龙脉[3]从儒家正统意义上来说也是国家命脉的一种象征，名不正则言不顺，龙脉断了，会给国家带来灾祸，所以朝鲜在战场上出现了失利。在韩国史学界对于壬辰倭乱史的研究当中，

---

[1] 张燕婴译注：《论语·子路》，中华书局2006年版，第21页。

[2] 소재영（1993），p.341.

[3] 龙脉，大到关乎着一个国家、民族的命运，小到关系到一个王朝的兴衰更替，因此，自古以来，龙脉都为人们所忌讳或探寻。寻找一处龙脉荫庇子孙，或者破坏一处龙脉，保护自家的基业。在日本统治时期，为彻底消除韩半岛人民的民族意识，日本人在半岛的名山大川和重要地点钉上了巨大的铁钉，借以切断当地人所说的"龙脉"。

对李舜臣的研究最为详尽，其所居的地位也最高，最受重视；其次是各地义兵、僧兵、水军的诸次战役，以及金时敏将军守南原之役，权栗将军守幸州山城之役，等等。比较而言，研究相对薄弱的，恰恰是当时作战的主力军：明军的作战行动，包括明军的将领、军队、战术、装备，其内部关系等。所有研究这段历史的学者都会承认，战争初期日军具有战略上和战术上的主动权，因而能长驱直入，覆军斩将，连破三京，在朝鲜全国各地所向披靡。而朝鲜水军在李舜臣的指挥下则打了几个漂亮仗，彻底地破坏了日军从西海会师平壤的战略意图。但是，在陆地的战争中，真正起到击败日军，扼制其战略企图的，还是明军主力。看来，不仅是二战的历史，如抗日战争史和当代史的研究，受种种意识形态、政治态度的纠缠干扰，使得作为身处各种复杂的现实关系中的人，也包括受害方在内，无法自由地面对，客观地理解；即使是近代史以前的一些历史问题，也仍然被延伸到现代社会的历史关系缠绕、束缚着，不能理性地面对历史之真相，彼此之间不能毫无顾忌地自由地发表意见，反而继续固化成新的心结，最终汇聚成无法摆脱的思想禁地和精神桎梏。

在整个以大明帝国为中心的华夷秩序中，号称礼仪之邦或"小中华"的朝鲜，不但在排序中处于高于日本的地位，而且它还是日本岛国在地脉上的来源。而丰臣秀吉竟来自中华的被掳之儿，以他的低劣地位竟成了日本的关白，那么日本的国家地位亦可想而知了。征诸《明实录》《神宗实录》《朝鲜王朝实录》以及其他朝鲜汉文典籍，丰臣秀吉发动战争的前一年，就有闽、浙地方官员收到来自被虏至日本的中国人的报告，预告丰臣秀吉要发动侵略中国的战争，先以朝鲜做跳板和先导。《续善邻国宝记》和《征蛮录》收录了秀吉至朝鲜国王的国书以及许仪后给明朝的通报信，文章既霸气又自信。这种心理需要与朝鲜和明帝国的知识相联系，三个不同国家的作品彼此间相互都是以自我为正统去进行文学创作的。

第二节　正统观念对《壬辰录》叙事方式的改变

自 1597 年 9 月战局转入了朝鲜方面的战略进攻阶段以后，直至次年 11 月，明朝的东、中、西三路大军对于东自蔚山，西至泗川的敌人进行了反击和扫荡，迫使敌人在 11 月中旬撤退。在海上，明朝水军在南海岸露梁海面，对企图逃走的敌军舰队进行了致命打击，取得了歼灭敌舰 200 余艘和水兵 2 万名的重大胜利。由壬辰年开始的朝鲜抗击倭寇侵略的卫国战争以"露梁大捷"告终，爱国名将李舜臣和明朝水军副总兵邓子龙一同牺牲于此次激烈的海战中。

在《壬辰录》小说的叙述中，为了正统观念，突出本民族力量在壬辰战争中的作用，作者在事件叙事上将起到关键作用的平壤大捷、闲山岛海战的作战指挥权交给了朝鲜的将领，与此同时，夸大了具有争议的碧蹄馆战役的失败和重要性。而在人物的塑造过程中，忽略了明军将领的作用，而一味突出了朝鲜将领和人民抗战的重要作用。

一、突出正统事件：对露梁海战的强调

（一）对露梁海战的强调

1598 年 11 月，日军无心恋战，由蔚山出逃，明军分道进

击，加藤清正率乘船撤退。明军由陈璘提督水师，副将邓子龙、游击将军马文焕等皆由其统属。以战舰数百，分布忠清、全罗、庆尚各个海口。就在日军将领撤退之时，陈璘派遣邓子龙偕同朝鲜名将李舜臣联合出击，在露梁海上截击想援救小西行长的日军援军立花宗茂、岛津义弘、小早川秀包、高桥统增、宗义智、寺泽广高等部。邓子龙年逾七十，仍然意气风发，率三巨舰向日军进攻，并自为前锋，与日军决战。战斗时曾携壮士300人跃入朝鲜战舰以救援，直前奋击，日军死伤无数。但其他战舰却误掷火器于邓子龙的战舰，使战舰起火，结果邓子龙无路可退，壮烈牺牲。而李舜臣领兵来援，率龟甲船冲入敌阵，但却被日军包围，结果不幸身中流弹而亡，他死前叮嘱部下不许张扬，并把军旗交给部下代为发号施令，以继续战斗。

随后副将陈蚕、季金等领军赶至，夹击日军，日军则因为成功让小西行长脱困而且战且退。而得以逃脱登岸的日军又为明朝所歼，有大批的日军焚溺而亡。这时刘继方进攻小西行长，并夺取桥寨，陈璘以舰队一同攻击，再焚烧日军战舰百余艘。小西行长的友军岛津义弘引舰队来援，陈璘亦将其击败，结果来援日军只得扬帆退去，立花宗茂则作为殿后接应小西行长让其余日军成功撤退。

露梁海战是在近400余年前由中朝水军单独进行的，以切断敌人海上退路为目的的海上战役。这次战役给侵朝日军以歼灭性重大打击、对战后朝鲜200年和平局面的形成，起了重要的作用。中朝水师联军在这次海战中，密切配合，善于准确判断情况，并根据敌情变化，及时调整部署，迅速转移兵力，依托岛岸，隐蔽待机，适时出击。先对一部分从海上撤退的敌军实施严密封锁，迫其求援；在另一部敌军来援时，又迅速断其退路，从南北两个方向实施夹击，达到了全歼敌军的目的。中朝两国水师在统一指挥下，密切协同，英勇奋战，是露梁海战胜利的决定性因素。朝鲜水师统帅李舜臣身先士卒，中国老将邓子龙奋不顾身，都在激战中英勇牺牲，牺牲后其子仍"麾旗督战，向前不已"，表现了中朝两国军队勇敢善战，前仆后继，同敌人血战到底的英勇气概。同时不容忽视的是，在露梁海战中被消灭的是岛津家的萨摩精锐，这导致了在关原合战时岛津家几乎无兵可用，在很大程度上影响了关原合战的结局。

岁壬辰，舜臣以全罗左水使，领战舰，偕庆尚右水使元均，与贼战于巨济洋中，大败之，获贼船五十余只。其功为变乱后第一，然其时设策先登，皆出均手，而舜臣特赴援耳。大捷之后。均欲驰报行朝，舜臣绐曰："与公戮力，倭奴，不足歼也。如此小捷，何足驰启朝廷乎？我自他道仓促来援，兵器未备，所得于贼者，可相资也。"均从之。舜臣密令人，赍所得兵器及贼船所载金屏金扇等物，驰启行朝，夸伐战功，尽归于己。时，行朝方急，得报大喜，遥拜舜臣统制使，使均受舜臣节制。均由是大恚，遂不相协。及后丁酉再乱，均为统制使，知贼势不可敌，退守闲山岛，欲无战。朝廷督战甚急，使元帅杖之。均不得已战，败死，舜臣复代之，随陈提督璘，讨贼于顺天洋中，几大捷，中贼丸，死于舟中。舜臣材气过人，中朝人，亦以名将称之。[1]（宣祖 36 年 4 月 21 日）

但在小说《壬辰录》中，就对战争在两个问题上进行了改变：战争的重要性问题和战争的指挥权问题。首先，就战争的重要性问题上来说，露梁海战的历史背景是日军首领丰臣秀吉突然

〔1〕 민족문화추진회，《宣祖实录》，서울：민족문화추진회，1986.

生病死亡，此战的目的仅是救出被围困在顺天的小西行长并撤退回日本，战后小西行长也顺利回到了日本，从日本的角度来说，此役完成了作战目的，并不意味着失败。而从朝鲜军队的角度来说，朝鲜水军失去了自己的灵魂人物李舜臣，虽然赢得了最后的胜利，但日本本来就要撤退，取得这样的胜利所付出的代价也是惨痛的。但是小说《壬辰录》还是将其作为重要战役来进行描写，同时突出了李舜臣的死亡悲剧，成为小说中的重要一役。

　　7月4日，全罗左水营关内水军下达出动命令，在丽水前海进行了大演习。7月6日清晨，龟船、板玉船、捕捉船等各种各样的船排成了长队前进。当船队抵达露梁前海时，看到庆尚右水使元均正带领7艘船等待李舜臣将军的到来。[1]

　　其次，是战争的指挥权问题。在《壬辰录》小说中，海战所有战役都是李舜臣所指挥的，元均因为嫉妒多次陷害，但终因为能力不足，李舜臣三度"白衣从军"（以囚犯的身份参军）：

　　应该暂时让李舜臣白衣从军。[2]

　　明将陈璘是这场战争的绝对指挥者，然而小说《壬辰录》对于陈璘的姓名却只字不提，目的不过是为了正统观念，将援军的功绩抹去，联合的战斗成为朝鲜本民族自己的战斗，保护了民族自尊心。而平壤大战直接从明军真兵实弹的战斗变成了金应瑞一个人的功劳，也说明了这一点。

〔1〕 구인환,《임진록》, 서울 : 신원문화사, 2012, p.113.

〔2〕 구인환,《임진록》, 서울 : 신원문화사, 2012, p.27.

（二）对平壤大捷的争功

1592 年 5 月 8 日朝鲜国王李昖仓皇出奔汉城，但在 5 月 27 日日军第一、第二、第三军团追击而至，突破临津守备攻陷开城，于是宣祖李昖不得不在 6 月 11 日离开平壤，再继续流亡至中朝边境的义州，并遣使向宗主国明朝求援。当时朝鲜全国八道已失，仅剩平安道以北，靠近辽东半岛之地义州一带尚未为日军所陷，宣祖李昖知道若没有明朝的帮助，根本没有可能光复朝鲜，因此便派几批使臣去明朝求救。朝鲜的使臣们除了向万历皇帝递交正式的国书外，分别去游说明朝的阁臣、尚书、侍郎、御史、宦官，甚至表示愿意内附于明朝，力图促使明朝尽快出兵援朝。而明朝朝廷亦认为"倭寇之图朝鲜，意实在中国，而我兵之救朝鲜实属保中国"[1]。因此，不久后便答应宣祖李昖渡过鸭绿江，居住在大明领土辽东半岛的宽奠堡，等于正式受到明廷的保护，同时出兵援助朝鲜。

1592 年 10 月 16 日，明朝命李如松总理蓟、辽、保定、山东军务，并充任防海御倭总兵官，其弟李如柏、李如梅为副总兵官，一同开赴朝鲜。明朝从全国范围调集了 4 万精锐。这支军队的主要构成如下：辽东精骑 1 万；宣府、大同各选精骑 8 千；蓟镇、保定各选精锐步兵 5 千；江浙步兵 3 千。四川副总兵刘綎率川军 5 千，作为后续部队向朝鲜进发。在 1592 年 12 月 25 日，总兵官李如松从宁夏胜利归辽后，尚不及休息即率军 43 000 余人越过鸭绿江进入朝鲜[2]。

1593 年初，李如松通过假意和谈麻痹平壤守将小西行长，突然出击开至平壤城下。不明就里的小西行长还以为误会导致

〔1〕（清）张廷玉等：《明史》，中华书局 2013 年版。
〔2〕〔韩〕李丙焘：《韩国史大观》，徐宇成译，正中书局 1959 年版，第 341 页。

谈判破裂，但看到明朝大军云集，火炮已经架好，才意识到战斗已不可避免。平壤攻防战就此打响。此战打得相当激烈。日军依托平壤城城墙及城外各堡垒的掩护，以火绳枪不断射击明军。主将李如松坐骑被击毙，副将李如柏（李成梁次子）头盔被击中，游击将军吴惟忠胸部中弹。明军的单兵火力不及日军，他们只有部分装备了与日军火绳枪相当的鸟铳，其他大多使用较原始的三眼铳、手铳。但是明军装备了数量众多的火炮，尤以虎蹲炮给予日军造成重大伤亡。日军的弱势在于他们几乎没有大炮，火器以火绳枪为主。日本国内缺铁，且军队为各封建主私有，无法充分调动一切资源统一制造。无论是武田家、织田家还是德川家，即使动员全部力量只能造出射程一二百米的小炮，因此火炮主要装备海军，陆军仅装备火枪。显然排成密集阵型的日军没有意识到明军的火炮有多大威力，他们毫不躲避地被一片片轰倒，而他们手中的火绳枪射程还不及明军火炮的十分之一。日军将领后藤加义在牡丹峰被击毙。激战中，急于雪耻的祖承训带领部队穿朝鲜军服打朝鲜旗号混在朝鲜军队中悄悄靠近南门，轻视朝鲜部队的日军并不在意，从容将兵力调往陷于恶战的北门，直到他们看到朝鲜部队中露出明军衣甲时，城下的明军和朝鲜军已经开火。平壤外围据点先后被拔除，北、西、南三面被围，眼看大势已去的小西行长率部向东突围。

经过奋战，小西行长率部才从东突围。但城外大友义率数千日军自风山前来支援时半途而返，据说是由于受到了从平壤方向传来的明军惊天动地之炮声的惊吓。此战拥有 18 000 人的小西行长第一军团减员 11 000 多人，其中在攻城战中被明军斩首 1225 人，在深夜突围时被明军截杀再斩首 359 人，其余或伤、或逃、或溺、或被俘、或死于乱军者不计其数。

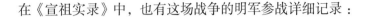

在《宣祖实录》中，也有这场战争的明军参战详细记录：

天兵各营领兵数目。钦差提督蓟辽、保定、山东等处防海御倭军务总兵官中军都督府都督同知李如松标下中军原任参将都指挥佥事方时春，统领管下亲兵，原任参将李宁，领马兵一千名，钦差管理经略中军事务中协副总兵都督佥事杨元，领兵二千名，钦差征倭右营副总兵署都督佥事李如松，领兵一千五百名，钦差征倭右营副总兵都指挥使张世爵，领兵一千五百名，协守宣府东路统领营兵副总兵都指挥使任自强，领宣府马兵一千名，统领辽东调兵原任副总兵都督同知李平胡，领马兵八百名，统领南北调兵原任副总兵查大受，领马步兵三千名，统领辽东原任副总兵王有翼，领马兵一千二百名，镇守辽东东路副总兵都指挥使孙守廉，领马兵一千名；统领保定蓟镇调兵原任副总兵王维贞；领马兵一千名，统领昌平右营兵参将赵之牧，领马兵一千名，统领蓟镇遵化参将李芳春，领马兵一千名，义州卫镇守参将李如梅，领马兵一千名，统领辽镇调兵参将李如梧，领马兵五百名，辽东总兵标下管领夷兵原任参将杨绍先，领马兵五百名，统领南北调兵涿州参将张应种，领马兵一千五百名，统领浙直调兵神机营左参将都指挥使骆尚志，领步兵三千名，统领大宁营兵原任将张奇功，领马兵一千名，统领山西营原任参将陈邦哲，领马兵一千名，统领浙兵游击将军都指挥使吴惟忠，领步兵三千名，统领宣大八卫班兵游击将军宋大赟，领马兵二千名，统领南兵游击将军王必迪，领步兵一千五百名，统领大同营兵游击将军高策，领马兵一千名，统领浙兵游击将军叶邦荣，领马兵一千五百名，统领山东秋班经略标下御倭防海游击将军钱世祯，领马兵一千名，统领嘉湖苏松调兵游击将军戚金，领步兵一千名，提督标下统领大同营兵游击将军谷燧，领马兵一千名，统领宣府营兵游击将军周弘谟，领马兵一千名，统领蓟镇右营游击将军方时辉，领马兵一千名，阳河游击将军高升，领马兵一千名，建昌游击将军王问，领马兵一千名，保定游击将军梁心，领马兵一千名，真定游击将军赵文明，领马兵一千名，陕西游击将军高彻，领马兵一千名，山西游击将军施朝卿，领马兵一千名，统领保真建遵调兵游击将军葛逢夏，领马兵二千名。右攻破平壤，用四万三千五百名，追到军兵八千名。[1]（宣祖 26 年 1 月 11 日）

　　明军充分发挥了大炮的巨大优势，日军在日本战国时期基本上没有见过大炮，他们的火器以火枪为主，而明军的火器则以大炮为主，射程远、威力大，还有就是日军将领和士兵缺乏躲避炮弹的经验，他们往往是死了一批又上去一批，成了明军大炮的活靶子。倭军首领小西行长带领残兵败将逃出平壤之后，一路仓皇逃跑，丢弃了无数粮草、辎重，连夜狂奔数百里，逃进了开城府中稍稍安顿下来。他喘息未定，闻听明军副将李如柏又率 8000 骑兵追袭而至，与吓得心悸不已的开城守将黑田长政商议后决定：放弃开城府，率领残余人马退回倭军大本营——朝鲜王京汉城府，打算重整旗鼓，以求东山再起。在正月十五这天，明朝军队顺利开进开城府据守，至此朝鲜沦陷于倭虏之手的半壁河山已被尽行收复。据统计，截至此时，倭军已损失精兵 25 000 余人，而明军仅仅死伤了 1000 多人。

　　然而，《壬辰录》却将这一胜利归功于金应瑞和桂月香的刺杀行为。而金应瑞则是西山大师与李如松通过观星，寻找"将星"

---

〔1〕 민족문화추진회,《宣祖实录》, 서울 : 민족문화추진회, 1986.

得到的。当他们找到金应瑞时，确实发现了他能力超凡，可以轻松杀死老虎，就为其之后杀死作为"异类"的小西飞进行了铺垫：

> 我军在平壤败北以后，就没有再见到金应瑞将军，但听到在此次通告中出现了金应瑞将军的消息后，我想借此机会向倭寇报仇。所以桂月香通过挑水的朝鲜老头写信，秘密转送给金应瑞将军。[1]

金应瑞此次前去的目的主要是查看敌情："秘密前往，暗中探知敌情，事毕即回"[2]，结果超额完成了任务，成功刺杀了倭军将领小西飞：

> 金应瑞拔剑用力击打，砍下倭将的脑袋，掉到地上后一转一转的。他引出倭将的马，抱着桂月香。[3]

战争忽略了李如松大军与日军真枪实弹的斗争，却将对阵双方转换为金应瑞和日将小西飞两人的斗争，最后因为金应瑞的刺杀成功，敌军大乱，逃离了平壤，朝鲜军队不费一兵一卒便完成了平壤的收复。将胜利的果实从明援军那里"窃取"而来，成为宣祖集团的胜利，从而巩固宣祖的统治地位。

二、突出正统人物：李舜臣的忠勇

在轰轰烈烈的壬辰卫国战争中，广大的人民群众和上层社

---

〔1〕 구인환,《임진록》, 서울 : 신원문회사, 2012, p.105.

〔2〕 구인환,《임진록》, 서울 : 신원문회사, 2012, p.104.

〔3〕 구인환,《임진록》, 서울 : 신원문회사, 2012, p.105.

会中的某些爱国者，对倭寇进行了勇敢的斗争。尽管朝鲜李朝封建统治集团的腐败无能使他们的斗争受到限制和束缚，使斗争受到一些消极影响，但是，他们为拯救祖国作出了不可磨灭的贡献。他们的斗争业绩是光辉的，他们的精神与行为是可歌可泣、值得后人纪念的。相比正史而言，作为"民族战争小说"的《壬辰录》来说，所赞扬的正面人物就更为丰富了，出现了一批奋不顾身、勇于牺牲，为了守卫疆土、击退强悍有力的倭寇而斗争的英雄人物，其中包括坚守岗位以身殉职的东莱府史宋象贤；誓死杀敌，矢尽而亡的年老部将刘克良；亲自率领士兵攻入而陷入敌人手中的庆州城庆尚左兵使朴晋；迎击优势敌人，死守孤城晋州的判官金时敏和忠清兵使黄进；率领部下击退强寇胜利捍卫了幸州城的全罗监司权栗；据险杀敌、最后与敌人肉搏战死的全堤郡守郑湛；险关鸟岭之役中与敌奋战而死于弹琴台的金汝岫；身中六弹、仍然坚持督战，挺身射敌的釜山府使柳衍；为收复平壤而立下汗马功劳的别将金应瑞等，都是忠于自己的祖国，为保卫百姓的生命和财产，英勇抗击强敌的人物。在这些人物中，最为卓越、最具有代表性的就是李舜臣将军了。

（一）正规军李舜臣的神仙化

在正面战场上，明朝陆军总指挥李如松的光芒完全被朝鲜水军指挥官李舜臣所替代。《壬辰录》忽略了平壤战役的胜利，甚至因为最后的和谈把李如松刻画成了一个背信者的形象。李舜臣的形象却被无条件放大了，完全成了一个战无不胜攻无不克，甚至进行发明创造成关羽似的神的形象，这是与小说正统观念的主题思想密切相关的。

李如松，明朝名将，指挥过万历二十年平定宁夏哱拜叛乱、闻名世界的壬辰抗倭援朝战争,因其抗倭成就名垂千古,之后出任辽东总兵,后在与蒙古部落的交战中阵亡。死后,朝廷追赠少保宁远伯,立祠谥忠烈。平壤战役的胜利意义绝不仅仅在于收复一座平壤城,也不是消灭10 000多个日军那么简单。这场战役的胜利彻底打掉了侵朝日军的嚣张气焰,大明帝国出兵的消息如同炸雷一般令整个朝鲜半岛的日军闻风丧胆,平安道、江源道、黄海道、咸镜道、开城的日本驻军纷纷放弃城池争相南逃,一路狂奔全线后撤了400余里,全没有了"长驱直入大明国"的狂妄和胆色。丰臣秀吉妄图以朝鲜为跳板攻占大明继而建立其所谓"大东亚帝国"的迷梦,被明军的铁蹄和大炮撞击得粉碎。

李如松率军入朝参战仅仅一个多月,便收复失地500余里,朝鲜三都十八道已收复平壤、开城二都及黄海、平安、京畿、江源、咸境等五道。大军继续向南开进,兵锋直指王京——汉城。虽然碧蹄馆战役暂时受阻,战局似乎陷入了僵局。但是,这种对峙局面很快就被李如松打破。龙山大仓本为朝鲜国仓,积贮了朝鲜数十年的粮食,汉城被日军占领后,龙山大仓就成为汉城日军的军粮库,后来日军运来的粮食都存于此地。李如松得到这一情报后,密令查大受和李如梅率敢死队700勇士深夜奇袭龙山大仓。十三座大仓,数十万石粮食,一夜间被烧得干干净净。夜袭龙山之战,精彩处堪与官渡之战中曹操的夜袭乌巢相比。明军仅以微小的代价就将十几万日军置入绝境。军粮一失,朝鲜半岛的日军全线被动,陷入前所未有的困境。不久,便被迫与中朝达成停战协议。1593年4月18日,日军撤出京城,1593年5月2日,日军大部分退到了釜山一带,交还了俘虏的朝鲜二王子。李如松于1593年4月19日率东征军开进京城,1593年5月15日收复庆州。至此,除全罗和庆尚二道部分沿海地区为日军所占领外,其余各地全部收复。明军留下一万人驻守朝鲜,其余大部于七月底回国。东征大军在入朝参战的短短四个月的时间里,掠地千里,横扫半岛,收复平壤、开城、王京(汉城)三都,打出了大明王朝的赫赫声威。在《宣祖实录》中,有327处关于李如松的记录,短短几年的援助战役,却能有如此之多的记录,李如松也不愧是明朝抗倭第一人:

> 初,李提督如松领兵三万,以副总兵杨元为中协大将,副总兵李如栢为左翼大将,副总兵张世爵为右翼大将,副总兵任自强、祖承勋、孙守廉、查大受,参将李如梅、李如梧、方时春、杨绍先、李芳春、骆尚志、葛逢夏、佟养中,游击吴惟忠、李宁、梁心、赵文明、高彻、施朝卿、戚金、沈惟、高升、钱世祯、娄大有、(周易)、王问等诸将属焉。壬辰十二月二十五日,渡鸭绿江,癸巳正月初五日,驻箚于顺安县。先遣副总兵查大受,约会倭将于釜山院,平壤贼将小西行长,令其裨将平后宽往迎之。大受拿致于提督军中,夜,贼数名见机而逃,众军追杀之,仍坚锁平后宽。[1](宣祖26年1月11日)

然而,在《壬辰录》小说当中陆军李如松的主要功绩被郭再佑、金德龄、西山大师、泗溟堂等义兵的战绩所掩盖;海军方面,陈璘的指挥权也被李舜臣的突出表现所掩盖。壬辰战争中李如松的最大功劳被李舜臣所湮灭。

权栗派军队向鹭梁津前进,正准备乘船追击,这时李如松闻讯赶来,急忙派钱世祯、戚金两个将士守卫(鹭梁津),截住权栗的兵马,夺取了他的船。权栗虽然愤怒,但作为没有自主

---

[1] 민족문화추진회,《宣祖实录》, 서울 : 민족문화추진회, 1986.

性的国家将帅，也是只能捶胸顿足。[1]

《壬辰录》小说中，李如松在可以取得更大胜利的情况下不去追求胜利，贪生怕死，追求议和，这样一来就被刻画成了一个背信弃义、居功自傲的小人。但是如果说他贪生怕死，就不会最后战死沙场了。

在壬辰卫国战争的名将中，李舜臣是史书及有关文献记载得相当详细的一位人物。因此，通过这些材料的整理和总结，对于他的思想、容貌、战争表现、战绩和贡献等，留下了一个比较清晰，相对统一的认识。这些记录包括《惩毖录》《李忠武公全书》《燃藜室记述》等书中的有关记录与文献，概括地评述李舜臣的思想与事业，与小说《壬辰录》一起，共同组成了李舜臣这一形象的完整的体系。

李舜臣一生的表现，最根本的是忠于祖国。为了抵抗敌人的侵略，他把自己的全部力量和智慧都贡献了出来，不为个人孜孜盈利，不为个人安危所担忧，勇于战斗、敢于献身。早在倭寇还没有发动战争以前，他就时时以国家的安全为念。当时一般的官僚都在安享"太平"，醉生梦死，为争权夺利置国家安危于不顾，他却孜孜不倦、兢兢业业，为防备日本的侵犯而致力于国防建设。1592年4月中旬，倭寇登陆釜山，开始大规模的入侵。此时李舜臣正担任全罗道左水使，负责半岛西南端军务，而釜山属于庆尚道，在东南端。东西距离尚远，李舜臣并没有只顾他自己所管辖的区域，而是在刚刚得知釜山陷落的战报时，就立即下定决心前往庆尚道海域迎战。他的赤胆忠心，不仅表现在他英勇作战，节节胜利的时候，也表现在他因功得祸、含

---

〔1〕 구인환，《임진록》，서울：신원문회사，2012，p.197.

冤受屈和战斗条件极为不利的时候。由于他屡战屡胜，倭寇将他视为眼中钉，千方百计想害死他。虽然倭寇的计谋没有得逞，但是李舜臣还是蒙冤进了监狱，其后虽然避免一死，但是身陷囹圄，无法自白。李舜臣的母亲也因为儿子的无辜下狱而在悲愤中离开了人世。遭遇到这样的横祸，李舜臣的内心也非常痛苦，在《李忠武公全书·第九卷·行录》中有这样的两句话记载了李舜臣当时的心情："竭忠于国而罪已至，欲孝于亲而亲亦亡。"因功而获罪，这种打击是很深的，但这一极为不幸的遭遇，并没有影响他抗敌卫国的热忱。不几个月，其继任者元均在闲山岛败于日本水军，朝廷不得不重新启用李舜臣。他一接到朝廷的命令，立即赴任。当时，由于元均无能，屡战屡败，朝鲜水军只剩下十余艘战船了，而敌人战船则数十倍于此。蒙冤如此之深，战斗条件如此不利，他却毫无怨言，更不怯懦，一心只想着痛击强敌。到了会宁浦后，立即召见全罗右水使金亿秋等将官，要求大家共同誓死抗敌。在鸣梁海面上，敌人以333艘战舰分十层围过来。朝鲜方面只有12艘战舰，诸将皆惊惧恐慌，李舜臣却毫不惧怕，率领战船迎击敌人。以这种悬殊近30倍的劣势而敢于迎敌并且取得了全部的胜利，这在海战史上也是罕见的。而且这件事发生在他蒙冤入狱的事情以后，更加显示出他对祖国的忠诚。李舜臣坚持这种公而忘私的爱国精神直到最后。1598年11月歼灭最后一批侵略军的露梁海战中，李舜臣壮烈牺牲了。在即将结束战争，获得全部胜利的前夕，他毫不满足于既得战果，更没有考虑保全自己以待日后享受功勋待遇，而是在和平前的最后一战中英勇地献出了自己宝贵的生命。

李舜臣的功绩不仅仅在于他的辉煌战绩，还在于他对新武器的发明创造。其中最有代表性的就是龟船了。在1592年到

1598年壬辰卫国战争期间，由于帮助朝鲜人民对抗日军船舰赢得数场海战胜利,龟船的威名远播。然而与一般流行的信息相反,在战争中朝鲜海军的主流仍然是板屋船。最古老的铁甲船之一的龟船是公元16世纪朝鲜王朝为抵抗日本丰臣秀吉的侵略而制造的。龟船形似乌龟, 故其名为龟船。龟船是1591年, 朝鲜全罗左道水军节度使李舜臣将军带领士兵和工匠制造的。龟船长为35米, 宽为11.8米, 高为5.2米。船左右各有10个橹, 桅杆可以竖起或倒下。龟船上有70多个空洞,可以放枪、炮或射箭,船舱有房舱、仓库等26个船舱,铁甲上有很密的刀子和锥子形铁签子。船头是乌龟状,从龟头嘴上喷吐出像雾气一样烧硫黄和焰硝等的毒气使敌人慌作一团。龟船结构轻巧、简易而坚固,船速快, 火力大, 是当时亚洲较为先进的军舰。

李舜臣水使官职到任后开始造船, 指挥铁匠、石匠的同时, 还日思夜想研究图纸。

几个月后, 李舜臣做出了世界上最早的装甲船——龟船的设计图。龟船的底部与板屋船类似, 它的长度是六十四尺八寸, 船头那边是十二尺, 腰部最宽是十四尺八寸, 其他宽度是十尺六寸, 容纳五十到七十人进行操作。长度从舢板的底层是六十八寸,越往上走越长, 甲板是一百一十三寸, 宽七十二寸。船内部连接7个梁, 高七尺五寸, 具有发射玄字砲的功能。[1]

龟船在壬辰卫国战争中起了很大作用, 但因船身低不适合远海航行, 火力小、成本高等原因,在战后被裁汰, 最终销声匿迹。

如果说龟船是李舜臣所制造是历史事实的话,《壬辰录》小

---

[1] 구인환,《임진록》, 서울 : 신원문화사, 2012, pp.29~31.

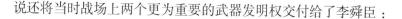

说还将当时战场上两个更为重要的武器发明权交付给了李舜臣：

李舜臣将军下令，往船上装子弹，这些子弹是将军新发明的"天字铳筒""地字铳筒""玄字铳筒""黄字铳筒"的，都是迄今为止从未见过的威力无比的武器。第二天凌晨右水营来不来都要出发，汝夷道水军黄玉千跑了。李舜臣将军为立军纪便捉住他，将其斩首后整个的军队变得军纪严明。[1]

铳筒的在中国宋代就有记录，称之为"火铳"，而明代前期明朝就将其进行了改进。在壬辰战争中，铳筒的广泛使用者为倭军，他们手中的铳筒是从西方传来的。也正是因为拥有铳筒，丰臣秀吉才能如此之快统一日本，短时间内在朝鲜取得如此之广范围的胜利。而李舜臣与铳筒的关系在《宣祖实录》中有6处记载，但他在其中并非铳筒的发明者，仅是使用者而已：

自九月二十九日，至十月初二日，场门浦屯据贼势及接战节次，已曾驰启，而初二日平明，更进场门浦，则必是请援屯处之倭，而比前稍多，无虑百余名，屯聚于三处高峰，大张旗帜，无数放丸。我士慷慨进退，终日接战，乘暗少退，结阵于外叱浦。初三日辰时，举舟师，列立于场门浦贼阵江口，先使先锋，迫城挑战，则贼徒遥避矢石，或城内窜伏，或城外凿地隐身，不知其数。放丸或放大炮，其丸大如手拳，远至三百余步，其为猛烈，倍于前日。其他设备，极其凶险，而贼阵近处，马草数多积置。臣择送精锐，射逐守直之倭，尽数冲火，火光终夜连天。大概非陆兵，则在陆之贼，以舟师，则更无挑出之势，极为痛惋。臣更与统制使李舜臣、陆兵将郭再佑、忠勇将金德龄相议，水

〔1〕 구인환,《임진록》, 서울 : 신원문회사, 2012，pp.72~73.

陆合攻计料，详知道路，巨济射士十五名抄出向（道）〔导〕，臣
之所管各船，陆战可合自募人三十一名，并为抄择，听令于郭
再佑事，申明约束，而四日卯时，诸船突入贼阵，或放明火飞箭，
或放玄、胜字铳筒挑战，而分送精锐船于永登贼巢，互相出入，
以示冲东击西之状，绝其相援之路，而坚壁不出，歼灭无由，
不胜愤慨。陆兵将等，则面告形势于都元帅权栗处，以期后日，
初七日发还，而臣等舟师，则仍阵外叱浦。[1]（宣祖 27 年 10 月
8 日）

霹雳震天雷是喷着火的石制炮弹，无法前进的倭军不得不
后退到了 5 里之外，5000 多名倭军死在这个武器之下，除了霹
雳震天雷以外，李舜臣将军还制造了许多种类的雷，而霹雳震
天雷是其中最大的。

飞击震天雷可以喷火，流弹打石块，这都是神出鬼没的神
器。坚持不住的倭寇退到五里之外。这一仗打死倭军的人数超
过五千。

这些杀死五千多名敌人的新武器是晋州幕史金始敏和庆州
的朴晋二人事先制作的，邀请汉城军机厂的火炮匠人李长孙一
起制作。李长孙制作了三种震天雷，最大的是什么秦天雷，最
大的是别大飞震天雷，还有大飞震天雷、中飞震天雷等，外圆
径为九寸五，重三十斤。[2]

这些所谓的震天雷就是现在所谓的大炮。而大炮确实在壬
辰战争中发挥了重大作用，只不过使用者不是李舜臣而是明军。

〔1〕 민족문화추진회，《宣祖实录》，서울：민족문화추진회，1986.

〔2〕 구인환，《임진록》，서울：신원문회사，2012，p.137.

明军充分发挥了大炮的巨大优势，日军在日本战国时期基本上没有见过大炮，他们的火器以火枪为主，而明军的火器则以大炮为主，射程远、威力大，还有就是日军将领和士兵缺乏躲避炮弹的经验，他们往往是死了一批又上去一批，成了明军大炮的活靶子。小说却把大炮使用发明权让渡给了李舜臣，目的就是降低盟军的作用，以维护正统。

（二）义兵和僧军

朝鲜壬辰卫国战争中大量义兵的涌现，是其一大特点，这是与正统观念有关的，战争的胜利成果可以给自己的民族却不能给援军。而《壬辰录》之所以要突出义兵和僧军的作用，是因为正规军在正面战场上的溃败，需要借助明军的力量进行光复。与此同时，也需要民众自己组织起来，保卫自己的家园。但是正统观念的思想贯穿了小说始终，以借助外力抗敌为耻，为了维护本民族抗战的正统，提高义兵和僧军的作用义不容辞。

义兵运动当时遍及全朝鲜。在《惩毖录》的记载中，著名的义兵将领就有 30 名左右。如全罗道的金千镒、高命、崔庆会；庆尚道的郭再佑、金沔、郑仁弘、张士珍；忠清道的僧人灵圭、赵宪、赵雄；京畿道的洪季南、李鲁；江原道的僧人惟政、咸镜道的郑文孚等。各义兵部队人数多寡和战斗能力不尽相同，从而其贡献大小也不一样。"人心国命，赖而维持"说明了义兵的基本作用，义兵的领导人大多属于"巨族"、名人、儒生等有一定声望、学识和政治号召力的人。义兵斗争的兴起，鼓舞了民心，在军事上配合了大部队作战，并独立活动，保全了一些地方的安全。

在遍及朝鲜半岛东西南北的大量义兵组织与领导者中，小说《壬辰录》有重点地选择了几个人物作为表现的对象，这就是半岛南端庆尚道的郭再佑、全罗道的金德龄、妙香山的西山大师和中部江原道金刚山的泗溟堂惟政。

红衣将军郭再佑是《壬辰录》继塑造李舜臣之后，又一个完美战将的形象。郭再佑家乡庆尚道是最先遭到倭寇侵害的地方，他本人也是壬辰卫国战争中第一个发起义兵运动而又有显著成果的人。同时又是一位具有"红衣将军"称号的富有传奇性色彩的民间的历史人物。郭再佑本是没有官职的一个儒生，为人刚强耿直，不屑于阿谀权贵。他虽立有战功，但并未曾得任高官，甚至还受到过高官的排挤和诬陷，不为统治阶级所重视。史书上关于他的记载是不多的，在《宣祖修正实录》第26卷中：

> ……玄风人郭再佑，故牧使郭越之子也……先得数十人，渐聚兵至千余人。再佑往来江上，东西剿击，贼兵多死，常着红衣，自称"红衣将军"。出入贼阵，驰骤如飞，贼丸矢发，不能中。忠谠果敢，能得士心，人自为战，善于应机合变，军无挫伤。既复宜宁等数邑。乃屯兵鼎津左右，下道安农作，义声大彰。[1]

一方面，郭再佑初期虽然不任官职，未受国家俸禄，但他为国家操心努力，高于一般徒受俸禄、贪生怕死的庸官俗吏。他热爱祖国、仇恨敌人，一听到倭寇入侵，就决心奋起杀敌。为了保卫家乡，他不惜耗尽个人财产，甚至献出自己和妻子的衣服。郭再佑憎恶那些在强敌前畏缩、逃跑、不忠于职守的官吏。庆尚道监司临阵脱逃，奔回本道，他发表檄文，列举罪状。

郭再佑在与敌战斗中，智勇双全，既敢打敢冲，也机动灵活。他注意侦察工作，设置许多瞭望点，敌人还远在百里之外，郭

---

〔1〕 민족문화추진회，《宣祖修正实录》，서울：민족문화추진회，1986.

再佑阵中就已经知道了情况，于是能有所准备，以逸待劳。有时，他命令士兵高举火把，发出呐喊之声，终夜不息，故意设置疑阵，使敌人以为他有千军万马，大恐而遁去。他还选一些能征善战的精锐士兵，埋伏于要害之处，伺敌兵来到，发起突然袭击。

郭再佑的战功卓越。由于他勇敢机智的斗争，一些地方得以保安宁。"收复三嘉、陕川等邑，人民作农如平日。"而且，他不慕名利，参加救国斗争，思想纯正。他散尽个人家产，首倡义兵，又屡立战功。可是他丝毫没有以此求官求利之意。他不阿附权贵，敢于与本道长官中的放弃职守者进行斗争。

他的这种思想在他任庆尚右兵使时呈国王的《疏》中，讲得最清楚不过了。在这篇文章中，他指责朝臣不汲取以往的教训，依然热衷于彼此倾轧的种种令人疾首痛心的现象。他提出了他辞去官职的三点理由。他对国防、对外关系及选用人才方面存在的问题，都表示了不满。他耻于当"更无可为"的官。在他因此被流放到灵岩以后，又拒绝接受朝廷要他当咸镜全罗监司的任命。1602 年至 1608 年间，他又屡次上疏议论国事，朝廷为此召他做官，他"或赴或辞"，但最后隐遁其晚年。可见，他对功名利禄是十分淡薄、视若浮云的。

在庆尚道宜宁生活着一个叫郭再佑的书生。他不愿当官，所以也不去参加科举，而是一位在山水间流浪的隐士。壬辰倭乱发生后，他愤然起来，和朋友们商量，要起义兵。

郭再佑与志同道合的同仁宣誓共事，招募数百名义兵，自己当上了队长。他穿着红色衣服，插上了"天降红衣将军"的旗帜。然后利用宜宁草溪仓库里的粮食作为军粮，出了宜宁邑，开始攻打倭寇。[1]

　　小说《壬辰录》一章的篇幅，以简练的笔法勾勒出了郭再佑的爱国忠心和机动灵活的战术以及战功，大体上体现出了郭再佑的原貌，拘于史实。对这位"红衣将军"威震敌众的富有传奇色彩的、最早起兵的义兵大将，小说给予了富有浪漫主义色调的刻画和描写。

　　小说对于郭再佑的描写还是比较尊重历史的，只是突出了郭再佑的历史地位，让其取代了明朝的大将李如松，成为陆上抗敌的主要力量。而小说对于金德龄的描写就不那样尊重历史了，将其塑造成一个具有神秘力量的人物，同时又因为一个非常荒诞的原因让其无辜死去，使读者对其怜悯不已。

　　金德龄是在壬辰卫国战争爆发的次年，即1593年秋冬组织义兵而与倭寇斗争的人物，但他又是悲剧性的。金德龄是全罗道光州石底村人，本是一位文武全才却无官职、出身门第不高的儒生。壬辰卫国战争爆发之后，他哥哥金德弘担任义兵将领高敬命的参谋，死于锦山。母亲逝世后，一度居丧在家。之后，在他妹夫金应会的劝说和谭阳府史李景麟等人的举荐之下，他毅然决心组织义兵。在《宣祖实录》中，有对他的许多记录：

　　全罗道观察使李廷馣驰启曰："前日祗受有旨书状，行伍中有将才可用人，多方询问，而今见潭阳府使李景麟牒报，府居校生金德龄，自少勇气绝伦，一乡莫不叹服。拔萃为将，无出此人，而时方持服，难于应募云，故臣巡到潭阳，召见德龄，劝使起复从军，以循国家之急，则今方召集义旅，远近争附，募得同志数百，则冲锋陷镇，决一死战云。其志极为可嘉。如此之人，

---

[1]　구인환,《임진록》, 서울 : 신원문화사, 2012, p.129.

自朝廷另加奖励，以责其效，而军粮兵器等物，势难私办。请令各邑所储，量数题给。"[1]（宣祖26年12月13日）

从历史文献记载来看，金德龄的个人特殊品质，是忠与勇。上述为国难卖田宅以充军需的记叙可以说明他的忠心，他的起兵檄文，也表明他为国而捐私的心情，特别其中这样几句话，更足以代表他的处境和起兵动机与卫国的决心。他的这种忠心，虽然导致他悲剧性的结局，但却是非常宝贵的。金德龄个人的另一特点是"勇"——或者说，是极其高强、卓绝的武艺和勇力。当时，长城县尉李贵向朝廷推荐他，说他"智如孔明，勇过关羽"。可见他的文武才能之高。古代与现代不同，将帅个人的武艺作用甚大，有时甚至可决定一场战斗的胜败。因此，他组成义兵之后，倭人甚为惧怕。可见金德龄武艺高强和他义兵的威力。金德龄蒙冤而死之后，倭人闻讯，手舞足蹈，相互庆贺。"如金人闻岳飞死而互贺矣。"敌人畏惧金德龄竟到了这样的程度。由于他的忠心与勇猛，朝廷于甲午（1594年）正月，遣使宣谕，赐予他的义兵部队"忠勇"二字作为军号。在同年4月，朝廷撤尽南部一带其他义兵，将他们归属金德龄的"忠勇军"，由他统率。

金德龄组成义兵不久，正值和平谈判的时期，各地军队受命不得与敌人进行较大战斗。但在1594年9月，金德龄照样配合崔岗所指挥的义兵，歼灭了登陆于固城的200余名倭寇。

小说《壬辰录》对金德龄进行了较多的刻画，但相比较于其他义兵将领，如郭再佑、郑文孚等人，小说将更多的虚构环节安排在了他的身上。然而，小说只表现了金德龄孤身一人的

[1] 민족문화추진회,《宣祖实录》, 서울 : 민족문화추진회, 1986.

本领。他无一兵一卒，却吓退了敌人。在历史上真实的金德龄所率义兵部队，拘于不利的客观形势，未能建立如郭再佑与郑文孚义兵所建立的大功业，小说难以表现此点。倒是他个人高强的武艺与勇猛，确实曾赢得了敌人的叹服和畏惧。小说表现在这一方面可以有较好的效果。小说中，金德龄"身长九尺五寸，遍身覆盖鳞甲"，是个2米多的怪物，刚一露面，就会狂风大作，按照约定，将加藤清正十万将士头上各插白旗。

金德龄这一行动，显然是作者的幻想，史实中是不可能有的。但这种描写体现了朝鲜人民对自己的英雄所产生的自豪感和对自己的民族力量的信心。小说关于金德龄的对敌斗争就到此为止了。这以后，就转入了他的悲剧性结局的描写。金德龄与加藤清正斗争后回到家里，受到了母亲的训斥，母亲责备他不安心为父居丧，责令他今后不得再外出远游。空怀壮志雄才，却不得不受制于家规，坐视国难而不能赴救，这是个悲哀。然而更大的悲哀却在后面。

昏庸的朝臣都承知徐云玉向国王诬告金德龄，说他"当此乱世，不曾出而拯救国家，却数度来往于敌将清正阵中"。还说他"居心叵测"要国王下令逮捕他，予以问罪。国王照办。金德龄这时在家正为"不能赴战场杀敌，终日叹息，抱怨"，竟然祸从天降，被国王所派来的禁府度使逮捕，捆绑上路。但是平庸的朝鲜国王无法杀死这位英雄，而英雄却不愿承担污名，自己求死。[1]

于是武士举起行杖重击此处，一身本领、立志报国的英雄，竟然立毙杖下。小说《壬辰录》就这样通过这一连串的步骤与环节，把金德龄遭遇完整地、充分地、深刻地、尽情地揭示在

---

[1] 구인환, 《임진록》, 서울 : 신원문화사, 2012, p.29.

读者眼前，深深地打动了读者的心弦。

在抗倭斗争的洪流中，也把看破红尘、超凡脱俗、在深山辟谷修炼的佛教僧徒也席卷了进来。大量的下层僧徒，虽然是佛门弟子，其出家以前一般都是贫苦之人，入寺之后也还得从事一些劳动，至于寺院土地之耕种者，更属于普通劳动者的行列。因此，他们对本民族的思想感情和一般民众是相通的。在国难临头，人民惨遭侵略者残害屠杀之际，他们就更能和民众在一起对外进行斗争了。这便是以"不杀生""慈悲为怀"为其信条的僧人，竟然拿起武器，组成义兵杀敌斗争的原因了。

泗溟堂在《壬辰录》小说里凭借自身的力量，使得日本臣服于朝鲜。而西山大师在僧人义兵将中，地位是最高的，很受朝鲜统治者的尊重，很有声望。西山大师僧名为休静，生于公元1520年，死于1604年，他出家以前的俗姓崔，出家后自号为"清虚子"，因常住妙香山，又号西山，所以被尊称为"西山大师"。壬辰战争爆发，这时西山大师已经72岁。倭寇连续攻陷汉城、开城、平壤，宣祖避难前往义州。西山仗剑迎接宣祖于路旁。表示自己虽然年事已高，难以战斗，但要向分散在各地的弟子发号召，要他们起而卫国。宣祖甚为嘉奖，当即封他为"八道十六宗总摄"。在他号召下，泗溟堂率僧徒700多人起兵于江原道，处英率僧徒1000人起兵于全罗道。西山自己则领导着他的门徒和招募来的僧人1500名，僧人义兵中也包括寺院土地的耕作者。泗溟堂率僧兵到达平壤附近时，人数已达1000多人，各处僧兵约有5000余人，会于顺安法兴寺。西山大师把总摄的职权交给他的弟子黄海道僧人义严，接受官军所给予的武器、军粮，指挥僧人义兵配合朝鲜官军及明军作战。《宣祖实录》中仅有一处对西山大师的描述：

其书曰："老释，本五台山人，稚少出家，便求祖印，转入中国，得灵元大师衣钵，而还栖于妙香山。往在庚寅秋，夜观天象，东方有兵气甚酷，避之西归，云游无定，私念东南众生涂炭，闷然有济俗之意。适于天台山中，得《玉笈秘书》，语颇奇异，忻然振锡东来，抵辽阳，被经略顾老爷礼招，因住其幕中。会刘总府住兵八莒，揭请军门，令我往谕清正。老释谓，脱人苦海，解纷息争，乃为美事，奉令前去，则清正不解听老释之言，竟致岛山之厄。那时得闻对马岛主先墓，在本国东莱境，其佐贰柳川，厚被本国之恩，情义必不薄矣，欲与之一谈，而刘总府方与沈游击有隙，老释难自致而止矣。其后，日本无礼于册使，而中朝又大发问罪之兵。于是，军门邢老爷，专管东事，人皆以沈游击为戒。若非贵岛有格天之诚，则谁肯为下语哉？老释每怀夙愿，常谓邢老爷，虽拒和甚峻，秘书有离而复合之说，世事终不能逃运数矣。上年九月，本国以足下之书，转报军门，老释备悉足下诚款，深喜彼此不谋而同志也。幸今万老爷，代邢老爷，升任为判府。欲观足下辈所为，果出于诚信，有所裁处。此意当审察善图。兹遣差人，备谕情愫。足下之意，果与老释之意不违，则人回，详示之。事若可谐，则他日老释与足下面讲，以平两国，共遗盛名，岂非幸哉？"[1]（宣祖35年2月3日）

以这种"活佛""高僧"的形象为依托，小说《壬辰录》作者开始发挥自己的想象。从外貌上看，他"面颜清癯、净洁，器宇雄伟不凡。神杖八尺，面色红润，苍眼白发，仪表凛凛，举止端方，风采照人，果然非凡僧模样"。与此同时，作品更是通过国王宣祖对他的尊重态度来衬托和显示他的声望。西山

[1] 민족문화추진회，《宣祖实录》，서울：민족문화추진회，1986.

大师对朝廷的贡献主要有三点：首先，是建议争取邻国的增援，这一点想象的成分不是太明显。其次，是为收复平壤的战斗选定和荐举先锋大将金应瑞。在小说中，为了举荐足以迅速歼灭平壤的守敌，西山大师指着一颗"将星"道："此星具有飞龙祥瑞之光彩，且含西方肃杀之气势，必应于平安道龙冈地方金应瑞身上。"[1] 就这样，小说中的一位严惩倭将、在收复平壤起关键性作用的年轻将帅有如一轮旭日，从倭寇蹂躏的朝鲜大地冉冉升起。但是，这还不是小说中西山大师最为神奇的故事。最后，他还派遣泗溟堂取代自己去日本并以法术助他战胜困难。经过了六种别样的难关：识破陷阱、过目成诵、坐铁板浮于水上、深通佛理、坐铜室抗烈火和发大水严惩倭王。最终让倭王俯首称臣。[2]

泗溟堂安坐铁板上，铁板竟浮于水面。阵风吹来，随波逐流，东西南北，来往飘荡，毫无下沉之状，如履平地一般。统观僧将们在史实记录和小说中的不同形象，可以感到：小说以如此大量篇幅再现这些僧人义兵和外交家，是与儒家的正统思想密切相关的。它以史实为依据，吸收了民间传说中的精华，塑造出了人民心目中的僧将形象。将他们塑造成朝鲜民众的英雄典型，表现出朝鲜民众抗倭的绝对作用，降低援军的作用，从而达到维护宣祖统治的目的。

---

〔1〕　구인환，《임진록》，서울：신원문회사，2012，p.128.
〔2〕　구인환，《임진록》，서울：신원문회사，2012，p.129.

第五章

正统观念对小说《三国演义》《壬辰录》叙事的影响

第一节 正统观念对两部小说内容的改变

一、战争环境对内容的改变

战争是正统观念与小说相结合的历史契合点。《三国演义》和《壬辰录》的故事背景、成书等都是与战争密切相关的。战后，统治者的正统地位受到质疑，为了巩固统治，统治者在政治、经济、文化等各领域都采取了巩固自身统治地位的政策。小说中的正统观念的思想就是文化上统治者巩固自身统治的反映之一。战争使无数生灵涂炭，战后人心不稳，战争不仅仅是被动的，而且是长时间的积贫积弱，党争、外戚和农民起义都是导致战争的原因。

（一）积贫积弱和农民起义

朝鲜王朝统治者剥削百姓的基本形式是租税，其基础是科田法。朝鲜王朝建国后国家机构迅速膨胀，在职官员数量激增，加上多次册封功臣，国家直接支配的公田显著减少，同时国库收入也日益减少。朝鲜从建国初期开始，为了防止两班贵族侵占国家公田，将划分科田的范围限定在京畿地区。这样的限定也很快在实践中出现了矛盾，朝鲜王朝统治者在科甲法的基础上从 1467 年开始实行了职田法以解决这些矛盾。职田法废除了已故官僚妻子儿女的守信田、恤养田和退职官僚的散职田，只是定期分给在职官僚一定数量的收税地。由于这一制度本身存在矛盾，所以只实行了几十年便无法继续实行，于 1544 年左右被废除[1]。进而在此基础上，又制定了田税制度。原则上是按照每年收成好坏给予增减，但是许多官吏弄虚作假，把贫穷农民的田税提升到实际收成以上，把官僚和地主两班的田税减到实际收入以下。同时，政府和地方守令以踏验为名，在农民身上强加各种苛捐杂税。所以，农民实际缴纳的田税远远超过额定数目。地方守令以损实踏验为借口，强迫农民缴纳各种杂税，这种苛捐杂税比田税还要多[2]。15 世纪末，平安道、江原道、黄海道、咸镜道等地区遭受了罕见的大灾害，封建统治阶级为缓和同农民的矛盾，为增加国库收入，接着又制定了贡法。就是根据土地的肥瘠程度，把田品分成六个等级，面积互不相同的一结地的最高收税额定为二十斗。同时，又以每个面为单位，把年成分为九等，酌情予以适当减免。但在实际操作的过程中，丈量土地的官吏用尽各种手段敲诈勒索，既多报农民的土地面积，又少报官吏两班的土地面积。同时，定田品的官吏也把农民的土地田品提高，官僚两班的田品压低，把缴纳田税的重担转嫁给农民。在收田税时，又巧立名目，征收各种苛捐杂税，因此，农民所受的剥削更为残酷。

除田税外，还有贡物、徭役、苛捐杂税等其他形式的残酷剥削。首先，贡物剥削是封建统治阶级为满足他们荒淫奢侈的

---

〔1〕 姜孟山：《朝鲜封建社会论》，延边大学出版社 1999 年版。

〔2〕 ［韩］民族文化促进会：《世宗实录》卷九十三，民族文化促进会 1986 年版。

生活，从各地方搜刮各种手工业品和土特产品。贡物原则上缴纳当地的特产，品种很多，平安道138种，京畿道191种[1]。对于百姓来说，贡物负担的沉重，不亚于田税。由于中央和地方官吏的层层剥削，农民实际缴纳的数量是原定数额的几倍或几十倍。从15世纪末开始，封建政府甚至不去顾及各地区的特产和户数，随意摊派，任意征讨，使得农民不得不到远地，为防止贡物在运输过程中破损或变质腐烂重新缴纳，以高价购买需缴纳超过原定额的贡物。所以贡物剥削也给百姓带来了沉重负担。其次，是徭役。朝鲜王朝政府规定，16岁至60岁的贱人男子和良人农民都要承担国家的徭役，且徭役名目繁多。但两班贵族却不仅不承担徭役，而且凭借自己的权力，甚至可以免除自己的率居奴婢、雇工、别居奴婢的徭役负担，这就使农民负担更多的徭役。《经国大典》规定，一年一人参加六天徭役劳动[2]。但实际上农民却要服几个月或半年的徭役。在残酷的徭役煎熬下，许多农民不得不破产甚至沦为奴婢。此外，朝鲜王朝统治阶级还以高利贷、苛捐杂税、进上等形式搜刮百姓，使得广大农民百姓生活极为痛苦，一旦遇到灾荒，许多农民就无法维持生活，难免饿死。朝鲜王朝封建统治阶级以各种形式残酷剥削人民，使得人民生活痛苦不堪，以至于不少农民离开土地逃亡各地甚至爆发农民起义。

15世纪20年代前后，朝鲜自然灾害严重，但朝鲜封建统治者不仅不减免租税，反而更加残酷地搜刮人民，广大人民群众纷纷起来，展开了反抗封建统治的斗争。到了16世纪，有代表性的是洪吉童率领的农民起义军。其活动区域大致是汉城附近。

〔1〕 ［韩］民族文化促进会：《世宗实录》，民族文化促进会1986年版。

〔2〕 姜孟山：《朝鲜封建社会论》，延边大学出版社1999年版。

洪吉童率领农民起义军以奇妙的战术袭击官衙和官吏住宅，夺回粮食分给贫苦农民。封建统治阶级对洪吉童部队神出鬼没的战术束手无策，惶恐不安[1]。洪吉童的故事在许筠的记录下成为朝鲜文学史上最早文人独立创作的母语小说，对朝鲜后世的小说创作以及朝鲜叙事语言的发展都有深远影响，在朝鲜文学史上具有划时代的意义。16世纪规模最大的农民起义是林巨正领导的农民起义。林巨正是杨州屠夫出身，1559年，他组织了武装队伍和封建统治阶级展开了斗争[2]。参加这支武装队伍的大多数是流浪的农民和逃亡的奴婢。他们以黄海道九月山为根据地，在京畿道、江原道一带频繁活动。起义军紧密联络各地武装袭击官衙，冲开监牢，袭击两班贵族住宅，夺回被掠财务，控制包括汉城至平壤的各条通路，劫夺驮运贡物和进上物品。林巨正部队的活动，得到广大人民群众的支持。[3]在此情况下，朝鲜王朝政府为笼络西北地区的民心，割断人民同起义军的联系，宣布免除黄海道的全部田税，平安道则减免一年；同时又派得力的军事指挥官南致勤率精锐部队，进行大规模讨伐。林巨正农民起义军经历三年如火如荼的斗争，给朝鲜封建剥削阶级以沉重打击，但由于本身的弱点和"讨伐军"的疯狂镇压，终于失败。

　　终于在16世纪末朝鲜半岛爆发了日军入侵的壬辰战争，战争中腐败无能的朝鲜封建统治者们不仅没有组织抗战，反而为了自身的安全各自逃走。相反，广大朝鲜百姓为了保卫祖国，却不畏强敌，自发组织武装队伍同入侵者展开了英勇斗争，这

---

〔1〕［韩］民族文学促进会：《燕山君日记》卷三十九，民族文学促进会1972年版。
〔2〕［韩］民族文化促进会：《明宗实录》卷二十五，民族文化促进会1986年版。
〔3〕［韩］民族文化促进会：《明宗实录》卷二十六，民族文化促进会1986年版。

种武装组织又被称作义兵。朝鲜各地的百姓争先组织义兵队伍，各处阻击入侵者，使之难以继续入侵。义兵队伍在战斗过程中不断发展壮大，逐步发展成为强有力的队伍，在反侵略战争中起了重大的作用。壬辰战争中最著名的当属红衣将军郭再佑。战争一开始，朝鲜庆尚道宜宁百姓就在郭再佑的领导下组织了义兵。义兵们以鼎津为中心掀起了反对入侵的运动，消灭了三嘉、宜宁、陕川等地的入侵者，收复了这些国土。在百姓的支持下，义兵部队不断发展壮大，成为一支强大的战斗队伍，向昌原、灵山、玄风等地追击入侵者，将入侵者赶到尚州以南、洛东江以西地区。此后，又切断了侵略军在金海、玄风、昌宁、灵山、星州等地的供给线[1]。郭再佑义兵队伍的战斗，极大地鼓舞了庆尚道百姓的爱国斗争热情，在他们的影响下，几乎朝鲜各地都组织了义兵队伍：奇袭洛东江沿岸的日军，高灵地区在金沔指挥下的义兵则以居昌为根据地展开游击战，沉重打击了朝鲜各地区入侵日军的气焰。

日军入侵忠清道以后，灵圭在忠清道内浦地区组织了僧侣义兵部队，忠清道沃川、洪州地区人民在赵宪的领导下也组织了义兵部队。灵圭义兵部队和赵宪义兵部队协同作战，收复清州城。在此之后，赵宪和灵圭义兵部队攻打锦山，人数众多的入侵日军猛扑过来，义兵部队虽英勇抵抗，但终因寡不敌众，全部壮烈牺牲。在朝鲜各地义兵斗争蓬勃兴起，取得辉煌胜利的时候，朝鲜水军密切配合陆军，进行了釜山海战。朝鲜水军舰队接到日军大舰队停泊在釜山船埠的报告，立即向釜山船埠进发，击毁日军军船一百多艘，杀伤无数敌人，取得了重大胜利。义兵取得的延安大捷、晋州大捷和釜山海战等胜利，充分显示

---

[1] [韩]民族文化促进会：《宣祖实录》，民族文化促进会1986年版。

了朝鲜人民的巨大力量，粉碎了日本入侵者"水陆并进"的作战方案和速战速胜的征服计划。

战争中义兵胜利的故事为小说提供了丰富的素材，这些素材或多或少存在于小说《壬辰录》的各种版本中，尤其是红衣将军郭再佑，至今仍是朝韩百姓心目中的英雄。中国小说《三国演义》中也有大量有关农民起义的情节，这也是对东汉农民起义的记录。

中国东汉末年，在封建王朝的腐朽统治之下，统治阶级无休止地压榨人民，得到封建政府的支持。而宦官、腐败官僚、地主恶霸相互勾结，竭尽所能地剥削农民及其他广大劳动人民，从而使大量财富集中在极少数人的手中，大多数人则过着非常穷苦的生活。这种悬殊的贫富差异到了汉桓帝、汉灵帝以后，达到顶峰。这些官僚、地主、富商的财物无非来自于榨取广大百姓所得。在残酷的剥削下，百姓们早已穷困潦倒，而遇到天灾之后，统治阶级仍继续横征暴敛，淫欲无度。统治者的压榨、掠夺，导致的后果就是社会生产的严重破坏。越来越多的农民无法继续在本乡本土生活下去，于是出现了大批的"流民"。那些脱离土地的"流民"对东汉统治者造成了极大威胁，以至朝廷绞尽脑汁下令解决"流民"问题。由于连年对外战争及贵族地主的无度挥霍，社会财富几乎丧失殆尽，连再生产的可能性也越来越小，出现了一片凋零的残破景象，即"男寡耕稼之利，女乏机杼之饶"[1]。战争和灾荒过后，田中缺乏男劳动力，只有一些妇女能收获几粒可怜的粮食，桓帝时有童谣曰："小麦青青大麦枯，谁当获者妇与姑。丈人何在西击胡，吏买马，君具车，

---

〔1〕（宋）范晔：《后汉书·卷五十一·陈龟列传》，中华书局2007年版。

请为诸君鼓咙胡。"〔1〕大批的壮丁饿死、战死，社会最宝贵的财富——劳动力被无端消耗，生产停滞，在这种暗无天日的统治下，社会走到了绝境，不仅劳动人民无法活下去，知识分子和士大夫也毫无出路，整个国家在一群恶魔的统治下，陷入无解的危机。于是，就爆发了黄巾起义，义军主力集中在冀州、颍州、南阳三地区。义旗所指，封建政权顿时土崩瓦解，"长吏多逃往"，义军所到之处，烧官府、杀地主，"劫略聚邑，州郡失据"〔2〕。黄巾军的英勇作战，在短时间内取得辉煌战绩：三月间，张曼成所率的南阳黄巾军，一举攻克郡城，杀郡守褚贡；河北义军活捉了安平王刘续、甘陵王刘忠；汝南黄巾军在召陵大败太守赵谦，广阳黄巾军斩杀幽州刺史郭勋和太守刘卫。黄巾军仓促起义后就取得如此辉煌的胜利，原因在于东汉统治者的腐败无能。

（二）党争和外戚

文人的命运，要么隐退山林，要么进入官场。儒家提倡入世，佛家讲究出世，在儒家思想的影响下，又难免有不克自制其功名而出外活跃之一派。儒者难免政见不合、利益难免分配不均，矛盾渐行扩大以后，自然呈现分党分派的征兆，朝鲜宣祖初期元老李浚庆，对此表示异常忧虑。

朝鲜王朝从建国之初，就制定了重文轻武的治国方略。兴科举、奖励学识，扶持儒家思想，培养出来一系列儒家学者。但到了世祖至成宗时期，就发生了以"主义、思想、感情、情谊、乡土和出身"〔3〕的区别而形成对立与派别，党内勾结、彼此排斥。分别有"节义派""勋旧派""清谈派"和"士林派"，其中排斥

---

〔1〕（宋）郭茂倩编撰：《乐府诗集》，聂世美、仓阳卿校点，上海古籍出版社2016年版。

〔2〕（晋）陈寿：《三国志》，粟严夫、武彰译，中华书局2014年版。

〔3〕［韩］李丙焘：《韩国史大观》，徐宇成译，正中书局1959年版，第316页。

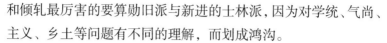

和倾轧最厉害的要算勋旧派与新进的士林派，因为对学统、气尚、主义、乡土等问题有不同的理解，而划成鸿沟。

在"戊午士祸"中，岭南士子派兴起于成宗时期，因为中心人物金宗直受到成宗的器重，其门人因此腾达。这一新生党派认为勋旧派在阀阅、官僚、贪污等方面，是小人之辈。而勋旧派认为岭南士子派都是狂躁轻薄之徒。两个派系之间互相排斥、攻击、倾轧。金宗直的门人金驲孙等人做史官的时候，将李克墩的不义行为和金宗直的文章写入历史。在燕山君四年的时候这一事件爆发，勋旧派将岭南士子派所有文人定为罪人，使得岭南士子派文人或处斩、或流放，金宗直甚至被掘墓斩尸，这一事件被称作是"戊午士祸"。这一事件的根本原因在于：戊午以来因为燕山君的奢侈放纵，造成了国库空虚，国王为了填补国库，计划收回功臣的赐田与奴婢，但遭到朝臣反对，于是君臣矛盾尖锐。这时出现了一派人，想借扫除旧人来掌握政权。

党争发展到 17 世纪，到了宣祖八年（1559 年），有著名的"东西党争"：以沈义谦为中心的一派为"西人"，而拥护金孝元的一派为"东人"。主要是因为金孝元住在京都的东部，而沈义谦住在京都的西部的缘故。这东西两派不停地相互攻击，李栗谷等儒学者大为忧虑，于是向皇帝奏请派沈金二人到地方任职，同时倡议东西两派的官吏同心协力于国事。但是这一方法不仅没有起到效果，反而使局面更加复杂了。因为李珥所在的"西人"的亲友与门人较多，反被"东人"视为党同"西人"，这种党争后来日益深化与复杂化，终于导致党内再次分党，派内再次分派，演化成为"东人"中又分出"南人""北人"，后又出现"大北""小北"等许多小派系。这种党争，在整个 17 世纪持续不断。

朋党斗争在小说《壬辰录》中也有很多的记录，倭寇攻入，大臣们没有"万众一心"进行一致对外的斗争,而是"左"派和"右"派继续相互倾轧,造成了人才的丧生,人心惶惶,让人不禁觉得心寒:

> 宣祖气得无话可说。宣祖认为,朝中的臣子没有一心为国,只图党派,只想享受太平盛世,不应听取臣子的意见,而应由自己决定,于是下令明朝派使臣前往明朝。[1]
>
> …………
>
> 加上朋党斗争中又分东人、西人(斗争),他们互相诋毁。[2]
>
> …………
>
> "现在国家的命运处在了危急的境地,党派之争是要杀死人才并毁灭国家的,这不是非常可悲的事情吗?"这样下去的话,可用的人才就不会呆国王身边了,而且被撤职的人,也不能获得自由。李恒福向新上任的左议政尹斗寿说明了自己的立场。[3]

在朝鲜历史上的外戚乱政,在高丽时期就有。当时的中国,随着金帝国的崛起,使得大陆形式为之改观,同时也影响到了半岛朝廷。1122年,正逢睿宗驾崩,第十七代仁宗由外戚李资谦拥立。仁宗年仅14岁,意志力不坚定,天性柔和,朝廷万机由拥立者其外祖父李资谦及其党羽拓俊京所把持。李资谦为中书令,李资谦的三个女儿,都曾经是文宗的后妃,尤其长女生顺宗、宣宗、肃宗及大觉国师义天以下王子王女多人。李资谦的妹妹是顺宗的妃子;李资谦的次女,又封为睿宗之后,而生仁宗;故与王室,累世结成重复外戚关系。即便如此,李资谦

---

〔1〕 구인환,《임진록》, 서울 : 신원문화사, 2012, p.21.

〔2〕 구인환,《임진록》, 서울 : 신원문화사, 2012, pp.13~14.

〔3〕 구인환,《임진록》, 서울 : 신원문화사, 2012, pp.13~14.

仍不满足，又将其三女与四女进为仁宗之后妃，以图继续巩固个人地位，并百般谋陷异己的朝臣，布置心腹与族属于内外要职。拓俊京是李资谦党羽的核心成员，他曾经与林干等讨伐女真，树立了许多战功，得以提任重职。此时的李资谦遂逐渐成为事实上的君主，日益作威作福，以至于民间流行"十八子（李）将王"[1]的传说。李资谦听到这些流言后，这种想法也与日俱增，遂有发动篡位的野心。他的专横，不仅令朝臣大感义愤，也触怒了皇帝。但是他仍不知悔改，反而唆使党羽与奴婢，夺人财物与占人土地，以致民愤。仁宗四年，王的近臣金灿、安甫麟，知道王厌恶李资谦，先与上将军崔卓、吴卓等秘密商议，于夜半引兵入阙，杀戮其羽翼拓俊京的儿子纯与弟弟俊臣。拓俊京得到急报，也引兵入阙，将房屋付之一炬，烈焰延至内殿，王徒步在后院躲避，准备下令让位于李资谦，遭到近臣阻止。于是李资谦派遣自己的所有党人捕杀安甫麟等十数要员，并且抢劫国王囚禁于自己的住宅，后且多次进毒谋害，但因王妃机智而得救。不久，李资谦又与拓俊京发生冲突，关系日益恶化，后拓俊京被授予密旨的内医崔思全所说服，因之痛悔前非，决定以行动效忠王室；于是奉王命拘捕李资谦，其党羽亦均分别流配于远地，李资谦进荐的两位王妃亦均被罢黜，唯因救急之功，特厚其赐予。李资谦过了数月，死于配所，后来拓俊京因为自己的跋扈，也被流放至死，这就是历史上的"李拓之乱"。

《壬辰录》也记载了 17 世纪"壬辰倭乱"发生时期的"外戚之乱"——金贵人和兄长金公谅对朝政的影响。外戚金公谅利用皇帝对金贵人的宠爱，变卖军粮获得私利。军粮的损失不仅危害了国家的安全，而且引起党派直接的斗争，并且激起民怨：

---

〔1〕　［韩］李丙焘：《韩国史大观》，徐宇成译，正中书局 1958 年版，第 207~208 页。

当时，国王宣祖非常爱惜一位叫金贵人的宫女，这个宫女的哥哥叫金公谅，之前在大田别监的位置上，由于妹妹的帮助，他的官职一跃成为内需司别座。有一天，金贵人缠着国王说有着急要用五百斤黄米的地方，国王命金公谅神不知鬼不觉地把五百斤黄米推入王宫。而这些黄米是金贵人为了在金刚山的寺庙祈祷所用的。这谣言开始天下传开了。秘密是不存在的。因此，百姓怨声载道，忠臣们束手无策。

乘着这一空隙，金贵人的哥哥金公谅派人带了几万斤棉花去北方换取了大米，再由南方变卖，从中牟取暴利。这个消息一传开，老百姓暴跳如雷，不仅痛恨金公谅，甚至痛恨国王。臣子不可能不知道这事，但忠臣已尽，该怎奈何！像领议政李山海一样的人已经被金公谅陷害。所以，国王沉迷于金贵人，党派之争日益激烈，吃尽苦头的是百姓，而国家命运则是危如累卵。[1]

因为对金贵人的宠爱，没有对其兄长施之予应有的惩罚，也是皇帝自身懦弱的表现。"红颜祸水"是许多时候统治者为了维护自身正统推卸责任的说辞。

在中国东汉末期，士人主要通过察举、征辟的方式进入仕途。郡国守相进行察举，都尽可能选择年少能报恩的人，这种风气，在汉明帝时期已是如此。征辟的情形也是一样，被举、被辟的人，成为举主、府主的门生、故吏。门生、故吏为了利禄，以君臣、父子之礼对待举主、府主，甚至不惜谄附、贿赂以求固结。举主、府主死后，门生、故吏守三年之丧。

汉顺帝时期，北海国相去世的时候，为他守丧三年的人就

〔1〕 구인환，《임진록》，서울：신원문화사，2012，p.14.

有 87 位。大官僚与自己的门生、故吏结成集团，也增加了自己的政治力量。东汉后期的士大夫中，出现了一些累世专攻《易经》的家族，他们的弟子动辄数百人甚至数千人。通过经学入仕，又形成了一些累世公卿的家族，例如世传欧阳《尚书》之学的弘农杨氏，自杨震以后，四世皆为三公；世传孟氏《易》学的汝南袁氏，自袁安以后，四世中居三公之位者多至五人。这些人都是大地主、大门阀，他们由于世居高位，门生、故吏遍于天下，因而又是士大夫的领袖。所谓门阀大族，就是在经济、政治、意识形态上具有这种特征的家族。东汉时期选士首先看族姓出身，所以门阀大族的子弟在察举、征辟中照例得到优先。太学生为安帝以来风起云涌的农民起义所震动，深感东汉王朝有崩溃的危险。他们认为宦官外戚的黑暗统治是引起农民起义，导致东汉衰败的主要原因，所以他们反对宦官外戚特别是当权的宦官以挽救东汉统治。

在宦官外戚统治下，州郡牧守在察举征辟中望风行事，不附权贵的士人受到排斥。顺帝初年，河南尹田歆察举 6 名孝廉，当权的贵人勋戚交相请托，占据名额，名士入选的只有 1 人。桓帝以后，察举制度更为腐败，当时的民谣记载："举秀才，不知书。察孝廉，父别居。寒素清白浊如泥，高第良将怯如鸡。"[1] 在士大夫中，有一部分人趋炎附势，交游于富贵之门，助长了宦官外戚的声势。这种情形下，使太学清议在攻击腐败朝政和罪恶权贵的同时，赞扬敢于干犯权贵的人。桓帝在位的公元 153年，冀州刺史朱穆奏劾贪污的守令，打击横行州郡的宦官党羽后，桓帝赦免朱穆。延熹在位的公元 162 年，皇甫规得罪宦官，论

〔1〕 彭樟清："痛斥腐败　尽人皆知——《桓灵时童谣》赏析"，载《语文天地（初中版）》2005 年第 4 期。

输左校，太学生张凤等三百余人，跟大官僚一起诣阙陈诉，使皇甫规获得赦免。官僚、太学生的这些活动，对当政的宦官是一种巨大的压力。郡国学的诸生，也同太学清议呼应[1]。太学诸生，特别尊崇李膺、陈藩、王畅等人，太学中流行着对他们的评语："天下模楷李元礼（膺），不畏强御陈仲举（藩），天下俊秀王叔茂（畅）。"[2]李膺的名望最高，士人与他交游，被誉为——登龙门，可以身价十倍。李膺为司隶校尉时惩办了不少不法宦官，宦官们只好小心谨慎，连休假日也不敢走出宫门。延熹九年（公元166年），李膺杀术士张成，张成生前与宦官关系密切，所以他的弟子牢修诬告李膺与太学生及诸郡生徒结为朋党，诽谤朝廷，疑乱风俗。在宦官怂恿下，桓帝收系李膺，并下令郡国大捕"党人"，词语相及，共达200多名。第二年，李膺及其他党人被赦归田里，禁锢终身，这就是有名的"党锢"事件。

在《三国演义》中的《何进谋杀十常侍》一章中，就写到朝廷内部有三大势力：宦官势力、外戚势力、世家势力，小说记载了三方势力的斗争。此时世家大族经过两次党锢之祸遭到宦官打击，迫不得已投靠外戚何进一方，从而形成两大阵营外戚集团与宦官集团的对抗。何进也知道宦官被天下人疾恶，务必彻底除掉宦官势力。

何皇后生大皇子刘辩，王美人生二皇子刘协。灵帝欲废长立幼，但由于自己病重，要宦官蹇硕帮助刘协，并设立西园八校尉分何进的军权。蹇硕也因此欲除去何进来立刘协为帝。灵帝驾崩后，蹇硕计划在何进入宫时杀之，但何进称病不入。由于没有除掉何进，刘辩被立为帝，何太后临朝，何进辅政。

〔1〕 白乐天主编：《中国通史》（图文版），光明日报出版社2002年版，第399~402页。
〔2〕（宋）范晔：《后汉书》卷六十七，中华书局2007年版。

　　何进久知宦官为天下所共疾恶，更加痛恨蹇硕阴谋害他，等掌握朝廷大权，就暗中布置诛灭宦官，暗中笼络了袁绍、袁术、何颙、荀攸等人。但何太后的母亲舞阳君及何苗多次接受各宦官的贿赂，晓得何进要杀害他们，多次告诉何太后，要何太后庇护他们。又说："大将军擅杀左右亲信，专权以弱皇上。"何太后怀疑确实是这样。宦官在皇帝左右者有的已几十年，封侯贵宠，内外勾结极为巩固。何进新当重任，素来也忌惮他们，虽外有大名，而心中不能决断，所以事情久不能定下来。

　　八月，何进入长乐宫请求何太后同意，尽诛杀诸常侍以下，选三署郎进宫守宦宫的住房。诸宦官互相转告说："我等若不先下手时，皆灭族矣。"[1]张让等又派人窃听，完全听了何进所说的话，于是带领常侍段珪、毕岚等几十人，拿着兵器悄悄地自侧门进，埋伏宫中。等到何进出来，便假称太后诏召何进，尚方监渠穆拔剑斩何进于嘉德殿前。袁绍等人借此机会带兵入宫，将宦官全部杀光。而后董卓依先前召令入京，不久即废少帝刘辩，另立刘协，又追杀何太后，杀何太后之母舞阳君，何氏家族灭亡，东汉最后一个外戚专权势力被铲除，而汉朝也从此走向了战乱。

　　朝鲜和汉朝的党争、外戚干政和农民起义都是导致两国积贫积弱和战争的原因，但最根本的原因还是统治者的无能。两部小说之所以将国家羸弱的原因归咎于此，也是维护王权统治、逃避责任的愚民策略之一。

---

〔1〕（明）罗贯中：《三国演义》，岳麓书社1998年版，第20页。

二、城市的发展和说书文化

17 世纪中朝两国在经济方面相似的背景大概有以下三个方面。

第一，城市的壮大，对于小说的影响是读者群应运而生，城市开始形成，以小商人、小营业者、雇佣军、贫民层为主的人组合而成读者群体，这种群体也为小说传播奠定了基础。其次，商业尤其是出版业的繁荣以及说书文化、文学评论的发达，促进了小说的通俗化进程。中国的说书艺术追溯到唐宋时期又称作"说话"[1]，这一艺术形式繁兴于宋元时期，而说书艺人在书场上渲染积累起来的历史人物故事、野史笔记等对 17 世纪中国小说有着深刻的影响；而 17 世纪的朝鲜，从肃宗就开始了盘骚俚艺术的萌芽，其特点为叙事化强、情节复杂、人物众多，是文人用虚构化手法对历史进行的加工，也是朝鲜平民文化兴起的标志[2]。最后，落榜文人的谋生需求，使得一部分文人转入小说创作中，促进了小说文人化的进程。

17 世纪，明清经济发展的第一个表现是城市的发展壮大，对于小说的影响是读者群应运而生，这种群体也为小说传播奠定了基础。城市在全国的排位如何，关注的是几大重点：第一，公所、会馆的数量；第二，商业区码头的商品集散规模；第三，手工业生产数量；第四，田赋；第五，城市人口；第六，文化产出数量和档次，当时的苏州在这些方面的优势非常明显。明代中叶开始苏州府城就是全国中心市场，京杭大运河南北商品集散地。明代只有两个城市有能力成为大运河南北商品集散地：

---

[1] 袁行霈主编：《中国文学史》（第 3 卷），高等教育出版社 1999 年版，第 246 页。

[2] 박황，《판소리 2 백년사》，서울：思社研，1987，p.21.

苏州和扬州。但因为扬州本地手工业较弱，扬州以北的地区消费力也弱，而苏州是全国最大的手工业中心，发往全国的很多货物都是苏州产，所以苏州成为市场中心，扬州完全是因为地理优势成为副中心。苏州府城阊门称天下大码头，是全国规模最大的商业区。阊门外有两条很长的商业街区，一条沿着运河往西到枫桥，另一条是往西北到虎丘的山塘街；阊门边沿着运河往南还有南濠街；因此苏州市中心在城墙外，城区很大，规模空前。就苏州府城而言，应该是先有商业的发达，后有手工业的发达。发达的手工业又反过来促进商业的进一步繁盛[1]。明清时期，南京、苏州、杭州的府城都是全国级别的丝织业中心。然而，江宁府本地不产优质生丝，苏州府境内的生丝生产规模也不大，远不及嘉、湖。所以，南京、苏州的商人每年都会去嘉、湖采购优质生丝，然后运往府城给各个作坊的生产供货；杭州因为离原产地较近，所以往往不需要中间商，商业资本操纵手工业生产的特征不明显。从明代开始，苏州城中从事生产的人口就占到了很大的比重，这对中国来说是比较新型的城市，以前一般是都城在哪里，最大的城市就在哪里，因为都城的消费人口最多；从明代开始这种情况就变了。除了消费的因素外，生产的因素也极大地促进了城市的扩张。所以苏州虽然不是位于顶端的政治中心，却凭借前代积累下的较大规模的城市人口，加上新兴手工业带来的人口，也跻身为当时中国最大的城市。明清时期，传统的消费型都市继续存在，比如开封、北京，也是庞然大物，而苏州、杭州等是生产消费并重的新型城市。所以，有学者就提出"开封型城市"和"苏杭型城市"的概念。

---

〔1〕［意］利玛窦、金尼阁：《利玛窦中国札记》，何高济等译，中华书局1983年版，第58页。

南京的情况比较特殊，因为是明代两京之一，铺户买办的剥削很重，压制了手工业的发展。但是在清代，随着政治势力的撤出，南京也发展成与苏、杭相似的城市。扬州属于另一种情况，扬州不是高等级的政治中心，物产虽然较丰富，但是大众消费品的生产几乎没有；消费发达，而且是以奢侈消费为主。消费主体既有达官贵人，也有新兴的富民阶层。扬州兴起的前提是盛世，只有盛世中的人才有那个消费力[1]。后来的上海也是沿着苏杭的道路继续发展出的城市，有很大规模的生产，也有很大规模并且很高端的消费，所不同的是上海产品的销售市场已经主要面向海外。另外，江西的瓷器、矿冶、印刷、造船、造纸、制糖、制酒、园艺艺术、织造、首饰制作等在江南一带兴盛起来，分工也日趋精细。这一切发展变化必然反映到小说中来，市民、商贾、匠人、手工业者自然成为小说的主人公，以表现他们生活与情感为内容的通俗文学作品的创作也迅速走向了繁荣。

第二，明代通俗小说的勃兴与城市出版业的繁荣有着十分密切的关系，出版业的核心地区是苏州，而苏州也是毛宗岗活跃的地区。商业尤其是出版业的繁荣以及说书文化、文学评论的发达，促进了小说的通俗化进程。这一时期印刷出版业较以前有质的飞跃，不仅印刷速度快，而且商业化程度高。明人何良俊所撰《四友斋丛说·卷三·经三》指出："今小说杂家，无处不刻。"[2]苏州书坊安少云尚友堂崇祯元年所刊《拍案惊奇》的识语也声称："举世盛行小说。"[3]由此可以窥见明代小说创作、

---

〔1〕 王卫平：《明清时期江南城市史研究：以苏州为中心》，人民出版社1999年版，第36页。

〔2〕 （明）何良俊：《四友斋丛说》，李剑雄校点，上海古籍出版社2012年版，第83页。

〔3〕 （明）凌濛初：《拍案惊奇》，人民文学出版社2000年版，第4页。

刊刻、传播之盛况。

明代刻书主要有官刻、私刻和坊刻。除官办的司礼监、都察院官刻外，还出现了民间刊印的堂馆，如：晁瑮宝文堂，福建建阳杨氏清江堂，清平山堂等。官刻和私刻主要刻印经史和诗文，而坊刻则是百花齐放，什么赚钱刻什么。明代书坊有三处最盛，胡应麟云："凡刻之地有三：吴也，越也，闽也。"〔1〕即苏州、杭州和建阳。明代书市又集中在四个地方："今海内书，凡聚之地有四：燕市也，金陵也，阊阖也，临安也……两都、吴、越，皆余足迹所历，其贾人世业者，往往识其姓名。"〔2〕这里，胡应麟对当时的图书事业了如指掌，他说的刻书和卖书中心都有苏州和杭州。

明代通俗小说绝大多数是由书坊刊刻出版的，而书坊刻书以牟利为主要目的，如：《古今小说》《警世通言》《醒世恒言》《拍案惊奇》这样畅销的读本等都有重印、再版的情况。书坊一而再、再而三地重印、重刻，甚至改头换面地刻各种选本，主要目的就是为了卖钱。在利益的驱使下，很多书坊还出现了集书商、刻家、编辑于一身的多面手，有的书商可以自己编写，而多数书商要向作家支付稿酬。天许斋《古今小说题辞》云："本斋购得古今名人演义一百二十种，先以三之一为初刻云。"〔3〕一个"购"字把书坊和作者的关系说得十分透彻，凌濛初创作的《拍案惊奇》就是书商出资请他撰写的，并且极为畅销。再好的小说也有销售饱和的时候，书坊要赚取更大的利润就不得不刊刻新的小说以满足读者的需要。这种书坊刊刻堂出资购买小说手稿的方式，

〔1〕（明）胡应麟：《少室山房笔丛》，上海书店出版社2009年版，第125页。

〔2〕 李思涯：《胡应麟文学思想研究》，中国社会科学院出版社2012年版，第76页。

〔3〕（明）抱瓮老人：《古今奇观》，北方文艺出版社2013年版，第2页。

极大地刺激了文人对通俗小说的创作，因而对小说的发展、繁荣起到极大的推动作用；小说的发展反过来又促进了出版事业的繁荣，两者相辅相成[1]。

《三国演义》从嘉靖年间开始面世，很快被市场所接受，引起了长盛不衰的刊刻热潮，这在16世纪后期就有充分的表现，17世纪是兴盛情景的延续。这一时期的《三国演义》几乎都是福建的建阳书坊刊刻的[2]。即使是那些续书与模仿的历史演义作品，也几乎都是建阳的书坊刊刻的[3]。这一方面说明建阳的书坊能及时地抓住机遇，利用读者对历史演义的热情，不断推出相关的历史演义作品，以更大程度地占领市场、获取利润；另一方面也说明，福建的书坊主要就是充分利用现有的资源，总是在反复重印、不断地简单模仿，缺少及时创新的能力，恨不得把一种题材的小说彻底做尽。

同时，取得市场成功、引起读者喜爱的作品，往往会跟着出现许多模仿之作与续作。但是，几乎所有成功的小说，其模仿者都未能超过原作。这一方面说明这些优秀作品确实具有学习、模仿的价值，而这些模仿的作品反过来也衬托了原著的伟大。另一方面也说明，模仿优秀的小说，是小说继续发展、提高的必经之路，正是由于大量模拟，才提高了那些初学写作小说者的水平。同时还说明，模仿仅仅是创作的初期阶段，如果满足于市场需要、停留于模仿的水平，那么根本不可能带来小说艺术的腾飞。要取得更高的成就，必须在模仿、学习的基础上有

〔1〕 陈静宇：“论明代城市发展对通俗小说的影响”，载《西南农业大学学报（社会科学版）》2011年第7期。

〔2〕 李忠明：《17世纪中国通俗小说编年史》，安徽大学出版社2003年版，第75页。

〔3〕 李忠明：《17世纪中国通俗小说编年史》，安徽大学出版社2003年版，第23页。

所创新。比如《红楼梦》，其艺术构思与整体布局明显受到《金瓶梅》以及才子佳人小说的影响，可以说是标准的模仿，但是它在多方面对这些作品有所突破。这就使它既能满足当时读者的欣赏习惯，因为它与那些才子佳人故事表面上并无二致，林黛玉、薛宝钗等才女风范，贾宝玉的才子气度，均很接近那些才子佳人小说；又能给人耳目一新的感觉，因为它大大超越了一般的才子佳人小说的固定模式、人物特征与艺术气质，在思想立意上，更是突破才子佳人小说仅仅以庸俗的夺功名、娶佳人为美满理想结局的写法。

通俗小说的刊刻中心地区在苏州和杭州。历史演义类作品和神魔类小说绝大多数都是这一代的书坊所刊刻，尤其是《三国演义》的几种重刊本，都出现在这一代[1]。苏州袁无涯刊刻的小说，堪称 17 世纪小说刊刻的代表。这些作品，大多数比较精美，有图有评，他的版本，选择的都是名著的优秀底本，而且号称评语是李卓吾（李贽）批的，图是刘素明、刘君裕刻的，那都是极一时之选。因此，他刊刻的《忠义水浒全传》《李卓吾先生批评三国志》《李卓吾先生批评西游记》，成为这一时期小说市场上的优秀代表。这对提高通俗小说的文学地位、通俗小说书籍的市场品味，都起到了极其良好的促进作用。袁无涯是刻书家，与冯梦龙等人关系密切。他所刊刻的李卓吾评本，一般认为都是伪托的，并不是由李贽评点的。其实不仅是他，当时的许多书坊主人都喜欢假托名人评点，因此有不少著名的评点本[2]，如号称玉茗堂托名汤显祖的评点、钟伯敬托名钟惺的评点、李笠翁托名李渔的评点版本，大多都是伪造的。不过，苏

---

〔1〕　李忠明：《17 世纪中国通俗小说编年史》，安徽大学出版社 2003 年版，第 27 页。

〔2〕　李忠明：《17 世纪中国通俗小说编年史》，安徽大学出版社 2003 年版，第 75 页。

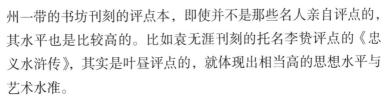

州一带的书坊刊刻的评点本，即使并不是那些名人亲自评点的，其水平也是比较高的。比如袁无涯刊刻的托名李贽评点的《忠义水浒传》，其实是叶昼评点的，就体现出相当高的思想水平与艺术水准。

苏州书坊在17世纪刊刻小说取得了成功。这也说明，在通俗小说迅速发展的时期，人们对小说作品、小说书籍的要求，主要还停留于满足填补空白，求新求异的初级阶段。只要有题材新、故事新的小说，人们是不太计较版本的精美程度的。同时，这些书本既然主要是作为通俗读物，供给下层读者文化消遣的，不是作为精致的艺术品来欣赏、保存的，那么它的刊刻质量倒在其次了。与此相关，书籍的新奇有趣与实用程度以及成本、定价是购买者关心的主要问题。还有一个重要问题，那就是对那些读者来说，小说作品的语言、刊刻书籍时的文字是否适合他们，也是影响他们购买的心理因素。很多早期的通俗小说作品，在刊刻时用俗字、异体字、同音字代替那些较难读、难写、难认的字，也是考虑到这些方面的因素。作者的水平，恰恰与读者的水平、期待相一致，所以他们的作品非常畅销。

从市场的角度来看，作者创作小说、书坊刊刻作品，往往都会有意识地考虑市场定位的问题，创作或者刊刻这部小说，主要是为谁准备的。过去那些优秀的或者杰出的作者，基本上不会考虑这些因素。《三国演义》《水浒传》等作品，都是在不考虑市场因素的情况下产生的。作者只是将自己的深邃思想与高超才华，完整而真实地展现出来，自然赢得了读者的欢迎。但是，这一时期，通俗小说作品赢得了众多读者的喜爱，刊刻它们的书坊主人与小说作者在创作、刊刻时都在一定程度上考虑到了经济因素，这自然会削弱作品的艺术性。这也是那一时期小说质量下降的重要原因之一。从小说史发展的实践来看，往往只有非功利性的创作才能赢得最大的成功。后来的通俗小说创作实践更是证明了这一点。比如曹雪芹，虽然他在《红楼梦》一开始，再三强调这部小说是非常考虑读者因素的，投合读者的胃口，新奇有趣，但是他又明确地让自己的作品晦涩难懂，用假语村言，将真事隐去，"都云作者痴，谁解其中味"[1]，这就是有意为难读者了。当然，这也有可能是有意吊读者胃口，但是要冒很大风险的[2]。

第三，落榜文人的经济需求和女性作家的出现。明朝凭借其科举制度成为当时世界上唯一的非世袭制国家。科举制度从唐代开始，却在明朝发扬光大，唐宋时虽有科举，但录取名额十分之少，一次科举考试往往只取几十人。明朝自洪武三年（1370年）起开科举，实行扩招，这下子想做官的人就挤破了头。纷纷以读书为业，这些人就是后来明朝文官势力的基础[3]。朝鲜实施明朝制度，也有科举，分为正统科举、武科举、杂科科举三种。但前者是两班子弟的特权，一般百姓只能参加杂科，限制了科举的效用。改革、稳定的社会秩序和正当的人才选拔制度，是两个国家16世纪社会稳定的基础，但在战争后不复存在，所以17世纪许多文人从科举转向小说创作中去。

明朝中后期，由于城市商品经济的迅速发展，产生了新兴的社会阶层。于是商贾小贩、工匠艺人、秀才举人、贫苦农桑、棋手游侠、官吏盗贼等都被摄入作品中，成为小说的主角，小说的题材也透过主人公的不同身份、不同遭遇折射出城市生活

〔1〕（清）曹雪芹著，无名氏续：《红楼梦》，人民文学出版社2010年版，第20页。
〔2〕李忠明：《17世纪中国通俗小说编年史》，安徽大学出版社2003年版，第75页。
〔3〕（清）张廷玉等：《明史》，中华书局1974年版，第267页。

的各色人等。从不同侧面再现了平民的生活，更加贴近人们的生活，也促进了通俗文学的广泛传播。当然几乎绝大部分的作品都回避不了爱情元素，于是女性意识便在通俗小说中得到了充分的体现。在爱情的渴望和婚姻自主的追求上，不论是千金小姐还是市井平民女子，都不再被动地接受"父母之命、媒妁之言"，而是坚持婚姻一定要以爱情为前提，大胆摆脱封建礼教的束缚，选择和自己的心上人生活在一起。这些女性的光辉形象和大胆反叛行为，符合市民的审美情趣，无疑也是市民意识的产物。然而这种精神并不是历史的偶然，它受到当时社会思潮与哲学观点的影响，是一定的民族文化心理的折射。在中国传统文化里，以往的儒学家提出"存天理，灭人欲"[1]。人的欲望被牢牢地压抑着，情欲更要被深深地埋藏在心里。而明代的一些思想家如王学左派、李贽等，都公开站出来反对程朱理学对人性的压抑和禁锢，强调人的生理欲望，从而导致了女性传统贞节观念的坍塌。明代的王学左派在哲学上为女性追求合理的人性要求提供了思想依据。万历以来，以李贽为代表的新思想对小说创作也有较大影响。李贽的"童心说"要求文学艺术作品要写真情实感，提倡创新反对拟古，而且非常重视通俗文学，主张文艺表现人欲、人性、人情。和李贽同一时代的汤显祖、徐渭等人也张扬李贽的学说，强调写真、写本色。后来以袁宏道三兄弟为代表的公安派，以"性灵说"的理论，继承并丰富了"童心说"，他们同样崇尚"真心"，强调"个性"。青年男女对爱情与婚姻的追求，本身就是人的本能欲望的表现。她们为了追求自主的婚姻爱情，冲破封建伦理道德的樊笼，大多数人不惜因此付出了生命的代价，这种解放人性的思想意识在

[1]《朱子全书》（修订本），上海古籍出版社2010年版，第1065页。

社会传播中产生了巨大的影响，从而为文学作品所接受、所欣赏，进而奠定了社会心理基础。

　　而在朝鲜，17世纪战争小说与初期光海君执政有关。光海君的即位是在其世子身份并没有得到正式认可的情况下进行的，因此朝鲜王朝内部对此都颇有微词。宣祖于1608年二月初一薨逝，宣祖在薨逝前留有遗教于世子："爱同气如予在时，人有谗言，慎勿听之。以此托于汝，须体予意。"[1] 由此可见，宣祖对于光海君即位一事是有很深的担忧的，光海君的世子身份在宣祖在世时未能得到确认，因此，宣祖薨逝后，王位的继承必然会成为朝鲜王朝所要面对的一个重要问题。光海君五年（1613年）发生了仁穆王后之父延兴府院君金悌男意图拥护永昌大君为国王的事件。事件败露后，金悌男被处死，永昌大君则被流放于江华岛，并于光海君六年（1614年）为江华府使郑沆所杀。"江华府使郑沆杀永昌大君□。沆到官，严禁围篱下人，绝其饮食，烘其卧床，使不得卧帖。□攀窗棂以立，昼夜号泣，气尽乃死。"[2] 在经历了多次的斗争和处死了若干重要的反对派人物后，光海君暂时坐稳了王位，在进行政治斗争的同时，光海君逐渐在朝鲜王朝推行自己的一系列政策。光海君在朝鲜王朝所实行的改革政策主要有以下五个方面：

　　第一，在政治上起用追求实利主义的大北派。大北派势力在光海君被封为世子和即位中起到了决定性的作用，光海君即位后，即开始重用大北派的人物，在光海君即位当月，司谏院即上书"请郑仁弘、李庆全、李尔瞻等亟命疏放，仍复官爵，

〔1〕民族文化推进会，《조선왕조실록·선조실록》，서울：민족문화추진회，1986，p.654.

〔2〕《李朝光海君日记》卷一，京城帝国大学法文学部影印1931年版，第71页。

以快愤郁之舆情"[1]。李尔瞻即被重新任命,"以吴翊为正言,李士庆、李尔瞻为兵曹正郎,郑述为大司宪"[2]。其后,郑仁弘、李庆全、任兖、边应星、柳庆宗等人也都陆续得到了任用,李尔瞻、郑仁弘等大北派的重要人物还担任了多个重要的官职。大北派在执政上所秉承的是实利主义,这与光海君的执政思想是相同的,因此,大北派上台后朝鲜的国家政策越来越多地将本国的实际利益放在越来越重要的位置上,包括在国内施行的经济、文化政策和对外奉行的外交路线,都体现出了这种与以往相比更为现实的思想。

第二,在经济上推行"大同法"[3]。"壬辰倭乱"后朝鲜的国力一直没有得到恢复,光海君即位时,朝鲜全国的耕地不足战乱前的一半,在战争中损失的人口也没有得到恢复,朝鲜国内的劳动力和兵源严重不足,农村经济极为凋敝,这造成了朝鲜国力极度虚弱,国家财政极为困难的局面。为了改变这种局面,光海君即位后,立即开始在朝鲜京畿地区推行大同法。"初,领议政李元翼议:'以各邑进上贡物为各司防纳人所搪阻,一物之价倍蓰数十百,其弊已痼,而畿甸尤甚。今宜别设一厅,每岁春秋收米于民,每田一结两等例收八斗,输纳于本厅,本厅视时物价,从优勘定,以其米给防纳人,逐时贸纳,以绝刁蹬之路。又就十六斗中两等,各减一斗,给予本邑,为守令公私供费,又以路旁邑多使客,减给加数,两收米外,不许一升加征于民。惟山陵、诏使之役,不拘此限,请划一施行。'[4]从之。以传教

〔1〕《李朝光海君日记》卷六,京城帝国大学法文学部影印 1931 年版,第 96 页。

〔2〕《李朝光海君日记》卷三,京城帝国大学法文学部影印 1931 年版,第 115 页。

〔3〕 고려대학교 한국사 연구소,《한국사》,서울 : 새문사, 2004, p.276.

〔4〕《李朝光海君日记》卷一,京城帝国大学法文学部影印 1931 年版,第 19 页。

中有宣惠之语，以名其厅[1]。"设宣惠厅是光海君上台后在京畿
地区施行"大同法"的开始。其后，光海君又颁布了多个法令，
陆续将朝鲜王朝的征税标准由以户数为依据变为以土地面积为
依据。光海君实施的这些政策使朝鲜的贫苦农民"欣然若更生，
穷村蔀屋，安堵自如。近年巨役之余，又值大无之荒而终不弃
其乡井"[2]。"大同法"虽然在一定程度上增加了朝鲜国家的财政
收入，减轻了人民的困苦，但却必然会打击到占有大量土地的
朝鲜两班贵族的利益，所以"大同法"实施起来困难重重，光
海君本人也承受了极大的压力。可以说，光海君最终被废下台，
也与其实施的这项政策伤害到了大地主的利益有极大的关系。

　　第三，在文化上进行书籍的整理和编纂。光海君元年（1608
年），实录厅上奏曰："壬辰以前实录，今将修纂，而茫无考据，
莫能着手，极为可虑。"[3]"壬辰倭乱"期间，朝鲜国内的书籍损
毁十分严重，由于战乱，宣祖年间的实录也没有得到及时的编修，
且相关的记载较少，因此需要及时开展对书籍的编纂整理工作。
光海君四年（1611年），弘文馆启奏："孝子、忠臣、烈女实行，
当此人心贸贸、义理晦塞之日，图赞颁布，揭人耳目，使之
钦想古人之行迹而仍致感发其性情，此诚今时之急务，不可
缓于一日也。"[4]由此可见，朝鲜王朝的统治者需要以书籍作为
工具加强对国内的思想统治，以改变社会不稳定的现实。"《春
秋》四传、《通鉴纂要》《玉海》、李选注《文选》各一件，奏请

---

〔1〕　吴晗辑：《朝鲜李朝实录中的中国史料》，中华书局1980年版，第238页。

〔2〕《李朝光海君日记》卷四，京城帝国大学法文学部影印1931年版，第311页。

〔3〕《李朝光海君日记》卷一，京城帝国大学法文学部影印1931年版，第219页。

〔4〕《李朝光海君日记》卷四，京城帝国大学法文学部影印1931年版，第24页。

之行，并以官本，极择贸来。"[1]其他书籍的编纂、整理工作也相继进行。光海君的这项政策对朝鲜王朝的书籍编修工作起到了较大的推动作用，使大批的史料得以保存，同时也使经历了动荡的朝鲜王朝通过文化的宣传加强了思想上的统治，为维护光海君执政前期的社会稳定起到了很大的作用。

第四，在国际上审时度势，采取多方交好的外交政策。光海君元年（1608年）四月初二，"欲于釜山外城内宾馆，设殿牌受日本书契矣"。[2]日本丰臣秀吉死后，德川家康改革国政，"尽反秀吉所为。修书遣使，绑送掘墓之贼，肯要和好。……今年三月十九日，……到釜山下陆，所斋书契内说称，'自今邻好不违，则大幸'云云"[3]。此时所订立的即朝日间修好的《乙酉条约》，此条约的订立使朝鲜获得了与日本间的和平，缓解了一定的军事压力。对后金方面，光海君采取了一种不与其对立的方式处理两方的关系，对后金的来书，尽管朝鲜王朝的许多大臣要求拒其书信，逐其来使，但光海君依然保持了较为理智的态度，对其进行了适当的回复，避免使后金找到发难的借口。光海君的和平外交政策虽然与朝鲜王朝传统的思想格格不入，但毕竟使朝鲜王朝避免了战争，终光海君一朝，朝鲜也没有遭到外来入侵。

《壬辰录》传说中的作者修严柳袗（1582-1625年），幼年时期跟随父亲在汉城生活，但在8岁到12岁时，因为母亲的去世回家居丧，再次回到汉城的时候恰逢壬辰倭乱，他跟随父亲与兄妹一起过上了逃亡的日子。光海君二年（1609年）于增广进

---

[1]《李朝光海君日记》卷一，京城帝国大学法文学部影印1931年版，第52页。

[2]《李朝光海君日记》卷二，京城帝国大学法文学部影印1931年版，第231页。

[3]《李朝光海君日记》卷五，京城帝国大学法文学部影印1931年版，第142页。

士初试中获得状元，并在省试中再次获得状元，开始了自己的仕途生涯。但是好景不长，1612 年 2 月在西海逆狱事件中，受到金直哉等人的连累入狱，尝尽狱中的苦楚后被无罪释放，此时恰逢家中丧事，便南下回到故乡。在其 31 岁于狱中开始起草《壬辰录》，回顾了自己童年及壮年的一些经历，并对战争进行了反省。35 岁时再次参加考试，后当过御悔将军世子翊卫司洗马等官职，得到清廉的赞许。丙子胡乱前一年（1635 年）与世长辞。作品《壬辰录》中包含了国家民族和自身经历的外乱苦难，虽然他出身于宰相家，但战乱中避乱山谷，与普通百姓受难没有什么区别，而写作时又委身狱中，饱经沧桑苦楚，可以看出作品中包含的"忧国忠君的挚情"[1]，对难民食不果腹和饱受倭军欺凌的苦楚的同情。

16 世纪，从公元 1522 年（明世宗嘉靖元年）到公元 1573 年，明神宗执政以后的一百多年时间里，是中国经济发展史上的一个重要的时期，这个时期，商品经济的发展，工商业的繁荣，超过了以往的任何一个朝代。到了 18 世纪，清朝制造了多起文字狱，加强对文人思想控制，导致"万马齐喑"；在编撰古籍时又大肆销毁古籍[2]。最典型的就是明末可以和百家争鸣相比的晚明思潮在清代终结。知识分子不敢发表独立见解而是钻进故纸堆去考究古书。经济上的转折也是 17 世纪小说从历史到虚构叙事化转变的背景之一。

---

〔1〕 최문정，《임진록 연구》，서울：박이정，2001，p.152.

〔2〕 蔡亚平："出版文化视角下的明代小说研究"，载《社会科学研究》2009 年第 3 期。

三、作家地位对内容的改变

在东方国家的古代，知识不是普通老百姓可以获得的，但随着社会的发展，经历了一个由官府到民众逐渐大众化的过程，并且在这一过程中，孔子的私学思想起到了很大的作用。而在《三国演义》的传播过程中，作者的身份也经历了从史官到平民百姓的过程，中国古代社会封建等级制度森严，"人分十等，一官二吏，三僧四道，五医六商，七猎八民，九儒十丐，三纲五常，三纲：君为臣纲，父为子纲，夫为妻纲"[1]，小说家儒生的地位排到了最后，是名副其实的社会底层。朝鲜仿照明制，社会阶层分布与中国类似，所以陈寿与罗贯中、宣祖史官与传说中的作者修严柳袗的社会身份，也反映出了正统观念视角方面的不同。

《三国演义》的原型是陈寿的《三国志》。公元280年，西晋灭吴，统一全国。48岁的陈寿开始系统收集整理魏、蜀、吴三国史料，并参考在他之前写成的一些史书，如王沈的《魏书》、鱼豢的《魏略》、韦昭的《吴书》等，经过大约十年的努力，撰成《三国志》65卷，包括《魏书》30卷、《蜀书》15卷、《吴书》20卷。陈寿的《三国志》最大的特点是尊重史实，但凡有所质疑的观点他都未采用，这也造成了此书过于简略的缺点。陈寿聪明机敏，所写文章以富丽著称。最初应州里的聘请，历任卫将军姜维主簿、东观、秘书郎、散骑、黄门侍郎、观阁令史等职。当时宦官黄皓专横弄权，蜀汉众臣大都极力逢迎黄皓，唯独陈寿不愿依附他，因此多次被贬谪。适逢陈寿父亲去世，他守丧期间，因为生病而让婢女伺候自己服药，被来客看见，乡党因此对他颇为议论指责。公元263年，蜀汉灭亡，陈寿因而多年

---

〔1〕（宋）郑思肖：《郑思肖集》，陈福康校点，上海古籍出版社1991年版。

不被荐举。张华欣赏其才华，推举其为孝廉，陈寿也是在这种环境下进行的创作。

到了南朝刘宋时期，史学家裴松之广泛搜集资料，于429年写成《三国志注》，史称"裴注"。裴注引书多达200余种，主要是补充缺漏，记载异说，矫正谬误，辨明是非，并对有关史家和著作予以评论，极大地弥补了《三国志》之不足，表现了史实的丰富性、生动性和多样性，往往能够以事见人，情趣盎然。[1]从此，《三国志》和裴注就形成一个整体，成为后人了解三国历史的最主要的文献依据。

除了《三国志》和裴注之外，有关汉末三国历史的重要史书还有《后汉书》《华阳国志》《汉晋春秋》《资治通鉴》等。这一时期的志怪小说、志人小说中也有不少三国逸闻故事，如《搜神记》中的"麋竺路遇火神""于吉祈雨""管辂教赵颜献酒脯于南""北斗以求延年"，《语林》中的"曹操诈称梦中杀人""曹操床头捉刀"，《世说新语》中的"望梅止渴""管宁割席""曹植七步作诗"等，都为后来的《三国演义》提供了创作材料。特别是《语林》对诸葛亮衣着风度的记载："乘素舆，着葛巾，持白羽扇，指挥三军，众军皆随其进止。"[2]成为《三国演义》中诸葛亮形象描写的依据。

从隋唐起，三国故事成为通俗文艺最重要的创作素材。如《大业拾遗记》中的《水饰图经》条，记载隋炀帝曾与群臣在曲水观看"水饰"，即浮在水面上的各种木刻造型，其中就有"曹瞒浴谯水，击水蛟""魏文帝兴师，临河不济""吴大帝临钓台望葛玄""刘备乘马渡檀溪"等三国故事造型，表明隋时三国故

<hr>

〔1〕（宋）范晔：《后汉书·许劭传》，中华书局2007年版，第34页。
〔2〕（宋）苏轼：《东坡志林》，叶平注评，中州古籍出版社2018年版。

事已经广泛流传，并成为艺术表现的内容。唐代许多诗人都有咏怀三国之作，如李白的《赤壁歌送别》，杜甫的《蜀相》《八阵图》，刘禹锡的《蜀先主庙》《西塞山怀古》，李贺的《吕将军歌》，杜牧的《赤壁》，李商隐的《筹笔驿》，温庭筠的《过五丈原》等，皆为名篇。李商隐的《娇儿诗》中有这样两句："或谑张飞胡，或笑邓艾吃。"[1]说明这时三国故事流传更加广泛，连儿童也相当熟悉。

到了宋代，随着城市经济的发展和市民阶层的扩大，各种通俗文艺都得到长足发展，出现了更多的三国题材作品。戏曲方面，当时的"院本"已有"赤壁鏖兵""刺董卓""襄阳会""大刘备""骂吕布"等剧目。同时，宋代"说话"艺术十分兴盛，"说三国事"成为其中一项重要的内容。苏轼的《东坡志林》有这样一条记载："王彭尝云：'涂巷中小儿薄劣，其家所厌苦，辄与钱，令聚坐听说古话，至说三国事，闻刘玄德败，颦蹙有出涕者，闻曹操败，即喜唱快。以是知君子小人之泽，百世不斩。"[2]这说明在"说三国事"中已经形成"尊刘贬曹"的思想倾向，并得到广大群众、包括儿童的共鸣。北宋末期，说话艺术中已经形成"说三分"的专科，出现了霍四究等著名的"说三分"专家，深受观众喜爱。

元代的三国题材创作有了更大的发展。戏曲方面，元杂剧中的三国戏相当丰富，如关汉卿、王实甫、高文秀、武汉臣、王仲文、尚仲贤、李寿卿、石君宝、金仁杰、郑光祖等，都创作过三国戏。小说方面，元代出现了汇集"说三分"成果的长篇讲史话本，至治年间（1321-1323年）建安虞氏刊刻的《三国

---

〔1〕（唐）李商隐：《李商隐诗选》，刘学锴、余思诚注评，中州古籍出版社 2011 年版。

〔2〕（宋）苏轼：《东坡志林》（插图本），刘文忠评注，中华书局 2007 年版，第 9 页。

志平话》，共约 8 万字，分为上中下三卷，以刘蜀集团的兴衰为主线，大体按照历史发展的时间顺序讲述了三国故事。其中许多情节，或直接取自民间传说，或由艺人任意想象虚构；一些史书上有所记载的故事，经过艺人的改造，已与史实相距甚远。从总体上看，《三国志平话》第一次将众多的三国故事串连在一起，为《三国演义》的创作提供了一个民间素材。

于是，元末明初之际，在战争和"维护正统"观念的契合之下，处于社会底层的文人罗贯中，为了迎合统治者"维护正统"的社会理念，大量选取了民间以刘氏为正统的故事情节创作了小说《三国演义》。因为小说中渗透了大量正统观念，以及为这种观念服务的虚构，已经与正史《三国志》有很大的不同，表现在刘备去掉了枭雄的成分变成了英雄，曹操添加了奸诈的成分变成奸雄，而孙权本来是足以抗衡曹操的势力，结果变成了第三方的力量。

与史官陈寿的情况不同，小说家罗贯中的时期在于元代末年，在少数民族政权的统治下，科举制度基本被废除，文人的地位越发低下。自隋唐开始，科举制度历来是朝廷选拔人才的重要手段。青年文人们有着强烈的功名之心和进取之心，体现出强烈的社会责任感。然而蒙古族可以说是一个例外。蒙古人一反中国历史上绝大多数朝代都是汉人统治少数民族的常态，马背上得天下，其不重文治的统治政策给文人带来巨大灾难。当蒙古族在中原建立王朝之后，就开始将科举取士制度束之高阁，使之形同虚设。[1] 儒生迫于生存压力或者囿于传统观念，对仕途抱有幻想，在这种情况下吏员出仕制度成为他们的唯一选择。据《元史》载："士无入仕之途，或习刀笔以为胥吏，或执

〔1〕　王国维:《宋元戏曲史》，江苏文艺出版社 2007 年版。

仆役以事官僚，或作技巧贩鬻以为工匠商贾。"[1]要做官，不得不低头选择这条曾经遭人鄙弃的道路，其心境是痛苦却又无可奈何的。即使如此，"以吏入仕"的吏员出职制度道路并不好走，仍然坎坷崎岖。因为这种吏员入仕制度事实上是一种论资排辈的取人制度，以做吏员时间长短为出职标准，以此作为选官的条件和尺度，吏员之途非常漫长，若想出职为官，必须"考满"。而所谓"考满"，即元代吏员需要毫无过错地工作 90 到 120 个月（即七年半到十年）才可以出职为官。"员多缺少"的社会现实大大增加了顺利为官的难度，"教授、胥吏虽或可以力致，然有县吏文学累积日而升诸郡，其不能皓首者几希矣"。[2]统治阶级运用此种方法巩固自己的统治地位，实际上遏制了吏员出仕之途，吏途岁月非常之艰辛、漫长，对许多对此有所期待的元人而言，无异于望梅止渴，实际上，也意味着成为吏员的汉人、南人仍需屈身多年，长期挣扎。另一方面，在元代特殊背景下，中原汉族儒生即使侥幸走上了入仕的道路，为官从政，也难以施展自己的理想抱负。为了维护统治，防止汉人掌权，元代从中央到地方各级政府实权大多数掌握在蒙古人和色目人手中，这些统治阶级的异族官员多因文化差异以及防备汉人掌权的顾虑导致他们很难真正重用、提拔汉人。

罗贯中就是在这样的时代背景下完成的作品《三国演义》，对后世文学创作影响深远。元代中期，由于灭宋战争的创伤逐渐平息，社会的经济、文化重心也开始由北方转移到了南方。南宋的故都杭州不仅成为人口云集、商业发达的繁华城市，也

---

[1]（明）宋濂等：《元史》，中华书局 1976 年版。

[2] 许高华等校点：《元典章·卷一二·译令史出身》，中华书局，天津古籍出版社 2011 年版。

成为戏剧演出和"说话"艺术发展的重要中心。因此，不少北方的知识分子、"书会材人"，如关汉卿、郑光祖等人，都先后搬迁到了杭州一带。身为小说兼杂剧作家的罗贯中，也必然受到这一社会潮流的影响，成为这类南迁作家中的一个。大约在1345年到1355年间，他来到了杭州。许多说话艺人在这里说书，一些杂剧作家，也在这里活动。罗贯中与志同道合者为友。加上他对民间文学又极其喜爱，到了这里，自然不愿离开远去。

　　明朝建立后，朱元璋为了巩固自己的地位，曾令各行省连试三年。由于曾与朱元璋为敌，罗贯中不得不放弃了读书人步入官场的机会。明洪武十四年（1381年），罗贯中写出了《三遂平妖传》(20回本)，此后，便一发而不可收，创作了《残唐五代史演义传》《隋唐志传》等著作。有专家认为，"有志图王"的早期经历与其晚年的特殊心境，是罗贯中偏好政治历史题材小说，并在这类小说上取得艺术成功的关键原因。一是用三国故事作为题材写出了《三国演义》，一是用兼历史与英雄传奇品质的梁山好汉故事编辑《水浒传》，奠定了罗贯中在文学史上的地位。

　　《壬辰录》小说的作者不明，看来是经过多人之手，由群众以口头和书面的方式逐渐写成的。有汉文本，也有韩国国语本。数百年来，它们以多种手抄本形式流行于世，内容互有出入，比较庞杂。[1] 但也有一些观点认为作者是修严柳袗[2]，是曾任右议政柳成龙的第三个儿子。

　　柳成龙是朝鲜王朝中期宣祖时期的性理学者，是朝鲜中期南人党文臣、儒家学者，属于两班阶层，累世为官。曾祖父柳

〔1〕　韦旭昇：《抗倭演义（壬辰录）及其研究》，北岳文艺出版社1989年版。
〔2〕　洪在然："《壬辰录》考"，载《韩国古典文学研究》，도서출판 연락，2000.

子温，爷爷柳公绰，父亲为黄海道观察史柳仲郢，母亲为进士金光粹之女，从师于退溪李滉。儿子柳袗与孙子拙斋都是朝鲜王朝时期著名的儒学家。柳成龙于1564年中进士，1566年中科举丙科后，开始其从政生涯。历任艺文馆检阅、弘文馆副修撰、知制教、春秋馆记事官、右议政等官职，最终担任领议政即宰相，并统管四道军事。还曾于1569年作为圣节使书状官出使明朝。柳成龙在朝鲜史上留名的原因除其生性正直、敬忠守孝外，在壬辰倭乱时期担任领议政并总管军务，为抵御日本增强军事能力采取了一系列措施，启用了李舜臣、权栗等有才之士，并跟随国王宣祖击退倭军。1598年受西人党尹斗寿等人诬陷，被告与日本密谋进攻明朝而遭到弹劾，1600年查清真相后被复职。但此时的柳成龙厌倦官场，辞官回到故乡河回。1604年被封为扈圣功臣，死后又被追封为丰原府院君。著书有《西崖集》《惩毖录》《慎终录》《永慕录》《观化录》《云岩杂记》《丧礼考证》《戊午党谱》《针经要义》等书。编书有《大学衍义抄》《九经衍义》《圃隐集》《退溪集》《孝经大义》《退溪先生年谱》等书。其中《皇华集》《精忠录》等是研究壬辰倭乱的重要史料，《惩毖录》被指定为韩国国宝第132号。韩国的屏山书院、虎溪书院在每年农历3月及9月中旬为柳成龙举行祭祀。位于安东河回村的忠孝堂为柳成龙宗宅，于1964年被指定为韩国第414号宝物。他特别强调"知""行"中的知，继承了李滉的"理先气后说"，主张"心无出入说"。他的思想受李滉等的影响，正宗性理学的倾向比较强，而不排斥有关现实问题的学问。他在政治上是南人的实势，在历史上是成功地收拾壬辰倭乱的名将，在学问上是继承李滉的学问的大学者，享祭于安东虎溪书院、屏山书院、尚周道南书院、军威南溪书院、龙宫三江书院、义城冰山书院等。

修严柳衿是柳成龙的第三个儿子，出生时父亲已经 50 多岁了，幼年时期跟随父亲在汉城生活，但在 8 岁到 12 岁时，因为母亲的去世回家居丧，再次回到汉城的时候恰逢壬辰倭乱，他跟随父亲与兄妹一起过上了逃亡的日子，在江原道、平安道、黄海道等地的山谷间过着惨不忍睹的生活。在年少的流亡过程中，他看透了人心的厚薄，也学会了机智从容地面对生死[1]。

柳衿在 16 岁时娶了忠定公权橃的曾孙女，同时师从敬庵卢景仁。宣祖三十一年（1598 年）秋天，文忠公李尔瞻等人被诬陷辞官，在与文忠公朝夕相处的日子里，领悟到了许多经学的要点，被认为是天资聪颖。后师从敬庵卢景任学习经书，他对经学的理解并没有拘泥于古人的见解，而是更多体会到古人的言外之意并加以创新。20 岁时伯父和祖母去世，26 岁时文忠公去世，留下“力念善事，力行善事”[2]的遗言。1610 年，29 岁的时候于增广进士初试中获得状元，并在省试中再次获得状元，开始了自己的仕途生涯。但是好景不长，1612 年 2 月在西海逆狱事件中，受到金直哉等人的连累入狱，尝尽狱中的苦楚后被无罪释放，此时恰逢家中丧事，便南下回到故乡。

柳衿 31 岁时在狱中开始起草《壬辰录》，作品是对自己童年及壮年一些经历的回顾，同时也对壬辰战争进行了反省，避免人间惨剧再发生。柳衿 35 岁时再次参加考试，后当过御悔将军世子翊卫司洗马等官职，在任期间，为百姓做了许多实事好事，得到爱民治邑的赞许。1635 年，柳衿于丙子胡乱前一年与世长

---

〔1〕　윤경수，"《인진록》의 작가의식과 민족의식 도찰"，《한국사상과 문화》，(63),2012.

〔2〕　洪在烋：“《壬辰录》考”，载《韩国古典文学研究》，도서출판 연락，2000.

辞。作品《壬辰录》中包含了国家民族和自身经历的外乱苦难，虽然他出身于宰相家，但战乱中避乱山谷，与普通百姓受难没有什么区别，而写作时又委身狱中，饱经沧桑苦楚，可以看出作品中包含的"忧国忠君的挚情"[1]，对难民食不果腹和饱受倭军欺凌的苦楚的同情。

柳袗做人谦恭厚德、淳朴正直，真诚为百姓服务，做事认真有条理，将军事上的税务、狱事上的诉讼、教育上的人士培养做得井井有条。虽然贵为两班宰相之子，但能做到安贫自乐，获得了很高的名望。在学问上，做到了谦恭笃实，对"理气说"有深入研究，后期思想上有一定的实学精神，同时在诗歌、散文等文体上有所建树。而《壬辰录》就是对自身的写照，是实记文学中的上等佳作。

从广义上来说，两部小说都并非由一个人独立创作完成，是历史故事在民间不断传承积累下来的民族智慧的结晶。从狭义上来说，《壬辰录》的作者柳袗相对于《三国演义》的作者罗贯中来说，虽然是出身相门，不像罗贯中那样出身低微，但他们都不是享受国家俸禄并有独立制度保证作品客观性的史官，而是经历过短暂幕僚，甚至柳袗还曾遭遇过牢狱之灾，他们更接近民间文学，可以用文学家的视角去发挥想象，虽然还是受到正统观念的影响，但他们还是开创了有别于固定官职的史官视角的文学视角去看待历史。

第二节　正统观念对两部小说编写方式的改变

古今中外战争小说有诸多名篇，如托尔斯泰的《战争与和平》

[1]　洪在烋：《壬辰录》考"，载《韩国古典文学研究》，도서출판 연락，2000.

史诗般展现了战争与和平的转换中活生生的人们深深的渴望、痛苦、欢乐和追求，也有雷马克的《西线战事》以战争场面描写著称。而中国小说《三国演义》以出色的计谋、广阔的战争场景成为中国四大名著，并且在整个东亚广为流传。朝鲜小说《壬辰录》版本众多，也代表着朝鲜历史军谈小说的最高峰。

中朝两部小说的繁兴与正统思想密切相关。战争过后，民怨沸腾，统治者的统治地位受到威胁，于是在各个领域加强统治。小说家虽然以正统观念为目的，有别于史官，但用想象、虚构，丰富了故事中的情节。与正史《三国志》和《宣祖实录》像摄像机一样真实记录历史的手法不同，作为长篇小说的《三国演义》和《壬辰录》，受到正统观念影响，在文本中表现出来的是诸多的叙事手法的运用。

在叙事上，都是将能够体现正统的次要事件提升到首要位置上，并且将其他人的功绩盗用过来成为自己的功绩，两部小说的核心事件："赤壁之战"和"平壤战役"都是通过移花接木等虚构手法转变为正统一方的功绩，从而达到维护正统的目的。当然，正统叙事并没有给两部小说戴上枷锁，两部小说在战争描写方面都是变幻多端，不落于凡庸，成为两国战争小说的典范。

再从写人来说，在正统观念的影响下，《三国演义》和《壬辰录》的人物描写呈现出神异化特点。在《三国演义》中，描写张飞在长坂坡吓死夏侯杰——大吼一声，曹操身边一个文弱书生就吓得从马背上跌下跌死了；甚至进而惊退百万曹兵。作者把这一场面写得虎虎有生气，教人深信不疑。这样武侠化、神异化的手法，几乎不合情理，却让故事情节变得更为精彩，成为后世传颂的篇章。还有诸葛亮借东风、火烧赤壁等。当然，借东风多半是虚构的，而且赤壁之战本来的主角是周瑜，却移花接木，变成了诸葛亮。这都是小说家受正统观念的影响，将蜀汉集团中的人物写得生花妙笔、栩栩如生。

在《壬辰录》中，在正统观念影响下，人物呈现出传奇化的特点。所谓传奇化的意思，就是把历史上的真实事情传奇化，不过传奇化要合情合理，不然一听就知道是小说家杜撰出来的。小说《壬辰录》夸大了李舜臣的功绩，将其塑造成为一个战无不胜攻无不克，又善于发明创造的民族英雄。另外还有将金德龄的能力夸大化、对死亡原因进行粉饰等许多修饰手法。

一、重组事件突出正统

在两部小说事件的编写上，都是通过强调正统一方主导的次要事件，将其提升到首要地位上，将其他人的功绩盗用过来成为正统一方的功绩，将这些事件塑造成"正统"一方取胜，"正统"人物在事件中占有绝对主导地位的关键性战役，并成为小说的核心。

（一）所有事件中用虚构突出正统事件

赤壁之战与官渡之战、夷陵之战，合称《三国演义》中的三大战役。魏、蜀、吴三国相争的局面是这几次战役后形成的。其中处于核心地位的、蜀汉集团展露光芒的赤壁之战，有关史籍却对这个战役的记载略而不详、模糊难辨，迄今为止，战场赤壁究竟在何处，学者还各有说法，难衷一是[1]。而在小说《三国演义》中，却描写得奇计迭出，妙思泉涌，惊心动魄，既"娱人情"，亦"益人智"。一场场才与才斗、计与计敌的描写给读

[1] 白盾："真假虚实说'赤壁'——《三国演义》研究"，载《黄山高等专科学校学报》2000年第2期。

206

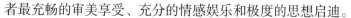

者最充畅的审美享受、充分的情感娱乐和极度的思想启迪。

在所有战役中，突出了正统人物的形象。《三国演义》使刘备集团赫然成为赤壁之战叙述的核心，不仅将刘备虚构为赤壁之战发端阶段的关键人物[1]，把历史上孙、曹对决中的孙氏一方，置换为孙、刘联军，还将刘关张由兵败离散到聚义重逢，设置为赤壁决战前的情节主线。

在《三国演义》小说中，小说家受到了正统观念的影响，在处理历史题材真假、虚实方面有所取舍，并取得了巨大成功。但这样的叙事手法在吸引众多读者的同时又使读者产生了误导：让读者以"假"为"真"，从而误当作小说所写就是"历史真实"，混淆了是非，失却了"求真"这一最可贵的精神和"求实"的历史品格，对"赤壁之战"的真假虚实，应该予以认真探讨。

前文提及公元208年发生的赤壁之战在正史上记述不多且颇具争议，而在小说中被刻画成有深远独特的影响、丰富多样的作战形式的战役，并在整部小说中占据着不可替代的地位。它是一场典型的以弱胜强、以少胜多的战争，是一场囊括了野战、攻城、追击、遭遇、火攻、退却、水战等多种作战形式的战争。赤壁之战的失利使曹操失去了在短时间内统一全国的可能性，而孙刘双方则借此胜役开始发展壮大各自势力，刘备向孙权借荆州后实力迅速壮大，进而谋取益州，孙权屡次亲率大军进攻合肥，数战不利，损兵折将。曹操在退回北方后，休养生息五年，平定关中后才大举南征孙权。此战形成天下三分的雏型，奠定三国鼎立的基础。后代的文学家在以此次战争为题材而创作诗、文、小说时受到了小说文本中夸张、附会成分的影响。

---

[1]　陈曦：《三国志演义》官渡之战叙述探索"，载《解放军艺术学院学报》2011年第1期。

《三国演义》第三十五回曹仁的擅自用兵以致大败，成为赤壁大战的先声，等到曹仁败回许都，如实禀报受重挫于刘备，这也引起了曹操足够的警觉。因而，紧接着的计赚徐庶，特别是第三十九回差遣夏侯惇进攻新野，逐渐拉开了赤壁之战的帷幕。夏侯惇的再次惨败，说明这时的刘备羽翼已成，而面对刘备这一心腹大患，曹操已下定了"不可不急除"的决心。于是，随即"传令起大兵五十万"[1]，出师攻打刘备。刘军虽先有小胜，但终因兵微将寡，实难抵挡曹军凶猛的攻势，不得不弃新野、走樊城，随之又败当阳、奔夏口。孙权窥破曹操大有荡平江南、席卷海内之意图，为了保住父兄的遗业而且不受制于人，在敌强我弱的形势下与刘备结成同盟。先令周瑜率领精兵5万前往抵御曹军，以与屯师夏口的刘备遥相接应，自己则带着人马和粮食为后应。

就曹操方面而言，三江口初战折兵，又被周瑜偷看了水军大寨；用蒋干再度中计，错杀了两员深得水军之妙的水军都督蔡瑁和张允；10万余支箭被诸葛亮轻易"借"走，派人诈降又被看出破绽；而黄盖派阚泽前来献降书却信以为真，又被庞统的连环计蒙蔽了双眼。在小说赤壁之战故事中，孙刘联军是妙棋连连得手，曹操则一再上当受骗。于是，东南风起，万船火发，曹军营寨被烧成一片火海，军卒死亡殆尽。

83万大军只剩下27骑，曹操本人也只是侥幸走脱，惊恐万状最后终于回到许都。至此，令人瞩目的赤壁之战已大体宣告结束。还有一种观点是以第五十一回"曹仁大战东吴兵"和第五十三回的"孙仲谋大战张文远"[2]作为赤壁大战的尾声。不过，

---

〔1〕（明）罗贯中：《三国演义》，岳麓书社2008年版，第338页。

〔2〕（明）罗贯中：《三国演义》，岳麓书社2008年版，第446页。

赤壁之战中曹操的惨遭失败并不至于使其像官渡之战中袁绍那样一蹶不振，只不过他进一步扩张的势头受到强有力的遏制罢了。第五十一回和第五十三回记述的两次小战，尤其是张辽战败孙权的战役，都充分说明曹操仍具有相当雄厚的军事实力。这样，从第三十九回的前奏，到第五十三回的余音，赤壁大战前后横跨 15 个回目，成为小说的核心事件。

为了"维护"刘氏正统，《三国演义》运用了虚构的手法，就像毛宗岗父子总结的那样："《三国演义》的笔法，有的巧、有的幻，真真假假，奇妙无比。"[1]这样一来，在《三国演义》中，赤壁之战是全书最重要、规模最大、人才最集中的战事。

从整体上来看，小说《壬辰录》的战争描写手法，与《三国演义》七分真实三分虚构相似，是大体上符合正史记录的[2]，是在史实的框架下进行的虚构。不仅如此，小说《壬辰录》在正统观念的影响下，将明朝将领主导的平壤战役转化为朝鲜金应瑞和桂月香凭个人智慧取胜的战役。

在正史中，平壤战役是明军充分发挥了大炮的巨大优势，日军在当时没有见过大炮，他们的武器以火枪为主，而明军的火器则以大炮为主，射程远，威力大。由于日军将领和士兵缺乏躲避炮弹的经验，他们往往成了明军大炮的活靶子。倭军首领小西行长带领残兵败将逃出平壤之后，一路仓皇逃跑，丢弃了无数粮草、辎重，连夜狂奔数百里，逃进了开城府喘息未定，闻听明军副将李如柏又率八千骑兵追袭而至，与开城守将黑田长政商议后决定：放弃开城府，率领残余人马退回倭军大营——朝鲜王京汉城府，打算重整旗鼓，以求东山再起。在正

〔1〕 欧阳泱："毛宗岗小说评点范畴研究"，北京大学 2011 年硕士学位论文。
〔2〕 장경난，"근대 초기《임진록》의 전변 양상"，《고소설연구》，(36),2013.

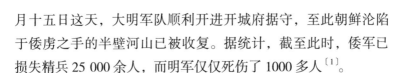

月十五日这天，大明军队顺利开进开城府据守，至此朝鲜沦陷于倭虏之手的半壁河山已被收复。据统计，截至此时，倭军已损失精兵 25 000 余人，而明军仅仅死伤了 1000 多人[1]。

另外，正史中战争一方的指挥者是李如松，另一方是日本的丰臣秀吉，而在小说《壬辰录》（除韩国国立图书馆汉语本之外）却将这场战役的指挥权归于金应瑞（有版本认为是金德龄），其刺杀的日本将领小西飞（另称为鸟西飞等），则成为小说中的反正统日方的代表人物，原本为正统地位的李如松变成了非正统地位，并将原有的战争神仙化了。

小说《壬辰录》将战争的胜利归功于将士和妓女对日方的刺杀行动，并且随着版本的传承，逐渐深化了这一情节。从最初的历史系列京板本只有将士金应瑞的名字，到韩国国立图书馆韩语本（属于崔日景系列本）中帮助金应瑞的妓女有了自己的姓名，发展到权宁彻本（属于关云长系列本）中，成为金应瑞与牡丹（崔日景系列中的月仙）刺杀鸟西飞的故事，最终完成了这一传奇性战争的定型。

首先，是历史系列《壬辰录》京板本对平壤战役的描述。京板本中的指挥者是朝鲜将军李珏，他与僧军形成对平壤的围攻之势，与敌军"钟一"[2]的对战即将全军覆没的时候，神仙显灵，让战争暂停。将军李珏认为，如果有人能够成功刺杀日军将领"钟一"的话，或许这场战争还可以取胜。就在这个时候，有人推荐了可以空手抓老虎[3]的金应瑞。为父守丧的金应瑞换上常服，

---

〔1〕（清）张廷玉等：《明史》，中华书局 2013 年版，第 1724 页。

〔2〕 笔者对于日本将军的韩语名字宗일的汉语翻译。

〔3〕 웅서가 몸을 솟아 범의 꼬리를 잡고 덜미를 잡아 땅에 부딪쳐 죽이니, 이는 세상에 드문 장사이더이다．[소재영（1993），p.83，인용．]

来到平壤刺杀日将"钟一"。在平壤城，遇到了一个妓女，她没有名字：

> 应瑞不知如何是好，在灵前痛哭，换了平常穿的衣服去找李元翼，元翼非常爱才，给他宝剑，让他练习。有一天，李元翼对金应瑞说："少将翻入平壤城内，砍了钟一，将军埋伏在城外后，见机行事。"金应瑞挎着匕首越过城墙。倭寇一向轻视朝鲜，不设巡逻兵丁，将兵酣睡于军帐之中。金应瑞轻身捷步，匿迹藏身，走过军帐，寻思应找到倭将所在的帐幕，却又不知自己身在何处，如果行走错误，还有被敌人发现甚至被抓的可能。他犹豫了一下，正好有一个当守门的妓女出来看到了金应瑞，非常吃惊地说："你是什么人？到如此危险的地方做什么？"金应瑞回答说："我是李元翼的部下，要杀敌将，你也是朝鲜人，为了国家，能告诉我敌将的位置吗？"这个妓女说"钟一的房间里，四面都挂着锦帐，每个锦帐上都挂着铃铛，稍有震动，铃声就会响起，以备不测。虽躺卧睡眠，时值三更，则以耳细听，以眼窥视；时至五更，则以眼细听，以耳窥视。之后，方圆睁双眼，睡入梦乡。待我进去一探究竟，把棉花塞到铃铛里，将军再进去吧"。[1]

从妓女的口中得知日军将领"钟一"为了防止偷袭，有一种传奇般的本领：房内悬挂铃铛可以听到很小的声音，三更之前耳朵睡觉眼睛还睁着，三更之后眼睛睡觉耳朵还听着，四更

---

〔1〕 소재영（1993），p.85.

以后眼睛和耳朵才都睡着了[1]。这是刺杀的最重要情报，在妓女的帮助下，他们将所有铃铛中间都塞了棉花。刺杀成功后，在妓女的恳求下，金应瑞带着妓女一起逃跑，但因敌人太多，妓女在逃跑的过程中不幸被杀，而金应瑞平安回到了朝鲜军队中。

其次，崔日景系列韩国国立图书馆韩语本《壬辰录》对于平壤大捷的描述。当时的情况十分危急，日军各将占据朝鲜各道，其中占领平壤的，叫作"调摄"的日本侵略军最高将领。他当时正与一位叫作月仙的名妓在练光亭里风流快活。这位名妓不仅长得好看，称作"绝色"，而且唱得好，被称为"名唱"，文章写得很好，也特别会赌博[2]，如下文：

> 这时，马东、马洪消灭了全罗道六十几余州的武装，并占据了全州城；同时庆昌是消灭了江原道岭东岭西的武装盘踞原州城；同时，调摄盘踞咸兴城后消灭了京畿道、黄海道、平安道的武装力量，占据平壤。将当地绝色佳人，歌曲上的名唱、文章写得很好、双六打得也很好的月仙纳为守厅。每日风流，练光亭内天天歌舞升平。[3]

在国难当头的时刻，被贬官三年之久的崔日景白衣从军，他还推荐了在家守父丧的金应瑞。金应瑞身长九尺，脸像冠玉，

---

[1] 삼경 전은 귀로 자며 눈으로 보고, 삼경 후는 눈으로 자며 귀로 듣고, 사경이 되면 귀와 눈을 모두 자고 보지 아니하나니, 이제 천비 먼저 들어가 저의 잠듦을 탐지하여 방울을 솜으로 막고 나오거든 장군이 들어가소서 . [소재영 （ 1993 ）, p.85, 인용 .]

[2] 인물이 절색이요, 노래가 명창이요, 글이 문장이요, 쌍륙도 잘 치는 월선이라 하는 기생을 첩으로 두고, 매일 풍류하며…… [소재영 （ 1993 ）, p.291, 인용 .]

[3] 소재영 （ 1993 ）, p.291.

头戴三千斤的头盔，身披百斤的盔甲，手持流星枪[1]。平壤城由加藤清正和"调摄"所占领，朝鲜百姓生灵涂炭。这时丧中的金应瑞现身，利用神仙道术与日军打平，并预测了加藤清正日后将被李如松杀死。被崔日景推荐的金应瑞这时也来到了平壤，与崔日景定好策反月仙、毒死"调摄"夺取宝剑——"鸣天剑"的计划。一更初，金应瑞携带锦囊来到平壤城中的练光亭。月仙与金应瑞见面，道出了自己的身份，原来她是朝鲜官员的亲属，被日军将领霸占为妾室，内心时刻想着为国献身。月仙听从了金应瑞的计策，半开着丹唇皓齿，娇姿百态地哄骗"调摄"喝下了毒酒。喝了毒酒的"调摄"并没有马上死去，只是沉睡而已，他身怀绝技，时刻警醒[2]。月仙在窗外用棉花塞住了屋子所有的缝隙，金应瑞趁着"调摄"醉酒切下了他的头颅，但是"调摄"的无头身子还能拿着"鸣天剑"追杀金应瑞到了练光亭。刺杀成功后，金应瑞杀死了月仙，他是这样对月仙说的："你的忠节已经名垂千古，不要因为这样死去而难过，我带着你难以成事，请不要埋怨我。"[3]

最后，关云长系列权宁彻本的《壬辰录》对于平壤战役的描写。小说先讲述了事情发生的时间："甲午年十一月十三日，日军将领鸟西飞占据平安道，挡住了明军将领李如松的道路。一天，李如松日观天象，发现金德龄是天赐的夺取平壤城的将

领,然后将此事告诉了朝鲜国王。国王找到了还在服丧的金德龄,命令其为国出征。朝鲜国王为金德龄找了渡江的船,告诉他几天就可以到达平壤城,而金德龄则是洗干净了自己的坐骑,日行万里,渡江如履平地"[1],去拜见李如松。金德龄刺杀鸟西飞的第一步是寻找他的妾室花月(在崔日景系列中称为"月仙"),花月原来是金德龄的侍妾,现在变成了鸟西飞的侍妾。到了花月家,被花月妈妈春桂一把抓住,哭诉对金德龄的思念。在春桂家沐浴更衣后,金德龄乘坐玉辇去找花月,花月却不敢相信是真的,没有见金德龄,造成了两人的误会。金德龄最终见到花月的时候,解开了误会,花月告诉金德龄,鸟西飞其实是满身长满鳞片的怪物[2],有的时候是人,有的时候是动物,每天晚上都是持剑坐着睡觉。花月认为即便是金德龄能力卓越,也无法杀死这样的怪物。她因为不愿意看到心爱的人送死,所以一直不肯见他。但是金德龄执意遵守与李如松的约定,花月没有办法,与金德龄制定了刺杀的计划。那天晚上,趁着守城士兵熟睡之际,花月用棉花堵住了墙壁的所有缝隙,带领金德龄来到九重卧室的最后一重,发现鸟西飞已经熟睡。花月告诉金德龄这是刺杀鸟西飞最好的机会:

　　鸟西飞睡意正浓,发出鼾声。金德龄乃向手掌啐唾沫若干。稍加定神,窥得鳞片翘起,露出缝隙,迅即高举匕首,猛力刺去,

---

[1] 덕령이 말을 깨끗이 씻고 바로 물로 들어가니 그 말이 비록 말일지라도 그 강물을 육지같이 건너는지라. 온 길을 생각하니 고령에서 이수가 칠백 리라. [소재영 (1993), p.413, 인용.]

[2] 조서비는 만고에 짝이 없는 영웅이라. 온 몸에 비늘이 첩첩이 있으되 신검이라. 기운과 변화 무궁하며, 또한 장군이 오실 줄 알고 성중 사방에 그물을 둘러치고, 그물 코마다 방울을 달아 놓고 방울 소리가 나면 조서비가 장검을 들고 주야로 순행하나이다.[소재영 (1993), p.419, 인용.]

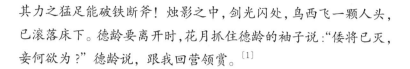

其力之猛足能破铁断斧！烛影之中，剑光闪处，乌西飞一颗人头，已滚落床下。德龄要离开时，花月抓住德龄的袖子说："倭将已灭，妾何欲为？"德龄说，跟我回营领赏。[1]

金德龄虽然砍下了乌西飞的头颅，但是乌西飞的身躯手持大刀化作亿万士兵来追杀金德龄和花月。花月为了保全金德龄选择了自杀，而金德龄将花月的遗体返还给了其母春桂。

《壬辰录》除了韩国国立图书馆汉文本以外，其余58个版本的叙述均忽略了李如松大军与日军真枪实弹的斗争，将对阵双方转换为金应瑞（金德龄）、桂月香（花月）和日将小西飞（乌西飞）两人的斗争，[2]《壬辰录》完全虚构了战争的核心事件，将史实中靠实力取胜的平壤战役完全虚构成了带有传奇色彩的将军妓女刺杀事件，受到了战后正统观念的影响，迎合了战后读者的心理。[3]

作品以动人的幻想丰富了金应瑞、桂月香、金德龄、泗溟堂等人物的形象，使他们比实际人物要美好、高大得多。在他们身上，寄托着振兴朝鲜民族的热烈愿望。金应瑞的斩将杀敌，克敌制胜；桂月香的机智勇敢，壮烈献身；泗溟堂的外交才能与法术神威以及对倭的惩治……所有这些故事都是用奇妙的幻想和动人的传奇故事编织成的瑰丽篇章，为的是表达朝鲜人民的、全民族的梦寐以地击退侵略、赢得胜利、由弱变强、永远独立与和平的理想。在正统观念的指导下，对民族尊严的维护和对本民族优越性的夸耀，正是小说《壬辰录》后半部的思想

---

〔1〕　소재영（1993），p.421.

〔2〕　임철호（1996），p.201.

〔3〕　박용식，"영웅소설의 신이서사류형 연구"，《고전문학 새 조명》，서울：박이정，1996.

核心[1]，也是小说采用浪漫主义虚构创作方法的出发点。

（二）突出事件中的正统人物

前文提到小说《三国演义》的核心事件是赤壁之战，而赤壁之战突出的核心人物是正统一方的诸葛亮。诸葛亮也是正统刘备集团的核心人物，他出场前，就有很多伏笔写龙。因为他是"卧龙"，又有很多伏笔写卧龙等。然后又用很多人物做引子，徐庶就是其中的一个。徐庶、庞统，都是当时著名的谋士，作者用他们做引子，然后引出"三顾茅庐"，一直到《三国演义》第三十八回诸葛亮才出来。作者此种写法，除了不冷落东吴以外，也为诸葛亮游说东吴做了一个铺垫，因为不久诸葛亮就要去游说东吴。这样，在诸葛亮出山不久接着就写孙权，也等于为诸葛亮游说东吴埋下了一个很大的伏笔。这个时候第三十八回写刘备得到诸葛亮一士，马上写孙权得多士，呈现一种均衡，同时也为第四十三回孔明舌战群儒做了一个伏笔，如此一举数得。小说中接下来写了赤壁之战，孙刘两家结成联盟，特别是诸葛亮"隆中对"所提出基本国策的真正而成功的实践。

首先，取胜的原因来自于诸葛亮正确的战略分析。诸葛亮"隆中对"在战略方面作出了正确的判断：

一是对天下大势有冷静、准确的分析。《孙子兵法·谋攻》云："知彼知己，百战不殆。"[2]古今中外战争的实践证明，没有对敌我双方各种力量因素的充分了解，就不会有战争的胜利。早在刘备三顾草庐之时，诸葛亮就提出过著名的《隆中对》，看到了曹操既占天时，又有人谋，拥军百万，"挟天子而令诸侯"的强大势力，看到了江东孙氏经父子、兄弟三代苦心经营，地

---

[1]　정기수，"전쟁의 기억과 임진록"，《국문학연구》，(29)，2013.

[2]　陈曦译注：《孙子兵法·谋攻》，中华书局 2018 年版，第 68 页。

势险要而民为之附，贤为之用的综合优势，以及荆州、益州优越的地理环境，建议刘备以人和为本，占有荆、益二州后，冷静观察天下形势，一旦"天下有变，则命一上将将荆州之军以向宛、洛，将军身率益州之众出于秦川"[1]，从而实现兴复汉室、还于旧都的宏伟目标。

二是审时度势，制定出了相应的策略方针。战争中的策略方针，如同下棋时的落子顺序和写文章的谋篇布局。就《隆中对》而言，首先是刘备集团明确了谁是敌人、谁是朋友，清醒地意识到，以曹操势力之大，"诚不可与争锋"，而以孙权实力之强，"可以为援而不可图也"[2]，在赤壁之战中顺利实施了联吴破曹的构想。同时，在己方实力较弱的情况下，制定了韬光养晦，"内修政理"的策略方针，以图在荆、益二州站稳脚跟，然后伺机完成统一大业。

三是对未来政治局面结局的准确估计，即具体预测出三分天下的发展趋势。诸葛亮在《隆中对》中分析天下大势，谈到曹操拥军百万的强悍、孙权国险民附的优势、刘备总揽英雄的贤德，言下之意，天下大事必在曹、孙、刘三家。及至刘备败长阪、走夏口，诸葛亮随鲁肃前往江东游说孙权时，诸葛亮更确切地指出："操军破，必北还，如此则荆、吴之势强，鼎足之形成矣。"[3]十分肯定、明确地预言了三分天下的政治格局。

四是战前具有充分的必胜把握和坚定信念，非常自信地预见到曹军必然被击败。曹军此次南来，得襄阳、战长阪、取江陵，所向披靡。一路上，刘琮束手、刘备败逃、刘璋丧胆，气

〔1〕（晋）陈寿撰，（宋）裴松之注：《三国志·隆中对》，中华书局 2011 年版，第 872 页。

〔2〕（晋）陈寿撰，（宋）裴松之注：《三国志·隆中对》，中华书局 2011 年版，第 551 页。

〔3〕（晋）陈寿撰，（宋）裴松之注：《三国志·隆中对》，中华书局 2011 年版，第 552 页。

势不可谓不盛。但诸葛亮却视得胜而来号称八十万的曹军为强弩之末，认为只要孙权能派几万人马与刘备共同作战，"破操军必矣"。周瑜也对孙权说："将军擒操，宜在今日"[1]，表示愿得精兵三万，前往夏口抗击曹军，对击败曹军充满信心。

五是对同盟军政治、经济和军事实力的深入了解，认识到江东有政治、经济实力，有精良的水军。诸葛亮"孙权据有江东，已历三世，国险而民附，贤能为之用"[2]的论述自是精辟，周瑜关于孙权占尽天时地利人和之便的言论亦颇中肯。战前与孙权分析形势时，周瑜反复提到曹操即便没有后顾之忧，也不可能与江东军校胜负于船楫间，因为"舍鞍马，仗舟楫，与吴越争衡，本非中国所长"[3]，换言之，"仗舟楫"乃江东所长。由此可见诸葛亮早已意识到了江东的水军优势[4]。正确的战略部署是战争取胜的前提。

其次，包括草船借箭在内的战前准备工作。战前准备工作首先是在孙权犹豫不决的情况下诸葛亮凭借自己的聪明才智说服了他，这是赤壁之战的前提。但在史实上，战争中起决策作用的是孙权。"草船借箭"是小说《三国演义》赤壁之战中杜撰的著名桥段：周瑜故意提出限十天造十万支箭的害人之计，被机智的诸葛亮一眼识破，却将计就计淡定表示"只需要三天"，之所以淡定，是诸葛亮算准了会有大雾天气，再利用曹操多疑的性格，调用几条草船诱敌，轻松借到十万支箭，立下奇功。在小说《三国演义》的"草船借箭"中，诸葛亮的胆识才智，受到后人的赞美，因而引申创作了许多成语趣闻，戏剧表演，

〔1〕（明）罗贯中：《三国演义》，岳麓书社 2008 年版，第 420 页。

〔2〕（晋）陈寿撰，（宋）裴松之注：《三国志·隆中对》，中华书局 2011 年版，第 522 页。

〔3〕（晋）陈寿撰，（宋）裴松之注：《三国志·隆中对》，中华书局 2011 年版，第 522 页。

〔4〕徐龙年："简论《三国演义》的写作技巧"，载《学术交流》2005 年第 9 期。

受到了古今中外读者的接受和好评。但在正史《三国志》中却记载是孙权所为，发生的时间也不是在赤壁之战，而是在赤壁之战后第五年的濡须之战。"十八年正月，曹公攻濡须，权与相拒月余。曹公望权军，叹其齐肃，乃退。"[1]在正统观念的影响下，小说为了突出正统刘备一方，重组了诸葛亮这一智神的形象。

最后，是战争关键时期的"借东风"。正史记载诸葛亮并没有参与赤壁之战，也并没有呼风唤雨之能，指挥赤壁之战的人是周瑜，东风是长江上的一种自然现象，长期在当地操练水军的周瑜和黄盖对什么时候起东风非常清楚，他们聪明地抓住了这一战机打败了曹军，此外周瑜心胸也非常宽广，与小说描写不同。而小说《三国演义》在正统观念的影响下，塑造了诸葛亮神坛作法借东风这一环节，目的是为了塑造诸葛亮神机妙算的人物形象，以突出刘备集团的正统地位。

可以说诸葛亮在小说《三国演义》赤壁之战中的地位是关键并且占有绝对性作用的，无论是从战前的战略部署，联盟的说服工作，战争中的武器制造工作，还是战争进行过程中"借东风"的重要环节，缺少哪一个步骤都会直接导致战争的失利。在正史中，孙吴集团才是赤壁之战的主角，而小说在正统观念的影响下，窃取了孙吴集团赤壁之战的胜利成果，并成为整个小说事件描写的核心内容。

小说《壬辰录》中描述了一些重要战役，如釜山之战、东莱之战、弹琴台之战、临津江之战、汉城之战、平壤保卫战、李舜臣海上之数次大捷、郭再佑保卫鼎津江之战、郑文孚收复镜城与吉州等地之战、朝明联军收复平壤之战等，都在作品中

---

〔1〕（晋）陈寿撰,（宋）裴松之注：《三国志·隆中对》,中华书局 2011 年版,第 973 页。

有数量多寡不同、描写深浅不一的反映[1]。

此外，先后长达七年的战争中，在上述战役之中，还有一些赫赫有名、足以体现朝鲜民族抗战勇敢精神的、见诸史册的重要人物如：1592年9月延安防卫战中的领导人物李延馣、同年10月第一次晋州保卫战的领导人物金时敏、1593年2月幸州山城保卫战的领导人物权栗、同年6月第二次晋州保卫战的领导人物金千镒与崔庆会等、1597年9月，在粉碎敌再次大举进犯中起关键作用的素沙之战的领导人物等。这些战役中，充分表现出了朝鲜军民和英雄为保卫祖国而团结一致、誓死抗击倭寇的大无畏气概，在对敌人的打击和守卫国土上，都起了较大作用。

小说对于战役的描述有些忠于史实，写的较好的有釜山之战等。但也有描写过于偏离史实的，如收复平壤之战，只描写了金应瑞（金德龄）个人行刺倭将小西飞（鸟西飞）之举，而只字不提各种正规军、义兵等部队是如何冲锋陷阵，攻克平壤城的。平壤光复之战，在正史上是整个壬辰卫国战争由后退转入战略反攻的重大转折点，攻城军人勇敢，事迹壮烈，战况激烈，史书对此役多有记载。小说本可加以生动地描述，充分发挥笔力，然而竟无一语道及部队战斗情况，不能不说是战役描写中的一大缺点[2]。

小说不同于正史，不可能把全部战役一一进行详细描绘，即便真去这样做了，也会因为乏味失去大量读者。小说一般会

---

〔1〕 신동익，"역사군담의 소설적 전개"，《한국서사문학사의 연구》，서울：중앙문화출판사，1995.

〔2〕 김승호，"임란시 승장의 설화전승 양상"，《전쟁의 기억，역사와 문학》，서울：월인，2005.

选择其中一二作为典型加以详细描述，选择一位英雄人物突出战争，其他则亦有所提及。此外，对于倭寇的残酷屠杀和野蛮的暴行，史书上的记载更为冷静客观。而小说作为具有形象性特点的文学作品[1]，可以更加详细描写战争中血淋淋的令人发指的场面，抒发作者的情感，从而吸引更多的读者。小说《壬辰录》对战争的场景与场面的描写，从广义上看，选择的是能够突出正统一方的战役。除此以外的，或与这种需要关系不大，距离较远的场景与场面的描写，是不会出现于作品中的。而且场景与场面的描写，一般都比较简练。由于作品大多数来自口头传说，都不爱冗长和细致的场景与场面的描述，更不需要像现代小说中出现的那种场景与场面的细节描写了[2]。

小说《壬辰录》与《三国演义》相似，为了"维护"宣祖"正统"，同时宣扬朝鲜军克敌制胜的军功，小说被叙事件中，重点突出了平壤战役的重要性，并将战争胜利的果实转让给了金应瑞（金德龄）和桂月香这对爱国情侣身上。忽略了临津江等战役的败退，并借碧蹄馆战役和最后的露梁海战，削弱了盟军的地位，将这次抗倭战争转移成为本民族的胜利。

在平壤战役中，参战的主力为明军部队，并与日军正面交战，造成了惨痛的伤亡。1593 年初，李如松通过假意和谈麻痹平壤守将小西行长，突然出击开至平壤城下。不明真相的小西行长还以为误会导致谈判破裂，但看到明朝大军云集，火炮已经架好，才意识到战斗已不可避免。平壤攻防战就此打响。此战打得相当激烈。日军依托平壤城城墙及城外各堡垒的掩护，以火绳枪

---

〔1〕　신태수，"임진록 작품군에 나타난 가치관의 론난 양상"，《동의어문학》，(6)，1993.

〔2〕　신태수，"인진록 작품군의 장편화 경향과 홍미지향"，《영남어문학》，(21)，1998.

不断射击明军。主将李如松坐骑被击毙，副将李如柏（李成梁次子）头盔被击中，游击将军吴惟忠胸部中弹。

在正史中，战争之所以取胜，是因为明军充分发挥了大炮的巨大优势，日军在日本战国时期基本上没有见过大炮，他们的火器是以火枪为主，而明军的火器则以大炮为主，射程远、威力大，还有就是日军将领和士兵缺乏躲避炮弹的经验，他们往往是死了一批又上去一批，成了明军大炮的活靶子。

但小说《壬辰录》先是将功劳归于夜观天象，具有旷世奇才的西山大师，他找到了金应瑞，又叙述了金应瑞的勇猛：

金应瑞上楼一看，按桂月香的说法挂上宝剑。金应瑞拔剑刺去。倭寇的脑袋掉下来直打转。[1]

最后，因为桂月香之死，让后世都记住了这一对情侣的形象。

桂月香在旁回敬，金应瑞听后，肝肠寸断。虽然桂月香的话是对的，但也不忍心亲手结束心爱的人性命。然而，敌人的追赶更近了。[2]

而"平壤大捷"真正的胜利者——明朝军队，就这样被小说家和读者永远地遗忘了。

《壬辰录》小说故事情节叙事的第二大特点就是仿造《三国演义》故事情节的描写，具体表现在战略战术、工具的发明和将领经历的刻画等，通过这些事件塑造了李舜臣智慧的一面，例如：

---

[1] 구인환，《임진록》，서울：신원문화사，2012，p.105.

[2] 구인환，《임진록》，서울：신원문화사，2012，p.106.

这时正好看见一艘敌船，看到我们的舰队惊慌失措地逃跑了。将军追上去击溃敌人后，查看了一下，结果发现在泗川船舱后山上有倭寇在布阵，山下摆满了十二艘旗帜刺刀和灿烂辉煌的船只。当时看到这艘舰队的倭将下命令出动。

只见所有的士兵都跑上了渡船。将军环顾四周，天色渐晚，但敌人在山上，而这边在低海，很容易受到炮弹的袭击。另外，在山下，水浅得像龟船一样大的船进不去。将军调转船舵，让船头驶向大海。

倭寇以为朝鲜船只正在逃跑，四百名士兵一齐下船，船上用枪和弓箭一起配合。

当他到达大海中央时，李舜臣将军下了命令，顿时响起了鼓声，龟船转过了头。二十一艘板屋船和大猛船左右夹击，突击场李彦良也下令冲锋。[1]

这是李舜臣海战以退为进，诱敌深入的战术。

这时，分散各地的倭寇，聚集到了京城，其人数达到了十万之多。在二千多名我军中，一个人要杀死50名才能取胜。权栗率领众将来察看地势，准备备水一战。

…………

士兵们都转过身，拔刀向敌人刺去。敌兵无敌而逃，山城下的倭将石田三成逼他拔刀再杀。此时，从长达三百多米的"火车"上同时喷出火种的山川摇晃着，在已成为"死亡之海"的倭寇的人群中，还看到了掉下胳膊的敌军将军石田三成的身影。[2]

---

〔1〕　구인환，《임진록》，서울：신원문화사，2012，pp.78~79.
〔2〕　구인환，《임진록》，서울：신원문화사，2012，pp.178~180.

这是《壬辰录》描写明朝联军以少胜多，战胜倭军的故事。

权栗将军望着倭寇的举动，命令他打水来。山城后面就是汉江，因为水是取之不尽的。

士兵们都跑出来打水。权栗将军"敌人要用火攻法，要把篱笆上浇足水"。

说完，下了命令。士兵们兴高采烈地往篱笆上浇水。

倭寇们成堆死去，仍然爬上前去扔火把。但是，即使拼命扔，也没有理由让潮湿的篱笆着火。但在一个角落里，火点燃后熊熊燃烧。在这种情况下，倭寇们大叫着扑了上去。[1]

还有仿造"赤壁之战"描写火攻的故事。

"二话不说，就在这里打仗吧，这里是个好战场。后边是碧水青河，水量丰富山势险峻，但砍树做栅栏，里面放置'火车'。"

听着哥哥说话的权栗鼓起了勇气。又开始了新的构思。"火车"驻扎在水原独山城时，全罗招募使边以中还发明了大炮。[2]

这一武器是朝鲜人在战争中发明的一种运送粮食的工具，在《壬辰录》小说中便有记载。而在《三国演义》中也有一种类似的工具——木牛流马，也是在战争中用来运送粮食所使用的。木牛流马是三国时期蜀汉丞相诸葛亮和妻子黄月英一同发明的运输工具，分为木牛和流马，公元231年至234年，诸葛亮在北伐时首次使用，其载重量为"一岁粮"，大约四百斤以上，每日行程为"特行者数百里，群行二十里"，为蜀国十万大军提供了充足的粮食。

---

[1] 구인환,《임진록》, 서울 : 신원문회사, 2012, p.180.

[2] 구인환,《임진록》, 서울 : 신원문회사, 2012, p.178.

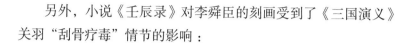

　　另外，小说《壬辰录》对李舜臣的刻画受到了《三国演义》关羽"刮骨疗毒"情节的影响：

　　公饮数杯酒毕，一面仍与马良弈棋，伸臂令佗割之。佗取尖刀在手，令一小校捧一大盆于臂下接血。佗曰："某便下手，君侯勿惊。"公曰："任汝医治，吾岂比世间俗子惧痛者耶！"佗乃下刀，割开皮肉，直至于骨，骨上已青；佗用刀刮骨，悉悉有声。帐上帐下见者，皆掩面失色。公饮酒食肉，谈笑弈棋，全无痛苦之色。

　　须臾，血流盈盆。佗刮尽其毒，敷上药，以线缝之。公大笑而起，谓众将曰："此臂伸舒如故，并无痛矣。先生真神医也！"佗曰："某为医一生，未尝见此。君侯真天神也！"后人有诗曰："治病须分内外科，世间妙艺苦无多。神威罕及惟关将，圣手能医说华佗。"[1]

　　李舜臣曾经两次被敌军弹丸击中，身负重伤。一次是左肩，血流至踵，他都没有向人提及，而是继续督战。战争结束后，才让人用刀从皮下数寸的地方挖出弹丸。在动刀挖弹丸的时候，旁观者都为之惊恐失色，他本人却谈笑自若，不以肉体的痛苦为念。另一次是在这次露梁海战中受致命伤。他临死之前，无一谈及自己的私事，只嘱咐他的侄儿暂且不要公布他的死讯，以免影响将兵斗志。两次负伤后的表现，全部说明了他无私无畏、视死如归的精神。这一故事情节与《三国演义》中华佗给关羽刮骨疗毒的场面极为相似。小说突出了将军李舜臣的绝对作用，他在战争中战无不胜攻无不克，善于发明，英勇抗战，小说仿照诸葛亮和关羽相结合来塑造这一形象，目的是神化李舜臣，

[1]（明）罗贯中：《三国演义》，岳麓书社 2008 年版，第 399 页。

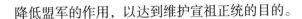

降低盟军的作用，以达到维护宣祖正统的目的。

二、重组人物突出正统

正统观念对小说《三国演义》和《壬辰录》产生了重要影响，作品中将"正统"方面的人物作为主要人物进行描写，并将他人的事迹移接，将其神仙化，以达到突出正统一方的创作目的。但小说在叙事的过程中过于突出人物的神仙化，有失于人物的真实性，所以，在描写刘备时，让人感到些许"虚伪"，在描写诸葛亮时，让人感到些许"妖气"，在描写英雄金德龄时，让人对这一人物身怀绝技却不愿精忠报国感到些许怨气。

（一）在所有人物中突出重点人物

在文学作品《三国演义》里面，对于诸葛亮形象的塑造，其实是集合多方面因素的：

首先，诸葛亮抢走了曹操的空城计的"发明权"。小说《三国演义》中写到，魏国派司马懿挂帅进攻蜀国街亭，诸葛亮派马谡驻守失败。司马懿率兵乘胜直逼西城，诸葛亮无兵迎敌，但沉着镇定，大开城门，自己在城楼上弹琴唱曲。司马懿怀疑设有埋伏，引兵退去。这只是作者虚构的小故事，正史中记载街亭之战时司马懿远在洛阳，攻克孟达后回驻宛城，和发生地点相隔千里，和诸葛亮对战的是张郃，诸葛亮见街亭败绩，迅速撤回汉中。所以，此事件本身是虚构的。

在正史中，空城计的故事不是发生在诸葛亮身上，而是发生在曹操身上。兴平二年（公元 195 年）春天，经过休整的曹操再次亲率大军攻打吕布，迫使吕布后退。到了夏天，吕布反扑时却在半路上遇到了曹操的伏兵，导致他大败而逃。曹操首次取得了对吕布作战的重大胜利。败退中的吕布与陈宫部会合，聚集到一万多部队，转回身又来战曹操。而此时曹操的军队出城收麦子去了，吕布军队的突然到来使曹操在情急之下，把他的随军家属全部都弄到城墙上，去虚张声势地站岗，大胆地采取了"空城计"，吕布看到满城都是莺歌燕舞，而城外树林却是深不可测，吕布怀疑在树林子里面设有埋伏，不敢贸然进攻。曹操连夜调回了大量的部队。而吕布知道曹操的举动不过是虚张声势而已，就在第二天一早便发动进攻。这回曹操真的把伏兵埋伏到树林子了，结果大败吕布。吕布连夜放弃了兖州投奔刘备。在这场战争中，曹操的表现非常出色，他在连续失败中没有气馁，屡败屡战，以燎原烈火一样的疯狂热情激励出了全军的斗志，虽然身处逆境，但在气势上完全压倒了吕布，最终取得胜利。

　　尽管正史上的空城计属于曹操，而不属于诸葛亮，但《三国演义》在每个读者的心目中留下了深刻的印象，造成了张冠李戴的"冤假错案"[1]。这样创作的目的是为了突出诸葛亮的智慧。

　　其次，诸葛亮抢走了孙权的"战船借箭"。在正史中是这样记载的，公元213年（汉建安十八年）"权乘大船来观军，（曹）公使弓弩乱发，箭着其船，船偏重将覆，权因回船，复以一面受箭，箭均船平，乃还"。[2]正史中的"草船借箭"发生于曹操与孙权在濡江口对峙期间。曹军南征孙权进攻受阻，便暂时坚守不出。孙权为了探察曹操水军的部署及虚实，冒险乘大船察看曹军水寨，不幸被发现。曹营乱箭齐发，箭如雨下，落在孙

〔1〕　张朝："空城计其实是曹操摆的"，载《科学大观园》2010年第4期。
〔2〕　（晋）陈寿撰，（宋）裴松之注：《三国志·吴主传》，中华书局2011年版，第662页。

权船上。孙权虽未中箭，但面向曹营的船身，因落箭太多而倾斜，随时可能翻覆。千钧一发之际，孙权急中生智，下令调转船身，让船另一边受箭。没过多久船两边中箭的数量变得差不多了，船只平衡，恢复平稳。孙权就这样靠智慧不仅安然脱险，而且还意外获得曹军"赠送"的大量雕翎箭。后来孙权曾经再度乘船探营，当船接近曹营时他还令士兵大声擂鼓。曹营诸将领见状非常气愤，纷纷要求出击活捉孙权，曹操怕再上什么当，严令全军严守不动，更不得乱发一箭。孙权也不客气，随心所欲地四处游走把曹营参观了个够，直到天快亮的时候，才恋恋不舍优哉游哉地回去了。可这少有的充分展现其过人智慧及应变能力的光辉事迹，也被罗贯中安到了诸葛亮的头上。

再次，关于三气周瑜的故事。据陈寿的《三国志·吴书·周瑜鲁肃吕蒙传》记载，历史上的周瑜是个很"有姿貌"的青年将领。在其年纪很轻时就辅助孙策指挥过多次战斗，屡建战功，显示出自己的才能。孙策去世后，周瑜辅佐孙权建功立业，更显出了他的雄才大略。真实的周瑜是个宽宏大度、不计个人恩怨、处处以大局为重的人，因此受到朝中文武官员的敬重。只是与程普有过一段时间的关系紧张，但据《吕蒙传》记载其责任完全在于程普方面："普颇以年长，数陵侮瑜。瑜折节容下，终不与校。普后自敬服而亲重之，乃告人曰：'与周公瑾交，若饮醇醪，不觉自醉。'时人以其谦让服人如此"。[1]可见周瑜的容人、大度是得到当时人们的公认的。周瑜的这种美德也正是他年纪轻轻就为三军之帅，深得大小将领特别是像程普、黄盖等年龄比他大、资格比他老的将官的信服、尊重的原因之一。这一史实，直接说明了周瑜绝非罗贯中笔下的"小气"之辈。

---

〔1〕（晋）陈寿撰、（宋）裴松之注：《三国志》，中华书局2011年版，第637页。

在正史中周瑜是位不可多得的政治家，有着远大的政治眼光。这着重表现在他始终把帮助孙策、孙权建立帝业作为自己的奋斗目标上。《三国演义》第十五回写到孙策脱离袁术回江南以求发展的途中恰遇周瑜，瑜当即表态："某愿施犬马之力，共图大事"[1]，初露其政治抱负，择定了自己一生的政治道路。在其后劝鲁肃不要听刘子扬之言投郑宝，而极力荐其出仕孙权集团的一番话中更显示了这一点，周瑜对鲁肃说："昔马援答光武云'当今之世，非但君择臣，臣亦择君'。今主人亲贤贵士……承运代刘氏者，必兴于东南……"[2]说明了周瑜认定跟着孙氏兄弟必能成就一番大的事业。在其后的实际行动中也可以看出周瑜始终为自己认定的这一目标而努力奋斗着。当曹操率大军南下，江东大臣纷纷发出投降之议时，周瑜旗帜鲜明地予以反驳，认为是迂儒的见解。接着有一段《三国志》与《三国演义》中基本相同的劝孙权抗曹的言语："曹操虽托名汉相，实为汉贼。将军以神武雄才仗父兄余业，据于江东，兵精粮足，正当横行天下，为国家除残去暴。"[3]这番壮语既为东吴的前途指明了方向，也为东吴君臣抗击曹操大军坚定了信心，激励了士气，更显示了周瑜的政治信念。试想一个有着如此政治抱负和远大政治目光的政治家，又怎会是一个心胸狭窄、不顾联刘抗曹的大局、时时想谋杀诸葛亮，最终又被诸葛亮屡次戏要直至"三气"而死的人。

周瑜是个军事家，有着超人的勇气和组织才能。这主要表现在赤壁之战的整个过程中。罗贯中在写《三国演义》时并不

---

〔1〕（明）罗贯中：《三国演义》，岳麓书社 2008 年版，第 131 页。

〔2〕（晋）陈寿撰，（宋）裴松之注：《三国志》，中华书局 2014 年版，第 640 页。

〔3〕（明）罗贯中：《三国演义》，岳麓书社 2008 年版，第 381 页。

想突出周瑜的才能、大度、功绩，因而虚构出"借箭"和"借东风"两个情节，企图给读者一个诸葛亮也是赤壁大战的指挥者，甚至是主要建功者的印象，并编造出一系列周瑜谋杀诸葛亮的细节，以说明周瑜的"小气"，贬低周瑜的形象。但如果删去这些虚构的情节，那么在整个赤壁大战的筹划、指挥的功绩中，诸葛亮的功绩就所剩无几了。相反，却会发现周瑜在这场战役中起到了至关重要的作用。战前，面对曹操的几十万大军，东吴君臣一片混乱，当周瑜自鄱阳湖回柴桑时，先是张昭、顾雍等一帮文臣来访，欲让周瑜劝孙权降操，瑜曰："吾亦欲降久矣。公等请回"[1]，先给投降派吃了一颗定心丸；少顷，程普、黄盖等一伙武将来访，欲让周瑜说服孙权抗曹，瑜曰："吾正欲与曹操决战，安肯投降"[2]，劝众将自回，又稳定了主战派的情绪；又未几，诸葛瑾、吕范等一班文臣来陈述投降的理由，周瑜笑曰："瑜自有主张，来日同至府下定议"[3]；忽又报吕蒙、甘宁等一班人来见，众人更是当着周瑜之面争议不休，或曰降者，或曰战者，瑜曰："不必多言，来日都到府中公议"。[4]周瑜的从容不迫，甚至能压住内心的火气去接待各种人物，其间所表现出的耐性、沉劲、气度与容人之量是何等的宽宏、博大。如此雅量，又岂能说是意气用事、为人"小气"。在赤壁大战的组织、指挥过程中，周瑜从与黄盖共同谋划设计到指使阚泽献书、庞统授计，直至三江口纵火，环环相扣、运筹帷幄、指挥若定，无不显出大将的风度，又岂是"小气"者所能及。

---

〔1〕（明）罗贯中：《三国演义》，岳麓书社 2008 年版，第 376 页。

〔2〕（明）罗贯中：《三国演义》，岳麓书社 2008 年版，第 377 页。

〔3〕（明）罗贯中：《三国演义》，岳麓书社 2008 年版，第 377 页。

〔4〕（明）罗贯中：《三国演义》，岳麓书社 2008 年版，第 378 页。

　　从《三国志》《三国演义》所记载、描写的一些具体细节中，从一些人物的对话中，也能看出周瑜并不"小气"。《三国志·周瑜传》（裴注）与《三国演义》中都有一段关于蒋干到来时，周瑜一方面公开揭露了蒋干的来意："子翼良苦，远涉江湖为曹氏做说客邪？"[1]并向其表明自己的心迹，"丈夫处世，遇知己之主，外托君臣之义，内结骨肉之恩，言行计从，祸福共之，假使苏、张更生，郦叟复出，犹抚其背而折其辞，岂足下幼生所能移乎？"[2]另一方面，非但未加害蒋干，更以同窗契友的厚礼待之。及"干还，称瑜雅量高致，非言辞所间"。[3]接着，《三国志·吕蒙传》中又写了另一件事："刘备之自京还也，权乘飞云大船，与张昭、秦松、鲁肃等十余人共追送之，大宴会叙别。昭、肃等先出，权独与备留语，因言次，叹瑜曰：'公瑾文武筹略，万人之英，顾其器量广大……'"[4]一个"雅量高致"，一个"器量广大"，足以说明周瑜在不同人的心目中皆非庸俗小气之辈。

　　特别令人注意的是《三国演义》第四十四回中的一个情节：周瑜陆续送走了来访的文臣武将后，晚上又接待了鲁肃和诸葛亮，而诸葛亮为了激怒周瑜，有意与主战的鲁肃发生争吵，说了许多其实是挖苦周瑜的言辞，并说出曹操欲得"二乔"的一段话，引得周瑜大怒，终于激起了抗曹的豪气。这一情节，无论是罗贯中的写作用意，还是一般读者的理解，大约都是周瑜心胸狭隘——小气，被诸葛亮用计所激。但是，如果不带任何观点和偏见，且联系上下文去细读这段文字，就会产生另一种

---

〔1〕（晋）陈寿撰，（宋）裴松之注：《三国志》，中华书局 2014 年版，第 747 页。
〔2〕（晋）陈寿撰，（宋）裴松之注：《三国志》，中华书局 2014 年版，第 748 页。
〔3〕（晋）陈寿撰，（宋）裴松之注：《三国志》，中华书局 2014 年版，第 754 页。
〔4〕（晋）陈寿撰，（宋）裴松之注：《三国志》，中华书局 2014 年版，第 756 页。

看法：周瑜在见到诸葛亮之前，对"战"或"降"无疑早已胸有成竹，且这所成之"竹"是"战"而不是"降"，只是深知自己的文臣武将见解远不如诸葛亮，故迫切想获知诸葛亮的见解与计划。为了达到目的，周瑜又一次耐住性子，用"沉"引出诸葛亮的挖苦、智激之辞，终于从中受到教益。因此，完全可以认为，于此并非"诸葛亮智激周瑜"，而是周瑜在智激诸葛亮。

从诸多的周瑜遇事不乱、审时度势、从容不迫、宽厚待人的情节分析，小说中所写的周瑜的"小气"只能说是作者故意之作，是属"三分虚构"中的事。吴蜀两国互相争霸、互相残杀虽为大势所趋，是早晚之事，但周瑜在世时，正是敌强彼弱、必须结成巩固的孙刘联盟才能抵御北方的劲敌曹操的时期，作为一代英明的三军统帅，周瑜十分清楚当时的形势，他在治国大略上坚持不降曹而使东吴独立自主的方针；在用人上，团结文臣武将中一切可以团结的力量；在外交上，坚持了联刘抗曹的路线；特别是与诸葛亮的个人关系上，纵观赤壁大战前后的一段史实，两人并非"才和才角又难容"，而是"智与智逢宜必合"[1]，两人相持相扶，共修吴蜀之好。

历史真实中"大器"的周瑜其人，在《三国演义》中则成了"小气"的形象。这从历史的角度来说，实在是周瑜的一大不幸，因为一个在三国时代起过重大历史作用的英雄，在罗贯中的笔下，在其后几百年来广大读者的眼中，竟成了一个不顾全大局、胸襟狭隘的小人。但从中国古代文学发展而言，在小说《三国演义》这部不朽的作品中，周瑜起到了一个具有自己特色的、为了突出诸葛亮这个正统人物而存在的艺术形象的作用，成为配角和陪衬。

〔1〕（明）罗贯中：《三国演义》，岳麓书社 2008 年版，第 489 页。

　　《壬辰录》小说叙事篇幅集中在几场主要战役．对正统核心人物形象的塑造下了较大的力气。这里就着重对小说中的几位主要人物的塑造做些分析。在为时七年的艰苦的壬辰卫国战争中，涌现出了不少爱国人物，小说是不可能全部加以表现的。它只能选取其中若干重点事件中的核心人物作为代表，来反映整个战争中众多爱国者的事迹与精神面貌。在主要人物的选定上，小说作者做得比较好，尚为全面[1]。

　　对于一部在正统观念引导下爱国主义讲史小说来说，在人物形象的塑造上应有两点基本要求，即既有一定的史实为依据，又有充分的艺术想象，即情节的虚构和个人性格的生动描绘。以此来衡量，小说《壬辰录》作为中古时期的首批小说之一，其中的人物形象塑造大体上是成功的[2]。关于作品中出现的人物塑造方式可以归纳为以下几种类型：第一种类型的描写手法是仿照《三国演义》创造出来的人物。如：李舜臣、郭再佑[3]等人物形象，都属于这一类型。第二种类型的描写手法则是稍稍参照事实，却大加虚构而成的，如金应瑞。第三种类型的描写手法是除了上述两种类型的其他类型。

　　战争中，尽管由下而上自发组织的义兵发挥了很大作用，但战斗的主要责任毕竟不得不落在正规军的肩上。面对敌寇的侵犯，他们首当其冲，是战斗中的主力，在由正规军中涌现出的爱国者之中，小说《壬辰录》选择了李舜臣作为重点加以表现和讴歌。他的特点是忠勇智兼备，战功辉煌，是影响全局的

〔1〕 최삼룡，"《임진록》의 영웅상에 대한 고찰"，《국어국문학》，(107),1990.

〔2〕 안가수，"영웅소설의 통속적 형식과 가치의 지향"，《고전문학 새 조명》，서울：박이정,1996.

〔3〕 김광순，"곽재우 실기의 설화화 양상과 그 의미"，《한국고전문학사의 정점》，서울：새문사,2006.

将军，又是海军中的代表人物。作品选定他作为主要人物，完全必要和合理。他是以常胜将军的面貌出现的[1]。

《壬辰录》中的李舜臣的描写与《三国演义》中的关羽有着许多共同之处，甚至可以说是结合了关羽和诸葛亮的优点而刻画成的人物。

首先，李舜臣具有极高的军事才能和智慧。与关羽相似，李舜臣在战略思想、战役指挥、战术、武器设计、后方供应，甚至外交方法方面，他都有远见卓识，高人一筹。根据朝鲜三面环海、一面毗连中国大陆的地理条件和针对倭寇的作战意图，他确定了朝鲜水军极为主要的战略地位。当时倭寇靠水军运送士兵，接济军粮，还企图用大批战舰绕过南部海域，直接攻入朝鲜政府在半岛上的最后退路——半岛西北部鸭绿江口岸一带。船舶运行此时疑比陆地行军更快，敌人这一战略企图如果能够实现，那么朝鲜半岛西北危急，朝廷在半岛上别无可立足之地，明援军的行动也将面临极大困难。李舜臣身为水军将领，高瞻远瞩，看到了这一点。当时，朝廷中有一部分显要人物如申砬，主张撤去海军，集中于陆地战争。李舜臣上奏朝廷，认为："遮遏海寇，莫如舟师，水陆之战，不可偏废。"[2]他这种正确主张，使得在陆地上已丧失了大片地区的朝鲜军队依然能保有部分反击力量，振作士气，联合明军以击退倭寇。

李舜臣作战，常以少胜多，这是他指挥得当的结果。例如他与元均、李亿祺合兵大破敌于巨济洋的战斗，就是靠他的指挥取胜的。李舜臣富有预见性，他在乃梁与倭寇对垒。某夜，诸船已下碇，他见月色明朗，想到了敌人平素常趁月色昏暗之

---

〔1〕 최문정,"《임진록》에 나타난 조선 무장상",《일본연구》,(16),2000.

〔2〕 [朝鲜] 李舜臣：《乱中日记》，集文堂 1973 年版，第 161 页。

时来袭，此时，很可能一反常态，认为月色明朗之时朝军无所防备，趁机偷袭。于是立即召集诸将，唤醒兵士准备迎敌。待到月亮偏西，山影遮海，半边微阴之时，果然发现了敌船。朝军早已做好准备，一声令下，鸟铳齐鸣，粉碎了敌人的偷袭。

李舜臣重视武器改良的行为与《三国演义》中诸葛亮的形象相类似。亲自设法筹办军粮，设法动员避乱的富人纳米献粮。他在民间募捐铜铁以铸造大炮、督促伐木造船，以加强军力。与诸葛亮行为相似的还有李舜臣的外交才能，他很好地团结了明朝援军将兵，与之密切配合作战，获得了明援兵的海军主将陈璘的衷心敬佩，被陈璘誉为"有经天纬地之才，补天浴日之功"[1]。史书及文献中还大量记载了李舜臣受到人民爱戴的情形。李舜臣见到避乱的人，问他们为何来到这里。他们答道："我等惟仰使道在此耳！"[2]李舜臣以 12 艘船与敌人 300 多艘船战斗，一时陷于重围，难民看到情况危急，皆大哭，说，"我等之来，只恃统制，而今若此，我等何归？"[3]难民所信赖的只有李舜臣了。李舜臣不仅是沿海难民的希望，也是当时整个朝鲜民族希望之所在。

其次，深得民心。《三国演义》中关羽作为正统刘备集团的核心人物，成为百姓最为爱戴的人物。关羽的形象变化，随着三国故事流行时代的不同逐步发展。早在唐朝就有了三国的故事，李商隐的《娇儿诗》中就有"或谑张飞胡，或笑邓艾吃"[4]的句子，但是思想倾向并不明显。到了宋代，三国故事流传更广，

---

〔1〕［朝鲜］柳成龙，《惩毖录》，서울：서애선생기념사업회，2001，p.173.

〔2〕［朝鲜］李芬：《李忠武公行录》，乙酉文化社 1948 年版，第 79 页。

〔3〕［朝鲜］李芬：《李忠武公行录》，乙酉文化社 1948 年版，第 79 页。

〔4〕（清）彭定求等编：《全唐诗》，中州古籍出版社 2008 年版，第 541 页。

《东坡志林》记载："涂巷小儿薄劣，其家所厌苦，辄与钱，令聚坐听说古话。至说三国故事，闻玄德败，频蹙眉，有出涕者。"随之"扬刘抑曹"的倾向日益明显。从元朝来说，三国杂剧更多，关汉卿的《单刀会》是代表。剧中关羽高唱："我是三国英雄汉云长，端的是豪气三千丈。""汉献帝将董卓诛，汉皇叔把温侯灭。俺哥合情受汉家基业。则你这东吴国的孙权和俺刘皇叔却是甚枝叶？""百忙里趁不了老兄心，急切里倒不了俺汉家节。"[1]此时的刘备是汉族正统皇族的化身，关云长是维护汉族正统地位的英雄化身。关汉卿的作品，正反映了元朝社会人们反抗民族压迫的感情。发展成对关羽的崇拜主要是明清两代。建安五年（公元 200 年），曹操封关羽"汉寿亭侯"。蜀后主刘禅景耀三年（公元 260 年）追谥"壮缪侯"，此后约八百年，关羽并无人问津。宋徽宗崇宁元年（公元 1096 年），赐关羽玉泉祠额"显烈庙"。宋徽宗追封"忠惠公"，崇宁三年（公元 1099 年）改封"崇宁至道真君"。大观二年（公元 1108 年）封"义勇武安王"。南宋至元分别封"壮缪义勇武安王""英济王""壮缪义勇武安英济王"。元文宗天历元年（公元 1328 年）封"显灵义勇武安英济王"。明朝对关羽的崇拜开始升温。明神宗加封他为"三界伏魔大帝神威远镇天尊关圣帝君"。据万历年间司礼太监刘若愚著《酌中志》记载："（宫室中）宝善门、思善门、乾清门、仁德门、平台之西室及皇城各门，皆供关圣之像。"[2]北京皇家所建的关帝庙，最著名的是地安门外的关帝庙。庙修建于洪武年间，成化十三年（公元 1477 年）重修，明英宗时始命名白马关帝庙。

〔1〕（元）关汉卿：《关汉卿集校注》，蓝立蓂校注，中华书局 2018 年版，第 234 页。
〔2〕（明）刘若愚，（清）高士奇：《明宫史 金鳌退食笔记》，北京古籍出版社 1980 年版，第 22 页。

至光绪年，关羽的谥号有忠义、神武、神勇、仁勇、威显、护国、保民、精诚、绥靖、翊赞、宣德等。从顺治九年（1652 年），敕封忠义神武关圣大帝之后，到最后，历代皇帝对关羽的追封长达 26 字，即："忠义神武灵佑仁勇威显护国保民精诚绥靖翊赞宣德关圣大帝"，可见对关羽崇拜到了极点。关羽的风光还惠及家人，雍正三年（1725 年），追封关羽曾祖为光昭公，祖父为裕昌公，父亲为成忠公，在庙中同享祭祀。乾隆时，其在洛阳、解州的后裔并授五经博士，世袭承祀。另外，圣京地载门外也有关帝庙，御书匾额"义高千古"。

皇室对关羽的崇拜主要是做给别人看的，目的就是用关羽的忠义思想加强其统治，例如满族皇室敬奉关羽，并且把蒙古王爷比成关羽，就是向蒙古及边疆诸藩昭示关羽精神，宣传"尽忠孝节义等事，方于人道无愧"[1]的封建人生观，使各少数民族首领效忠满清王朝，建功立业。

李舜臣被百姓爱戴和拥护表现在他的生前。当李舜臣被押送离守地时，"一路男女老幼，簇拥号恸曰：'使道何之，我等死矣！'"[2]李舜臣牺牲以后，人民与将士痛哭流涕，悲伤场面，极为动人。"南民闻公之丧，奔走巷哭，市者为之罢酒……老幼遮道而哭。"[3]军民自己出钱，为他树碑，湖南一带所有的寺庙，无不为他设斋，祭奠追悼。有的僧人自愿来守护为纪念他而建的忠愍祠，日日洒扫不断，至死方休。咸悦人朴起瑞，因父母皆为倭寇所害，李舜臣每打胜仗，他就认为这是为自己复仇。李牺牲后，他戴孝三年，逢忌日必祭奠。岭南海滨百姓，

〔1〕［朝鲜］李芬：《李忠武公行录》，乙酉文化社 1948 年版，第 79 页。

〔2〕［朝鲜］李舜臣：《乱中日记》，集文堂 1973 年版，第 84 页。

〔3〕［朝鲜］李恒福：《统制使忠武公忠烈碑铭》。

自己出钱出力，建草庙宇闲山岛附近，以纪念他，出入必行祭祀。李舜臣的继任者李云龙，体贴民心，建立了庙宇纪念李舜臣，凡战船出发以前，必先到庙中祭奠、祷告……所有这一切，说明了李舜臣在全民族遭受危难时所建立的丰功伟绩和他的威望。李舜臣不仅功在祖国，战绩辉煌，而且个人的道德品质与修养也是十分高尚的。有不少记录谈到这一点。他不愿阿谀权贵。栗谷李珥是当时儒学大家且位高权重，曾托柳成龙向他表示，希望见一见他。当时李舜臣虽地位卑微，却不因受宠而惊喜，反而表示：自己与他同宗，本当一见，但李珥官高位尊，自己不宜去拜访他，以避"高攀"之嫌，始终未去谒见李珥。

第三，在小说《三国演义》第七十三回中有关羽拒绝嫁女的故事：

权与众谋士商议。顾雍曰："虽是说词，其中有理。今可一面送满宠回，约会曹操，首尾相击；一面使人过江探云长动静，方可行事。"诸葛瑾曰："某闻云长自到荆州，刘备娶与妻室，先生一子，次生一女。其女尚幼，未许字人。某愿往与主公世子求婚。若云长肯许，即与云长计议共破曹操；若云长不肯，然后助曹取荆州。"孙权用其谋，先送满宠回许都；却遣诸葛瑾为使，投荆州来。入城见云长，礼毕。云长曰："子瑜此来何意？"瑾曰："特来求结两家之好：吾主吴侯有一子，甚聪明；闻将军有一女，特来求亲。两家结好，并立破曹。此诚美事，请君侯思之。"云长勃然大怒曰："吾虎女安肯嫁犬子乎！不看汝弟之面，立斩汝首！再休多言！"遂唤左右逐出。[1]

与关羽拒绝嫁女的情节类似，《壬辰录》中的李舜臣也是厌

---

[1]（明）罗贯中：《三国演义》，岳麓书社 2008 年版，第 389 页。

恶为个人官职的晋升奔走于权门。"性不好奔走，以此，虽生长于洛中，而罕有知者。"[1]在李舜臣刚得武科，官职甚低时，政治地位很高的兵曹判书金贵荣就要把自己的庶女嫁与李舜臣为妾。舜臣加以谢绝，说："初出仕路，岂敢托迹权门谋进耶？"[2]性情耿直，心地纯洁，为人清白。

　　为了尊重正常规程办事，他甚至敢于和上官针锋相对抗辩，使得旁观者都为之吐舌："此官敢与本曹抗，独不愿前路耶？"[3]他蒙冤被囚之后，有狱吏密语李舜臣的侄子："行贿可免罪。"李舜臣听说后，对侄子愤怒说道："死则死耳！安可违道求生？"李舜臣公而忘私，"公在舟师十年，一不顾念家事，子女嫁娶，颇有过时者。"他的两位兄长先亡，李舜臣抚育其侄儿，有东西总是首先给侄儿享用，之后才给自己的儿子。

　　在小说《壬辰录》中李舜臣也是个因公忘私的角色：

　　李舜臣在乙巳年三月初八出生于汉阳三清洞。自幼勤读兵书，清正廉明，凡事光明磊落，直到三十二岁才在武科中状元。此后在咸镜道权官这一小官职上任职了三年后才回到汉城，后来被调任到忠清道做忠清兵使。

　　他清正廉洁的消息传到士兵的耳朵里，让他更受爱戴。第二年，他晋升为全罗道兴阳钵浦的水军万户。这个官是指水军节度使手下的小将。

　　这时，全罗道左水营有一位叫成镈的左撇子。他是李舜臣的直属上司。有一天，派人要把客院前的梧桐树砍下来。成镈

---

〔1〕　[朝鲜]李舜臣：《乱中日记》，集文堂1973年版，第120页。

〔2〕　韦旭昇：《抗倭演义(壬辰录)及其研究》，北岳文艺出版社1989年版，第239页。

〔3〕　[朝鲜]李芬：《李忠武公行录》，乙酉文化社1948年版，第79页。

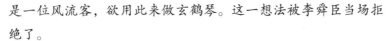

是一位风流客，欲用此来做玄鹤琴。这一想法被李舜臣当场拒绝了。

"这棵树是官有物，你就告诉他（成镈）不能私用。"[1]

在正统观念影响下，两部小说都树立了正统人物的典型。《三国演义》中树立了诸葛亮的智慧和关羽的勇猛忠诚，这两个人物也影响到了小说《壬辰录》中的李舜臣，这一人物不仅保留了正史中那个既立有战功，但又遭受诬陷，多次承受牢狱之灾的情节。而是将中国小说中已经虚构化的人物诸葛亮、关羽的情节拿过来重新组合而成，成为朝鲜王朝自己的英雄：一个战无不胜攻无不克并且善于发明创造的英雄。

（二）在对比中神话人物

刘备这一人物的刻画是突出了他"仁"到了极点的神仙化形象，在"赤壁之战"中，作者是通过将其与其他人物对比而显现出来的：一个是周瑜，东吴的代表；一个是曹操，北方的代表，后来魏国的开国者；另一个是刘备，蜀汉的代表，一个君子型的人物。

在与曹操的对比中，小说描写刘备自幼正直，而曹操自幼奸邪。刘备从小跟小孩子玩都是当王，做首领；曹操从小就很奸诈，他有一个叔叔，常常跟他爸爸说这个小孩子不好，他就记恨在心，有一天他看到他叔叔来了，便假装晕倒在地，他叔叔就赶快去告诉他父亲，"阿瞒晕倒在地，赶快去救他。"[2]可是等他父亲赶去一看，曹操谈笑自若，毫无病状。于是曹操的父亲便认为弟弟讲话靠不住，从此以后，尽管曹操再坏，再奸诈，

---

[1] 구인환,《임진록》, 서울 : 신원문회사, 2012, pp.21~22.

[2]（明）罗贯中：《三国演义》, 岳麓书社 2008 年版，第 19 页。

他叔叔告诉的话，他爸爸都再也不听了。

而在对孙权的对比中，尤其是面对孙吴集团的欺骗，刘备次次以身试法，用自己的仁义、善良和忠厚坚定了合作并取得了成功。刘备不光与其他统治集团的人物进行对比，还与自己集团内部的人物进行对比。而在《三国演义》第四十一回刘玄德携民渡江赵子龙单骑救主中：刘备带了老百姓渡江，就战术观点看，本来不是什么一件聪明的事，但是刘备心怀仁德，舍不得老百姓，因此这个事件是小说的高潮之一。这里有一大段，从刘备看见狂风刮起，非常吃惊并询问有什么征兆，一个对天文气象比较熟悉而又擅长卜卦的部下——简雍，就劝他把百姓丢下，并说这恐怕是打败仗的征兆，劝他不要再带着百姓，结果，玄德回答说："百姓从新野相随至此，吾安忍弃之。"让读者充分体会到他的仁爱之心。过了一会，往前走了一程，他又问："前面是何处？"然后说："就在此山扎营。"这时看到有一支军队过来，是降将文聘率领，当前拦住，玄德就惊叹："背主之贼，尚有何面目见人。"把文聘骂得面红耳赤。后来情况越来越坏，很多人被杀，老百姓也被杀，部下也死伤了很多，这时玄德大哭曰："数十万人均因我遭此大难，诸将及老小皆不知存亡，虽土木之人，能不悲乎？"[1]在对比中呈现给读者一个假象——即刘备本来可以取胜，但是受到了百姓的连累，突出了他仁义至极的形象。

在塑造曹操这一人物形象的时候也是通过对比突出他的奸诈。马腾勤王无功，不失为忠，曹操报父仇未果，不得为孝。因为曹操报父仇夹杂有其他目的，他的动机不纯粹是为报父仇，故不得为孝。这是针锋相对：一个是忠臣，一个不是孝子。同样采取行动，同样没有成功，然而一个是忠，一个不算孝。马

[1]　（明）罗贯中：《三国演义》，岳麓书社2008年版，第215页。

腾父子与董承诸人为正对——马腾父子由外而来勤王，董承诸人从内部勤王，均为对付董卓，这是正对：一个在外，一个在内，但他们都忠心耿耿。曹操接受汉朝九锡，是曹操不臣；孙权受魏国九锡，是孙权不君，这也是正对。因为在当时，九种仪仗、衣饰等，都是皇帝才能拥有，曹操接受表示他有非分之想，有不臣之心，有叛逆之意，他自己虽然没有叛逆，后来他的儿子终于篡汉。孙权接受魏国九锡，也是不君。因为他是东吴之君，接受了魏国的九锡，就是臣服于魏国，也是不君。总之，这一个不君，那一个不臣，也是正对。[1]这样的对比是受到了正统观念的影响，通过贬低曹操、孙权的形象，来达到突出刘备形象的目的。

而在刻画诸葛亮这一形象的时候，是全景化刻画众人，从中突出诸葛亮神仙似的高明。作者把当时北方的曹操和南方孙刘之间两个集团的冲突，以及孙刘之间的小矛盾都写出来，一方面刻画了大环境，另一方面也把三个人物的性格凸显出来。然后周瑜又用了苦肉计、连环计使曹操打败仗。让读者感受到这三个人中没有一个比诸葛亮高明。从小说里的"赤壁之战"来看——苦肉计是打黄盖，把黄盖的屁股打得皮开肉绽，让黄盖去诈降。连环计，则是庞统劝曹操：北方人不擅长水战，会晕船，如果用计相对，都瞒不过诸葛亮，又显得诸葛亮比他们高明，运用了对比、烘托加虚构的成分。

小说中还有诸葛亮和鲁肃的对比：诸葛亮乖巧，鲁肃老实。赤壁之战时，孔明跟东吴的人交往打交道最多的对手是鲁肃、周瑜。鲁肃比较老实，而孔明脑筋更灵活乖巧，这是一个对比。再对比周瑜也乖巧，脑筋也很灵活。可是诸葛亮比他更巧，所

---

[1]（明）罗贯中：《三国演义》，岳麓书社 2008 年版，第 205 页。

谓"强中自有强中手"，刚刚是一个反衬，一个乖巧、一个老实；这个是正衬，一个乖巧一个更巧，在这个正衬里还有一个反衬，周瑜急躁，诸葛亮从容；周瑜的脾气急躁，而且自尊心很强，所以被诸葛亮抓住弱点一再气他，最后将他气死，这是一个正衬。同样的两个人，一个乖巧，一个更乖巧；一个急躁，一个从容不迫，这是反衬。

另外还有神仙左慈和于吉的对比。于吉跟孙策打交道，于吉是偶然遇见孙策；左慈是特地去谒见孙策，他看不惯曹操的奸雄作风，有意去找曹操麻烦。所以于吉是无意，而左慈是有心的，两个人同样是神仙，一个对孙策，一个对曹操；一个无意，一个有心。于吉不敢冒犯孙策，左慈敢随便侮辱曹操，跟曹操捣蛋，曹操对他无可奈何，气得要死，一个不敢，一个敢。于吉比较没趣，左慈比较有胆量、有趣味。所以读者对他更有兴趣。孙策个性很傲，于吉弄了他一下，就把于吉杀了，于吉死了以后就向他索命。左慈不索命，才是真神仙。小说中，左慈虽被曹操杀了，但他根本没有死，所以用不着向对方索命。换句话说，于吉是真死了，左慈根本没有死，这又是一个反衬。于吉死了以后，到处都能看到于吉的影子，而左慈被杀了数次，曹操亲自砍杀他，但砍下去人便不见了。一个杀了一次处处都看见他，一个被杀了无数次，一次也看不到他，这又是一个很巧妙的对称。所以毛宗岗说："于不能空，而左能空。"[1]空就是有变化，由有变无，由无变有。于吉不能算是真神仙，左慈才是真神仙，一个对抗孙策，一个对付曹操，处处相对，处处有意安排。在对比中可以发现只有诸葛亮可以事先想到其他人想到的东西，高

---

〔1〕（明）罗贯中著，（清）毛宗岗评：《（注评本）三国演义》，上海古籍出版社2014年版，第560页。

明于其他的人，成为小说中最有智慧、最有风度的人，从而为正统服务。

在小说《壬辰录》中，虚构幻想的手法常常是和夸张手法相结合的。除了李舜臣的战无不胜攻无不克，又善于发明创造以外，在金德龄和泗溟堂身上也有使用，目的都是为了逃避宣祖失察的责任，维护宣祖统治。小说为了达到这一目的，采用了幻想的手法，如金德龄的来无影去无踪、抵挡住千万枪杆的射击等能力和泗溟堂铜室退火焰、呼风唤雨等神术。这种神术也属于对人物能力的一种极度夸张。这一类的超现实的幻想手法虽是为了维护宣祖统治，但它却增强了作品的趣味性和传奇性，很能吸引当时读者。它丰富了人物的性格，神化了他们的能力与经历，引导了战后民众的意愿和向往。

金德龄组织义兵的活动及其才能被某些官僚滥用和压抑，在小说中都未曾提及[1]。尽管小说以个人显神通来表现金德龄的爱国心肠，以正史来衡量毕竟感到不足。然而小说在金德龄形象的塑造上，也自有其长处，而金德龄的形象大体看来，也是相当成功的。

小说对金德龄被捕、蒙冤、遭拷打，直至惨死的过程，做了相当细致、具体和令人心酸的描写。充满了悲剧气氛。一是辞母：金德龄被禁府度使捆绑起来以后，悲伤地禀告母亲："值此乱世，未能出而报国，奉王命。遭逮捕，有何面目面对朝廷！虽思不如一死，但王命不可忤逆，只得束手就缚而已。儿今去，祝愿母亲平安长寿！"母子相对挥泪痛哭。"悲痛之情，难以形

---

〔1〕 강현모, "최일형 계열《임진록》에 나타난 김덕령의 영웅화 양상과 의미", 한민족문화연구,(14),2004.

容。"[1]二是愤施神威惊吓度使倚仗王命对他这位有功无过之人，毫不容情，极不客气，连途中进入松亭暂作休息也不允许。金德龄怒从心头起，斥骂度使，施展神威，"身体稍抖动，铁链节节皆断，如腐绳烂索，纷纷落地。再纵身一跃，早已腾入云霄"。[2]三是受师诫，服"天命"。在金德龄愤施神威以后，他的老师自空中拨开青云悠悠降临。老师与金德龄久别重逢。见金德龄此种遭遇，不无有感。但他却怪金德龄未听自己的意见，以至得祸，劝他快去顺受天命，也就是要金德龄勿因蒙冤不服而进行反抗，辩解冤情以求生，而"理"不可为。师徒之间虽相爱护，师不能救徒，也是人间一悲事。四是有功于国而违心自罪：金德龄被押解到国王前。在国王的责问下，又不得不违心地承认——臣罪当诛，万死不辞。以伏之罪未作为他申诉冤情之后的结论，实含有无限悲伤怨愤、冤抑之情。五是不甘冤死，要求得到"忠孝"封号：金德龄以其高强的法术与本领，足能抗拒重刑，无痛苦之色。国王问他为何抗拒刑罚，不甘心就死。他自己也知道这种耿耿忠言不可能使国王回心转意，这种预见性，也是难以得到国王的采纳的。最后只得要求国王赐予他匾额一幅，上书"空前绝后孝子忠臣金德龄"[3]字样，高悬于旌门之上以资表彰。第六，自愿受刑而死。

　　正史记载，金德龄参加了抗倭战争，在其蒙冤而死之后，倭人闻讯手舞足蹈，"如金人闻岳飞死而互贺矣"。[4]甲午年正月（1594年），宣祖还曾给予金德龄部队"忠勇"的封号。同年

〔1〕　구인환，《임진록》，서울：신원문회사，2012，p.52.

〔2〕　구인환，《임진록》，서울：신원문회사，2012，p.53.

〔3〕　韦旭昇：《抗倭演义（壬辰录）及其研究》，北岳文艺出版社1989年版，第299页。

〔4〕　홍양호，《海东名将传》，서울：박이정，2014.

朝廷撤尽南部一带其他义兵，将之归属于金德龄的"忠勇军"。但是金德龄组成义兵后不久，正值和平谈判时期，各地军队受命不得与敌人进行较大战斗。但在 1594 年 9 月，金德龄照样配合崔岗所指挥的义兵，歼灭了登陆于固城的二百名倭寇。是不符合当时盛行"讲和"的客观环境的。不仅如此，在斗争现象复杂的情况下，他的才能受到种种嫉妒、猜疑和诽谤。一些人想借机削弱他的威望和盛名，在敌我阵势极其不利于朝鲜军队战斗的情况下，故意下令他强攻巨济，巨济失败后被诬陷为"起军三年，未建寸功"，还夸大其词说"且尚残酷，多杀无辜"〔1〕。于是由尹根寿出面将他逮捕，囚禁数月。1596 年 2 月，在南道士民纷纷上疏为金德龄辩护的情况下，右相郑琢在朝廷中力主金德龄无罪，他才被释放。但仅仅在被释放半年多以后，他又被平白无故指为与郭再佑等一起参加李梦鹤的"叛乱"，惨死于狱中。建功立业却惨死狱中，小说情节做这样的粉饰，是与"维护宣祖"的前提密不可分的。

小说对事件人物的改写虽然是在正统观念的影响下完成的，但小说的改写更富有趣味性、传奇性的色彩，使得小说吸引了更多的读者，只读小说不读正史，将小说情节当作正史也就不足为奇了。

---

〔1〕 김성호，"사명당출화의 발생환경과 수용양상"，《한국서사문학사론》，서울：국학자료원，1997.

第六章

正统观念对于中朝小说叙事的意义

第一节　对正史和民间文学的继承和改变

《三国演义》和《壬辰录》从诞生的那一天开始就注定了
两个传统的结合，因为是讲史小说，必须在大框架内尊重历史，
所以首先是史传传统，在中国有闻名遐迩的"二十四史"，而在
韩国，《朝鲜王朝实录》成为研究历史的典范，《宣祖实录》是
其中的一个组成部分。另一方面是口碑文学的传统，即两部小
说在创作过程中从民间口碑文学中汲取了营养。《三国演义》和
《壬辰录》就是这样以正统观念为桥梁，从官方到民间，从史传
到文学，融会贯通、包容万象的小说作品。

中国历史上有史传传统，而所谓史传传统就是每一个朝代
都有一部书总结前一朝的史实[1]。而史传文学是中国历史文学的
一部分，它具有历史文学的一般特征，兼有历史科学和文学两
种成分。从文学角度上来看，它是以历史事件为题材，重在描
写历史人物形象的文学作品；从史学的角度看，它是运用文学
艺术的手段，借历史事件与历史人物的描述，来表达一定历史
观的历史著作。

从史传传统上来看，中国有"二十四史"。二十四史以宏大

---

〔1〕　侍忠："何谓'二十四史'"，载《华夏文化》1997年第3期。

的篇幅和严谨的史学态度在最大程度上忠于事实，记录了中国历史中众多领域的发展和变化，其研究价值是无价的。首先，《史记》作为中国历史上第一部纪传体通史，创造了"纪传体"体例，开创中国传记文学的先河[1]。其次，《史记》和其作者司马迁作为史学巨作和奠基人，可贵的是，面对事实，能保持客观冷静，理性分析，肯定和赞扬对人民生活和社会发展有功绩的历史，更无情地批判和揭露一切丑陋的现象。最后，司马迁做《史记》是为了"究天人之际，通古今之变"[2]，而不单单是为了给帝王的功绩做记录，而他早年到各国游历的经历以及受到的良好教育，使他对社会有更正确的认识，所以在相当程度上冲破了天命论的束缚，强调人类自己的作用；他还打破传统观念，就人物的历史的实际贡献而评价其地位，不以成败论英雄[3]。《三国志》作者陈寿也是以司马迁的《史记》为榜样，面对史实和其他记载材料都保持客观冷静，最终使《三国志》成为"二十四史"中的一部分。

正史《三国志》，创造了三国故事和三国文化的史传源头。作为史传文学的《三国志》以历史记载功能为主，其最主要的贡献在于冷静客观地再现了三国时期的史实，为后来三国故事体系提供了一个基础的历史框架。其不足在于记叙过于简略甚至有个别地方出现重大遗漏。不过为后人的不断补充提供了可能，南朝裴松之的《三国志注》就是弥补不足的第一人，紧接着还有三国人物的传说、唐代的三国故事的发展还有宋代说话

---

〔1〕 江涛、吕幼樵："二十四史在中国古代史学中的主体地位"，载《人民论坛（中旬刊）》2011年第10期。

〔2〕 （汉）班固：《汉书·司马迁传》，中华书局2007年版。

〔3〕 张新科：《史记学概论》，商务印书馆2003年版，第331页。

中的三国故事,这些都是对于史传《三国志》的继承和发展。而《三国演义》是三国故事史传文学的集大成,罗贯中依据《三国志》和裴松之的注释,结合唐宋民间传说和艺人话本,创作了这部中国小说史上的四大名著。和正史《三国志》相比,《三国演义》带有更为显著的文学特征,因为情节精彩曲折、语言生动翔实更能受到读者的欢迎。再加上当时城市的发展和版刻的繁兴使得小说得以广泛传播,从此三国故事广为人知,甚至很多人将其看作是史实。因此,在继承史传文学的基础上,小说《三国演义》获得了更为广泛的传播[1]。

　　《三国志》继承了正史的纪传体,与同时代的《汉书》的区别在于没有"志"和"表",但陈寿的"传"写出了自己的特色,为小说在创作手法上提供了参考。陈寿所写的传带有明显的"礼节性"[2]。陈寿虽然没有尊刘备为正统,但对其称帝提供了详细的记录。陈寿认为刘备是汉王族后裔,为人宽厚,所以将他与汉高祖相比。记录刘备生平的时候,引用了刘备儿时的一个故事:刘备和小伙伴在村里屋后一棵树下嬉戏的时候,声称"吾必当乘此羽葆盖车"[3],有一个路人预言他必定是一位贵人,而汉高祖家也曾被路人预言将出一位贵人。另外,刘备的外貌"身长七尺五寸,垂手下膝,顾自见其耳"。[4]这样的外貌特征来自于佛经中对释迦牟尼外貌的描写[5]。陈寿的这种"礼节性"恰好

---

〔1〕　沈伯俊:"从《三国志》到《三国演义》",载《西华大学学报(哲学社会科学版)》2010年第4期。

〔2〕　[俄]李福清:《三国演义与民间文学传统》,尹锡康、田大畏译,上海古籍出版社1997年版,第17页。

〔3〕　(晋)陈寿撰,(宋)裴松之注:《三国志》,中华书局2014年版,第520页。

〔4〕　(晋)陈寿撰,(宋)裴松之注:《三国志》,中华书局2014年版,第521页。

〔5〕　季羡林:《中印文化关系史论丛》,人民出版社1957年版,第177页。

与罗贯中的正统观念相契合，于是《三国演义》沿用了陈寿对刘备的描写：

> 舍东南角上有一桑树，高五丈余，遥望童童（独立貌）如小车盖，往来者皆言此树非凡。相者李定云："此家必出贵人。"玄德年幼时，与乡间小儿戏于树下，曰："我为天子，当乘此羽葆盖车。"[1]

罗贯中对刘备的描写是在陈寿《三国志》描写的基础上进行了进一步的刻画。有权乘坐羽葆盖车的在当时只有皇亲国戚，这样的描写是对史传传统的继承。

除了"礼节性"的描写，陈寿的史传传统还创造了名人列传的典型，这种典型是在散文记述中加入名人的对话或者言谈作为直接引语，同时加以能够展示这个人基本特征的故事。例如，在描写张飞的过程中，

> 张飞字益德，涿郡人也，少与关羽俱事先主。羽年长数岁，飞兄事之。先主从曹公破吕布，随还许，曹公拜飞为中郎将。先主背曹公依袁绍、刘表。表卒，曹公入荆州，先主奔江南。曹公追之，一日一夜，及于当阳之长阪。先主闻曹公卒至，弃妻子走，使飞将二十骑拒后。飞据水断桥，瞋目横矛曰："身是张翼德也，可来共决死！"敌皆无敢近者，故遂得免。[2]

首先延续了纪传体"张飞字益德，涿郡人也，少与关羽俱事先主"，然后引用了"义释严颜"的故事。这就塑造了张飞一

---

[1]（明）罗贯中著，（清）毛宗岗评：《（注评本）三国演义》，上海古籍出版社2014年版，第3~4页。

[2]（晋）陈寿撰，（宋）裴松之注：《三国志》，中华书局2011年版，第563页。

个极其暴烈的勇猛军人形象。文章列举出来的故事说明张飞仅凭自己的容貌气势就可以震慑住敌人。"义释严颜"说明张飞因为对敌将的钦佩而将其释放，表现了张飞对"义"的追求。张飞这两个故事在《三国演义》中更是深化和演义成为经典，尤其是张翼德据水断桥的故事：

却说张飞睁圆环眼，隐隐见后军青罗伞盖招飘之势，白旄黄钺，戈戟旌幢来到，料得是曹操其心生疑，亲自来看。张飞厉声大叫曰："吾乃燕人张益德在此！谁敢与吾决一死战？"声如巨雷。曹军闻之，尽皆战栗。曹操急令去其伞盖，回顾左右曰："吾曾闻云长旧日所言，益德于百万军中，取上将之首级，如探囊取物耳。"张飞见他去其伞盖，睁目又叫曰："吾乃燕人张益德！谁敢与吾决一死战？"曹操闻之，乃有退去之心。飞见操后军阵脚挪动，飞挺枪大叫曰："战又不战，退又不退！"说声未绝，曹操身边夏侯霸惊得肝胆碎裂，倒撞于马下。操便回马，诸军众将一齐望西奔走。正是黄口孺子，怎闻霹雳之声；病体樵夫，难听虎豹之吼。弃枪掷地者不计其数。人如潮退，马似山崩，自相踏践者大半逃命而走。[1]

《三国演义》继承了陈寿《三国志》对张飞断水桥故事的描写，并进行了深化，将曹军将士在张飞的气势下吓破胆的故事写得深入人心。这样的故事还有很多，就这样，陈寿的史传传统被罗贯中的《三国演义》完美继承了。

《三国演义》为了达到正统观念的目的进行了一系列的虚构创作，然而这些虚构的内容和技巧也并非凭空而来，而是借鉴

---

[1]（明）罗贯中著，（清）毛宗岗评：《（注评本）三国演义》，上海古籍出版社2014年版，第360页。

民间文学的内容和技巧，并选取其中可以用正统观念的内容加工而成的。因此，在史传系统之外，文学艺术，特别是通俗文艺，对三国历史也一直抱有十分浓厚的兴趣。早在魏晋南北朝时期，在陈寿的《三国志》问世前后，六朝小说就是《三国演义》的一个重要资料来源。六朝时期受到道家思想的影响，对奇闻逸事的兴趣大大提升，将民间流传的魔幻故事、人鬼相遇的传说和历史轶事记录成小故事。例如干宝的《搜神记》中就有大量关于孙坚、孙权、名医华佗的故事。例如：

> 佗尝行道，见一人病咽，嗜食不得下。家人车载，欲往就医。佗闻其呻吟声，驻车往视，语之曰："向来道边，有卖饼家，蒜齑大酢，从取三升饮之，病自当去。"即如佗言，立吐蛇一枚。[1]

《三国演义》继承了《搜神记》对于华佗故事的描写，将这个故事安插在广陵郡太守陈登身上。说陈登得了病，心中烦躁郁闷，脸色发红，不想吃饭。华佗的诊断是：胃中有好几升虫，将在腹内形成毒疮，是吃生腥鱼、肉造成的。华佗做了二升药汤，过了一顿饭的工夫，陈登吐出了约莫三升小虫，小虫赤红色的头都会动，一半身体还是生鱼脍，病痛也就好了。但华佗预测这种病三年后应该会复发，碰到良医才可以救活。三年后，果然旧病复发，当时华佗不在，正如华佗预言的那样，陈登的确是死了。

同一时期还有刘义庆的《世说新语》，与干宝不同，刘义庆受到清谈文风的影响，更钟情于描写与日常生活有关的趣事。关于邓艾、诸葛亮、曹操、袁绍等人青年时期的一些生活事迹在《世说新语》中都有部分记载。例如：

---

[1] （晋）干宝：《搜神记》卷三，上海古籍出版社 2010 年版，第 52 页。

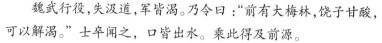

　　魏武行役，失汲道，军皆渴。乃令曰："前有大梅林，饶子甘酸，可以解渴。"士卒闻之，口皆出水。乘此得及前源。

　　魏武常云："我眠中不可妄近，近便人，亦不自觉。左右宜深慎此。"后阳眠，所幸一人，窃以被覆只，因便杀。自尔每眠，左右莫敢接近者[1]。

　　这些故事说明了曹操的奸邪狡诈，这正与《三国演义》"扬刘抑曹"的正统思想相契合。如果说陈寿的正史《三国志》为小说《三国演义》提供了历史框架和文学资料，以及简洁的叙事笔法的话，那么魏晋南北朝小说《搜神记》《世说新语》则为小说《三国演义》搜集了更多的民间资料。

　　从隋唐起，三国故事开始广为流传，唐朝的三国故事也为后代罗贯中创作小说《三国演义》提供了素材。隋朝时期有《大业拾遗记》中的《水饰图经》条，记载隋炀帝曾与群臣在曲水观看"水饰"（浮在水面上的各种木刻造型），其中就有"曹瞒浴谯水，击水蛟""魏文帝兴师，临河不济""吴大帝临钓台望葛玄""刘备乘马渡檀溪"等三国故事造型，表明隋时三国故事已经广泛流传，并成为艺术表现的内容。

　　唐代的三国故事大多可以从大量的诗作中看出，如李白的《赤壁歌送别》，杜甫的《蜀相》《八阵图》，刘禹锡的《蜀先主庙》《西塞山怀古》，李贺的《吕将军歌》，杜牧的《赤壁》，李商隐的《筹笔驿》，温庭筠的《过五丈原》等，皆为名篇。尤其是李商隐的《娇儿诗》中有这样两句："或谑张飞胡，或笑邓艾吃。"[2]说明这时三国故事流传更加广泛，连儿童也相当熟悉。

〔1〕　朱碧莲、沈海波译注：《世说新语》，中华书局2011年版，第590页。
〔2〕　（清）彭定求等：《全唐诗》卷五百三十九，中州古籍出版社2008年版，第2779页。

民间文学创造诸葛亮临死前巧妙布置仍活的假象，欺骗魏军，是按巫术的思维做趣仿。在 11 世纪的唐代广为流传的《四分律行事钞批》中，最早的一位注释者僧人大觉大约在公元 714 年记述了刘备和诸葛亮的故事，刘备得到诸葛亮后如虎添翼，曹魏政权唯独惧怕诸葛亮，不敢攻打刘备集团。但诸葛亮因为生病快要离世，为了继续震慑曹魏，不得不装死：

> 孔明因病垂死，语诸人曰："主弱将强，为彼所难，若知我死，必建（遭）彼我（伐）。吾死后，可将一岱（袋）土，置我脚下，取镜照我面。"言已气绝。后依此计，乃将孔明置于营内，于幕围之，刘家夜中领兵还退归蜀，一月余日，魏兵方知，寻往看之，唯见死人，军兵尽散。故得免难者，孔明之策也。时人言曰："死诸葛亮怖生仲达。"仲达是魏家之将也，姓司马，名仲达。亦云："死诸葛走生仲达"其孔明有志量，时人号为卧龙，甚得刘氏敬重。[1]

僧人大觉的注释并没有遵循陈寿的以曹魏为正统的观念，对三位领袖都称为"主"，陈寿是独称曹魏为"帝"。大觉认为诸葛亮死后还帮助刘备摆脱了曹操围困的危险。但从陈寿的正史《三国志》中，刘备比诸葛亮去世早很久，诸葛亮辅佐了刘禅很久以后才去世。但大觉的记录也并不是虚构，而是民间传说的记录。这种说法在唐代咏史诗人胡曾的诗作中可以证明。在诗歌《五丈原》中："长星不为英雄住，半夜流光落九垓。"[2]这种说法虽然存在着时间上的不准确，但没有以曹魏为尊，且

---

〔1〕〔俄〕李福清：《三国演义与民间文学传统》，尹锡康、田大畏译，上海古籍出版社 1997 年版，第 33 页。

〔2〕（清）彭定求等：《全唐诗》卷六百四十七，中州古籍出版社 2008 年版，第 3333 页。

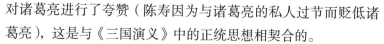

对诸葛亮进行了夸赞（陈寿因为与诸葛亮的私人过节而贬低诸葛亮），这是与《三国演义》中的正统思想相契合的。

小说《三国演义》将这一记述中诸葛亮的智慧发挥到了一种极致。《三国演义》第一百零四回《陨大星汉丞相归天，见木像魏都督丧胆》中叙诸葛亮临死前："又嘱杨仪曰：'吾死之后，不可发丧。可作一大龛，将吾尸坐于龛中，以米七粒，放吾口内，脚下用明灯一盏；军中安静如常，切勿举哀：则将星不坠。吾阴魂更自起镇之。司马懿见将星不坠，必然惊疑。吾军可令后寨先行，然后一营一营缓缓而退。若司马懿来追，汝可布成阵势，回旗返鼓。等他来到，却将我先时所雕木像，安于车上，推出军前，令大小将士分列左右。懿见之必惊走矣。'"[1]

与此相照应，写诸葛亮死时司马懿的情况是："却说司马懿夜观天文，见一大星，赤色，光芒有角，自东北方流于西南方，坠入蜀营内，三投再起，隐隐有声。懿惊喜曰：'孔明死矣！'即传令起兵追之。方出寨门，忽又疑虑曰：'孔明善会六丁六甲之法，今见我久不出战，故以此术诈死，诱我出耳。今若追之，必中其计。'遂复勒马回寨不出，只令夏侯霸暗引数十骑，往五丈原山僻哨探消息。"[2]这就发展成了最后的"死诸葛能走生仲达"故事。一颗大星，坠入蜀营，按旧时的说法是诸葛亮已死的星象。又"三投再起"，便是诸葛亮叮咛的那一套办法产生的假象；人未全死，因而将星坠而又起。司马懿由此"三投再起"的所见，便对诸葛亮的死有所怀疑，所以见到诸葛木像便以为

---

〔1〕（明）罗贯中著，（清）毛宗岗评：《（注评本）三国演义》，上海古籍出版社2014年版，第633页。

〔2〕（明）罗贯中著，（清）毛宗岗评：《（注评本）三国演义》，上海古籍出版社2014年版。

还活着。从文学创作来说这个情节合情合理，天衣无缝，但从根本来说"三投再起"是因为诸葛亮尸体口中含米七粒，脚下有明灯一盏。

这种说法在民间的因果逻辑推理如下：口中含米等于还在进食，未死。脚下有灯，即还在光明的人间，未归入地下阴间。但这只是自我欺骗的假道理。它只能使蜀军相信这样可以欺骗司马懿而不来追杀，蜀军可以镇定不乱地、安全地撤退。用巫术的方法，制造假象，使敌对的人以为未死，这是从古代民间文学中活人巧装死人的巫术故事演变来的。

到了宋代，随着城市经济的发展和市民阶层的扩大，各种通俗文艺都得到长足发展，出现了更多的三国题材作品。戏曲方面，当时的"院本"已有"赤壁鏖兵""刺董卓""襄阳会""大刘备""骂吕布"等剧目；影戏中也有三国戏，宋人高承的《事物纪原》一书中的"影戏"条说："宋朝仁宗时，市人有能谈三国事者，或采其说加缘饰作影人，始为魏、蜀、吴三分战争之像。"[1]同时，宋代"说话"艺术十分兴盛，"说三国事"成为其中一项重要的内容。苏轼的《东坡志林》有这样一条记载："王彭尝云：'涂巷中小儿薄劣，其家所厌苦，辄与钱，令聚坐听说古话，至说三国事，闻刘玄德败，颦蹙有出涕者，闻曹操败，即喜唱快。以是知君子小人之泽，百世不斩。"[2]这说明在"说三国事"中已经形成"扬刘抑曹"的思想倾向，并得到广大群众、包括儿童的共鸣。北宋末期，说话艺术中已经形成"说三分"的专科，出现了霍四究等著名的"说三分"专家，深受观众喜爱。

元代时三国题材创作有了更大的发展。戏曲方面，元杂剧

〔1〕（宋）高承：《事物纪原》，中华书局 1989 年版，第 152 页。
〔2〕（宋）苏轼：《东坡志林》，叶平注评，中州古籍出版社 2018 年版。

中的三国戏相当丰富，我们今天知道的剧目就有将近 60 种之多。元代许多著名的杂剧作家，如关汉卿、王实甫、高文秀、武汉臣、王仲文、尚仲贤、李寿卿、石君宝、金仁杰、郑光祖等，都创作过三国戏。这些三国戏有几个显著特点：第一，以诸葛亮、关羽、张飞、刘备等刘蜀方面人物为主角的剧目占全部三国戏的一半以上；即使是写其他人物的，也普遍表现出"扬刘抑曹"的思想倾向。第二，题材大多来源于民间传说故事，有的题材虽有历史依据，也已经过作者的幻化变异，与史实大相径庭。第三，艺术表现力强，故事完整，情节曲折，人物性格鲜明，语言生动流畅，富有感染力。其中一些优秀之作，如关汉卿的《关大王单刀会》、高文秀的《刘玄德独赴襄阳会》、郑光祖的《虎牢关三英战吕布》，数百年来一直脍炙人口。小说方面，元代出现了汇集"说三分"成果的长篇讲史话本，今天我们能够看到的就有至治年间（1321-1323 年）建安虞氏刊刻的《三国志平话》，以及在此前后刊刻的《三分事略》。二者内容、风格基本相同，实为同一书在不同时间的两个刻本，因而可以《三国志平话》为代表。其中许多情节，或直接取自民间传说，或由艺人任意想象虚构；一些史书上有所记载的故事，经过艺人的改造，已与史实相距甚远。从总体上看，《三国志平话》第一次将众多的三国故事串连在一起，为《三国演义》的创作提供了一个简单的雏形[1]。

在史传文学与通俗文艺这两大系统长期互相影响、互相渗透的双向建构的基础上，元末明初的伟大作家罗贯中，依据《三国志》（及裴注）、《后汉书》提供的历史框架和大量史料，同时参照民间传说故事，以正统观念为总的指导纲领对通俗文艺作

---

〔1〕 黄霖、韩同文选注：《中国历代小说论著选》，江西人民出版社 1990 年版。

品加以吸收改造，并充分发挥自己的艺术天才，终于完成了《三国演义》，成为三国题材创作的最高典范。

小说《壬辰录》是朝鲜王朝中期历史上的重大事件——光辉的壬辰卫国战争在文学作品中的记录。与《三国演义》相似，小说《壬辰录》的创作也来自于史传传统和民间文学的并行。

第一类是朝鲜文学的史传传统。小说《壬辰录》产生的确切年代不明，但从其内容、手法、当时文学条件的成熟情况及其他诸方面的情况来看，可以推断：该小说大约产生于17世纪初叶或中叶。它并不是由某一作者独立构思而写成，而是由长期流行于世的故事及民间传说等汇集而成的。因此，可以说《壬辰录》并非由某一个人骤然完成于某一年，而是经过一定时期，在众多口头和书面作者的努力下，逐渐形成的一种广泛地反映了当时人们对壬辰战争的看法与态度的集体创作，它既有文人所记述的史料和所从事的艺术加工成分，也具有浓厚的民间传说色彩。可以说，它是壬辰战争所激起的爱国主义思潮的产物、广大人民群众的产物、时代的产物。

作为朝鲜文字产生以后的第一批内容丰富、结构较复杂的讲史小说，《壬辰录》的产生是以同一内容的文学作品为其前提条件的。在小说《壬辰录》产生以前，曾出现了一系列反映此一波澜壮阔的卫国战争的文学作品，它们都直接间接地为小说《壬辰录》的产生创造了一定条件和基础，对该作品的形成起到了一定的促进作用。

与小说《壬辰录》记载相并行的史传《宣祖实录》，是正史《朝鲜王朝实录》的一部分，涵盖了朝鲜古代的政治、外交、军事、制度、法律、经济、产业、交通、通讯、社会、风俗、美术、工艺、宗教等各个方面的史事，是在世界上罕见的宝贵历史记录。它的意义还在于记录历史的真实性和可信性。《朝鲜王朝实录》从基础资料的起草到实际编述和刊行，所有工作由春秋馆的史官负责，此官职的独立地位和对记述内容的保密，得到了制度上的保障。该实录是在下一代国王即位后开设实录厅、安排史官编撰的。其史草连国王也不能随意阅读，保障高度秘密，以确保实录的真实性和可信性。

除了正史《朝鲜王朝实录》，壬辰卫国战争的当时及其后不久还出现了一批与记叙该战争有关事实的作品。这些作品的作者有不少就是战争的亲身参与者或目睹者，所记事情不但有重要的史料价值，也有一定的文学价值，是小说《壬辰录》中部分内容的根据与来源。

这些作品中以李舜臣的《乱中日记》为最重要。《乱中日记》收于《李忠武公全书》中，是日记体的记事作品。自壬辰年（1592年）的正月初一，即战争爆发前的三个多月写起，直到丁酉年（1597年）10月17日为止。其中虽然有不少缺失，但光就现有的部分来看，就是一部有关战争的长篇日志。从中，可以看出战争的发展经过和这位爱国将领的忧国伤时的心情。

柳成龙的《惩毖录》则是一部战争回忆录。作者在壬辰战争期间，担任领议政，负责战时的政治、经济、军事、外交等方面的责任，与国内外各方面人士有广泛的接触。他还是李舜臣将军的举荐者。他于战后退居于田园，回忆往日战争，内心深感有必要写出他亲身经历种种事情，"乃于闲中，粗述其耳目所逮者"[1]，成为一书，用以惩前毖后，使后世之人，注意从战争惨祸中吸取经验教训，不至于再蹈李朝宣祖时代朝政腐败、轻视国防的覆辙。《惩毖录》所记事实，起自壬辰（1592年），

---

〔1〕　柳成龙，《惩毖录》，서울：서애선생기념사업회，2001.

终于戊戌（1598 年），记叙了战争的全过程。其叙中有议，对朝鲜官军将领如李镒、申砬、权栗等人的活动记述较多，尤其是对李舜臣的事迹，记述更详，对明朝援军活动也有大量记载。对民间的抗倭斗争，也有所涉及，但记叙不详，如对郭再佑，他只这样写道："再佑，越之子，颇有才略，累与贼战，贼惮。固守鼎津，使贼不得入宜宁界，人以为再佑之功"。对其他义兵将，也落墨不多，表明了作者身为政府高级官员的视野和思想局限性。此外，由于某种个人原因，他对应该予以肯定和描述的战斗，也未做必要的描述。如对反击倭兵丁酉年再次猖狂进攻起关键性作用的"素沙之捷"，就未加涉及。此外，《惩毖录》还包含当时一般士大夫中普遍流行的事大主义思想。但是，由于柳成龙是坚决的主战派，他对明朝一度讲和了结战争的妥协方针和官军部队战斗不力进行批评，小说就是借用了其批评明军的观点[1]。

此时李舜臣与柳成龙所写的一些状启类文章，虽系官府公文，但由于其中有叙有议，既可列为爱国政论文学之列，也因其有事实的记叙而含有记事文学因素。如李舜臣的《玉浦破倭兵状》《唐浦破倭兵状》《釜山破倭兵状》等，柳成龙的《驰启庆尚道贼势急状》《驰启晋州城曲折状》等，都具体如实地记载了朝鲜军民英勇抗击倭寇和侵略者的残暴情状。如《唐浦破倭兵状》中关于龟船战斗记录：

"臣尝虑岛夷之变，别制龟船。前设龙头口，放大炮，背植铁尖，内能窥外，外不能窥……先令龟船，突进贼船中，先放天地玄黄各种铳筒，则山上岸下守船三屯之倭亦放铁丸，乱发

---

〔1〕 韦旭昇：《抗倭演义（壬辰录）及其研究》，北岳文艺出版社 1989 年版。

如雨。间或我国人相杂发射。臣益增愤励，促橹先登，直捣其船，则诸将一时云集，铁丸、长片箭、皮翎箭、火箭、天地字铳筒等，发如风雨，各尽其力，声振天地……倭船全数撞破焚灭……倭人等，远立观望，叫呼顿足，大声痛哭……"[1]

　　李舜臣战无不胜攻无不克如此神仙化的将领的形象基础就是来源于此。当时僧人义兵将惟政(泗溟堂)所著的《奋忠纾难录》也是一部记录集，其中的一些文章，记载了惟政和日本将帅交涉和深入敌营探查情况的事迹。当时战斗的参与者金城一的《鹤峰集》，以保李舜臣而著名的重臣郑琢的《药圃集》中的有关文章和赵庆男的《乱中杂录》，都记载了壬辰战争中发生的种种事件。李万秋的《唐山倡义录》则详细记载了平壤中和一带的义兵将领林仲梁、车殿轸、车殿格及金进寿等人与敌人斗争的事迹。在《芝峰类说》中，对李舜臣、惟政等人的事迹，也都做了记述。此外，一些碑文和祠堂记如李恒福的《全罗左水营大捷碑》《忠愍祠记》乃至崔有海所写的《行状》，都记载了李舜臣的斗争事迹。尤其是崔的《行状》一文，完全可以看作是一篇很好的传记文学作品。反映壬辰卫国战争的记事作品是大量的。小说《壬辰录》的部分内容，直接采用了这些记事作品中的记述。

　　朝鲜文学的史传传统对小说的影响除了《壬辰录》，还有以赵维韩的《崔陟传》为代表的关于俘虏的小说。壬辰倭乱时期，被强行带到日本的朝鲜俘虏有几万甚至几十万之多[2]，有的作为奴隶被卖到东南亚或欧洲，有的在朝鲜与江户幕府重新建立外交关系时返回了朝鲜，还有人直接逃出了日本。小说《崔陟传》《李

〔1〕　이순신,《란중일기》,서울：대학서림,1977.

〔2〕　[日]内藤隽辅：《文禄·长庆之役的被虏人研究》，东京大学出版社1976年版。

翰林传》《周生传》等就是对这段历史的描述。

除此之外，以尹继善的《达川梦游录》为代表的梦游录小说，这类小说是为了悼念战争中牺牲的忠君爱国的烈士，并将这一战争作为历史的教训铭记于世。还有《皮生冥梦录》《龙门梦游录》《江都梦游录》等。

第二类创作源泉就是民间的传说和歌谣。民间传说最有名的是传说《米泉》也是描述战争发生前人们对敌人的警惕和对敌人的憎恶的：黄海道熊津九曲里，有一年轻人进深山打柴，一去不回。此后又有一些年轻人进去，也不见回来。原来山中有位精通武艺的老道，年轻人留在山中向他学习武艺。山中有个窟窿，窟顶的一个孔洞，本来只流清水，现在却不断流出米粒来，年轻人就靠这些米度日，坚持习武。日本间谍化妆成僧人，趁年轻人外出之际，偷偷进入窟中，他见白米由窟顶孔洞不断流出，就用锤子使劲凿这孔洞。一锤砸去，突然风雷大作，窟顶塌陷，间谍被压死。壬辰战争爆发之后，这群早就开始习武以备国难之需的年轻人，和老道一起组成义兵，打击敌人，屡战屡胜，战果累累。从此窟顶孔洞又重新流出了清澈的泉水，于是人们就称它为"米泉"。《米泉》的传说内容丰富，它以富于传奇色彩的情节说明朝鲜劳动人民对倭寇入侵的警惕性和一片爱国热忱，同时也丑化了正统的对立面——日本军队。深山老道和年轻人共同为反倭而斗争，也是卫国战争中群众广泛动员自发抗战的一种反映。

歌谣有《真痛快，清正逃跑啦！》的内容为欢呼痛击日本侵略军头目加藤清正的胜利。加藤清正率领其部队闯至朝鲜北半部的咸镜道等地，所到之处，杀人放火，涂炭生灵。

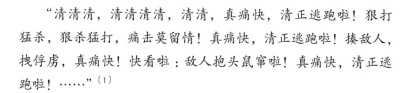

"清清清，清清清清，清清，真痛快，清正逃跑啦！狠打猛杀，狠杀猛打，痛击莫留情！真痛快，清正逃跑啦！揍敌人，拽俘虏，真痛快！快看啦：敌人抱头鼠窜啦！真痛快，清正逃跑啦！……"〔1〕

人民对日本入侵者恨之入骨。平壤收复以后，加藤清正的部队遭到了义兵和官军部队的痛击，狼狈逃窜。这首歌谣就表现出了人民加藤对清正的仇恨和人民抗战的叙述，从而掩盖了明援军的作用。小说《壬辰录》有类似的故事，虽然情节有些出入，但可以由此看出，除了正史文学的影响以外，小说也是民间文学影响下的产物。

传说《花石亭》（《乡土传说集》）讲的也是有识之士对敌人入侵的预感。临津江某渡口，是汉城去义州的必经之处。渡口边有一亭子，亭子主人为一个儒生，他每天不停地用油漆刷亭柱，却不告诉人他为什么这样做。他临死前给儿子一个密封的盒子，嘱咐他在最紧急的时候打开。壬辰年倭兵入侵，宣祖由汉城逃难去义州，途经此渡口。其时正值月黑夜深、风雨交加，周围一片漆黑，难以找到渡口和渡船。此时，亭主的儿子打开了盒子，见有"放火烧亭"字样，立刻用火将亭子点着。亭柱经多年油漆，火势极旺。火光照亮了渡口，宣祖一行，才得以渡过临津江，安全脱险。

发展到《壬辰录》小说中变成了李珥的作品。

这个亭子是一座华石亭。是栗谷李珥在坡州的时候建造的亭子，木柱、梁、亭檐整个都是用松明子建造而成的。〔2〕

〔1〕 韦旭昇：《抗倭演义（壬辰录）及其研究》，北岳文艺出版社1989年版。
〔2〕 구인환，《임진록》，서울：신원문화사，2012，p.46.

李珥预测到了壬辰战争的产生，曾上书宣祖提出"十万养兵"抵御日本侵略的建议，但宣祖当时忙于处理党争和外戚之乱没有批准。为了弥补宣祖这一过失，小说将制造松亭的功劳给了李珥。

《郭再佑和李氏夫人》把郭再佑组织起义兵打击敌人的事，归功于他夫人李氏。郭再佑在面临倭寇即将入侵，国家陷入危难之际，因害怕奸佞之辈的污蔑，不思救国，而终日沉溺于饮酒赋诗的娱乐之中。夫人李氏以国事艰难为由，劝他练习骑马和使用武器，以比打猎等为名目掩护率领村中青年学习武艺。郭再佑听从了她的话。在壬辰年倭寇入侵到家乡一带时，他将青年组成义兵，到处打击敌人，保卫住了家乡，以"天降红衣将军"之名威震敌营。

义兵大将郭再佑每次打仗时都穿红衣服，骑红马挥舞着银月刀。他射的弓百发百中，挥动的银月刀一到就成堆砍下敌军的脖子。他总是身先士卒，所以下面的人跟着拼命战斗。

郭再佑善于搜集信息。他挑了精明强干的战士到各处去审察敌情，百里以外的事情都知道，郭再佑下阵时，一定要选择山顶，晚上要把五支火炬连夜点燃。[1]

小说虽然没有提及郭再佑的夫人，但也受民间传说的影响，记载了郭再佑英勇善战的故事，成为"天降红衣将军"。

另外，还有"幸州裙"的传说是幸州山城保卫战中用围裙搬运石块砸死攻城敌兵的成群的英雄妇女。封建时代，不少妇女受轻视，被认为对国事是蒙昧无知的。但是在大敌当前，家园惨遭顽敌蹂躏的情况下，她们也奋起参加了斗争，出现了像

---

[1] 구인환，《임진록》，서울：신원문회사，2012，p.129.

桂月香、论介这样的女中豪杰。与小说《三国演义》情况相似，史传传统为小说《壬辰录》提供了框架和两班贵族抗战的故事，而民间传说则为义兵、民众和女性抗敌故事提供了材料。

第二节　正统观念对虚构叙事的丰富

从小说方面来说，传统的占正统地位的诗文创作在这一时期受到挑战，文人墨客将创作潜力发挥在小说创作上，客观上加强了小说创作的力量和扩展了小说创作的空间。从小说地位上来说，16 世纪评论家只是承认了小说的地位，但对于虚构技法是否定的，认为小说只是"有缺陷的非官方的历史形式"[1]。而到了 17 世纪，评论家开始对虚构进行肯定，出现了大量描述虚构的词汇。18 世纪，评论者更加关注的是小说内部的真性情。17 世纪对虚构叙事的追求来自于正统思想的影响。

17 世纪小说最大的特点是虚构叙事得到评论家的认证。虚构传记大盛于唐代，虽然故事本身并非真实的历史事件，然而他们的作者却试图否认其作品的虚构性质，坚持这些故事的历史性和客观性。叙事者往往努力让读者将传奇读成可信的历史。在明清小说批评盛行之前，一种对小说叙事的新理解就已经开始引起人们的注意。北宋初年，几部大型总集得以编撰。这些学者和官员历经辛苦而完成的总集，代表了一个新兴朝代试图把现存知识系统化以及把话语的多样性合法化的努力[2]。

---

〔1〕〔美〕鲁晓鹏：《从史实性到虚构性：中国叙事诗学》，王玮译，北京大学出版社 2012 年版，第 10 页

〔2〕〔美〕鲁晓鹏：《从史实性到虚构性：中国叙事诗学》，王玮译，北京大学出版社 2012 年版，第 72 页。

在《文苑英华》中，小说传记与其他的官方文学体裁并列在了一起[1]。官方典籍对当时地位低下的小说文体的承认和容纳并非是无意义的。在宋以前，传记和小说都被归为历史或准历史的写作样式，并在史学的角度被加以讨论。唐代的史学家和目录学家仍遵循传统的观点将小说化的叙事材料和小说传记看成有缺陷的历史写作。从宋代开始，人们对待小说的态度发生了变化，而引起这一变化的原因就是唐代小说的大量出现。宋代后期小说批评最重要的发展之一是刘辰翁对《世说新语》的评论[2]。小说第一次变得值得评论了，而此前这种被评论的权力只属于经典和正史[3]。这一时期，中国的叙事理论家大多关注小说中的历史性和史实性问题。随着俗语文学在宋元两代的广泛传播，17世纪批评家开始研究小说的性质和特征，人们意识到小说是文学创作，而不是有缺陷的非官方的历史形式。

到了17世纪，小说叙事非常明确地将自身看成是非历史性的叙述以及不折不扣的创造性活动。同时，读者也意识到不应将小说读作有缺陷的历史或准历史，而应按它自己的特性来加以理解。许多评论家不再要求小说应当忠实于历史。一篇作品的真实内容不在于特定细节上与历史吻合的程度。编织、创造和杜撰属于这门艺术的应有之义。小说与历史在有关真实的定义上是不尽相同的。小说作者以新的方式创造事件、人物、情感和真实性。逼真性——对真实世界或内在心理真实的复制，成为小说批评的新准则。以前历史学家和许多早期小说批评家

---

〔1〕（宋）李昉编：《文苑英华》，中华书局1966年版，第4995~5025页。

〔2〕周兴陆："元刻本《世说新语》补刻刘辰翁评点真伪考"，载《文艺研究》2011年第11期。

〔3〕［美］鲁晓鹏：《从史实性到虚构性：中国叙事诗学》，王玮译，北京大学出版社2012年版，第75页。

都没能如此理性化地处理逼真性这一概念。而到了 17 世纪，这种批评状况则发生了明显的改变。正如浦安迪（Andrew H. p.laks）指出的那样，"明清批评家着迷于在一种大胆的虚构模式中去维持一种可信的逼真性的印象"[1]。

　　冯梦龙在《警世通言》序中，指出小说中的事件不一定完全真实。故事无需根据真实事件，只要它具有积极的社会功用并传达某些至理就可以了。人与事之间不一定一一对应、真实可靠。小说的真实性也不等同于小说所讲述事件的历史可证性，因为对于小说而言更重要的是表现那个"理"。在历史中，史实与义理必须同时是真的；而在小说中，却不必照搬史实，只要阐发"理"即可。另一个重要的概念就是"情"，在其《情史类略》中，将"情"界定为宇宙间永恒的、原初的、无所不包的力量[2]。

　　到了 18 世纪，中国叙事作品中抒情性、主观性因素不断增长，不断将"情"这一概念被挪用在叙事性小说评论这一过程。在这一非历史化和抒情化的过程中，主观性和情绪性因素取代了史实性因素。例如评论家对《红楼梦》和《金瓶梅》的评论发展了"情"的概念。

　　17 世纪小说《三国演义》和《壬辰录》中的虚构与儒家正统观念有着密不可分的关系。为了维护正统，罗贯中笔下的刘备最重要的特征是"宽厚"与"仁爱"，是一个贤德开明的君主。为了塑造这样的明君形象，便需要用虚构的艺术手法来表现。在小说《三国演义》中这种虚构表现在很多方面，第一种就是让张飞去"顶罪"。例如《三国演义》第二回"张益德怒鞭督邮　何国舅谋诛宦竖"中有这样的情节：刘备求见督邮，督邮拒

〔1〕［美］浦安迪讲演：《中国叙事学》，北京大学出版社 1996 年版，第 21 页。
〔2〕（明）冯梦龙：《情史类略》，岳麓书社 1984 年版，第 49 页。

而不见，反要加害于刘备。张飞酒后听说此事，"睁圈环眼，咬碎钢牙，滚鞍下马，径人馆择"[1]，揪住督邮的头发，扯出馆释，绑到了县前的拴马桩上，用柳条抽打，一连打断了十几根柳条。幸好刘备及时赶到，喝住了张飞，才饶了督邮一命。书中写道："玄德乃取印经，挂于督邮之颐，资之曰：'据汝害民，本当杀却；今姑烧汝命。晋级还印经，从此去矣'。"[2] 即由此看来，张飞粗犷冲动，玄德宽厚仁爱，塑造了两个典型人物形象。但在正史《三国志》中却有完全不同的记录：首先，打督邮的不是张飞，恰恰是正人君子的刘备。"灵帝末，黄巾起，州郡各举义兵，先主率其属从校尉邹靖讨黄巾贼有功，除安喜尉。督邮以公事到县，先主求谒，不通，直入缚督邮，杖二百，解缓系其颈著马，弃官亡命倾之……"[3] 这就是为了维护刘备正统，小说将史书记载的刘备打督邮，安到了张飞头上。问题的关键就在于罗贯中要把刘备写成仁慈、宽厚的君主。正如《三国演义》中的："玄德终是仁慈的人，急喝张飞住手勺"[4]，就采取了历代袭用的孔子的主张："隐恶扬善""为尊者讳""为亲者讳"。作者舍弃了历史的真相，把刘备的勇猛、刚烈"嫁接"到了张飞身上，由"打不解恨"变成了"急喝住手"。这样一改一换，情形大变。那个敢作敢为，说打就拽的刘备，变成了宽宏大量、忍耐饶人的刘备。这样，作者的尊刘思想得以体现，这是主要原因。其次，从文学理论、美学的角度看，让张飞去打督邮，更符合人物性格的发展过程。在艺术效果上，张飞的形象更加丰满了，粗鲁得可

[1]（明）罗贯中：《三国演义》，岳麓书社2008年版，第10页。

[2]（明）罗贯中：《三国演义》，岳麓书社2008年版，第10页。

[3]（晋）陈寿撰，（宋）裴松之注：《三国志》，中华书局2014年版。

[4]（明）罗贯中：《三国演义》，岳麓书社2008年版，第38页。

爱，容易被人接受。况且，作者是为了表现尊刘思想进行的虚构，反倒是让小说变得生动有趣，吸引了更多的读者。

第二种情况，是正史记载基础上的虚构。民间流行着一句口头禅："刘备摔孩子——收买人心"，这个故事来自于《三国演义》第四十二回。书中写赵云冲杀出长坂重围，双手把怀中熟睡的阿斗捧给刘备，"玄德接过，掷之于地曰：'为汝这孺子几乎损找一员大将！'赵云忙于地下抱起阿斗，泣拜曰：'云虽肝脑涂地，不能报也！'"[1] 在正史《三国志·云别传》中这样记载："初，先主之败，有人言云已北去者，先主以手戟摘之曰：'子龙不弃我走也。'顷之，云至。"[2] 小说中赵云保后主符合正史记载，而刘备摔儿子却属虚构。刘备摔孩子细节的虚构，目的在于表明刘备是个爱惜部将的贤明君主，正是为了体现作者的尊刘思想。与刘备相反，小说中描写的曹操，相比正史就更容易受到人们谴责。在《三国演义》第十八回"华佗之死"的描写中：曹操得了头疼病，传令华佗诊治。华佗要用利斧砍开胶袋，取出风涎。曹操怀疑他借机行刺，将他下狱拷问至死。然而，在正史《三国志》[3] 中的记载却大不相同："佗久远家思归，因曰：'当得家书，方欲暂还耳。'到家，辞以妻病，数乞期不返。太祖累书呼，又放郡县发遣。佗恃能，厌食事，就不上道。太祖大怒，使人往检。若妻信病，赐小豆四十斛，宽假限日；若其虚诈，便收送之。于是传付许狱，考脸首服。荀成请曰：'佗术实工，人命所悬，宜含有之'。太祖曰'不忧，天下当无此鼠

---

〔1〕（明）罗贯中：《三国演义》，岳麓书社 2008 年版，第 363 页。

〔2〕（晋）陈寿撰，（宋）裴松之注：《三国志》，中华书局 2014 年版。

〔3〕（晋）陈寿撰，（宋）裴松之注：《三国志》，中华书局 2014 年版，第 219 页。

辈耶？'"遂考竟佗[1]。正史中显然没有用斧子砍开脑袋一说，自然也就不存在怀疑华佗行刺了。另外，华佗死于狱中别有缘故：首先，事情的起因是华佗恃能，违令不遵。尽管曹操"累书呼"，他还是借口妻子有病"犹不上道"，致使曹操"大怒"。在战乱年代曹操位居高位反抗他的命令怎么得了。曹操还是通情达理，"先礼后兵"的：若果真佗妻有病，不仅宽限假日，而且送小豆四十斛[2]，正因为是假托妻病，华佗才被拷问入狱。战乱年代违抗军令，也很难说就不处死刑。另外，曹操后来也曾后悔过。为了正统观念，罗贯中采用了许多虚构，这些虚构最重要的特征便是宣扬刘备的善，贬低曹操的恶，从而维护正统。

第三种就是纯粹虚构故事。在"刘玄德携民渡江"[3]一节，在史传中查不到出处，是小说作者为了把刘备写成"仁君"挖空心思虚构的。小说中这样描写道："却说玄德同行军民十余万，大小车数千辆，挑担背包者不计其数……"[4]表现了刘备在十万百姓心目中的地位，都愿意舍弃家业、背井离乡跟随刘备。另外，曹操疑心降将张绣的故事也是小说杜撰出来的。曹操并无疑心，若早有戒备，又何至于在张绣反叛时，"为流矢所中，长子昂、弟子安民遇害"。[5]在当时群雄竞起的大环境下，刘备、孔明、孙权、周瑜哪个不存有一定的戒心和疑虑，为何独独谴责曹操？实在太不公平了。

这些虚构，有的符合人物的性格，使史学与文学巧妙结合，

---

〔1〕（晋）陈寿撰，（宋）裴松之注：《三国志》，中华书局2014年版。

〔2〕古代十斗为一斛。

〔3〕（明）罗贯中：《三国演义》，岳麓书社2008年版，第367页。

〔4〕（明）罗贯中：《三国演义》，岳麓书社2008年版，

〔5〕（晋）陈寿撰，（宋）裴松之注：《三国志》，中华书局2014年版，第23页。

相得益彰[1]。有些却起到相反的作用，正如鲁迅的评价："至于写人，亦颇有失，以致欲显刘备之长厚而似伪，状诸葛之多智而近妖；惟于关羽，特多好语，义勇之概，时时如见矣……"[2]不难看出，罗贯中的主导思想是以刘备为正统的观念，为正统一方惩恶扬善，树碑立传。

《三国演义》为了正统观念，动用了民间的虚构和想象，去虚构正史里没有的情节。这样一来，小说以 75 万字的规模，塑造了 400 多个人物形象，描写了近百年的历史进程，创造了一种新型的小说体裁，这不仅使当时的读者"争相誊录，以便观览"，而且也刺激了文士和书商们继续编写和出版同类小说的热情。

《三国演义》的正统论与史学上之正统论关系密切，但小说家在强调某王朝的正统性时，并没有一味地依照史学观点加以描述，而是更多地融入了民众的思想情感，由此体现了与史籍不同的审美趣味。大体而言，小说家笔下的正统之主，往往具有真命天子与仁德之主的双重身份，这是其王朝正统性的根本来源。

首先是真命天子之说。历史上的皇帝：刘邦、刘备、李世民、赵匡胤与朱元璋，是小说家心目中理想君王的化身。在明代史家讨论汉族政权中，首先要讲的就是夏商周三代，其次是汉唐宋明。夏商周三代具有绝对的正统性，因此一直不是史家讨论的重点。在小说领域，夏商周因为史料匮乏、历史久远，也不是创作的重点。因此，明代史家对汉唐宋明的推崇影响到了早期历史小说的创作。小说家最早都是以明代史学家眼中的正统王朝为框架进行创作。在正统观念上，小说家受到了明代史家

---

〔1〕　任树宝："试论罗贯中的尊刘贬曹思想倾向"，载《呼兰师专学报》1995 年第 1 期。
〔2〕　鲁迅：《中国小说史略》，中华书局 2010 年版，第 279 页。

的影响，认为：

> 秦不过为汉驱除，隋不过为唐驱除，前之正统以汉为主，而秦与魏、晋不得与焉，亦犹后之正统以唐、宋为主，而宋、齐、梁、陈、隋、梁、唐、晋、汉、周俱不得与焉耳。且不特魏、晋不如汉之为正，即唐、宋亦不如汉之为正[1]。

在明代小说家看来，历代王朝中除了三代之外，只有汉唐宋称得上正统。秦、隋虽拥有天下，却不过是为汉、唐做准备，都不能称作正统。唐、宋不如汉之得正统，而大明则"超汉唐而并降三代"，也不能称作正统。[2]清代以后，小说已经过了集大成时期，虽然也有部分优秀的作品，已经无法从根本上改变小说的整体架构。

除了受明清史学家观点影响之外，小说中的正统观念还有着浓厚的道德色彩。小说中的正统君王，都是仁德之君。《三国演义》"扬刘抑曹"思想落实在刘备的仁德品格之上，尊刘备就是尊仁德为怀的王者之政。刘备之所以要起兵，为的是黎民百姓的安康，而并非是他自己的野心，这是《三国演义》正统观念的基础。从李贽的评论中可以看出："桃园结义，劈头发愿，便说同心协力，救困扶危，上抱国家，下安黎庶。你看他三人岂寻常草泽之人而已乎！三分事业实基于此。"[3]在这样正统观念的框架下，小说中的刘备才被塑造成善待黎民百姓，满怀儒

---

〔1〕（清）毛宗岗："读三国志法"，载《三国演义会评本》，陈曦钟、宋祥瑞、鲁玉川辑校，北京大学出版社 1986 年版，第 4 页。

〔2〕彭利芝："史学上之正统论与明清历史小说"，载《北京大学学报（哲学社会科学版）》2016 年第 4 期。

〔3〕（明）李贽等评、钟宇辑：《三国演义：名家汇评本》，北京图书馆出版社 2007 年版，第 568 页。

家仁义道德思想的好皇帝，十万百姓宁愿背井离乡也要跟随的明君。表现刘备仁义的细节在小说中不断被提及，成为他仁德爱民的象征，也成为其王朝正统性的基础。明清史学中的正统论本身就偏重于道德评判，这种唯道德主义的标准恰好与小说的审美趣味一致，对小说强调王朝正统而进行的虚构描写起到了推波助澜的作用。

明清历史学家的正统观念对小说中的艺术构思产生了深刻影响。鲜明的正统观念使得罗贯中在复杂的史实中选择以蜀汉为中心，重点刻画刘备、关羽、张飞、诸葛亮等人物，避免了将《三国演义》写成纷繁复杂的大账簿。在赞扬蜀汉的同时，大框架上真实再现了三国的历史，歌颂了曹魏、孙吴集团的时代精英，没有简单地将魏、吴视为"僭""伪"。正统观念不但没有影响小说《三国演义》的艺术性，还丰富了主要人物的形象塑造，促进了小说的艺术表现。

如果说《三国演义》在正统观念下的虚构是为了迎合元末明初历史学家的正统观的话，那小说《壬辰录》更像是对历史真实的一种拨乱反正，同时表达一种民众战后普遍的愿望。所以说《壬辰录》更多的是颠覆历史、超越失败的一种虚构。

儒家思想作为朝鲜王朝的建国基础（高丽王朝尊佛）已经在朝鲜王朝建国前半期起到了稳定社会的作用。儒家正统观念对军谈小说《壬辰录》在结构上最大的影响是：脱离正史、变失败为成功的虚构叙事模式。这一模式在《壬辰录》非历史系列（包括崔日景系列、李舜臣系列和关云长系列等），尤其是在崔日景系列中广泛使用。从总体上来讲，就是忽略了明援军和不受官军控制的义兵的作用。

据正史记载，在壬辰战争中的中日韩三方参战人物有：

中国（明朝）：皇帝：朱翊钧；兵部尚书：石星，备倭总经略：宋应昌、邢阶；赞画：刘黄裳、袁黄；备倭总兵官（主将）：李如松（第一次）、麻贵（第二次）；总兵：董一元、陈璘、杨镐；副总兵：刘綎、佟养正、李平胡、王守官；王有翼、任自强、查大受、孙守廉、祖承训；吴惟忠、邓子龙、陈愚衷、谢生、摆赛、颇贵；指挥：吴宗道、谭宗仁；守备使：熊正东；千总：李大谏；参将：胡泽、马世隆、黄应；谢应梓、杨五典、张奇功、高澈、方时春、李如梧、李如梅、戚金、李宁、骆尚志、赵牧之、张应仲、茅国器；游击：赵文命、施朝卿、李芳春、高升、钱世桢、周宏漠、高策、王问、王必迪、梁心、杨登山、李有升；左协大将副总兵：杨元；中协大将副总兵：李如柏；右协大将副总兵：张世爵；锦衣卫指挥使：史世用。

朝鲜：朝鲜宣祖、光海君、临海君、顺和君、李舜臣（阵亡）、权栗、柳成龙、郭再佑、宋象贤（阵亡）、黄进（阵亡）、郑拨（阵亡）、申砬（自杀）、金时敏（阵亡）、元均（阵亡）、朴泓（阵亡）、李亿祺（阵亡）、崔湖、柳崇仁、徐礼元（阵亡）、金千镒（阵亡）、金诚一、宋希立、黄世得、李宗张、尹兴信、李莞、尹斗寿、尹根寿、金忠善、金命元、罗大用、安卫等。

日本：丰臣秀吉、宇喜多秀家、小早川隆景、加藤清正、小西行长、宗义智、松浦镇信、有马晴信、大村喜前、五岛纯玄、藤堂高虎、锅岛直茂、锅岛胜茂、黑田长政、大友吉统、岛津义弘、毛利吉城、蜂须贺家政、生驹亲正、福岛正则、户田胜隆、长宗我部元亲、立花宗茂、毛利辉元、羽柴秀胜、细川忠兴、森吉成、胁坂安治、来岛通总等。[1]

---

[1] 韦旭昇：《抗倭演义（壬辰录）及其研究》，北岳文艺出版社 1989 年版，第 342 页。

在正面战场上，明朝陆军总指挥李如松；朝鲜将领李舜臣、郭再佑；日本将领丰臣秀吉等人在崔日景系列的《壬辰录》中都没有出现，转折之战真枪实弹的平壤战役等一系列战争被个人英雄虚构的事件所取代，甚至李如松最后也被刻画成了一个切断龙脉、被神灵诅咒而死的形象。而虚构人物崔日景的形象却被放大了，成了一个战无不胜攻无不克、善于发明创造的神一样的形象。

即便是出现在崔日景系列《壬辰录》里的正史中的人物，如全罗道的金德龄，妙香山的西山大师和中部江原道金刚山的泗溟堂惟政等，也都与史实中的实际行迹完全不同。可以说，小说只是借用了史实上的人名，虚构了人物的传奇。不仅人物如此，小说中的事件也与史实完全不同，中国《明史》中对壬辰战争的记录大概是这样的：1592 年 5 月 8 日朝鲜国王宣祖仓皇出奔平壤，1592 年 6 月 11 日离开平壤，再继续流亡至中朝边境的义州，并遣使向明朝求援。当时朝鲜全国八道已失，仅剩平安道以北，靠近辽东半岛义州一带尚未为日军所陷，国王宣祖知道若没有明朝的帮助，根本没有可能光复朝鲜，因此派几批使臣去明朝求救[1]。

在 1592 年 6 月间朝鲜使节李德馨屡次上书明朝辽东巡抚郝杰，郝杰于是遣副总兵祖承训率骑兵三千余人渡鸭绿江救援朝鲜。1592 年 7 月 17 日黎明，由于连夜大雨导致辽东军火器失效，加上祖承训不熟悉日军战法导致军队溃散，一日之内败退过大定江。明军第二波增援自从平壤兵败后，辽东军就将战争的主导权移交到中央兵部手里。在《宣祖实录》里有如下记载，"……此贼非南方炮手不可制，欲调炮手及各样器械先到于此矣，待

---

[1]　최문정 (2001), p.277.

南兵一时前进……","……今则霖雨频数,道路泥泞……秋凉水淖尽干后方可发大军前进剿灭……偌大军留义州及你国……则尔国粮料不敷,尔国今且省了粮料,留备大军之用……发兵救援已有明旨,我天朝无有内外之别,宁有终始之异乎……"[1]

壬辰倭乱对当时东亚的政治军事格局有显著影响。此役,朝鲜虽付出了数十万军民伤亡的沉重代价,但从亡国完成了复国。此役后,日本元气大伤,丰臣秀吉集团的势力彻底垮台,从此进入德川幕府时代[2]。因此,壬辰倭乱战争实际上起到了重新整合东亚各国政治军事力量的作用。

相对于正史,在小说《壬辰录》中,虚构幻想的手法常常是和夸张手法相结合的。这与当时朝鲜自身的历史原因有着密切的关系,当时朝鲜宣祖怯懦,朝廷将士表现不佳,最后主要靠明援军和义兵的力量才取得了胜利。小说创作为了迎合战后读者民族自尊心和维护朝廷统治的心理,创造出了背信者李如松反攻日本的情节,突出了本民族自身抗战的历史。

小说中李舜臣战无不胜、攻无不克、又善于发明创造的形象,金德龄和泗溟堂神勇智慧的形象等,目的都是为了逃避宣祖失察的责任,给朝鲜民众以心理上的补偿。小说为了达到这一目的,使用了幻想的手法,如对金德龄的来无影去无踪、能抵挡住千万枪杆射击能力等的描写,以及对泗溟堂铜室退火焰、呼风唤雨等神术的描写等。这一类的超现实的幻想手法虽是为了给朝鲜民众以心理上的补偿,但它却增强了作品的趣味性和传奇性,成为吸引当时读者的重要部分。小说丰富了人物的性格,神化了他们的能力与经历,引导了战后民众的意愿和向往。

---

[1] 민족문화추진회,《선조실록》,서울:민족문화추진회,1986,p.786.

[2] 韦旭昇:《抗倭演义(壬辰录)及其研究》,北岳文艺出版社 1989 年版,第 65 页。

　　金德龄[1]组织义兵的活动及其才能被某些官僚滥用和压抑等内容，则未曾提及。尽管小说以个人显神通来表现金德龄的爱国心，以史实来衡量毕竟感到不足。然而小说在金应瑞形象的塑造上，也自有其长处。总体来说，小说对金德龄形象的塑造是相当成功的。崔日景系列《壬辰录》对金德龄被捕、蒙冤、遭拷打，直至惨死的过程，做了相当细致、具体和令人心酸的描写。充满了悲剧气氛。一是辞母：金德龄被禁府度使捆绑起来后，悲伤地禀告母亲。"值此乱世，未能出而报国，奉王命。遭逮捕，有何面目面对朝廷！虽思不如一死，但王命不可忤逆，只得束手就缚而已。儿今去，祝愿母亲平安长寿！"[2]母子相对挥泪痛哭，"悲痛之情，难以形容"[3]。二是愤施神威惊吓度使倚仗王命对他这位有功无过之人毫不容情、极不客气，连途中进入松亭暂作休息也不允许。德龄怒从心头起，斥骂度使，施展神威，"身体稍抖动，铁链节节皆断，如腐绳烂索，纷纷落地。再纵身一跃，早已腾入云霄。"[4]三是受师诫，服"天命"。在金德龄愤施神威以后，他的老师自空中拨开青云悠悠降临。老师与金德龄久别重逢，见金德龄此种遭遇，不无感慨。但他却怪金德龄未听自己的意见，以至得祸，劝他"速去顺受天命"[5]，也就是要金德龄勿因蒙冤不服而进行反抗，辩解冤情以求生。师徒之间虽相爱护，师不能救徒，亦是人间一悲事！四是有功于国而违心自罪：金德龄被押解到国王前。在国王的责问下，又

────────────

〔1〕　강현모,「최일경 계열《임진록》에 나타난 김덕령의 영웅화 양상과 의미」,《한민족문화연구》, 권(14), 2004.

〔2〕　소재영,《임진록》, 서울 : 고대민족문화연구소, 1993, p.115.

〔3〕　소재영,《임진록》, 서울 : 고대민족문화연구소, 1993, p.115.

〔4〕　소재영,《임진록》, 서울 : 고대민족문화연구소, 1993, p.117.

〔5〕　소재영,《임진록》, 서울 : 고대민족문화연구소, 1993, p.117.

不得不违心地承认"臣罪当诛，万死不辞"[1]，以伏之罪未作为他申诉冤情之后的结论，实含有无限悲伤怨愤、冤抑之情。五是不甘冤死，要求得到"忠孝"封号：金德龄以其高强的法术与本领，足能抗拒重刑，无痛苦之色。国王问他为何抗拒刑罚，不甘心就死。他自己也知道这种耿耿忠言不可能使国王回心转意，这种预见性，也是难以得到国王的采纳的。最后只要求国王赐予他匾额一幅，上书"空前绝后孝子忠臣金德龄"[2]字样，高悬于旌门之上以资表彰，则愿受刑而死。

正史上，金德龄参加了抗倭战争，在其蒙冤而死之后，倭人闻讯手舞足蹈，"如金人闻岳飞死而互贺矣"。[3]甲午年正月（1594年），宣祖还曾给予金德龄部队"忠勇"的封号。同年朝廷撤尽南部一带其他义兵，将之归属于金德龄的"忠勇"。但是金德龄组成义兵后不久，正值和平谈判时期，各地军队受命不得与敌人进行较大战斗。但在1594年9月，金德龄照样配合崔岗所指挥的义兵，歼灭了登陆于固城的200名倭寇，这是不符合当时盛行"讲和"的客观环境。不仅如此，他的才能受到种种嫉妒、猜疑和诽谤。一些人想借机削弱他的威望和盛名，在战争形势极其不利于朝鲜军队的情况下，故意命令他强攻巨济，巨济失败后被诬陷为"起军三年，未建寸功"，还夸大其词说"且尚残酷，多杀无辜"。于是由尹根寿出面将他逮捕，囚禁数月。1596年2月，在南道士民纷纷上疏为德龄辩护的情况下，右相郑琢在朝廷中极力主张金德龄无罪，他才被释放。但仅仅半年多（丙申秋季）以后，他又被平白无故指为与郭再佑等一起参

---

〔1〕 소재영，《임진록》，서울：고대민족문화연구소，1993，p.115.

〔2〕 소재영，《임진록》，서울：고대민족문화연구소，1993，p.117.

〔3〕 홍양호，《해동명장전》，서울：박이정，2014，p.78.

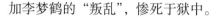

加李梦鹤的"叛乱",惨死于狱中。

建功立业却惨死狱中,对这种情节和人物的粉饰,与抚慰战败民族心理是密不可分的。不仅如此,儒家正统观念还对中韩古代小说《三国演义》和《壬辰录》基本道德标准产生了深远影响,小说将出场的人物明显地划分为三个不同的等级,采取了三种完全不同的描写方式,赞扬、批评和中立的态度:第一类是作者极度想赞扬的形象,对于赵云和李舜臣这样的英雄人物,作者直接无视他们性格上的弱点,将他们塑造成为"仁义智礼忠"五德兼备的人物,这种描写方式也得到了读者阶层的认可,成为民众行为处事的模范;第二类是模棱两可、褒贬不一的人物,如《三国演义》孙吴集团为代表的人物和《壬辰录》中作者想极力维护的宣祖,作者一方面赞扬了他们曾经取得的功绩,另一方面,由于他们在性格和为人处世的方式上,有悖于儒家道德标准的致命性的弱点。孙权虽然年少有为,但因为他对于"孙刘联盟"的背信弃义,甚至不惜出卖自己的至亲,为了谋求自己的江山基业,利用了自己的亲妹妹,牺牲了妹妹一生的幸福,这是最大程度上的不义,而对于宣祖的"哀其不幸,怒其不争"的经历,也是作者采取中立态度的原因;第三类是作者极力批判的人物,以《三国演义》中董卓、吕布为代表的"习于夷风"的边鄙人物,和《壬辰录》中的卖国者、侵略者,作品对他们完全是厌恶和痛恨的态度。对三类形象的情感态度是如此的截然不同,源自于作者的审美追求。两部小说的作者将儒家的以德统美、以理节情、德美合一、情理综合的美学思想与道家的崇尚自然、追求虚静、以柔克刚的审美理想相结合,通过生动具体的人物形象和对他们行为的审美,表达自己的价值取向。他们所肯定的,是那些道德高尚、胸襟宽阔、智慧超群、性格内敛克制的人物。李舜臣的竭忠尽智、关羽的义薄云天、刘备的仁德诚信，都是作者所称扬的；曹操横槊赋诗的潇洒儒雅，郭再佑"红衣作战"的镇定自若，孙权的知人善任，亦为作者所充分肯定。作者所推崇的是诸葛亮、李舜臣式的既德才兼备又文质彬彬，既具有儒家仁爱进取的精神又有道家清静无为的流风的人物。用这一标准来衡量董卓、吕布、叛国者等人，他们在道德上损人利己、见利忘义，是人格卑下的"三姓家奴"；在政治上，是谋反篡逆、祸国殃民的乱臣贼子；在才智上，是有勇无谋、目光短浅的一介武夫。

儒家正统观念作为两国的建国思想基础渗透到民众思想当中，从而又影响了作家的思想。儒家正统观在正史框架存在的同时，构建了自己道德标准下的框架，这两种框架并非是重合的，于是就有了小说的虚构。在此基础上，小说家完成虚构的同时，也建立了历史小说的创作模式，从而促进了小说的发展。

第三节　对后世小说发展的意义

前文提到，正史和儒家正统观念分别给历史描绘出了两个框架，而小说家所做的正是以正史的框架为基础，通过虚构等文学叙事方法，以达到正统观念框架的要求。这种正统观念下的虚构叙事也奠定了小说《三国演义》和《壬辰录》在各自国家文学史中的地位。

儒家正统观念对小说《三国演义》叙事发展有三个重大意义：首先，它是中国古代长篇小说的叙事模式。它融汇了中国古代长篇小说各种的技巧，即使用当代西方的叙事学观点来看也毫不逊色。其次，它是中国文化的重要组成部分，并且是弘扬儒家观念忠孝节义的通俗教科书。弘扬忠孝节义，小说相对四书五经来说影响力更强。因为运用故事的体裁，生动地写出来，很容易吸引人。正是因为《三国演义》是小说体裁，所以很容易深入人心。其次，是这部小说的虚构被称作是"七实三虚"，虽然这只是虚指，但也说明小说以正史的架构为基础进行虚构，既没有脱离历史，又能引起一般人对历史的兴趣。当然，《三国演义》过分尊重史实，正史的框架限制了小说家发挥想象力、创造性的空间，所以它比起《西游记》《儒林外史》等小说的想象力、创造力就减弱了。另外，它是用浅近的文言写成的。文言在语言表述、逻辑思维上相较白话有所欠缺，与《西游记》《红楼梦》《儒林外史》的对话相比就比较明显。

中国古代的史传文学非常发达，拥有《左传》《史记》这样卓越正史文本，以及深厚的编史传统和悠久的历史文明，无疑促使中国知识分子更加关注历史本身。从司马迁的"究天人之际，通古今之变，成一家之言"[1]到魏征"以史为鉴，可以知兴替"[2]，逐渐形成了中国传统文化中一整套记述历史的基本框架与编纂方法，从而体现出独特的史学态度与叙事原则。与正史相比，小说《三国演义》着眼于艺术结构的完整性与整体性，符合小说叙事文本的形式要素之一的结构原则。这一时期小说所关注的已经不再是完成记录的任务，而是关注作者在记录过程中的艺术匠心，关注作者在叙述事情过程中的美学追求和艺术创作。从这一点来看，小说是超脱于正史的。另外，为了维护正统，赋予叙事全新的概念和创作理念，刻意去追求小说文本的巧妙与精致，于是才有了这部传世的作品。

〔1〕（汉）班固：《汉书·司马迁传》，中华书局 2014 年版。

〔2〕（后晋）刘昫等：《旧唐书·魏征传》，中华书局 1975 年版，第 1608 页。

　　《三国演义》成书以后，受到社会的普遍欢迎：不但"士君子汉书之好事者，争相誊录，以便观览"[1]；而且下层文人和普通市民也纷纷阅读和讲说，口耳相传；加之戏曲和曲艺竞相取资，更使其故事和人物深入民间，传遍九州。这种巨大的成功，适应了社会的需求，造就了广泛的爱好者，吸引了众多的继起者，并被书商们视为赢利的"热门"，从而有力地推动了历史演义小说的创作。于是，从明代到清代，历史演义小说不断问世，仅今存的便有数十部之多。这些历史演义小说，题材遍及中国历史的各个时代。若按其内容的时代顺序排比，主要有以下作品：

　　反映上古至周武王灭商历史的小说，有《盘古至唐虞传》《有夏志传》《有商志传》《开辟衍绎通俗志传》等。反映周代历史的小说，有《春秋列国志传》《孙庞斗智演义》《后七国志乐田演义》《新列国志》等。反映两汉历史的小说，有《全汉志传》《两汉开国中兴传志》《西汉演义》《东汉演义传》《东汉演义评》等。《三国演义》的续书，有《三国志后传》《后三国石珠演义》等。反映两晋南北朝历史的小说，有《东西两晋志传》《东西两晋演义》《北史演义》《南史演义》等。反映隋唐历史的小说，有《隋唐志传》《大隋志传》《唐书志传通俗演义》《隋炀帝艳史》《隋史遗文》《隋唐演义》等。反映五代历史的小说，有《残唐五代史演义传》。反映宋代历史的小说，有《南北两宋志传》《大宋中兴通俗演义》等。反映元代历史的小说，有《青史演义》。反映明代历史的小说，有《英烈传》《续英烈传》《梼杌闲评》《辽海丹忠录》等，洋洋

---

[1]（明）罗贯中著，（清）毛宗岗评：《（注评本）三国演义》，上海古籍出版社2014年版，第7页。

洒洒，蔚为大观[1]。

那么多的历史演义小说，不管其成书过程如何，都自觉或不自觉地受到了《三国演义》中历史叙事的影响。然而，小说《三国演义》的影响不仅在当时，其历史叙事的创作手法也是影响后世的重要源泉。

五四时期，历史叙事原则随着叙事主体自身叙事立场和出发点的改变也悄然进行变化。鲁迅先生在《故事新编》的序言中曾经谈道："对于历史小说，则以博取文献，言必有据者，纵使有人以为'教授小说'，其实是艰难组织之作，至于只取一点因由，随意点染，铺成一篇，倒无须怎样的手腕，况且'如鱼得水，冷暖自知'。"[2]《故事新编》中的大禹、后羿、伯夷、孔子等形象，是鲁迅所体察到的现代社会人际冷暖世态炎凉后形成的历史观。其实，鲁迅和"五四"时期作家的历史叙事文本中，在尽可能去展示历史真实的同时，更加追求的是表达叙述者在特定意识形态要求下对历史的理解与批判[3]。他们的任务是在继承历史的框架下，去思考启蒙与救亡的主题如何展现，并探索对这一时代进行重构和再编码的方法。因此，从"五四"到20世纪40年代，历史叙事成为当时文学家关注现实、实现变革、参与政治革命的表现方式。《三国演义》中的历史叙事模式在这一时期展现出了新的价值标准和表现方式。

中华人民共和国建立以后，出现了一种新的历史书写方式，

〔1〕 沈伯俊：《〈三国演义〉与明清其他历史演义小说的比较》，载《中华文化论坛》1997年第3期。

〔2〕 鲁迅：《故事新编》，天津人民出版社2015年版，第5页。

〔3〕 陈刚："论《三国演义》的当代传播——以电脑游戏'三国群英传'为例"，湖南师范大学2009年硕士学位论文。

在中华人民共和国建立的背景下，掀起了革命激情下对历史重述以及传统教育的主导性权力话语的热情。因此，在中国 20 世纪 50 年代到 70 年代之间，集中出现了一大批反映革命斗争的历史题材作品。在《红旗谱》《青春之歌》等作品中，反映革命斗争过程的文本是这一时期历史题材的主旋律。甚至连散文这种题材在这一时期，美学倾向上也倾斜于对革命历史纪录的通讯特写与报道，或是对革命历史斗争豪情的弘扬。而像《茶馆》等一些传统题材的历史剧更是与革命主题密切相连。《三国演义》中的历史叙事在这一时期演变成为以政治为本位的意识形态话语体系，将社会历史全部的丰富性与复杂性转变为一种社会变革的形式和革命斗争的胜利。这种叙事模式以阶级斗争视角去观照丰富生动的社会历史生活，最终形成了一整套特殊的历史话语和固定模式，被称作是"历史的真实"[1]。文学家用借古喻今、以古注今的方式去表达对现实的关切，用那个时代的政治功利观来重述历史，成为一种普遍现象。

到了 20 世纪 80 年代末 90 年代初的时候，历史叙事文本再次成为热点。伴随着图书、影视传播等媒介的普及，中国 20 世纪末文学出现的历史叙事再一次成为一个热闹景象[2]。历史叙事中呈现出的多角度审美追求与历史观念的演化，再一次给中国文艺带来了繁荣，同时也带来了具有价值的、成功的探索。在这一时期的历史叙事文本热潮中，《三国演义》传统意义上的历史叙事，与当代文艺总体发展相结合，对之前的叙事格局有所突破，更多采取宏观的创作视角。在正史的框架下，与传统观念、

〔1〕 〔美〕浦安迪讲演:《中国叙事学》，北京大学出版社 1996 年版。

〔2〕 陈思和:《中国现当代文学名篇十五讲》(第 2 版)，北京大学出版社 2013 年版，第 198 页。

文化意识和民族心理等各个方面相结合，重构了历史社会的情境，重塑了历史人物，艺术地表达了那个时代人们对历史的审视与反省。以刘斯奋《白门柳》、二月河《雍正皇帝》和唐皓明《曾国藩》为例，就突破了之前历史叙事中以农民起义为历史动力的传统视界和阶级斗争立场，选择了历史大裂变时期帝王将相与知识分子在各自特定历史规定性中各种矛盾、冲突与大错位，在展现历史腐朽与历史进程的严酷现实的同时，也让人感受到了新生变革思想的孕育。

与上述传统意义上的历史叙事文本相对，有一种新的历史叙事文本在 20 世纪 80 年代末 90 年代初盛行，相对传统的历史叙事尽量还原历史真相的叙事手法，新历史小说选取民间视角、反传统的书写、非理性的基调对历史所做的时代反省，采用因果、联想、蒙太奇等手法，目的是"借某个历史框架甚至是历史虚拟，来诠释变化无常的历史表象背后的人性法则，来表现生存意志和情感需求的历史内涵，来升华那种根植于现实地基上的历史幻想"，[1]被称为"新历史小说"。

20 世纪 80 年代之前，赵本夫《刀客与女人》和周梅森《沉沦的土地》已经开始了对传统历史题材创作模式中根据特定的政治意识整合历史题材的尝试性突破，通过主人公的传奇经历与矛盾冲突所呈现的人性因素，摆脱历史教科书的束缚，注入了更多的人性因素。20 世纪 80 年代中期以后，莫言的《红高粱家族》完全改变了传统历史题材创作的视角和观念。以一种经过主体理性选择和主观意念统摄的"历史"为载体，进行创作主旨的艺术传达的历史叙事方法。传统革命历史题材创作的固

〔1〕 陈思和：《中国现当代文学名篇十五讲》（第 2 版），北京大学出版社 2013 年版，第 276 页。

定历史叙事模式，是由主流意识形态单一的政治视角决定下的权威历史话语表述。而在"新历史小说"中，那些原本被权威历史话语所遗忘与弃置的家族和村落命运，代替了阶级、民族的命运。刘震云的《故乡天下黄花》写了一个同宗家族几代人为了一个村长的职务进行的恩怨仇杀，展示了长达70年的权力斗争的残酷性。一些原本不曾被叙述的历史事实——民族精神中根深蒂固的惰性基因和负面价值，也通过农民对权力的畸形膜拜与肆无忌惮的权力扩张所引发的人间悲喜剧的形式得到阐释。刘震云将阶级斗争思想进行重新叙述与解构，也就是对权威历史话语的异议。被评论界称为"构造后历史话语"和"历史颓败话语情境"[1]的苏童的一系列历史小说中（如《罂粟之家》《妻妾成群》《米》等），其核心思想是敌视、饥饿、仇杀、出卖等生存本相。新历史小说将人性的善恶作为描写的重点，从而再现了历史人生的沧桑与悲凉，在更加真实的层面上贴近了历史本体。

　　新历史主义最引人注目的便是其反叛传统史传精神的新的历史叙事方式：不再把历史当作固定的、不可更改的、严肃的客观存在来对待，而是随意虚构与游戏历史。他们戏说历史、演义历史，对历史充满了生动的挑逗和自由想象的欢快宣泄。刘震云《故乡相处流传》从魏晋到现当代，千年的文采风流、出将入相的伟业，在作家笔下都因失去了尊严与庄重而变得滑稽与匮乏。苏童《我的帝王生活》中"我"由帝王到艺人，更是对历史的"自我言说"。在影视作品中这一现象更为普遍，如《三毛从军记》《古今大战秦俑情》中，把历史从人的记忆深处放逐出去，并将"历史"交还给大众感官的直觉活动及其娱乐性满足。

---

〔1〕　王岳川主编：《中国后现代话语》，中山大学出版社2004年版，第79页。

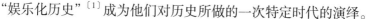

“娱乐化历史”[1]成为他们对历史所做的一次特定时代的演绎。

　　进入新世纪以后，与小说并行的还有许多不同媒介。《三国演义》中的故事被不断搬上电视屏幕，如《赤壁》《定军山》《三国演义》电视剧、《新三国》《三国之见龙卸甲》等；好的音乐作品也有不少，如林俊杰的《曹操》《醉赤壁》，毛阿敏的《历史的天空》等；还有根据《三国演义》改编的小人书、儿童读物、动画片等；与《三国演义》有关的旅游景点吸引了大批海内外游客，如无锡的三国影视城；与三国故事有关的谚语也一直是群众耳熟能详的，如“周瑜打黄盖———一个愿打，一个愿挨”“貂蝉唱歌———有声有色”[2]等；易中天品三国这样的节目亦是红极一时……不能不说，《三国演义》已经成为一种文化现象，被捧上了传统文化的至高圣殿。其中网络这一虚拟的世界，成为对年轻一代传播较广的途径，具有代表性的如《QQ三国》《三国群英传》等。虽然游戏世界与文学世界存在一定的差异，但古典文学与游戏之间及游戏文化之间并不排斥。“三国群英传”模拟再现了三国时期的历史环境，使玩家通过角色扮演，在虚拟世界中切身体验了文本小说所描绘的历史画卷。“三国群英传”所引入的历史事件，对再现和保证《三国演义》小说原貌都起到了积极作用。游戏所引入的历史事件基本上都取材于文本小说中的经典故事，但是这些故事通过分角色扮演、音乐和画面陪衬之后，又具有另外的表现力。游戏精心安排的许多的剧情事件，大如桃园三结义、十八路诸侯共抗董贼、孔明舌战江东群儒、赔了夫人又折兵等影响三国局势甚巨的情节，小如杨修一合酥之辩、邓艾凤兮之对等趣闻轶事，都可让玩家亲身体验，

〔1〕　王彪选评：《新历史小说选》，浙江文艺出版社1993年版，第8页。
〔2〕　温瑞政主编：《新华歇后语词典》，商务印书馆2008年版，第429页。

仿佛置身三国时代。同时，游戏又将实现小说所描写的历史事件作为游戏中的一个任务，让玩家在游戏中极力去创造发生历史事件所必需的历史条件[1]。"三国群英传"游戏能够成为青年一代的时尚游戏，主要体现在历史人文的感召、电子休闲的载体、张扬个性的方式、个人价值的需要等方面[2]。

　　《三国演义》也是中国古代小说在海外传播最广的作品之一，受到了外国读者的普遍欢迎。早在明隆庆三年（1569 年）已传至韩国，崇祯八年（1635 年）有一种明刊《三国志传》就入藏于英国牛津大学。自日僧湖南文山于康熙二十八年（1689 年）编译出版日文本《通俗三国志》之后，韩国、日本、印度尼西亚、越南、泰国、英国、法国、俄国等许多国家都有本国文字的译本，并发表了不少研究论文和专著，对小说《三国演义》作出了有价值的探讨和极高的评价。对于读者来说《三国演义》给后世带来的巨大影响还在于对关羽的崇拜。民间所供奉的"关公"又被我国台湾信徒称为"恩主"，即救世主的意思。在东南亚地区，日本、新加坡、马来西亚以及菲律宾等国家，甚至美国、英国的华人区域，关公的信仰也都相当盛行，华侨在国外从商者很多，因此对于作为武财神的关公也多加崇祀。佛教对关云长的信仰只限于供奉，而道教则将关羽奉为"关圣帝君"，即人们常说的"关帝"，为道教的护法四神之一。

　　小说《壬辰录》是集中了文人的记事文学和民间传说而成的作品。由于它所反映的是"开辟以来，所未有之祸"[3]，是一

----

〔1〕 陈刚：《三国演义》在游戏中迅速传播的原因分析——以游戏'三国群英传'为例"，载《佳木斯教育学院学报》2011 年第 4 期。

〔2〕 王裕："历史游戏　开创游戏的历史"，载《软件工程师》2006 年第 5 期。

〔3〕 韦旭昇：《抗倭演义（壬辰录）及其研究》，北岳文艺出版社 1989 年版，第 372 页。

场空前残酷浩大的战争，加上它又是第一部朝鲜国语讲史作品，它一经出现，便不可避免地对朝鲜文学的发展产生影响。于是这部由文人与民间合作而成的作品，转而对于带有浓郁民间气息的通俗文学的产生，起了一定的刺激作用。其后一些军功小说[1]纷纷出现，便是它在文学史上有影响的一种具体表现。

在小说《壬辰录》的影响下，最早产生的带有歌颂战争英雄性质的小说，是17世纪的《朴式夫人传》《林忠臣庆业传》。这两部作品都以朝鲜反满人入侵的丙子战争（1636年）为背景，其中有些人物是历史上确有其人的，如林庆业、李时白等。《朴式夫人传》写李时白的妻子朴式夫人粉碎了满王的刺客企图刺杀其丈夫李时白和反满名将林庆业的阴谋，并用法术斩杀和打击敌将。《林忠臣庆业传》写林庆业将军反对满人入侵朝鲜，孤军奋战于朝鲜北方义州关一带的故事，赞扬了他的智勇与对祖国的忠诚。

在17世纪至19世纪之间，出现了数量较多的军功小说，其中以朝鲜为舞台的有《申遗腹传》等，以中国为舞台的有《刘忠烈传》《赵雄传》《张国振传》《洪桂月传》《郑秀贞传》等。《申遗腹传》写申遗腹幼年少年时期生活不幸，长大后却为国立功。他向僧人学得诸子百家及兵法，后中举，为官至兵曹判书。在明朝奸臣当权、备受胡人侵略之际，他受朝鲜国王的派遣，以

[1]　所谓"军功小说"，就是指那些包含英雄名将、克敌制胜、建功立业的小说。对此类小说，朝鲜历来有"军谈小说""英雄小说""武勋谈"等一类的称呼。本书则称它"军功小说"，为的是更好地概括这类小说的特点，实质上和上述其他称呼是一致的。其实，从小说《壬辰录》对于壬辰卫国战争诸英雄义士所建战功的歌颂来说，它似乎也可以称之为"军功小说"。不过它是以真实的历史为背景而写成的，而且它的趣味不在于写悲欢离合、打仗立功、得官位、享富贵等情节。它是以表现爱国者的卫国斗争为目的的、态度严肃的作品，因此只宜把它划归入"讲史小说"，而不宜以"军功小说"来看待。

大元帅身份率领大军奔赴明朝，与明军联合大破胡兵，威震中原，被明朝皇帝封为魏国公，凯旋归朝鲜。《刘忠烈传》写中国明朝名臣之子刘忠烈在战斗中建功立业的过程。刘忠烈七岁时，父亲家遭奸臣迫害，全家离散。他经危难遇救。后入山向僧人学习武艺与法术。当奸臣与胡国勾结倒戈攻入皇城称王时，刘忠烈遵师嘱下山，凭法术与武艺救出皇帝一家，之后去胡国接受它投降，途中救出被贬谪的父亲。这以后他又远征南蛮，救出丈人并找到了母亲、丈母和妻子。因他卫国退敌功高盖世，被封为大司马兼大将军及丞相,享尽荣华富贵[1]。《洪桂月传》与《郑秀贞传》都以中国为背景，内容大致相类似：男扮女装、入深山古刹向僧人道士学习法术与武艺，中状元，当元帅，打败入侵之敌，救国家于危难之中，劳苦功高。

产生于 19 世纪中期的《玉楼梦》，也具有歌颂战争英雄的性质，但其中无一人是历史上的真实人物，全属虚构。它以中国为舞台，写杨昌由一介书生而升高官，被封为燕王，娶五女为妻妾的故事。其中穿插他和他的妾江南红与蛮国作战，屡建军功的经历。它虽以写爱情为主，却有大量篇幅写打仗。它主要是受了金万重的《九云梦》的影响，但它对战争的描写，和使用法术以克敌制胜等情节，除受中国小说的影响外，多少也含有小说《壬辰录》的一些影响。

上述小说中，除《朴氏夫人传》与《林忠臣庆业传》略有历史人物为其根据以外，其余纯属虚构。它们大多有这样一些共同或相似点：第一，对中国（主要是明朝）友好，甚至以中国为舞台，把军功的建立者设定为反对"胡人"入侵的中国将领、忠臣。第二，军功建立者一般除武艺精湛以外，还得通法

〔1〕 李岩、俞成云：《朝鲜文学通史》，社会科学文献出版社 2010 年版，第 822 页。

术，以此克敌制胜。第三，以击退入侵者、守卫住国土、取得胜利为结局。此外，还有一些军功小说大写女子的本领和作用。这些军功小说具有以上一些类似点或共同点。这里既有政治和历史的原因，也有文学的原因。政治和历史的原因是朝鲜和明朝间，通过朝鲜壬辰卫国战争中的合作而加深了友谊。由于朝鲜对明朝的援朝抗倭怀有感激之情，当明朝受到满族的威胁时，朝鲜也就立即应明朝的请求，援明反满。小说《壬辰录》的异本中，甚至有率军和满族作战，之后又投降日本的将军。由此可以看出民间把联明反倭和援明反满两种事件混为一谈了。这虽是一种对两大历史事件的混淆，却反映出朝鲜对明朝的感情。另一方面，满族发动的入侵朝鲜的丙子战争（1636 年）曾为朝鲜带来了屈辱与不幸。在这种情况下，朝鲜也就更加把自己安危荣辱和明朝的安危荣辱联系起来考虑了。明朝终于亡于满人，而朝鲜也在其对满的战争中，遭到了失败与屈辱。这种情况使朝鲜产生了一种愤懑不平的情绪。于是人们就借助文学的形式，虚构出种种故事，编成小说，用以宣泄这种愤懑，以幻想的方式和假托的敌人的胜利，来弥补失望情绪，在幻想中实现自己的历史上未能实现的愿望，以此表达对往日的朝明间友好关系的留恋，乃至对未来的向往——这也就是为什么李朝后半期的军功小说，大多以维护中国（主要是明朝）及以朝中友谊为内容的政治和历史的原因。军功小说产生的文学原因，追根溯源，和小说《壬辰录》的影响不无有关。虽然小说《壬辰录》和军功小说的性质、写法颇不相同，但它作为第一部歌颂战争英雄的小说，为韩国语小说的发展开拓了一个以表现战争英雄为其内容的新领域，从而为军功小说的产生开了一个头。除此之外，神道法术就是这种影响中的一个方面。《壬辰录》中金德龄、泗溟堂的神道法术，在军功小说中成了对敌人的一种威慑力量。另外，女子的作用，在《壬辰录》中，还只限于桂月香对金应瑞的协助上，但在以后却产生了像《玉楼梦》中的江南红这样的智勇双全的女将军。至于洪桂月、郑秀贞，则简直成了非凡的救国英雄了。这种情况和《朴氏夫人传》《九云梦》的影响有很大关系，但和《壬辰录》也是有关的。对敌斗争总是以己方胜利为结局，这是和《壬辰录》相同的。《申遗腹传》的作者是以此来表示朝鲜同样有能力和将帅之才以援助别国的。作者以此弥补小说《壬辰录》中的朝鲜只是作为"受助者"的缺憾，化受助者为助人者，化弱者为强者，无疑是针对《壬辰录》而发的，但其中对明朝的感情，又是和《壬辰录》一脉相承的。

另外，小说《壬辰录》的出现，又直接刺激了一些同样取材于壬辰战争的小说或传记文学作品的产生。这些作品，可以说是小说《壬辰录》的直接延长，或者说，是脱胎于它而又有所发展的作品，可以把它们看作是《壬辰录》的"直系"[1]。这类作品一般是以写李舜臣为主的，如《水军第一伟人李舜臣传》。此作品于 1908 年连载于《大韩每日申报》，有朝鲜国语汉文混用体和纯朝鲜国语体两种，前者 1908 年 5 月 2 日至 8 月 18 日连载，后者于 1908 年 6 月 11 日至 10 月 24 日连载。又如李海潮的《李舜臣将军实记》（1910 年）、崔瓒植的《李舜臣实记》（1925 年）。此外，如姜羲永的《忠武公李舜臣实记》（1925 年）及李允宰的《圣雄李舜臣》（1931 年），虽然是历史传记，但其描写部分较为生动，尤其是后者的《十忠武公被捕》《十一忠武公出狱及家运不幸》《十三鸣梁大海战》等章节，有相当强的形象性和故事性，多少具有小说文学的某些特点，未尝不可以把它们纳入文学的

[1] 구인환，《임진록》，서울：신원문회사，2012，p.1.

范围。完全以小说形式写成的作品是李光洙写于 1932 年的《李
舜臣》。此书为现代文体，有标点、分段，对话生动，全书约占
40 万字的篇幅，是关于李舜臣的最长的一部文学作品。应该指出，
上述这些作品，也是取材于史书和其他记事文学作品而写成的，
不能说完全是直接根据小说《壬辰录》加工改写而成的。但是
也还应该看到：以手抄形式辗转流行于民间达二三百年之久的
小说《壬辰录》，无疑对于包括上述各书作者在内的广大朝鲜人，
起了宣扬爱国精神的作用，并教育他们以卫国英雄李舜臣等人
物为自豪，使许多人自童年时期起，就熟知并热爱壬辰战争中
的英雄人物。作为广大群众认识壬辰卫国战争的启蒙读物，小
说《壬辰录》对上述有关李舜臣的小说及传记文学的产生，直接、
间接、或多或少地起了启发、诱发、刺激、促进和推动的作用。
小说《壬辰录》作为第一部以壬辰卫国战争为题材的讲史作品，
实际上为这些作品的出现打响了第一炮，是它们的先行者。因
此，不能把上述有关李舜臣各书的成书原因完全排除于小说《壬
辰录》的影响之外。

　　除了有关李舜臣的作品以外，还有关于壬辰战争中其他英
雄人物的作品，如《忠勇将军金德龄传》《西山大师》《郭再佑传》
《泗溟堂传》《权栗将军传》等。《忠勇将军金德龄传》也是属于
传记文学的作品，其中分四节，分别叙述了他的"显达""起兵""出
战""横死"等过程[1]。作品借郑琢之口，指出了金德龄在壬辰
诸将中的重要作用。实际上是把金德龄摆在众陆军将领之首，
把他和海军的李舜臣相比。然而，"勇猛"与才能未得施展，竟
蒙奇冤。这本书对金德龄的看法，和小说《壬辰录》是基本相
同的。小说《壬辰录》之所以不把金德龄而把金应瑞摆在很高

---

〔1〕 조동일,《한국문학통사 3》, 서울 : 지식산업사, 2006, p.27.

的地位上，是因为金德龄的经历和冤死的事实无法使小说作者把他写成陆地战场克敌制胜的决定性关键人物，只好把这个位置让给收复平壤有功的金应瑞。小说《壬辰录》中金德龄的本领，实际上远远超过了金应瑞，但他成了冤死于杖下的悲剧性人物。《忠勇将军金德龄传》对这位将军的能力的评价和为他的悲惨遭遇而怀有的激愤之情，和小说《壬辰录》中的意思是完全一致的，从中可以隐约看出，除史书的影响以外，小说《壬辰录》也对该书起了一定影响。《西山大师》则是一部语言较为古老简朴的故事书或小说。它不是根据史实写作传记，而是把民间口头传说书面化。这本书中，写的是西山大师，却将他的事迹和李舜臣、金应瑞、桂月香、泗溟堂等人密切联系起来，把他渲染成为诸葛亮式的人物。总的来看，故事书《西山大师》中西山的形象和小说《壬辰录》中西山的形象，虽在具体情节上有所不同，但其地位和作用则是基本属于一类的。西山大师在史实中本不过是僧义兵的号召者，但小说《壬辰录》中，他却成了参与王朝有关战争的重大决策的重要人物，他的建议导致了整个战争转败为胜的局面。有趣的是，在这本故事书中，他起的基本上也是这种作用，只不过更加具体一些，更加传奇化和神化一些。在这本书里，他的作用不仅扩大到了对李舜臣的重新起用，和在战术上指点这位海军名将上，还指示金应瑞暗杀了敌将，甚至晋州论介义妓的爱国壮举，也是执行他指示的结果。至于他对泗溟堂在日本活动的帮助，则本是小说《壬辰录》中已经有的情节。由此可见，故事书《西山大师》受了小说《壬辰录》或与《壬辰录》有关的民间传说的影响。比之于《壬辰录》它还进一步扩大和加深了西山大师的作用。从《西山大师》和《壬辰录》两书中西山大师形象的异同可以看出，小说《壬辰录》

来自民间传说，又反转过来刺激了民间传说的发展。故事书《西山大师》就是这种发展的结果，它是小说《壬辰录》的直系产物。故事书《西山大师》对桂月香的作用也做了增添。它叙述金应瑞砍去了敌将的脑袋后，这脑袋掉下后又复自动跃起到颈脖上。金应瑞再砍，敌头掉下后又接上，如此数次，使金应瑞束手无策。此时桂月香想出了一个妙法：用炉灰洒在敌头掉下后的颈脖上。这一来，敌头就无法再接于颈脖上了。于是敌将终于倒地身亡。这里的桂月香比之于小说《壬辰录》中的她，起了更大的作用。可以说，她不仅为金应瑞潜入敌营创造了条件，而且还直接参与了杀敌的行动。没有她的妙法，金应瑞就砍不死敌将[1]，功败垂成，完不成任务。

小说《壬辰录》主要的影响还存在于通俗文学之中。但一些文人也间或受到它的影响，如19世纪后半期李日愚所做《绍谷稗说》中的《牡丹峰感遇录》就反映出这一情形。

应该指出的是，韩国由19世纪末至20世纪上半期，正是处于受日本威胁直至最终被其吞并的时期。这一特定时期中的特定的客观环境，是促使上述有关壬辰战争英雄事迹的作品大量产生的客观原因。产生于17世纪的小说《壬辰录》到了这个时期充分地显示了它的影响，这也是上述客观条件与原因所起作用的结果。"雨后春笋"，小说《壬辰录》有如竹根，足以激发民族意识与爱国精神的时代环境有如雨水，上述作品就是这样一场霖雨中由竹根上破土而出的群笋[2]。小说《壬辰录》是文人书面文学和民间口传文学相结合的产物，它虽在书面化时，经过有点文化水平的人所做的程度不等的加工，但毕竟不完全

[1]　李岩、俞成云：《朝鲜文学通史》，社会科学文献出版社2010年版，第873页。
[2]　韦旭昇：《抗倭演义（壬辰录）及其研究》，北岳文艺出版社1989年版，第500页。

是文人创作，比之于文人士大夫辞藻瑰丽、结构精密的文学作品，它更倾向于简约、质朴、粗放的风格。它属于民间所喜爱的通俗文学的范围。因此，它的影响也主要是在通俗文学方面。上面所提及的直接或间接受到它影响的小说作品，也大都属于这种通俗文学。在这类作品中，尽管不可避免地具有这样那样的缺点，但是，它们在朝鲜遭受日本压迫与统治的时期，起到一定程度的宣扬民族意识的作用。直到日本投降，朝鲜获得解放以后，还出现过一些以壬辰卫国战争为题材的小说与戏剧。直到今日，也有电影《海神》《不灭的李舜臣》《丰臣秀吉》；电视剧《华政》《王的面孔》《雷鸣》《西宫》等文化领域创作中的原型，当代文化重述历史的底本之一。

结　语

　　在文本阅读的时候有一种特殊现象，即正史和小说有时在讲述同一件事情，但内容却完全不同。造成这种现象的原因是：史学家所秉承的是"务从实录""秉笔直书"的史官精神，并且中韩历代还有独立的官职和制度保证正史内容的真实性。所以在当代，我们了解历史真相最直接的途道就是研究正史，而历史小说是小说家对历史的记忆或是通过一定的资料对某一段历史的想象。与史学家有独立史官制度保障不同，小说家要受到许多社会因素的影响，儒家的正统观念便是其中的一个。

　　源于儒家"礼"的正统观念自汉代"独尊儒术"之后，一直被统治者利用而成为整个中国古代社会的显学。不仅如此，整个"汉文化圈"也受其影响。壬辰战争是儒家正统观念与小说历史叙事最有力的契合点。这是因为战争带来的生灵涂炭、朝不保夕，使得整个社会都处在不稳定的状态之中，这时统治者不得不在政治、经济、文化等各领域采取一系列维护正统的政策来维护自己的统治，于是正统观念就成了历史小说的核心思想。

　　中国书籍从古朝鲜时期就开始传入朝鲜半岛，而朝鲜半岛小说的产生，也是在学习中国小说的基础上完成的。从高丽时期开始，中国小说开始陆续进入朝鲜半岛，中国小说大量传入朝鲜半岛是在壬辰战争前后。《三国演义》是中国小说传入朝鲜半岛的作品中最受欢迎的一部,而随着《三国演义》一同传入的,除了关羽崇拜以外，就是小说中的正统观念了。

在史书《三国志》中，刘备政权仅是逐鹿中原的各路枭雄之一，虽然在三国鼎立时占据一方，但始终也是最为孱弱、最先灭亡的一个政权。然而在小说《三国演义》对刘备的描写过程中，因为是王族，被看作是正统的一方。为了突出刘备的正统地位，作者用了忽略战功、移罪他人的手法，将刘备从一个枭雄变成一个英雄，以突出刘备的"仁义"。与此同时，小说中的曹操却变成了正统一方的敌对者。作者采用了对曹操不利的、未经考证的史实来塑造人物，刻画了曹操僭越皇权、严酷对待政敌、隐现虚伪、腐朽奢侈的生活。正统观念对于《三国演义》小说叙事方式的改变在于：通过重组赤壁之战来突出正统事件。孙刘两方合作抗曹的赤壁之战是三国时期的三大战役之一，小说用许多修饰方法使得赤壁之战超越了其他战役，成为小说绝对的重点。小说还通过重组事件突出正统。赤壁之战在正史中最早提出统一战线的是鲁肃，决策过程中最重要的是孙权，在小说中享受战争胜利成果的却由孙权变成刘备。另外，还有"借东风"等情节的虚构，这些都是为了突出刘备正统而编造的。

而在朝鲜军谈小说《壬辰录》中也有这样的体现。小说中的正统一方是宣祖集团，也是小说着重描写的主人公，其中包括宣祖、忠臣、义兵和朝鲜人民，代表着正统和正义；代表反正统的是丰臣秀吉集团。在小说里，不仅在用词方面使用了老鼠、家伙等词汇；在情节方面，日军还受到了天谴；在人物刻画方面，日军还是凶狠和强大的异类，小说中小西飞甚至被描写成长有盔甲的怪物。最为夸张的是反攻日本的情节，神仙化了泗溟堂这一人物形象，让他孤身前往日本，凭一己之力，让日本决定投降臣服于朝鲜，从而更加突出宣祖统治朝鲜的正统地位。第三方力量是李如松集团，小说《壬辰录》忽略了他们的战功并将李如松塑造成背信者的形象。另一个方面是正统观念对《壬辰录》叙事方式的改变。小说是通过强调露梁海战来突出正统的。露梁海战在正史中是壬辰战争里一个非常小的战役，但小说却强调了这场战役的重要性，并将其刻画成为最终决定胜利的大战。李舜臣率领仅剩的几条残船，追击撤退中的日军战船，战胜了数倍于自己的敌人，鼓舞了人心，从而维护了宣祖的统治。另外，还有通过描写李舜臣的忠勇来突出正统人物的情节。在小说中李舜臣被塑造成一个战无不胜攻无不克并且善于发明创造新式武器的神仙化的人物；并忽略了蒙冤的情节，将一个原本屡次蒙冤在战争中不幸中流弹死亡的将领，刻画成为一个战无不胜最后英勇献身的英雄，从而达到维护宣祖统治的目的。

　　正统观念是影响两部小说内容的重要因素。明代思想的主题是复古，小说《三国演义》的主题与明朝崇尚的汉代思想有关，所以小说表面上是维护汉的正统，实际上是借维护刘汉来巩固明朝的政权。小说《壬辰录》的创作背景是壬辰战争以后，朝鲜统治者需要维护本国的正统形象，在小说中体现为大量的对本民族将领和英雄的刻画，对明朝将领的忽略。两部小说中的正统观念也与小说家、史官社会地位不同有关。小说家不同于史学家有制度保障和经济来源，小说家靠卖小说谋生，小说的销售受到时代发展、官方禁锢和民间传播等影响，使得小说不得不披上维护正统的外衣进行传播。然后是正统观念对两部小说编写方式的改变。在事件的编写上，都是将本来没那么重要的事件提升到首要位置上，并且将其他人的功劳盗用过来成为自己的功劳，"赤壁之战""平壤战役"通过虚构转变为自己的功劳，从而达到维护正统的目的。在人物的编写方面，主要采用神仙化人物的方法来增强读者对于正统人物的崇拜，与此同时，还通过借鉴他人的事迹、虚构故事情节来刻画正统一方的人物。尤其是在诸葛亮和李舜臣等人物的刻画中最能体现。这些都是两部小说在正统观念的影响下文学叙事上采用的技巧。

正统观念对于小说的历史叙事的意义在于：它继承了正史和口碑文学的两种叙事传统，并开创了一种宏大的、典型的叙事模式，这种叙事模式更有利于小说的故事性、中心性、思想性的加强。与此同时，在正统观念的影响下，利用"虚"的手法的描写，一方面可以神化统治的力量、掩盖统治的错误，但在另一个角度上，也加强了小说的趣味性和文学性。

对正统观念影响下的《三国演义》来说，它是对于《三国志》以人物为中心记录历史模式的一种继承，它形成了一种"演义"式的讲史体例，在明朝中后期引发了中国小说史上第一次讲史热潮，创造出《封神演义》等一系列讲史小说；并且其中"民众思想"的缺乏也给后世文学提供了反思的机会，从而有了《水浒传》等作品，对于想象的缺乏，有了《西游记》等作品。它也为历史小说的想象提供了开端，促进了小说读者阶层的扩大，它的功绩是毋庸置疑的。《三国演义》为后世小说叙事提供了很多方面的借鉴，中国现代文学 20 世纪 30 年代左翼文学和"文革"时期的小说叙事，都受到了《三国演义》"宏大叙事"中"典型"叙事的影响。中华人民共和国的建立以后，小说《青春之歌》、历史剧《茶馆》是对讲史题材的继承。进入 20 世纪 80 年代末 90 年代初，还有莫言的《红高粱家族》等"新历史小说"。21 世纪以来，与小说并行的，还有许多其他传媒。《三国演义》中的故事被屡屡搬上电视屏幕；好的音乐作品也有不少。还有根据《三国演义》改编的小人书、儿童读物、动画片；与《三国演义》有关的旅游景点吸引了大批海内外游客；与三国故事有关的谚语也一直是群众耳熟能详的。《三国演义》已经成为一种文化现象，被捧上了传统文化的至高圣殿。

在朝鲜，正统观念影响下的小说《壬辰录》，促进了歌颂战争英雄的小说的产生，有 17 世纪的《朴式夫人传》《林庆业传》。在 17 世纪至 19 世纪之间，还出现了数量较多的军功小说，其中以朝鲜为舞台的有《申遗腹传》等，以中国为舞台的有《刘忠烈传》等。产生于 19 世纪中期的《玉楼梦》也具有歌颂战争英雄的性质，但其中无一人是历史上的真实人物，全属虚构。对战争的描写多使用以法术克敌制胜等情节，都受到了小说《壬辰录》的一些影响。

另外，小说《壬辰录》的出现，也刺激了一些同样取材于壬辰战争的小说或传记文学作品的产生。这类作品一般是以写李舜臣为主的，如李光洙写于 1932 年的《李舜臣》。此书为现代文体，全书约占 40 万字的篇幅，是关于李舜臣的最长的一部文学作品。除了有关李舜臣的作品以外，还有关于壬辰战争中其他英雄人物的作品，如《忠勇将军金德龄传》《西山大师》《郭再佑传》等。小说《壬辰录》的影响虽主要存在于通俗文学之中，但一些文人也间或受到它的影响，如 19 世纪后半期的文人李日愚所做《绍谷稗说》中的《牡丹峰感遇录》就反映出这一情形。

小说《壬辰录》是正史和民间口传文学相结合的产物，也是韩国古代出现的第一部爱国小说。它在朝鲜遭受日本压迫与统治的时期，起到了宣扬民族意识的作用。小说中对敌人的仇恨、对卖国贼的蔑视、对封建统治者腐败现象的揭露和批判、对爱国将领的歌颂以及对人民义兵斗争的赞扬，均表现出朝鲜人民对祖国的热爱，对民族历史及民族英雄的自豪感。正因为如此，这部作品在朝鲜民间长期流传，成为人民重温壬辰卫国战争的光荣历史、激发民族意识的通俗读物。而在日本帝国主义统治下的殖民地时代，它也仍秘密地流传在朝鲜民间，不断地激励广大的朝鲜民众，增强他们的抗日决心和信心。日本投降，朝鲜获得解放以后，还出现过一些以壬辰卫国战争为题材的小说与戏剧。直到今日，《壬辰录》中的故事和人物还成为电影、电视剧等文化领域创作中的原型，当代文化重述历史的底本之一。

但正统观念也给小说叙事带来了束缚，一方面小说脱胎于正史，要照顾到历史的真实性，就在一定程度上削弱了小说的想象性；另一方面，对正统的过分追求，也造就了刘备善良过度的"似伪"，诸葛亮智慧过度"似妖"，李舜臣"全知全能"的尴尬局面。当然，当代的作品，在思想性的高度和艺术的精巧程度上，要比出现于古代的讲史小说高明得多，不能以当代小说的创作水平去衡量古代小说。然而"饮水思源"，两部作品都是两国古代人智慧的精华，并成为现代人思想基础的一部分，同时也是人类古代智慧中的珍品。

正史所承载的内容是具有局限性的。就《三国志》和《宣祖实录》对读者的影响来说，中国的"二十四史"和朝鲜的《朝鲜王朝实录》都是非常局限的。两部小说在正统观念影响下的虚构叙事却让小说吸引了更多的读者，甚至有些人将小说情节当作真正的历史，增强了人们对于那段历史的兴趣和记忆。《三国演义》甚至漂洋过海，成为整个东亚的文学底本，直到今日还是文学、戏剧、电影、电视剧、游戏等文化领域创作改编的原型。而《壬辰录》在朝鲜遭受日本压迫与统治的时期，激发了民族意识，直到今日，也还是韩国电影电视剧等文化领域创作中的原型，当代文化重述历史的底本之一。

参考文献

一、韩文图书

국어국문학회,《국문학연구 총서설화 연구》, 파주 : 태학사, 1998.

김기동,《이조시대 소설론》, 서울 : 정연사, 1984.

김근수,《소설자료집성》, 서울 : 국어국문학자료, 1977.

김광순,《한국고전문학사의 정점》, 서울 : 새문사, 2006.

[韩] 金万重：《西浦漫笔》, 通文馆 1971 年版。

김동욱,《古小說板刻本全集》。

[韩] 金东旭,《韩国小说史》, 现代文学出版社 1990 年版。

김성호,《한국서사문학사론》, 서울 : 국학자료원, 1997.

김승호,《전쟁의 기억, 역사와 문학》, 서울 : 월인, 2005.

김시양,《紫海笔谈》, 서울 : 삼성문화재단, 1971.

金昌翕："三渊集拾遗，载《韩国文集丛刊》, 韩国古典翻译院 2010 年版。

구인환,《임진록》, 서울 : 신원문회사, 2012.

鼎福,《东史纲目》, 首尔 : 景仁文化社, 1970.

柳成龙,《惩毖录》, 서울 : 서애선생기념사업회, 2001.

[韩] 民族文化促进会 :《太祖实录》, 民族文化促进会 1986 年版。

[韩] 民族文化促进会 :《世宗实录》, 民族文化促进会 1986 年版。

[韩] 民族文化促进会 :《明宗实录》, 民族文化促进会 1986 年版。

[韩] 民族文学促进会 :《燕山君日记》, 民族文学促进会 1972 年版。

박성이,《조선소설사》, 서울 : 일신사, 1964.

박용식,《고전문학 새 조명》, 서울 : 박이정 , 1996.

[朝鲜] 徐居正 :《东国通鉴》, 景仁文化社 1994 年版。

서종문,《고전문학의 사회 · 역사적 소통》, 서울 : 박문사, 2010.

서호일,《韩中文学比较研究》, 서울 : 국학자료원, 1997.

소재영,《임진록》, 서울 : 고대민족문화연구소, 1993.

소재영,《임병양란과 문학의식》, 서울 : 한국연구원, 1980.

신동익,《한국서사문학사의 연구》, 서울 : 중앙문화출판사 , 1995.

안가수,《고전문학 새 조명》, 서울 : 박이정, 1996.

오현봉,《韩国战争文学研究》, 서울 : 省谷论丛, 1978.

韦旭昇 :《韩国文学에 끼친 中国文学의 影响》, 李海山译, 亚细亚文化社 1994 年版。

이경선,《＜三國志演義＞의 比較文學的 研究》, 서울 : 일지사, 1976.

이긍익,《연려실기술燃藜室记述》, 서울 : 민족문화추진회 ,1999.

이동근,＜임란전쟁문학연구＞,《국문학연구》, 권 (63), 1983.

李敏求 : "东州集", 载《韩国文集丛刊》, 韩国古典翻译院 2010 年版。

[朝鲜] 李舜臣 :《乱中日记》, 集文堂 1973 年版。

[朝鲜] 李芬 :《李忠武公行录》, 乙酉文化社 1948 年版。

[朝鲜] 李贽 :《焚书注》, 社会科学文献出版社 2013 年版。

林基中 :《燕行录全集》, 东国大学出版社 2001 年版。

임철호,《임진록 이본연구》, 전주 : 전주대학교 출판부 ,1996.

[朝鲜] 柳成龙,《惩毖录》, 서울 : 서애선생기념사업회, 2001.

조동일 :《한국문학통사》, 서울 : 지식산업사, 2006.

주왕산,《한국 고대소설사》, 서울 : 정음사, 1959.

丁奎福 : "对于第一奇言", 载《中国学总书 1》, 高丽大学出版社 1984 年版。

赵秀三 :《秋斋先生文集》, 首尔大学奎章阁韩国学研究院。

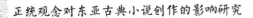

조치성,《＜임진록＞·＜유충렬전＞과＜삼국지연의＞의 창작방법 비교연구》, 서울 : 가천대학교, 2014.

정혼준,《17 세기 조선의 정치권력 구조와 대신》, 고려대학교 사학과 박사논문 ,1994.2.

최기술,《17 세기 장편소설 연구》, 서울 : 월인, 1999.

최문정,《임진록 연구》, 서울 : 박이정, 2001.

최태호,《한국 고전문학 연구》, 서울 : 연락, 2000.

홍양호,《东国名将传》, 서울 : 박이정 , 2014.

황패강, ＜历史军谈小说的展开＞,《한국서사문학연구》, 서울 : 단국대학교, 1990.

홍제휴 , 수염유진 ＜임진록 고＞, 퇴계학과 유교문화 ,(29),2001.

洪在然, "《壬辰录》考",《韩国古典文学研究》, 首尔 : 도서출판 연락, 2000.

홍춘표,《소재 이이명 매화당 습감재》, 서울 : 한누리미디어 , 2013.

［韩］李植 : "泽堂集别集", 载《韩国文集丛刊》,民族文化推进会 2005 年版。

［韩］赵锡胤 : "虚静集", 载《韩国文集丛刊》, 民族文化推进会 2005 年版。

［韩］宋穉圭 : "刚斋集", 载《韩国文集丛刊》, 韩国古典翻译院 2010 年版。

［韩］崔奎瑞 : "艮斋集", 载《韩国文集丛刊》, 民族文化推进会 2005 年版。

李德懋 : "青庄馆全书", 载《韩国文集丛刊》, 韩国古典翻译院 2010 年版。

首尔大学奎章阁韩国学研究院 :《国朝续五礼仪》, 载 http://kyujanggak.snu.ac.kr2.

《海东圣迹志》, 韩国国立民俗博物馆。

［朝鲜］李颐命 :《谏斋集》, 古今岛关王庙碑。

［朝鲜］李恒福 :《統制使忠武公忠烈碑銘》。

二、韩文论文

강현모, "최일형 계열 ＜임진록＞에 나타난 김덕령의 영웅화 양상과 의미", 한민족문화연구, (14),2004.

계승범, "임진왜란 중 조명관계의 실상과 조공책봉관계의 본질", 《한국사학사학보》,(26),2012.

구와노, "조선 소중화 의식의 형성과 전개", 한일공동연구총서, (2),2002.

金明子："从安东关王庙看地域社会的动向", 载《韩国民俗学》2005年第42期。

闵宽东："对于国内关羽庙现状和受容的研究", 载《中国小说论丛》2015年第45期。

박지민, 《正史〈三國志〉와 小說〈三國演義〉比較分析》, 경희대학교 석사논문, 2010.

박경복, 《韓·中·日 歷史文化景觀 比較를 통한 想像的 環境 復原 : 設計 適用 : 相生之苑》, 고려대학교 석사논문, 2006.

신태수, "임진록 작품군에 나타난 가치관의 론난 양상", 《동의어문학》, (6),1993.

신태수, "인진록 작품군의 장편화 경향과 흥미지향", 《영남어문학》,(21),1998.

양인실, 《英雄小說의 人物像比較研究 : 三國志演義와 韓國英雄小設의 比較》, 건국대학교 박사논문, 1979.

장경난, "근대 초기 ＜임진록＞의 전변 양상", 《고소설연구》,(36),2013.

정기수, "전쟁의 기억과 임진록", 《국문학연구》, (29),2013.

최문정, ＜《임진록》에 나타난 조선 武将像 : 역사계열을 중심으로＞,《日本研究》, 권 (16), 2001.

최삼룡, "＜임진록＞의 영웅상에 대한 고찰", 《국어국문학》,(107),1990.

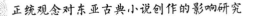

최문정，"＜임진록＞에 나타난 조선 무장상"，《일본연구》，(16), 2000.

윤경수，《인진록》의 작가의식과 민족의식 도찰"，《한국사상과 문화》，(63),2012.

李秉岐："朝鲜语文学名著解题"，载《文章》1940年。

三、中文图书

张燕婴译注：《论语》，中华书局 2006 年版。

陈曦译注：《孙子兵法·谋攻》，中华书局 2018 年版。

（汉）司马迁：《史记》，中华书局 2013 年版。

（汉）班固：《汉书》，中华书局 2007 年版。

（宋）范晔：《后汉书》，中华书局 2007 年版。

（晋）陈寿：《三国志》，贾严夫、武彰译，中华书局 2014 年版。

（晋）干宝：《搜神记》，上海古籍出版社 2010 年版，第 52 页。

朱碧莲、沈海波译注：《世说新语》，中华书局 2011 年版。

（后晋）刘昫等：《旧唐书》，中华书局 1975 年版。

（宋）薛居正等：《旧五代史》，中华书局 2015 年版。

（唐）房玄龄等：《晋书》，中华书局 1974 年版。

（唐）刘知几：《史通》，白云译注，中华书局 2014 年版。

（宋）高承：《事物纪原》，中华书局 1989 年版。

（宋）苏轼：《东坡志林》，叶平注评，中州古籍出版社 2018 年版。

（宋）郑思肖：《郑思肖集》，陈福康校点，上海古籍出版社 1991 年版。

（明）罗贯中：《三国演义》，岳麓书社 1998 年版。

（明）罗贯中著，（清）毛宗岗评：《（注评本）三国演义》，上海古籍出版社 2014 年版。

（元）苏天爵："滋溪稿"，载《中华历史文集丛稿》，中华书局 1959 年版。

（明）冯梦龙：《情史类略》，岳麓书社 1984 年版。

（明）刘若愚，（清）商士奇：《明宫史　金鳌退食笔记》，北京古籍出版社1980年版。

（明）宋濂等：《元史》，中华书局1976年版。

（明）叶子奇：《草木子》，中华书局1959年版。

（元）关汉卿：《关汉卿集校注·单刀会》，中华书局2018年版。

（清）刘健："庭闻录"，载《三国演义资料汇编》，南开大学出版社2003年版。

（清）彭定求等：《全唐诗》，中州古籍出版社2008年版。

（清）张廷玉等：《明史》，中华书局1974年版。

王国维：《宋元戏曲史》，江苏文艺出版社2007年版。

（宋）李昉编：《文苑英华》，中华书局1966年版。

白乐天主编：《中国通史》（图文版），光明日报出版社2002年版。

蔡东洲、文廷海：《关羽崇拜研究》，巴蜀书社2001年版。

陈思和：《中国现当代文学名篇十五讲》（第2版），北京大学出版社2013年版。

陈文新、[韩]闵宽东：《韩国所见中国古小说史料》，武汉大学出版社2011年版。

黄霖、韩同文：《中国历代小说论著选》，江西人民出版社2000年版。

郭斯萍、杨鑫辉：《无我之我》，山东教育出版社2012年版。

韩进廉：《中国小说美学史》，河北大学出版社2010年版。

韩兆琦《史记评议赏析》，内蒙古人民出版社1985年版。

季羡林：《中印文化关系史论丛》，人民出版社1957年版。

金京振：《朝鲜古代宗教与思想概论》，中央民族大学出版社2006年版。

李福清：《关公传说与三国演义》，云南出版社1999年版。

李甦平：《韩国儒学史》，人民出版社2009年版。

李岩、俞成云：《朝鲜文学通史》，社会科学文献出版社2010年版。

李中华：《谶纬与神秘文化》，中央编译出版社2008年版。

刘德清：《欧阳修论稿》，北京师范大学出版社 1991 年版。

刘梦溪：《中国现代学术经典》，河北教育出版社 1996 年版。

刘尚慈译注：《春秋公羊传译注》，中华书局 2014 年版。

鲁迅：《故事新编》，天津人民出版社 2015 年版。

鲁迅：《中国小说史略》，中华书局 2010 年版。

（明）李贽等评、钟宇辑：《三国演义：名家汇评本》，北京图书馆出版社 2007 年版。

陶宗仪：《南村辍耕录》，文化艺术出版社 1998 年版。

钱钟书：《管锥篇》，三联书店 2007 年版。

尚斌、李明珠：《中国儒学发展史》，兰州大学出版社 2008 年版。

孙晓：《高丽史》，西南大学出版社 2014 年版。

王彪选评：《新历史小说选》，浙江文艺出版社 1993 年版。

王瑞来：《科举制的终结与科举学的兴起》，华中师范大学出版社 2005 年版。

王一川：《文学理论：从柏拉图大德里达》，四川人民出版社 2003 年版。

王岳川主编：《中国后现代话语》，中山大学出版社 2004 年版。

汪辟疆：《唐人小说》，中华书局 1973 年版。

韦旭昇：《抗倭演义（壬辰录）及其研究》，北岳文艺出版社 1989 年版。

韦旭昇：《韩国文学史》，北京大学出版社 2008 年版。

温瑞政主编：《新华歇后语词典》，商务印书馆 2008 年版。

吴晗辑：《朝鲜李朝实录中的中国史料》，中华书局 1980 年版。

夏志清：《中国古典小说史论》，江西人民出版社 2001 年版。

许凡：《元代吏制研究》，劳动人事出版社 1987 年版。

许高华等校点：《元典章》，中华书局、天津古籍出版社 2011 年版。

徐珂编撰：《清稗类钞》，中华书局 1986 年版。

（清）俞樾：《茶香室续钞》，中华书局 1915 年版。

张隧：《千百年眼》，河北人民出版社 1987 年版。

张新科：《史记学概论》，商务印书馆 2003 年版。

袁行霈主编：《中国文学史》，高等教育出版社 1999 年版。

朱梅叔：《埋忧续集》，进步书局 1912 年版。

（清）褚人获：《坚瓠集》，上海古籍出版社 2012 年版。

中国社会科学院语言研究所词典编辑室编：《现代汉语词典》（修订本），商
务印书馆 1996 年版。

四、中文论文

艾秀梅："日常生活的悲剧与解放"，载《南京师大学报》，卷（5），2005.

白盾："真假虚实说'赤壁'——《三国演义》研究"，载《黄山高等专科
学校学报》2000 年第 2 期。

陈刚："论〈三国演义〉的当代传播——以电脑游戏'三国群英传'为例"，
湖南师范大学 2009 年硕士学位论文。

陈刚：《三国演义》在游戏中迅速传播的原因分析——以游戏'三国群英传'
为例"，载《佳木斯教育学院学报》2011 年第 4 期。

陈曦："《三国演义》官渡之战叙述探索"，载《解放军艺术学院学报》2011
年第 1 期。

段江丽："国家叙事中的性别平等"，载《南开学报》2013 年第 2 卷。

高勇："我国古代史官和史官文化浅论"，载《渝西学院学报（社会科学版）》
2005 年第 3 期。

郭松义："论明清时期的关羽崇拜"，载《中国史研究》1990 年第 3 期。

韩国汉文小说集成编委会：《壬辰录：万历朝鲜半岛的抗日传奇》，上海古
籍出版社 2016 年版。

江涛、吕幼樵："二十四史在中国古代史学中的主体地位"，载《人民论坛》
2011 年第 29 期。

金成玉："多视角审视韩国儒家文化"，载《光明日报》2013 年 2 月 25 日。

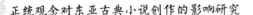

靳大成："东域学手记"，载北京大学韩国学研究中心编：《韩国学论文集》（第 14 辑），辽宁民族出版社 2005 年版。

李时人："中国古代小说在韩国的传播和影响"，载《复旦学报（社会科学版）》1998 年第 6 期。

林靖："虚构的历史化与历史的虚构化"，复旦大学 2012 年硕士学位论文。

刘瑞明："'死诸葛能走生仲达'的传承关系"，载《成都大学学报》2009 年第 1 期。

刘振岚："论梁启超的英雄史观"，载《南开史学》1984 年第 2 期。

秦平："《三国演义》'虚实'问题的接受研究"，湖南师范大学 2009 年硕士学位论文。

欧阳泱："毛宗岗小说评点范畴研究"，北京大学 2011 年硕士学位论文。

彭樟清："痛斥腐败　尽人皆知——《桓灵时童谣》赏析"，载《语文天地（初中版）》2005 年第 4 期。

任树宝："试论罗贯中的尊刘贬曹思想倾向"，载《呼兰师专学报》1995 年第 1 期。

沈伯俊："《三国演义》与明清其他历史演义小说的比较"，载《中华文化论坛》1997 年第 3 期。

沈伯俊："从《三国志》到《三国演义》"，载《西华大学学报（哲学社会科学版）》2010 年第 4 期。

寿涌："谈谈二十四史的来龙去脉"，载《中文自修》2004 年第 6 期。

孙斌、李崎颖："历史题材教育游戏的研究价值"，载《中国教育技术装备》2008 年第 23 期。

孙卫国："试论朝鲜儒林之尊周思明——以华阳洞万东庙为中心"，载北京大学韩国学研究中心编：《韩国学论文集》2002 年卷，辽宁民族出版社 2013 年版。

侍忠："何谓二十四史"，载《华夏文化》1997 年第 3 期。

王道凤："《三国演义》成语在现代韩国的接受研究"，山东大学 2014 年硕士学位论文。

王凌："形式与细读：古代白话小说文体研究"，南开大学 2009 年博士学位论文。

王裕："历史游戏　开创游戏的历史"，载《软件工程师》2006 年第 5 期。

肖伟山："《三国演义》与韩国传统艺术盘骚俚"，载《内蒙古民族大学学报（社会科学版）》2010 年第 2 期。

徐黎丽："略论科举考试制度的特点"，载《西北师大学报》1998 年第 2 期。

徐龙年："简论《三国演义》的写作技巧"，载《学术交流》2005 年第 9 期。

杨萍："浅论朝鲜类书《大东野乘》之诗学文献价值"，载《青年时代》2016 年第 18 期。

张朝："空城计其实是曹操摆的"，载《科学大观园》2010 年第 4 期。

张国安："中国古代文官选拔制度及其现代借鉴"，载《平顶山学院学报》2008 年第 4 期。

赵贤植："《三国演义》与韩国文化"，《历史教学(下半月刊)》2014 年第 2 期。

赵燕："明清历史演义与虚构理论"，新疆大学 2003 年硕士学位论文。

钟育强："浅谈中国封建社会的正统思想——儒家思想"，载《中共南宁市委党校学报》2009 年第 6 期。

周兴陆："元刻本《世说新语》补刻刘辰翁评点真伪考"，《文艺研究》2011 年第 11 期。

五、中文译著及其他

[俄] 李福清：《三国演义与民间文学传统》，尹锡康、田大畏译，上海古籍出版社 1997 年版。

[法] 梵第根：《比较文学论》，戴望舒译，吉林出版社集团有限责任公司 2010 年版。

［法］福柯：《规训与惩罚》，刘北成译，三联书店 2012 年版。

［日］坂本太郎：《日本史》，汪向荣等译，中国社会科学出版社 2008 年版。

［日］大塚幸男：《比较文学原理》，陈秋峰、杨国华译，陕西人民出版社 1985 年版。

［日］夫马进：《朝鲜燕行使与朝鲜通信使》，伍跃译，上海古籍出版社 2010 年版。

［日］内藤隽辅：《文禄·长庆之役的被掳人研究》，东京大学出版社 1976 年版。

［美］海登·怀特：《形式的内容：叙事话语与历史再现》，董立河译，文津出版社 2005 年版。

［美］鲁晓鹏：《从史实性到虚构性：中国叙事诗学》，北京大学出版社 2012 年版。

［美］浦安迪演讲：《中国叙事学》，北京大学出版社 1996 年版。

［英］托马斯·卡莱尔：《论英雄、英雄崇拜和历史上的英雄业绩》，周祖达译，商务印书馆 2005 年版。

金宗瑞：《高丽使节要》，学习院东洋文化研究所 1960 年版。

［韩］金台俊：《朝鲜小说史》，全华民译，民族出版社 2008 年版。

［韩］崔官：《壬辰倭乱——四百年前的朝鲜战争》，金锦善、魏大海译，中国社会科学出版社 2013 年版。

［韩］李丙焘：《韩国史大观》，徐宇成译，正中书局 1959 年版。